이중주

열정

Jude Deveraux – Twin of Fire

이중주

열정

Twin of Fire

주드 데브루 지음

현대문화센타

감사의 글

이 쌍둥이 이야기를 쓰기까지 도움을 주신 많은 분들께 감사의 말을 전합니다. 무엇보다도 클라우드에게 고맙다고 말하고 싶습니다. 저는 그에게 석탄 광산에 대해 엄청나게 많고 따분한 질문을 해댔고, 그는 저에게 대답하기 위해 낡은 책들을 뒤적거려야만 했습니다.

책을 편집해준 케이트 더피와 린다 매로우에게도 감사의 말을 전하고 싶습니다. 자꾸 바뀌는 데다 깨알 같은 글씨로 쓴 제 원고를 계속 읽어주고, 몇 시간씩 계속되는 넋두리를 끝까지 참고 들어주었죠. 게다가 등장인물들이 자꾸만 바뀌는 데도 화를 내지 않고 한 번도 인내심을 잃은 적이 없었어요.

그리고 콜로라도 도서관의 모든 사람들에게 고맙다는 말을 하고 싶습니다. 콜로라도 도서관 직원들에게 축복이 함께 하기를.

골절의 치료법에 대해 많은 말씀을 해주신 탐 딜데이 박사님과 커티스 보이드 박사님께도 고맙습니다. 또한 헌팅턴 저택으로 데려다준 아네트 스완버그에게도 감사의 말을 전합니다.

아름다운 장소로 산책을 시켜주고, 다이너마이트, 4두마차와 6두마차의 차이점, 자매애에 대해 몇 시간 동안 계속됐던 제 수다를 들어준 그레나 보이드에게도 고맙습니다. 나중에 그 풍경을 다시 보고 싶어요.

끝으로 저의 가능성을 믿고 세계 최고의 출판사에 저를 소개해준 론 부취에게도 감사 드립니다.

저자 서문

　소설을 위해 자료수집을 시작할 때만 해도, 1차 세계대전 이전까지의 남자와 여자는 일상생활에서 각자의 역할에 만족하며 살았을 거라고 생각하고 있었습니다. 여성들은 헌신적으로 남편을 받들고, 남편은 순종적인 아내에게 만족하면서 말입니다.

　하지만 중세에 대한 글들을 탐독하다가, 심지어는 14세기에도 여성에 대한 남성의 지배에 관해 상당히 진보적인 생각을 피력한 여성들이 있었음을 깨닫고 상당한 충격을 받았습니다. 셰익스피어 이전부터 남자들 사이에 오고가던 농담 중에는 '자신을 따르라고 명령했을 때, 질문을 하거나 할 수 없다고 변명을 늘어놓지 않는 아내를 가진 사내에게는 마땅히 상을 줘야 한다.'라는 말이 있었습니다. 그렇게 역사는 흘러갔고 그 상은 아직도 수상자를 기다리고 있는 셈입니다.

　중세 시대도 그토록 충격적인데 19세기를 살펴보는 동안 받은 충격에 대해서는 굳이 설명이 필요 없을 겁니다. 20세기의 여성작

가들이 쓴 책을 참 많이 읽었지만, 19세기의 여성들이 쓴 것만큼 호전적이지는 않더군요. 그들 모두 지금과 똑같은 것들을 위해 싸웠습니다. 동등한 임금을 요구하고, 강간과 가정 폭력에 반대하고, 이혼 후 남편이 전처에게 아이들을 빼앗아가지 못하게 하는 법률을 제정하자는 등의 수백 가지 안건들 말입니다. 여성들이 쓴 책들이 대부분 성적인 평등을 주장하고 있다면, 당시 남자들의 책은 '암탉이 울면 집안이 망한다.'라는 내용으로 시작하는 게 큰 차이점입니다. 이제 100여 년이 지난 지금, 여전히 여성들은 투쟁을 계속하고 있는 반면에 남성들은 거의 포기한 상태입니다. 제 글에도 분명하게 드러나 있듯이, 저는 상대방을 고무시키는 훌륭한 논쟁을 너무 좋아하기 때문에 매우 안타까운 일이에요.

프롤로그

"놀랐지!"

블레어 챈들러가 헨리 외삼촌의 집 거실에 들어서자, 그곳에 모여 있던 열한 명의 사람들은 일제히 환호했다. 그녀는 붉은 빛이 도는 진갈색 머리카락에 커다란 청록색 눈동자와 곧고 귀족적인 코, 작고 완벽한 모양의 입술을 가진 젊고 아름다운 여성이었다.

블레어는 행복의 눈물을 삼키기 위해 눈을 깜박이며, 잠시 멍하니 서서 자신 앞에 서 있는 사람들을 바라보았다. 앨런은 외숙모와 외삼촌 옆에 나란히 서 있었고, 세 사람 모두 사랑이 가득 담긴 눈으로 그녀를 바라보았다. 동료 의대생들도 세 사람 주위를 에워싸고 있었다. 탁자 주위에는 선물이 가득 쌓여 있고, 사람들 모두 기쁨과 흥분으로 가득한 표정이었다. 순간 블레어는 인턴 자격을 얻

9

기까지 노력했던 지난 몇 년이 아득히 먼 옛날처럼 느껴졌다.

여전히 처녀 때의 아름다움을 그대로 간직한 플로 외숙모가 재빨리 앞으로 걸어왔다.

"애야, 거기 서 있지 말고 이리 와서 선물들을 좀 풀어보렴."

"자, 이것부터 풀어보아라."

헨리 삼촌이 제일 큰 상자를 내밀며 말했다. 블레어는 그 안에 무엇이 들어 있는지 알 것 같았지만, 겁이 나서 차마 말할 수 없었다. 조심스럽게 포장지를 풀고, 깨끗한 신형 의료기구가 담긴 가죽 가방을 꺼낸 순간 그녀는 할 말을 잃고 그만 뒤에 있는 의자에 털썩 주저앉았다. 그리고 멍하니 가방에 달린 청동판에 새겨진 글자를 손가락으로 문질렀다.

'내과 의사 블레어 챈들러'

앨런이 어색한 침묵을 깨며 쾌활하게 말했다.

"이 사람이 내과 교수들의 옷장에 썩은 달걀을 집어넣은 바로 그 사람이라는 게 믿어지십니까? 그리고 전 필라델피아 병원 연합의 이사회에 맞서 싸웠던 그 여성이라는 사실은요?"

그는 몸을 굽혀 그녀의 귀 가까이 입술을 대고 속삭이듯 말했다.

"그리고 바로 세인트 조셉 병원의 인턴 선발 시험에서 당당히 수석을 차지하고, 그 병원에서 인턴 과정을 밟게 된 최초의 여성이기도 하지."

한참의 시간이 흐른 뒤 블레어는 마치 꿈에서 깨어난 듯 말했다.

"제가요?"

그녀는 믿을 수 없다는 듯 입을 쩍 벌리고 앨런을 쳐다보았다.

"네가 인턴 자격을 따냈어. 네 언니 결혼식에 참석한 뒤 돌아와서 7월부터 시작하면 되는 거야."

플로 외숙모가 환한 얼굴로 말했다.

블레어는 거실에 모인 사람들을 찬찬히 바라보았다. 그녀는 세인트 조셉 병원에 입학하기 위해 최선을 다했고, 시험에 대비해 개인 교사까지 두고 학업에 매진했다. 하지만 세인트 조셉 병원의 의사들이 예전에 산부인과 병동의 개설을 반대했던 것처럼, 여의사를 받아들이지 않을 거라는 소문이 공공연하게 퍼져 있었다. 그녀는 헨리 외삼촌을 바라보며 말했다.

"외삼촌이 이 일에 손을 쓰신 건 아니겠죠?"

헨리는 자랑스러운 듯 가슴을 쭉 폈다.

"단지 내 조카가 다른 사람보다 훨씬 뛰어난 점수를 받지 못했다면, 그 아이에게 굳이 자리를 마련해 주지 않아도 된다고 말했을 뿐이다. 오히려 나는 네가 의학을 포기하고 집에 머물면서 앨런을 내조할까 생각 중이라는 식으로 말했지. 하지만 병원 측은 여의사의 섬세한 감각을 구경할 수 있는 기회를 놓치기 싫었나 보다."

블레어는 잠시 온몸에서 힘이 빠지는 것 같았다. 그 끔찍했던 사흘간의 시험이 이토록 큰 짐이었는지 미처 깨닫지 못했던 것이다.

"당신은 해낸 거야. 사실 어떻게 당신을 위로해야 하나 걱정하고 있었는데. 축하해, 블레어. 당신이 이 순간을 얼마나 기다렸는지 잘 알아."

앨런이 블레어의 어깨에 손을 얹으면서 다정하게 속삭였다. 플로 외숙모는 블레어에게 편지 한 장을 건네주었다. 그것은 정말 세인트 조셉 병원에서 보낸 인턴 합격 통지서였다. 블레어는 그것을 품에 안고 주위를 둘러보았다. 그녀는 지금 이 순간 자신의 눈앞에 멋지고 완벽한 인생이 펼쳐져 있다는 생각이 들었다.

'친구와 가족이 있고, 이제 미국에서 손꼽히는 병원 중 한 곳에서 인턴 과정을 밟게 되는 거야. 또 내게는 사랑하는 앨런이 있어.'

그녀는 앨런의 손을 들어 자신의 뺨에 문지르며 반짝이는 의료 기구를 바라보았다. 의사가 되고, 자상하고 따뜻한 남자와 결혼하고 싶다는 꿈이 이제 막 이루어지는 순간이었다.

남은 것은 콜로라도의 챈들러 시로 돌아가 쌍둥이 언니의 결혼식에 참석하는 일뿐이었다. 그녀는 의사가 되기 위해 몇 년을 정신없이 보낸 터라, 언니를 다시 만나게 되는 날을 학수고대하고 있었다. 그리고 각자가 선택한 남자와 인생에 대해 이야기하며 행복을 함께 나누고 싶었다.

블레어가 먼저 챈들러 시에 가 있으면, 앨런이 집으로 찾아와 어머니와 언니를 만날 계획이었다. 그리고 약혼을 공식적으로 발표하고, 두 사람 모두 인턴 과정을 마치고 나서 결혼식을 올릴 생각이었다.

블레어는 자신의 행복을 나누고 싶은 마음에 주위의 친구들에게 미소를 지었다. 다음 달이면 지금까지 그녀가 노력한 것들이 결실을 맺게 될 것이다.

제1장

블레어 챈들러는 챈들러 저택의 화려한 응접실에 서 있었다. 그곳에는 예쁜 레이스를 덮은 중후하고 고풍스러운 가구로 가득했다. 어머니가 이미 수년 전에 재혼했고, 새 남편인 덩컨 게이츠가 저택의 공사비를 모두 지불했다는 사실은 중요하지 않았다. 마을 사람들은 여전히 그 집을 윌리엄 휴스턴 챈들러의 소유라고 생각했다. 하지만 윌리엄은 그 집을 설계하고 착공한 뒤 돈을 지불하기도 전에 죽었다.

블레어는 노여움으로 번득이는 청록색 눈동자를 감추려고 계속 눈을 내리깔았다. 지난 한 주 동안 의붓아버지가 그녀에게 한 일이라고는 그저 고함을 질러댄 것이 전부였다.

단정하고 하얀 블라우스와 짙은 코듀로이 치마 속에 모래시계같

13

이 육감적인 몸매를 숨긴 채 서 있는 블레어의 모습은 그저 얌전한 젊은 숙녀처럼 보였다. 그녀는 어느 모로 보아도 성숙하면서도 지적인 분위기가 물씬 풍겼다. 평온하고 온화하면서도 아름다운 외모 덕택에 첫눈에 그녀의 영혼을 감지해내는 사람은 거의 없었다. 하지만 오랫동안 블레어와 함께 지내온 사람들은 그녀가 얼마나 논리적이고 열정적인지 잘 알고 있었다.

그런 이유 때문에 덩컨 게이츠는 틈만 나면 '예의바른 숙녀'가 되라고 잔소리를 해댔다. 하지만 그가 말하는 숙녀의 조건에는 총상을 능숙하게 처치하는 의사가 되기 위한 훈련 따위는 포함되지 않았다. 또 그는 창자를 봉합하는 블레어의 솜씨가 다른 숙녀들의 바느질 솜씨만큼 탁월하다는 사실을 전혀 인정하지 않았다.

일주일 내내 얼굴을 마주칠 때마다 의붓아버지가 화를 내며 잔소리를 퍼붓자 블레어는 참다못해 그에게 대들기 시작했다. 불행하게도 그럴 때면 매번 어머니나 언니가 끼어들어 더 이상 말다툼이 계속되지 않도록 말렸다. 곧 블레어는 게이츠가 어머니와 언니를 포함해 집안 식솔들을 완전히 지배하고 있음을 깨달았다. 그는 자신이 하고 싶은 말을 주저 없이 했지만, 누구도 자신에게 반항하지 못하게 했다.

"난 네가 정신을 차리고 그 말도 안 되는 의사 짓을 그만뒀으면 좋겠다. 여자란 집안에 있어야 하는 게야. 클라크 박사도 말했듯이 여자가 머리를 쓰면 여자 구실을 못 하게 되는 법이다."

게이츠는 블레어에게 아예 고함을 질렀다. 블레어는 게이츠가 들고 있는 낡은 팜플렛을 흘끗 바라보며 한숨을 푹 쉬었다. 수십만 부 이상 팔린 클라크의 저술은 여성 교육의 미래에 엄청난 타격을 입히고 있었다.

"클라크 박사의 말은 별 의미가 없어요. 그분은 가슴이 밋밋한 열네 살짜리 여학생 한 명을 조사했다고 말했어요. 그러고는 그 한 가지 사례로 여자들이 두뇌를 사용하면 생식기관이 발달하지 않는다고 결론을 내렸어요. 그건 결코 결정적인 증거가 될 수 없어요."

게이츠는 얼굴을 붉히며 말했다.

"감히 내 집안에서 여자가 그런 말을 입에 담는 것은 용납할 수 없다. 넌 의사가 될 몸이니 그런 추잡한 언사를 할 권리가 있다고 생각하겠지만 내 집에서는 절대 그렇게 못 한다."

그의 말에 블레어는 마침내 인내심을 잃고 말았다.

"언제부터 이 집이 당신 집이 되었나요? 제 아버지가……."

순간 블레어의 쌍둥이 언니 휴스턴이 방으로 들어와 두 사람 사이에 끼어들더니, 애원하는 눈빛으로 동생을 바라보았다.

"저녁 먹을 시간 아니에요? 식당으로 가요."

휴스턴은 블레어가 끔찍하게 싫어하는 냉정하고 예의바른 목소리로 말했다.

커다란 마호가니 식탁에 앉아 저녁 식사 내내 게이츠의 불쾌한 질문에 대꾸하는 동안, 블레어의 머릿속은 언니에 대한 걱정으로 가득 찼다.

블레어는 챈들러 시로 돌아와서 언니와 어머니를 만나고, 어릴 때 친구들을 다시 보기만 고대했다. 마지막으로 챈들러 시를 방문한 것은 5년 전으로, 의대 진학 준비와 새로운 학업에 대한 열정으로 들떠 있던 열일곱 살 때였다. 어쩌면 그 당시에는 너무 자기 기분에만 빠져 있어서 어머니와 언니가 처한 상황을 그냥 지나쳤는지도 몰랐다.

하지만 이번에는 챈들러 시에 도착한 순간부터 뭔지 모를 압력이 느껴졌다. 휴스턴을 만난 순간 블레어는 냉정하고, 정숙하며, 꼿꼿한 데다, 더 이상 완벽할 수 없는 이런 여성은 일생에 다시 만나기 힘들겠다고 생각했다. 휴스턴은 마치 얼음으로 만든 사람처럼 완벽하게 조각된 표정을 지었다. 오랜만에 만났는 데도 불구하고 활기차게 포옹하는 일도 없었고, 챈들러 저택으로 가는 마차 안에서도 수다스럽게 최근의 근황을 주고받는 일도 없었다. 블레어는 언니에게 말을 걸어보았지만, 냉정하고 쌀쌀맞은 시선만 돌아왔을 뿐이었다. 심지어는 휴스턴의 약혼자인 '리앤더'라는 이름도 휴스턴의 행동에 온기를 불어넣지 못했다.

짧은 여행 동안 침묵만이 두 사람을 감쌌고, 마차가 챈들러 저택으로 달리는 동안 블레어는 선물로 받은 진료가방을 내려놓기 겁나는 것처럼 손에 움켜쥐고 있었다.

지난 5년 동안 도시는 아주 많이 달라져 있었다. 높은 건물들이 죽 늘어섰고, 성장을 거듭하는 도시에는 활기가 느껴졌다. 서부 도시는 이미 전통이 굳건히 자리 잡은 동부 도시와 사뭇 분위기가 달랐다. 사람들이 서부-빅토리아 양식이라 부르는 방식으로 전면을 꾸민 건물들도 새로 완공되었거나 건설 중이었다.

윌리엄 챈들러가 처음 이곳에 도착했을 때만 해도 이곳은 엄청난 양의 석탄이 널려 있는 광대한 분지에 불과했다. 철도도 없었고, 마을은커녕 근처에 흩어져 사는 목장주들에게 물건을 대는 가게 몇 군데에도 이름 따위는 없었다. 하지만 윌리엄 챈들러가 모든 것들을 바꿔놓았다.

챈들러 저택이 시야에 들어오자 블레어는 화려한 3층 건물을 바라보며 미소를 지었다. 어머니가 가꾸는 정원은 싱그러움과 푸름으로 가득했고 벌써부터 장미 향기가 나는 듯했다.

짐마차가 쉽게 드나들 수 있도록 언덕으로 난 도로를 정리하는 바람에 집으로 향하는 길가에 계단이 생겼다는 것말고는 거의 변화가 없었다. 그녀는 저택을 빙 둘러싸고 있는 넓은 현관을 지나 문을 열었다.

챈들러 저택으로 들어간 지 10분도 지나지 않아서 블레어는 휴스턴의 영혼을 빼앗은 것이 무엇인지 알 수 있었다.

현관 앞 복도에는 돌멩이보다도 더 완고해 보이는 남자가 그에 어울리는 표정으로 서 있었다.

의학을 공부하기 위해 펜실베이니아에 있는 삼촌과 숙모의 곁으로 가려고 챈들러 시를 떠났을 때, 블레어는 겨우 열두 살에 불과했다. 그리고 10여 년의 세월이 흐르는 동안 그녀는 의붓아버지가 어떤 사람인지 완전히 잊어버리고 있었다. 블레어가 그에게 미소를 지으며 손을 내민 순간부터 그는 그녀가 얼마나 나쁜 여자인가 하는 말로 입을 열었고, 자신의 집안에서는 어떤 사악한 의료행위도 허용하지 않겠다는 선언으로 말을 맺었다.

당황한 블레어는 믿을 수 없다는 얼굴로 어머니를 바라보았다. 오펄 게이츠는 그녀가 기억하고 있던 것보다 더 말랐고 분위기도 침울했다. 블레어가 게이츠의 말에 반박하기 전에 오펄은 재빨리 앞으로 나와 딸을 가볍게 끌어안고 2층으로 데리고 올라갔다.

처음 3일 동안 블레어는 거의 아무 말도 하지 않았다. 그녀는 그저 방관자처럼 지켜보았다. 그녀의 눈에는 모든 것들이 낯설게 보였다.

그녀의 기억 속에서 잘 웃고, 쌍둥이들만 할 수 있는 역할 바꾸기 놀이를 좋아하고, 온갖 기발한 장난을 생각해내던 언니는 사라지고 없었다. 아니면 이제는 아무도 발견할 수 없는 깊숙한 곳에 묻혀버렸는지도 몰랐다.

항상 장난에 앞장서던 휴스턴, 늘 창조적이었던 휴스턴, 배우의 자질이 풍부했던 휴스턴은 마을 사람들의 옷을 모두 합한 것보다도 드레스를 더 많이 갖고 있었고, 강철같이 차가운 여성으로 변해 있었다. 휴스턴은 모든 창조력을 날마다 화려한 드레스를 고르는 데 쏟아 붓고 있는 것처럼 보였다.

챈들러 시에서 맞이하는 두 번째 날, 블레어는 한 친구로부터 언니의 삶이 완전히 무의미하지는 않다는 희망적인 말을 들었다. 매주 수요일마다 휴스턴은 뚱뚱한 할머니로 분장하고, 4륜마차를 몰아 챈들러 시 변두리에 있는 탄광촌에 음식을 갖다 주러 간다는 것이었다. 탄광촌은 노동조합원의 침입을 막기 위해 문을 폐쇄하고 경비원들이 지키고 있었기 때문에, 언니가 하는 일은 굉장히 위험했다. 만일 휴스턴이 광부의 아내들에게 회사가 운영하는 상점에서 파는 물품이 아닌 불법적인 물품을 전해 주다가 발각되기라도 하면 감옥에 갈 수도 있었다. 물론 그전에 경비원들이 그녀를 총으로 쏴 죽이지 않는다면 말이지만.

세 번째 날, 블레어는 리앤더 웨스트필드를 다시 만나고 나서 자신이 품었던 작은 희망을 포기하고 말았다.

쌍둥이가 여섯 살 때 웨스트필드 가족은 챈들러 시로 이주했다. 당시 블레어는 팔이 부러져 방에 갇혀 있었기 때문에, 열두 살인 리앤더와 다섯 살인 그의 여동생을 만날 기회를 놓치고 말았지만, 나중에 휴스턴에게 모든 이야기를 들을 수 있었다. 어머니의 말을 어기고 블레어의 방으로 몰래 숨어 들어온 휴스턴은 동생에게 자기가 앞으로 결혼할 남자를 만났다고 선언했다.

블레어는 눈을 동그랗게 뜨고 앉아 아무 말 없이 언니의 이야기에 귀를 기울였다. 휴스턴은 항상 자기가 원하는 것이 무엇인지 분명하게 알고 있었고 언제나 어른처럼 의젓했다.

"그 사람은 내 이상형이야. 조용하고 지적이면서도 참 잘생겼어. 그리고 앞으로 의사가 되겠대. 아무래도 의사의 부인이 되려면 무엇을 배워야 하는지 알아봐야겠어."

블레어는 너무 놀라 눈을 더 크게 떴다.

"그 사람이 언니에게 결혼해달라고 말했어?"

"아니."

휴스턴은 깨끗하고 새하얀 장갑을 잡아당기며 대답했다. 만일 블레어가 그런 장갑을 끼고 있었다면, 30분도 지나지 않아 새까맣게 만들어버렸을 것이 분명했다.

"리앤더처럼 젊은 남자들은 결혼에 대해 생각하지 않아. 하지만 여자들은 그래야 하지. 난 결심했어. 리앤더 웨스트필드가 의학 공부를 마치는 대로 그 사람과 결혼할 거야. 물론 이건 네 허락이 필요한 중요한 문제야. 네가 싫어하는 남자와 결혼할 수 없으니까."

블레어는 휴스턴이 자신에게 부여한 힘에 자부심을 느끼며 기꺼이 그 임무를 받아들였다. 처음 리앤더를 만났을 때, 블레어는 그가 그저 키가 크고, 호리호리하며, 말수도 별로 없고, 단지 잘생긴 소년에 불과하다는 사실에 약간 실망했다. 블레어는 돌을 던지고 도망가는 방법이나 입에 두 손가락을 집어넣고 휘파람을 부는 방법을 가르쳐줄 수 있는 소년들을 더 좋아했다. 약간은 불쾌했던 첫 만남이 지난 후에, 블레어는 왜 사람들이 리앤더를 좋아하는지 알게 되었다. 지미 서머가 나무에서 떨어져 다리를 다쳤을 때, 다른 아이들은 무엇을 할지 몰라 우두커니 서서 지미가 우는 것만 지켜보고 있는데, 리앤더는 앞으로 나서더니 한 아이를 의사에게 보내고 다른 아이에게는 지미의 어머니를 데려오라고 시켰다. 블레어가 그의 행동에 깊은 인상을 받고 휴스턴에게 고개를 돌리자, 휴스턴은 이번 사건이 리앤더 웨스트필드 부인이 되겠다는 결심을 확고히 해준 것처럼 고개를 끄덕였다.

블레어 역시 리앤더 웨스트필드에게도 몇 가지 장점이 있다는 사실을 마지못해 인정해야 했다. 하지만 아무래도 그를 좋아할 수 없었다. 너무 자만심이 강하고, 너무 잘난 체할 뿐만 아니라…… 너무 완벽했다. 물론 휴스턴에게는 그를 좋아하지 않는다고 말하지 않았다. 블레어는 그저 리앤더도 나이가 들면 바뀔 거라고, 훨씬 더 인간적인 모습으로 변할 거라고 생각했다. 하지만 그는 그렇지 않았다.

머칠 전에 리앤더는 휴스턴을 오후의 티 파티에 데려가려고 집에 들렀다. 오펄은 외출했고, 게이츠는 일하러 갔기 때문에, 휴스턴이 치장하는 동안 블레어는 리앤더와 이야기를 나눌 수 있었다. 휴스턴은 레이스와 실크 장식이 주렁주렁 달린 옷의 리본을 묶는 데에만 영겁의 시간이 걸렸기 때문이었다.

블레어는 두 사람 다 의사니까 공통된 화제가 있으리라 생각했고, 리앤더도 예전과 달리 더 이상 자신에게 반감이 없을 거라고 생각했다. 두 사람 모두 응접실 소파에 앉자, 블레어가 조심스럽게 말을 꺼냈다.

"전 7월부터 필라델피아에 있는 세인트 조셉 병원에서 인턴 과정을 밟을 계획이에요. 미국에서 손꼽히는 병원이죠."

리앤더는 어린 시절과 마찬가지로 그저 날카로운 눈빛으로 그녀를 바라볼 뿐이었다. 그녀는 그가 무슨 생각을 하는지 도통 알 수 없었다.

"제가 알고 싶은 건요, 혹시 여기 머무는 동안 챈들러 시의 진료소에서 당신과 함께 회진할 수 있을까 해서요. 어쩌면 당신이 다음 달부터 시작되는 인턴 실습에 도움이 될 사항을 알려줄 수도 있잖아요."

짜증나리만큼 오랜 시간이 지난 뒤에 리앤더가 대답했다.

"뭐…… 충고해 줄 말이 어디 있겠어."

리앤더의 대답은 그게 전부였다.

"제 생각에 의사들끼리는……."

"병원 이사진이 여자를 제대로 실력을 갖춘 의사로 대접해 줄지 확신이 서지 않아. 그래봤자 산부인과 진료 쪽에 투입하는 게 전부 겠지."

그녀는 학교에서도 이런 식의 대접을 받게 될 거라고 몇 번이나 경고를 들었다.

"제가 복부외과 전문의가 될 계획이라고 말하면 깜짝 놀라겠군요. 여의사라고 해서 모두 산파가 되는 걸 영광으로 생각하는 건 아니에요."

리앤더는 한쪽 눈썹을 치켜올리며, 짜증스런 시선으로 블레어를 위아래로 훑어보았다. 순간 블레어는 혹시 챈들러 시의 모든 남자들이 여자는 바보라서 집 밖으로 내보내면 안 된다고 믿는 것은 아닌지 의심스러웠다.

그렇다고 리앤더를 섣불리 판단할 생각은 아니었다. 무엇보다도 이제 두 사람 모두 성인이 되었으니 어릴 때의 반감은 접어두어야 했다. 만일 이 남자가 휴스턴이 원하는 사람이라면 언니는 그를 차지해야 했다. 어쨌든 그와 함께 살 사람은 블레어가 아니니까.

그렇게 며칠이 지나고 언니와 함께 보내는 시간이 많아지면서 블레어는 리앤더와 휴스턴의 결혼에 대해 의문을 품기 시작했다. 리앤더와 있을 때 휴스턴은 오히려 한층 더 냉담해지는 것처럼 보였기 때문이다. 서로에게 다정하게 말을 거는 경우도 드물 뿐만 아니라, 약혼한 연인들이 대부분 그러는 것처럼 머리를 맞대거나 비밀스럽게 웃는 일도 전혀 없었다. 블레어는 분명 자신과 앨런의 관계와는 너무 다르다고 생각했다.

그리고 오늘 밤 식사 도중에 또다시 그런 의문이 고개를 들었다. 블레어는 게이츠의 끊임없는 괴롭힘에 지쳐 있었고, 휴스턴이 이 끔찍한 분위기에 짓눌린 모습을 보자 너무 마음이 아팠다. 게이츠가 블레어를 계속 꾸짖자, 그녀는 결국 폭발해서 그가 휴스턴의 인생을 망쳐 놓았을지는 몰라도 자신의 인생까지 망칠 수는 없다고 받아쳤다.

블레어는 이내 자신이 한 말을 후회하며 사과하려 했다. 그 순간 게이츠의 충실한 지지자인 리앤더 웨스트필드가 방으로 들어서자, 모두 영웅을 맞이하는 것처럼 그를 반겼다. 하지만 블레어의 눈에 휴스턴은 차갑고 무자비한 남자에게 바쳐지는 처녀 제물처럼 보였다. 게다가 감히 리앤더가 휴스턴을 이미 자신의 소유물인 양 신부라고 부르자, 블레어는 더 이상 참지 못하고 울면서 식당을 뛰쳐나갔다. 그리고 어머니가 올라와 어린아이를 달래듯 끌어안아 줄 때까지 하염없이 눈물을 흘렸다.

"무슨 일인지 말해보려무나. 벌써 심한 향수병에 걸렸니? 네가 돌아왔는 데도 게이츠 씨가 너를 힘들게 하는 것을 나도 안단다. 하지만 그이도 좋은 뜻으로 그러는 거야. 그이는 네가 좋은 남자와 결혼해서 가정을 꾸리고 아기도 낳기를 바라는 거야. 혹시 네가 의사가 되면 세상 모든 남자들이 널 싫어하지나 않을까 걱정이 돼서 그러는 것뿐이야. 넌 여기 더 오래 머물 필요가 없으니까, 결혼식이 끝나는 즉시 헨리 외삼촌에게 돌아가서 인턴 과정을 시작하렴."

오펄은 블레어의 머리를 쓰다듬으며 속삭였다. 어머니의 말에 블레어는 더 서럽게 울기 시작했다.

"제 일 때문에 그러는 게 아니에요. 전 곧 떠날 거예요. 전 여기서 쉽사리 벗어날 수 있다고요. 문제는 휴스턴이에요. 언니가 너무 불쌍해요. 이 모든 게 제 잘못이에요. 제가 그런 끔찍한 남자에게 언니를 맡기고 떠나는 바람에 언니가 너무 불행하게 된 거예요."

그러자 오펄이 단호하게 말했다.

"블레어, 게이츠 씨는 내 남편이고 그이가 어떤 사람이든 난 그이를 존경해. 그러니 내 앞에서 그이를 그런 식으로 말하는 건 용납할 수 없다."

블레어는 눈물이 가득 담긴 눈을 들어 어머니를 바라보았다.

"그 사람을 말하는 게 아니에요. 그 사람이 이 집에 살면서 언니를 힘들게 하는 건 사실이지만, 언니는 곧 여기서 떠날 거예요. 전 지금 리앤더를 말하는 거라고요."

"리앤더? 하지만 리앤더는 좋은 청년이야. 챈들러 시에 있는 모든 여자들이 단 한 번만이라도 그 사람과 춤추고 싶어서 안달했었지. 휴스턴은 그런 남자와 결혼하는 거야. 세상에 지금까지 휴스턴과 리앤더의 결혼에 대해 걱정하고 있었다니 믿을 수 없구나."

블레어는 어머니의 품에서 벗어나며 말했다.

"저야말로 리앤더의 진면목을 아는 유일한 사람이에요. 그 사람이 나타났을 때 언니의 반응을 본 적이 있으세요? 완전히 얼어버려요. 세상을, 특히 그 사람을 무서워하는 것처럼 보인다고요. 이전의 언니는 웃기도 잘하고 항상 행복해했는데, 이제는 미소조차 짓지 않잖아요. 오, 어머니, 제가 떠나지 말아야 했어요. 제가 여기 있었다면, 언니가 그 남자와 결혼하지 못하도록 할 수 있었을 거예요."

블레어는 몸을 숙이고 어머니의 무릎에 얼굴을 묻었다. 오펄은 딸의 애정 어린 관심이 기쁜 듯 그녀를 내려다보며 미소를 지었다.

"아니야, 넌 여기에 머물러야 할 사람이 아니야. 그랬다면 넌 휴스턴과 마찬가지로 여자란 그저 남편을 위해 행복한 가정을 꾸미는 존재라고 믿었을 거야. 그랬다면 세상은 훌륭한 의사를 잃게 되었을 테니까. 나를 보아라."

오펄은 블레어의 얼굴을 들었다.

"휴스턴과 리앤더가 단둘이 있을 때 두 사람 사이가 어떤지 우리로서는 알 수 없는 거야. 그 누구도 다른 사람의 사생활을 다 알 수는 없단다. 너도 너만의 비밀이 있을 거 아니니."

블레어는 순간 앨런을 떠올리고 얼굴을 붉혔다. 하지만 지금은 그에 대해 이야기할 때가 아니었다. 며칠 후 그가 오면 그때 이야기하면 되니까.

"두 사람이 함께 있는 모습을 가끔 보기는 하지만⋯⋯. 두 사람은 절대 서로에게 다정하게 말을 걸지도 않고 접촉하지도 않아요. 사랑이 담긴 눈빛으로 서로를 바라보는 일이 전혀 없었다고요."

블레어는 자리에서 일어났다.

"솔직히 말하면 전 리앤더 웨스트필드라는 건방지고, 뻣뻣하고, 잘난 체하는 남자를 단 한 번도 좋아해 본 적이 없어요. 그저 뭐든지 원하는 건 다할 수 있다고 생각하는 버릇없는 부잣집 도련님에 불과해요. 실망이나 좌절, 역경, 아니 심지어 거절이라는 단어조차 모르는 사람이라고요. 제가 학교에 다닐 때, 근처의 의과대학에서 우리 학교의 장학생 다섯 명에게 그쪽 수업을 청강할 수 있도록 해주었어요. 우리가 남자들보다 훨씬 더 좋은 점수를 받기 전까지만 해도, 모두 신사인 양 우리에게 꽤 정중하게 굴었죠. 하지만 결국은 학기가 끝나기도 전에 그냥 떠나달라고 요청하더군요. 리앤더를 보면, 사소한 경쟁에서 지는 것조차 견디지 못하는 거만한 놈팡이들이 떠오른다고요."

"하지만 애야, 지금 네 주장이 옳다고 생각하지는 않겠지? 단지 리앤더가 다른 사람을 떠오르게 한다고 해서, 실제로 그런 사람이란 의미는 아니잖니."

"전 그 사람과 의학에 관한 이야기를 해보려고 몇 번이나 시도했어요. 하지만 그 사람은 그저 절 빤히 바라보기만 했다고요. 만일 언니가 그 사람의 양말 짝을 맞추는 것말고 자신의 인생을 위해 뭔가 다른 일을 하겠다고 결심하면 어떡하죠? 분명 그렇게 되면 리앤더는 게이츠가 제게 하는 것보다 더 심하게 행동할 거예요. 그것도 저에게 하는 것처럼 잠깐 괴롭히는 게 아니겠죠. 언니는 평생 그 사람에게 벗어나지 못할 테니까요."

딸의 말을 들은 오펄은 얼굴을 찌푸리고 말했다.

"휴스턴과 이 문제에 대해 이야기를 해본 적은 있니? 아마 왜 리앤더를 사랑하는지 그 이유를 네게 설명해 줄 거다. 단둘이 있을 때면 두 사람도 다르게 행동할 거야. 난 휴스턴이 리앤더를 사랑한다고 생각해. 그리고 네가 뭐라 하든 리앤더는 좋은 사람이란다."

"덩컨 게이츠도 그렇죠."

블레어는 나지막하게 중얼거렸다. 하지만 그녀는 '좋은' 남자들이 여자들의 영혼을 빼앗을 수도 있음을 깨닫고 있었다.

제2장

블레어는 휴스턴과 이야기를 하려고 최선을 다했지만, 휴스턴은 무표정한 얼굴로 그저 리앤더를 사랑하고 있다는 말만 되풀이할 뿐이었다. 블레어는 속상해서 울어버리고 싶은 심정이었지만, 곧 언니를 따라 아래층으로 내려가면서 또 다른 계획을 세우기 시작했다. 오늘은 모두 시내로 나갈 예정이었다. 블레어는 챈들러 신문사에 들러 앨런이 보낸 의학 잡지를 찾으러 갈 계획이었고, 휴스턴은 살 물건이 있었기 때문에 두 사람 모두 리앤더를 따라가기로 한 것이다.

지금까지 블레어는 리앤더를 예의바르게 대하려고 노력했다. 하지만 그가 본색을 드러내게 한다면? 얼마나 독선적이고 고지식한 독재자인지 밝혀낸다면? 혹시라도 리앤더가 덩컨 게이츠처럼 강압적이고 속 좁은 사람이라는 것을 입증한다면? 그러면 휴스턴도 그와의 결혼을 다시 생각할지 몰랐다.

물론 블레어가 리앤더를 잘못 판단했을 수도 있었다. 그렇다면,

만일 리앤더가 앨런처럼 정말 사려 깊고 마음이 넓은 남자라면, 블레어도 휴스턴의 결혼식에서 가장 큰 목소리로 축가를 부를 용의가 있었다.

블레어가 아래층으로 내려가니 리앤더가 기다리고 있었다.

블레어는 말없이 리앤더와 휴스턴을 따라 집에서 나왔다. 그 사이에도 두 사람은 서로를 바라보거나 손을 잡지 않았다. 휴스턴은 그저 천천히 밖으로 걸어 나갔다. 코르셋이 너무 꽉 끼어서 숨쉬기가 거북해서 그러는 것 같았다. 그러더니 리앤더의 도움을 받아 그의 낡은 검정색 마차에 올라탔다.

"여성이 아내와 어머니 역할 외에 다른 일을 할 수 있다고 생각해본 적 있나요?"

자신이 마차에 오를 수 있게 도와주려고 리앤더가 다가오자 블레어는 그에게 대뜸 물었다. 그리고는 휴스턴을 바라보며 언니가 리앤더의 대답에 귀를 기울이는 모습을 확인했다.

"아이들을 싫어해?"

그가 놀란 듯이 물었다.

"전 아이들을 무척이나 좋아해요."

블레어는 재빨리 대답했다.

"그러면 당신이 싫어하는 건 남자로군."

"아뇨, 물론 남자들도 좋아해요. 적어도 몇몇 남자들은요. 당신은 아직 제 질문에 대답하지 않았어요. 여자들이 아내와 어머니 역할 외에 다른 것을 할 수 있다고 생각해요?"

"그건 여자 나름이지. 내 동생만 해도 둘이 먹다가 하나가 죽어도 모를 만큼 맛있는 자두 절임을 만들 줄 아니까."

리앤더는 눈을 반짝이며 그렇게 대답하면서 싱긋 윙크한 뒤, 블레어가 반박하기 전에 재빨리 그녀의 허리를 잡고 반쯤 집어던지듯 마차로 밀어 넣었다.

블레어는 다시 묻기 전에 먼저 마음을 가라앉힐 시간이 필요했다. 리앤더는 그녀의 질문을 심각하게 받아들이지 않은 것이 분명했다. 그에게 적어도 유머 감각이 있다는 사실은 마지못해 인정해야겠지만.

챈들러 시의 도로를 따라 마차가 움직이는 동안 블레어는 길가의 풍경을 감상하려고 애썼다. 시내에서 가장 오래된 석조건물인 오페라 하우스의 문은 새로 칠한 상태였고, 벌써 멋진 호텔도 세채 이상 들어서 있었다.

마을의 거리에는 외딴 목장에서 온 목동들과 투자를 위해 챈들러 시로 찾아온 세련된 동부 사람들, 광산에서 내려온 광부들, 세 사람을 보고 고개를 끄덕이거나 손을 흔드는 마을 토박이들 등 사람과 마차로 넘쳐났다.

"돌아와서 반가워요, 블레어-휴스턴."

마차를 따라오면서 소리치는 사람들도 있었다.

블레어가 언니를 흘끗 쳐다보자, 휴스턴은 서쪽 끝에 있는 엄청나게 큰 저택을 넋이 나간 듯 쳐다보고 있었다. 블레어가 한 번도 보지 못했던 그 새하얀 저택은 케인 태거트라는 사람의 지시대로 도시 전체를 한눈에 내려다볼 수 있는 언덕 꼭대기에 서 있었다.

지난 몇 년 동안 어머니와 휴스턴이 편지에 그 집에 관한 온갖 시시콜콜한 이야기까지 적어 보냈기 때문에, 블레어도 그 집에 대해서는 어느 정도 알고 있었다. 두 사람은 사망과 탄생, 결혼과 사건 등 챈들러 시에서 일어나는 모든 일이 저 저택과 관련되지 않으면 조금도 중요하지 않다는 투로 무시해버렸다.

저택이 완공되었음에도 불구하고 집주인이 아무도 집으로 초대하지 않자, 어머니와 언니는 그 사실을 절망적인 어조로 적어 보냈다. 그때 블레어는 내일 당장이라도 세상이 무너질 것 같은 분위기의 편지들을 읽으며 매우 즐거웠다.

"아직도 도시 전체가 그 저택을 구경하려고 난리야?"

블레어가 생각을 가다듬으며 물었다. 만일 리앤더가 그녀의 질문을 심각하게 받아들이지 않는다면, 그래서 그로부터 제대로 된 대답을 듣는 것이 불가능하다면, 어떤 방법을 써야 휴스턴에게 리앤더의 정체를 폭로할 수 있을까?

휴스턴은 괴성(怪城) 같은 저택에 대해 꿈을 꾸는 듯한 목소리로 말했다. 그녀는 그것을 요정이 사는 성으로 생각하고, 꿈이 현실로 이루어진 것으로 여기는 듯했다.

"응. 하지만 태거트 씨는 아무도 집에 초대하지 않는 것 같아. 안 그래도 사람들이 흉흉한 소문을 퍼트리는 것 같아서 걱정이야."

휴스턴이 케인 태거트에 대해 언급하자 리앤더가 말했다.

"사람들이 말하는 내용이 전부 다 뜬소문은 아니라고 생각해. 제이콥 펜튼의 말에 의하면……."

"펜튼! 펜튼은 자기가 원하는 것을 얻기 위해서는 다른 사람의 목숨까지 짓밟는 아주 교활하고 잔인한 사람이에요."

리앤더가 펜튼에 대해 말하자 이번에는 블레어가 소리쳤다. 펜튼은 챈들러 시에 있는 광산의 대부분을 소유한 지주로, 광산에 사는 사람들을 죄수처럼 감금하고 있었다.

"무조건 펜튼을 비난해서는 안 돼. 그 사람 입장에서 보면 이익을 바라는 주주들이 있고, 계약에 충실해야 할 의무도 있어. 사업이란 다른 사람들과의 약속으로 이루어지는 거니까."

블레어는 리앤더의 말을 믿을 수 없었다. 마주 오는 짐마차가 지나갈 수 있도록 마차를 잠시 멈추자, 그녀는 휴스턴을 흘끗 바라보며 내심 기뻐했다. 리앤더가 광산을 소유한 부자들을 옹호하는 반면, 휴스턴은 진심으로 광부들을 걱정하고 있었기 때문이다.

"직접 광산에서 일해본 적이 없잖아요. 살아가기 위해서 하루하루를 고통과 싸우는 것이 얼마나 힘든지 당신은 모를 거예요."

"당신에게도 같은 말을 해주고 싶군."

"적어도 당신보다는 나아요. 당신은 하버드 대학에서 의학을 공부했죠. 하버드는 여성의 입학을 허용하지 않아요."

"또 그 이야기로군. 말해 봐. 모든 남자 의사들을 다 적으로 여기는 거야? 아니면 특별히 나를 지목해서 공격하는 거야?"

"당신은 언니와 결혼할 사람이잖아요."

그는 한쪽 눈썹을 치켜올리면서 놀란 듯이 그녀를 쳐다보았다.

"당신이 질투할 줄은 몰랐어, 블레어. 기운 내라고. 당신도 언젠가는 당신에게 어울리는 좋은 남자를 만날 수 있을 테니까."

블레어는 주먹을 꽉 쥐고 고개를 바짝 치켜들었다. 그리고 지금은 자신을 과대평가하고 있는 이 교만한 남자의 진면목을 밝혀내기 위해 언쟁하고 있는 중임을 다시 한 번 상기했다. 또 언젠가는 언니를 위해서 이렇게 노력하고 있는 자신을 언니가 고맙게 여겨주기를 바랐다.

블레어는 깊은 한숨을 쉬었다.

"여자가 의사가 되는 걸 어떻게 생각해요?"

"난 여자를 좋아해."

"그러니까 병원에서가 아니라 여자로서의 본분을 지킬 때 좋아한다는 말이군요."

"그건 당신이 말한 거잖아. 난 그런 말 한 적 없어."

"제가 진정한 의사가 아니라고, 당신과 함께 진료할 수 없다고 말했잖아요."

"난 단지 병원 이사진이 당신을 받아들이지 않을 거라고 말했을 뿐이야. 당신이 이사진의 허락만 받아낸다면, 난 내 피 묻은 수술복을 기꺼이 보여줄 용의가 있어.”

“그 이사진 중에 당신 아버지도 포함되어 있잖아요?”

“다섯 살짜리 꼬마처럼 아버지를 휘두를 수는 없잖아. 예전에도 그랬던 건 아니지만.”

“그분도 당신과 똑같은 사람일 거예요. 여자도 의사가 될 수 있다는 사실을 인정하지 않으시겠죠.”

“내 기억으로는 여자의 의료능력에 대한 내 개인적인 믿음을 피력한 적이 없는 것 같은데.”

블레어는 비명을 지르고 싶었다.

“지금 일부러 말을 빙빙 돌리고 있잖아요. 도대체 여의사에 대해서 어떻게 생각해요?”

“그거야 환자에게 달렸지. 만약 여자에게 치료받기보다는 차라리 죽는 편이 낫다고 말하는 환자가 있다면, 그 환자 근처에는 여의사가 얼씬도 못 하게 할 거야. 하지만 환자가 여의사를 찾아달라고 애걸하면 세상을 다 뒤져서라도 구해 줘야 하지 않겠어?”

블레어는 할 말이 없었다. 지금까지 리앤더는 그녀의 질문에 이리저리 둘러대기만 할 뿐이었다. 그러자 리앤더는 의도적으로 화제를 바꾸려는 듯 짐마차가 지나가길 기다리며 다시 말했다.

“저곳이 바로 휴스턴이 꿈꾸는 집이지. 나와 약혼하지 않았으면 휴스턴도 지금쯤 케인 태거트와 저 집을 차지하려고 경쟁하는 여자들 틈에 끼여 있을 거야.”

“전 단지 집 내부를 구경하고 싶을 뿐이에요.”

휴스턴은 멍한 목소리로 대답한 뒤, 리앤더에게 윌슨 씨의 상점 앞에 내려달라고 부탁했다.

휴스턴이 가버리자 블레어는 더 이상 리앤더와 이야기하고 싶은 마음이 사라졌고, 리앤더도 굳이 대화를 계속할 필요를 못 느끼는 듯했다. 블레어는 병원업무에 관한 무수한 질문이 입 안에서 맴돌았지만, 또다시 리앤더가 자신의 말을 농담으로 가볍게 받아넘기는 것을 원하지 않았다.

리앤더는 블레어를 챈들러 신문사 근처에 내려주었다. 그녀는 어릴 때부터 알고 지내던 사람들과 이야기를 나누기 위해 잠시 걸음을 멈췄다. 모두 챈들러 쌍둥이를 구별하지 못했기 때문에 사람들은 그 둘을 '블레어-휴스턴'이라고 불렀다. 블레어는 지난 몇 년 동안 그 이름으로 불리지 않았기 때문에, 독립된 개인이 아니라 두 사람 중 하나로 불릴 때마다 휴스턴의 기분이 어땠을지 궁금했다.

블레어는 신문사로 배달된 최신 의학 잡지를 받은 뒤, 휴스턴과 리앤더를 만나기로 약속한 패럴 씨의 상점으로 가기 위해 널찍하고 나무가 무성한 거리를 따라 걸음을 옮겼다.

울타리에는 커다란 검은 말과 흰 점박이 말이 끄는 마차가 묶여 있고, 리앤더는 그 옆에 기대서 있었다. 휴스턴의 모습이 보이지 않자, 블레어는 언니가 올 때까지 구두 상점에나 가봐야겠다고 생각했다. 하지만 리앤더가 먼저 블레어를 발견하고 세상 사람들 모두에게 들릴 만큼 큰소리로 말했다.

"꼬리를 보이고 도망치는 거야?"

블레어는 등을 꼿꼿이 세우고 씩씩대며 먼지가 뿌옇게 나는 길을 건너서 곧장 걸어갔다. 능글맞은 웃음을 지으며 자신을 바라보고 있는 리앤더를 보자, 블레어는 자신이 남자여서 그에게 결투를 신청할 수 있었으면 좋겠다고 상상했다.

"지금 전혀 숙녀답지 못한 생각을 하는 것 같은데, 그 생각을 게이츠 씨가 알면 뭐라고 할까?"

"잘했다고 할 거예요."

리앤더의 표정이 갑자기 진지해졌다.

"휴스턴이 그러는데 게이츠 씨가 당신에게 너무 거칠게 대한다더군. 혹시라도 내가 도울 일이 있다면 최선을 다해 도와줄게, 블레어. 자, 무엇이든지 말해 봐요."

잠시 블레어는 갑자기 그가 태도를 바꿔서 도와주겠다고 하자 너무 당혹스러웠다. 그녀는 그가 자신을 경멸한다고 생각했다. 블레어가 미처 입을 열기도 전에, 휴스턴은 벌겋게 달아오른 얼굴에 곤혹스러운 표정을 지으며 나타났다.

"제 시간에 나타났군. 당신이 지금 블레어를 죽음보다 더 끔찍한 상황에서 구해준 거 알아? 지금 막 나를 기쁘게 해줄 말을 해야 했거든."

"뭐라고요?"

휴스턴이 숨을 고르며 말했다. 리앤더는 아무 말 없이 그녀의 팔을 잡고 마차로 데려간 후 다시 말했다.

"집에 가서 오늘 밤 주지사 환영회 준비를 하는 게 어떠냐고 말했어."

그는 휴스턴이 마차에 오를 수 있도록 도와준 뒤 블레어에게 손을 내밀었다. 블레어는 언니를 흘끗 바라보면서 다시 한 번 리앤더의 진면목을 밝혀내기 위해 노력해야겠다고 생각했다.

"보나마나 당신도 여자들이 지나치게 머리를 쓰면 미성숙해진다는 클라크 박사의 이론을 믿겠죠?"

블레어가 큰소리로 말했다. 그러자 리앤더는 블레어의 허리를 붙잡고 잠시 멍하니 쳐다보다가 싱긋 웃었다. 그는 짓궂게 블레어를 위아래로 훑어보며 말했다.

"블레어, 당신은 걱정할 필요가 전혀 없겠어. 내 눈에는 당신 머리도 제대로 돌아가는 것 같고."

블레어는 마차 구석에 앉아 껄껄대는 리앤더의 웃음소리를 들으며 자신만큼 인내심이 강한 동생도 없을 거라고 생각했다.

마차가 막 도시를 벗어나려 할 때, 가난한 목장주로 보이는 거대한 몸집의 두 남자가 허름한 짐마차를 몰고 나타나 리앤더에게 멈추라고 신호했다. 그 중 덥수룩한 수염에 지저분한 옷을 입은 남자가 휴스턴에게 아주 무례한 태도로 아는 척을 했다. 휴스턴은 항상 무례하고 예의 없는 남자들을 외면했는데, 그날만큼은 그의 무례함에도 아랑곳없이 예의바르게 인사를 건넸다. 그러자 그는 채찍을 휘두르며 마차를 몰고 사라졌다.

"도대체 어떻게 된 거야? 당신이 태거트 씨를 알고 있는지 몰랐는데."

휴스턴이 대답하기도 전에 블레어가 먼저 끼어들었다.

"저 남자가 저 큰 저택의 주인이란 말이야? 왜 저 사람이 다른 사람들에게 말을 안 거는지 알겠어. 분명 사람들이 자신을 무시하는 걸 알아서야. 그런데 어떻게 우리를 구별했지?"

"옷 때문이겠지. 방금 잡화상에서 만났거든."

휴스턴이 재빠르게 대답했다.

"흠, 아직까지 저 남자의 집으로 초대받은 사람이 없었으니 휴스턴이 그 집을 구경시켜 달라고 귀찮게 졸랐는지도 모르지."

리앤더가 빈정대며 말했다. 그러자 블레어가 언니에게 몸을 숙이고 물었다.

"그래서 초대받았어?"

"그런 초대장을 돈으로 사고팔 수 있다면 떼돈을 벌었을 거야."

리앤더가 끼어들었다.

"저 사람처럼? 저 사람이라면 자신의 재산을 잘 지킬 거야. 저 공룡 같은 집도 그렇고."

블레어는 도시 끝에 우뚝 서 있는 저택을 보면서 말했다.

"이번에도 우린 똑같이 생각했군. 혹시 이러다가 이게 버릇이 되는 거 아니야?"

리앤더가 깜짝 놀란 듯한 표정을 지으며 덧붙였다.

"행여나요."

블레어는 재빨리 말했다. 하지만 그녀의 마음은 그렇지 않았다. 어쩌면 그에 대한 판단이 조금은 틀렸는지도 몰랐다.

하지만 20분도 지나지 않아 블레어는 또다시 언니의 미래가 걱정되기 시작했다. 블레어는 리앤더와 휴스턴을 남겨두고 먼저 오펄의 정원으로 들어선 순간, 리앤더의 마차에 의학 잡지를 두고 내렸음을 깨달았다. 그리고 리앤더를 따라잡기 위해 서둘러 아래층으로 내려갔다가 한 쌍의 연인 사이에서 벌어지는 작은 드라마를 목격하게 되었다.

리앤더가 휴스턴의 머리 위에 앉은 벌을 쫓으려고 몸을 숙이자, 휴스턴의 몸은 뻣뻣하게 굳어버렸다. 블레어가 서 있는 곳에서도 휴스턴이 리앤더의 손길을 거부하고 있음이 역력하게 드러났다.

"걱정할 필요 없어. 당신에게는 손가락 하나 대지 않을 테니까."

"우리가 결혼할 때까지는 안 돼요."

휴스턴이 작은 목소리로 속삭였지만, 리앤더는 그 말에 대답도 하지 않고 걸어 나가서 마차를 몰고 재빨리 사라졌다.

리앤더는 집에 도착하자마자 색유리가 흔들릴 정도로 거칠게 현관문을 열어젖혔다. 그는 한 번에 두 계단씩 뛰어 위층으로 올라간 뒤 왼쪽으로 틀어 첫 번째 방으로 들어갔다. 그 방은 그가 휴스턴과 결혼해서 새로 지은 집으로 이사할 때까지는 머물러야 하는 방이었다.

리앤더는 아버지와 거의 부딪칠 뻔했지만 미안하다는 말도 하지 않고 계속 걸어갔다.

리드 웨스트필드는 아들이 잔뜩 화가 난 표정으로 걸어가는 모습을 보고, 그의 뒤를 쫓아 방으로 들어갔다. 리드가 들어섰을 때 리앤더는 가방에 옷을 던져 넣고 있었다.

리드는 잠시 문가에 서서 아들이 하는 행동을 지켜보았다. 키가 작고 땅딸막한 체형에 불독처럼 험상궂은 표정의 리드는 외모만 봐서는 아들과 닮은 구석이 전혀 없었지만, 성격은 아주 흡사했다. 특히 화가 났을 때 웨스트필드 부자는 판에 박은 듯이 똑같았다.

"급한 환자라도 생겼니?"

리드는 리앤더가 화를 내며 옷장의 옷을 꺼내 침대 위에 있는 가방으로 집어던지는 모습을 바라보았다. 하지만 그가 몹시 화가 나 있어서 그런지, 옷은 가방에 제대로 들어가지 않았다.

"아뇨, 여자 때문입니다."

리앤더는 악문 잇새로 내뱉듯이 대답했다. 리드는 터져 나오려는 웃음을 기침과 함께 삼켰다. 고객이 무슨 말을 하든 자신의 반응을 숨길 줄 알아야 함을 업무상의 경험으로 익히 알고 있었다.

"휴스턴과 싸우기라도 했니?"

리앤더는 화가 잔뜩 난 얼굴로 아버지를 쳐다보았다.

"저희는 결코 싸우거나, 논쟁을 하거나, 의견이 달랐던 적이 없어요. 휴스턴은 지나칠 정도로 너무 완벽한 여자니까요."

"오, 그럼 휴스턴의 여동생 때문이구나. 오늘도 누가 그러더구나. 그 애가 널 괴롭혔다고. 어차피 처제와 함께 사는 게 아니잖니?"

리앤더는 짐을 꾸리던 손을 멈췄다.

"블레어? 그 여자가 지금 무슨 상관이에요? 블레어는 제가 약혼한 뒤에 만난 여자들 중에서 가장 재미있는 사람이에요. 절 미치게 하는 건 바로 휴스턴이에요. 아니, 더 정확히 말하면 휴스턴 때문에 챈들러 시를 떠나고 싶은 마음이 굴뚝같아요."

리드는 아들의 손목을 잡으며 말했다.

"진정해라. 환자들을 팽개치고 짐을 싸서 기차에 뛰어오르기 전에, 여기 앉아서 왜 그렇게 화가 났는지 이야기나 좀 해보렴."

리앤더는 의자에 털썩 주저앉았다. 그가 다시 입을 열기까지 몇 분의 시간이 흘렀다.

"애초에 제가 왜 휴스턴과 결혼할 마음을 먹었는지 기억하세요? 이제는 그것조차도 기억이 나지 않아요."

리드는 아들의 맞은편에 앉았다.

"내 기억에 의하면 순수하고 깨끗한 욕망 때문이었지. 너는 의대 마지막 학기를 남겨두고 비엔나에서 돌아와서, 사랑스럽고 관능적인 휴스턴 챈들러 양의 추종자들 사이에 끼게 되었잖니. 그리고 그 애의 곁에 있기 위해 어디든 함께 가자고 애원했고. 내 기억대로라면 넌 그 애의 아름다움을 찬미하며, 챈들러 시의 모든 남자들이 그 애와 결혼하고 싶어하는데 어떻게 해야 좋겠냐고 물었지. 또 마침내 그 애가 너의 청혼을 받아들였다고 환호성을 지르던 것도 기억이 나는구나. 넌 너무 좋아서 그 후로도 일주일이 넘도록 멍한 상태였지."

리드는 잠시 말을 멈췄다.

"너의 질문에 충분한 답이 되었는지 모르겠다. 그런데 이제 와서 그렇게 사랑스러운 휴스턴에게 더 이상 아무 감정도 느끼지 않는다고 말하는 거냐?"

리앤더는 심각한 표정으로 아버지를 쳐다보았다.

"문득 휴스턴의 몸매, 걸음걸이, 남자들의 넋을 빼놓는 자태 모두 거짓이라는 생각이 들었어요. 휴스턴은 얼음으로 만든 여자예요.

너무 차갑고 쌀쌀맞아서 감정이라곤 전혀 느껴지지 않아요. 전 감정도 없는 여자와 결혼해서 제 인생을 낭비하고 싶지 않아요."

리드가 안도의 기색을 내비치며 말했다.

"그게 그렇게 잘못됐니? 훌륭한 숙녀란 그렇게 행동해야 하는 법이란다. 결혼한 후를 기다려라. 그러면 아주 따뜻하고 상냥해질 테니까. 네 어머니도 결혼하기 전에는 아주 냉정한 여자였지. 내가 치근댔더니 양산이 부러질 정도로 세게 내 머리를 후려쳤으니까. 하지만 결혼한 후에는 아주 좋아졌어. 훨씬 나아졌지. 이 문제에 관해서는 너보다 경험이 많은 사람의 말에 귀를 기울여라. 휴스턴은 좋은 아가씨야. 단지 지난 몇 년 동안 괴팍한 덩컨 게이츠와 함께 살았기 때문에 그렇게 냉정해진 것뿐이지. 물론 결혼을 앞두고 조금 신경질적이고 불안해진 면도 있겠지."

리앤더는 아버지의 말을 주의 깊게 들었다. 원래 그는 챈들러 시에서 평생을 보낼 계획이 아니었다. 대도시에서 인턴 과정을 밟고, 큰 병원에서 경력을 쌓아, 개인병원을 개업하고 돈을 많이 벌 계획이었다. 하지만 불과 6개월 만에 리앤더는 대도시에서 부유층 여자들의 병적인 히스테리를 치료하는 것보다 더 가치 있는 일을 할 수 있고, 의사가 더 필요한 고향으로 돌아가기로 결심했다.

리앤더가 챈들러 시를 떠나 있는 동안, 휴스턴은 계속 챈들러 시에서 일어난 일이나 소문, 자신이 학교를 졸업한 일 등을 편지로 알려주었다. 그는 항상 그녀의 편지를 기다렸고, 따스한 편지를 보내준 꼬마 소녀를 다시 만나게 될 날을 기대했다.

귀향한 날 아버지는 성대한 환영파티를 열어주었고, 그 '꼬마 소녀'가 방으로 들어왔다. 어느새 성숙한 모습으로 변한 휴스턴의 모습을 보자 리앤더의 손바닥에는 땀이 맺혔고, 어릴 때 친구가 등을 한 대 내리치자 그는 훅 하고 숨을 들이마셨다.

"애써봤자 소용없어. 이 마을의 모든 총각들이 휴스턴에게 청혼도 했고 사귀자고 꼬셔도 봤지만 전부 거절당했으니까. 아무래도 왕자님이나 대통령이 나타나기를 기다리는 것 같아."

"네 녀석들이 제대로 청혼하는 방법을 모르는 거겠지. 파리에 있을 때 몇 가지 기술을 익혀놨으니까 기대하라고."

즉시 리앤더는 챈들러 양과의 결혼이라는 치기 어린 경쟁에 뛰어들었다. 하지만 그때 일이 어떻게 진행되었는지 아직도 분명하게 이해되지 않았다. 그저 몇 번 파티에 함께 갔고, 세 번째 파티에서 리앤더는 분위기에 이끌려 청혼했다.

"당신은 나와 결혼하고 싶지 않겠지, 그렇지?"

대충 그렇게 말한 것 같았다. 당연히 리앤더는 휴스턴이 거절하리라 생각했다. 그러면 친구들이 모인 자리에 나가 멋쩍게 웃으면서, 시도해봤지만 역시 실패했다고 말할 생각이었다.

휴스턴이 그 자리에서 청혼을 받아들이며 5월 20일쯤이 괜찮을 것 같은데 어떠냐고 물어오자, 리앤더는 혼란에 빠지고 말았다. 다음 날 아침 신문에는 그와 휴스턴의 약혼 기사가 사진과 함께 실렸다. 기사는 한 발 더 나아가 그날 아침 이 행복한 연인이 약혼반지를 고를 계획이라고 전했다. 그 뒤로 리앤더는 자신의 청혼에 대해 한 번도 진지하게 새겨볼 여유를 갖지 못했다. 병원에서 바쁘게 일하지 않을 때면 늘 양복점을 바쁘게 쫓아다녔다. 그리고 그는 어느 날 문득, 새로 지은 집에 장식할 커튼의 색에 대해 이야기하는 휴스턴의 말에 자신이 맞장구치고 있다는 사실을 깨달았다.

결혼식을 단지 몇 주일 앞두고 그는 결혼을 재고하고 싶은 충동을 느꼈다. 휴스턴을 만지려고 할 때마다 그녀는 불결하다는 듯 그의 손길을 거부했다. 물론 덩컨 게이츠가 여자의 '본분'과 '위치'에 대해 지나칠 정도로 닦달하는 사람이라는 것은 잘 알고 있었다. 몇 년 전에 아버지는 게이츠가 마을에 새로 생긴 아이스크림 가게에 여자들의 출입을 금지하자는 제안을 했다고 편지로 써 보낸 적이 있었다. 여자들이 자꾸 아이스크림 가게를 들락거리면 게을러지고, 소문이나 퍼트리고, 남자들과 시시덕거리기만 할 뿐이라는 이유에서였다. 아버지의 편지에 의하면, 정말 상황이 그렇게 돌아가서 게이츠의 주장이 사실로 밝혀지자, 마을 남자들 모두 기뻐했다는 것이다.

리앤더는 주머니에서 가늘고 긴 시가를 꺼내 불을 붙였다.

"전 좋은 여자에 대한 경험이 그리 많지 않아요. 아버지는 어머니와 결혼하시기 전에 어머니가 변하지 않으면 어떡하나 걱정하지 않으셨어요?"

"밤낮으로 걱정했지. 심지어는 나 역시 네 할아버지에게 네 어머니와 결혼하지 않겠다고 말씀 드렸지. 그런 목석 같은 여자와는 평생 함께 살 수 없다고 말이야."

"하지만 마음을 바꾸셨잖아요. 왜죠?"

리드는 겸연쩍은 미소를 지었다.

"음……. 그건…… 내가…… 그러니까……."

그는 당황한 표정으로 고개를 돌렸다.

"만약 네 어머니가 여기 있었다면 분명 네게 이 이야기를 해주었으면 하고 바랄 거다. 솔직히 말하면 내가 너의 어머니를 유혹했단다. 샴페인을 많이 먹이고 난 후에 몇 시간 동안 달콤한 말을 속삭이면서 꼬셨어."

그는 어색하게 돌아섰다.

"하지만 네게 나처럼 하라고 충고하는 건 아니다. 단지 내 경험을 통해 배우라고 충고하는 거야. 진짜로 그렇게 했다가 엄청난 문제에 휘말릴 수도 있으니까. 뭐, 어찌 보면 단지 2주일 남았는데 무슨 문제가 생길까 싶기도 하구나."

"아버지의 충고를 새겨둘게요."

"내가 괜한 소리를 한 것은 아닌지 모르겠다. 휴스턴은 사랑스러운 아가씨야. 그리고…… 난 너의 판단을 믿는다. 네가 무슨 생각을 하고 어떤 행동을 하든 난 그게 최선이라고 생각해. 오늘 밤에 집에서 저녁을 먹을 생각이냐?"

"아뇨, 오늘 밤에는 휴스턴과 주지사 환영회에 참석해야 해요."

리앤더는 깊은 생각에 잠긴 것처럼 부드럽게 말했다. 리드는 무슨 말을 하려는 듯한 표정을 지었지만, 그냥 입을 다물고 방을 나갔다. 만일 그 뒤에 아들이 술집에서 프랑스산 샴페인 네 병을 주문하고, 가정부에게 굴 요리로 시작해 초콜릿으로 끝나는 근사한 저녁 식사를 준비해달라고 부탁한 것을 알았더라면, 그는 하려던 말을 그렇게 쉽게 삼키지 않았을지도 모른다.

제3장

블레어는 챈들러 저택의 맨 위층에 있는 자신의 방에 앉아 복막염에 관한 기사에 정신을 집중하려고 애썼다. 그러나 그녀의 시선은 어쩔 수 없이 창문 아래 정원에서 장미를 자르고 있는 언니에게 향했다. 장미 향기를 음미하며 콧노래를 흥얼거리는 휴스턴의 모습을 보니, 그녀는 무척 기분이 좋아 보였다.

블레어는 휴스턴을 전혀 이해할 수 없었다. 조금 전까지 약혼자와 말다툼을 하고, 약혼자가 화가 나서 뛰쳐나갔는 데도, 휴스턴은 전혀 화난 얼굴이 아니었다.

그리고 마을에서 만난 케인 태커트라는 남자의 일도 그랬다. 휴스턴이 정식으로 소개받지 않은 남자에게 그토록 정중하게 인사하는 모습은 한 번도 본 적이 없었다. 휴스턴은 관습과 예절을 엄격하게 지키기 때문에, 불결하고 지저분한 털북숭이에게 오랜 친구인 것처럼 인사를 건넬 사람이 결코 아니었다.

블레어는 읽고 있던 잡지를 내려놓고 정원으로 내려갔다. 그리고 휴스턴에게 다가가자마자 단도직입적으로 말했다.

"좋아. 지금 무슨 일이 진행되는 건지 알고 싶어."

"네가 지금 무슨 말을 하는지 모르겠어."

휴스턴은 아기처럼 순진한 표정을 짓고 있었다.

"케인 태거트!"

블레어는 언니의 표정을 유심히 살피면서 대답했다.

"윌슨 씨의 가게에서 만났어. 그래서 나중에 그 사람이 아는 척을 한 거야."

블레어가 휴스턴의 얼굴을 살펴보니, 뭔가 굉장히 흥분되는 일이라도 있는 듯 언니의 얼굴이 평상시보다 더 상기되어 있었다.

"나한테 뭔가 감추는 게 있지?"

"어쩌면 끼어들지 말아야 했나 봐. 하지만 태거트 씨의 표정을 보니 금방이라도 화를 낼 것 같았어. 그래서 싸움을 막아야겠다고 생각했어. 불행히도 덕분에 메리 앨리스와 사이가 나빠졌지만."

휴스턴은 블레어에게 메리 앨리스 펜더거스트가 멸시 어린 표정으로 태거트를 바라보며 그를 광부라고 놀리고, 그에게 붉은 수건을 흔들어대던 일에 대해 이야기했다.

블레어는 휴스턴이 자신의 일이 아닌 일에 끼어들었다는 사실에 더욱 더 놀랐다. 더욱 마음에 들지 않는 것은 태거트의 외모였다. 그는 상대가 누구든지 무슨 짓이듯 할 수 있는 남자처럼 보였다. 또 벤더빌트(1843-1899, 사업가·박애주의자·해군제독을 역임)나 제이 굴드(1836-1892, 미국의 철도회사 경영자·금융업자·주식투자가), 록펠러(1839-1937, 미국의 실업가·자선가)처럼 태거트와 똑같은 부자들에 대해서도 별로 좋지 않은 소문을 너무 많이 알고 있었다.

"난 언니가 그런 남자와 어울리는 게 싫어."

"리앤더처럼 말하는구나."

"이 일에 대해서는 리앤더가 옳아."

블레어가 딱 잘라 말했다.

"오늘 밤을 길이길이 새겨놓아야겠네. 하지만 블레어, 오늘 밤 이후로 절대 케인 태거트의 이름을 언급하지 않겠다고 맹세할게."

"오늘 밤이라니?"

문득 블레어는 어딘가 안전한 곳을 찾아 도망쳐야 할 것 같은 예감이 들었다. 어릴 때에도 휴스턴은 종종 불행한 종말로 치닫는 온갖 계획에 블레어를 끌어들였고, 매번 블레어만 혼이 났었다. 그 누구도 고분고분하고 착한 휴스턴이 그런 일을 꾸몄으리라고는 상상조차 하지 못했다.

"이걸 봐. 심부름하는 아이가 이걸 가져왔어. 그 사람이 오늘 저녁에 자신의 집에서 식사하자며 나를 초대했어."

휴스턴은 소매에서 편지를 꺼내 블레어에게 주었다.

"그래서? 언니는 오늘 밤 리앤더와 나가기로 했잖아, 안 그래?"

"블레어, 너는 그 집이 이 도시를 얼마나 휘저어놓았는지 몰라서 그래. 모든 사람들이 그 집을 구경하려고 안달이야. 전국 각지에서 그 집을 보려고 몰려들었지만 어느 누구도 초대받지 못했어. 한번은 영국 공작이 이 도시를 방문하자 시에서 태거트 씨에게 공작을 그 집에 묵게 해달라고 압력을 넣었는데, 그 사람은 들은 척도 하지 않았어. 그런데 내가 초대받은 거야!"

"하지만 언니는 다른 곳에 가야 하잖아. 주지사가 올 거라고. 낡은 저택 내부를 구경하는 것보다 주지사를 만나는 게 더 중요할 것 같은데?"

휴스턴은 그날 아침에 흉측한 저택을 올려다볼 때와 똑같이 이상한 표정을 짓고 있었다.

"넌 이게 무슨 의미인지 이해하지 못할 거야. 몇 년 동안 물건을 신고 들어오는 기차를 구경했어. 게이츠 씨 말에 의하면 무슨 일이 진행되고 있는지 마을 사람들이 전부 볼 수 있도록 집주인이 일부러 덮개를 치지 않았다는 거야. 전 세계 각지에서 들여온 물건을 말이야. 오! 블레어, 저택은 온갖 가구들로 가득하다고! 그리고 태피스트리(다채로운 선염색사로 그림을 짜 넣은 직물로 벽걸이·가리개·휘장·실내장식품으로 이용한다.)까지! 전부 브뤼셀산이었어."

"하지만 언니, 언니가 동시에 두 장소에 갈 수는 없잖아. 주지사 환영회가 선약이니까 거기 가야 해."

그걸로 문제가 끝나기를 바라면서 블레어는 단호하게 말했다. 두 남자를 비교하면 리앤더가 확실히 좀더 나았다.

"우리가 어릴 때는 동시에 두 장소에 간 적도 있었는데."

휴스턴은 아무 일도 아니라는 듯 대수롭지 않게 말했다. 블레어는 갑자기 숨이 탁 막혔다.

"지금 나보고 언니 노릇을 하란 말이야? 리앤더와 저녁시간을 보내라고? 언니가 그 음탕한 남자의 집을 구경하는 동안 나보고 리앤더를 좋아하는 척하라고?"

"왜 케인이 음탕하다고 생각하니?"

"케인이라고? 언니가 그 사람하고 아는 사이인지 몰랐는데?"

"말 돌리지 마, 블레어. 제발 한 번만 부탁할게. 나랑 자리 좀 바꿔줘. 오늘 밤만. 다른 날 가도 상관없지만 게이츠 씨가 못 하게 할까 봐 무서워. 또 내가 그 집에 가는 걸 리앤더가 좋아할지도 의문이고. 오늘 밤처럼 좋은 기회가 어디 있겠니? 결혼하기 전에 마지막으로 내가 하고 싶은 일을 해보고 싶어."

"언니는 지금 결혼하는 게 무슨 죽으러 가는 것처럼 말하고 있잖아. 더군다나 리앤더는 금세 언니가 아니라고 눈치챌걸."

"지금처럼만 행동하지 않으면 문제없어. 우리 두 사람 다 훌륭한 배우잖아. 내가 매주 수요일마다 노파처럼 행동하는 걸 봐도 그렇지. 그냥 조용하게 있으면서 최대한 리앤더와 말다툼하지 않으면 돼. 특히 의학에 관한 대화는 절대 하지 말고, 불 속으로 뛰어들 것 같은 태도 대신에 숙녀인 척하면 되는 거야."

블레어의 마음이 흔들리고 있었다. 챈들러 시로 돌아온 후로 지금까지 그녀는 휴스턴이 자신의 마음을 억누르고 평생 그렇게 살 것만 같아서 언니에 대한 걱정으로 미칠 것만 같았다. 그런데 일주일 만에 처음으로 휴스턴에게서 생기가 느껴졌다. 마치 어릴 때 곤경에 빠지면 서로 상대방 행세를 한 뒤, 나중에 깔깔대며 웃음을 터트리던 때로 돌아간 듯한 기분이 들었다.

하지만 리앤더는 어쩌지? 이제까지 그와 같이 한 일이라고는 자신이 여의사가 되었다는 사실을 갖고 말장난을 친 것뿐인데……

블레어는 고개를 번쩍 들었다. 리앤더는 한 번도 휴스턴에게 말장난을 한 적이 없었다. 어쩌면 하룻밤 휴스턴이 되어보는 것도 좋겠지. 또 어머니와 휴스턴이 주장하는 것처럼 리앤더가 훌륭한 사람인지 직접 확인할 수 있는 기회도 될 것이다. 단둘이 있어보면 리앤더와 휴스턴이 서로 사랑하고 있음을 확인할 수 있으므로, 자신도 만족하게 되리라 생각했다.

"제발 부탁이야, 블레어. 너한테 이런 부탁을 자주 하는 것도 아니잖아."

"내가 혐오해 마지않는 의붓아버지 집에서 몇 주를 지내자는 부탁 빼고는 말이지. 언니가 결혼할 예정이고 우월감에 빠진 남자와 몇 주 동안 얼굴을 맞대야 하는 것도 빼야겠지. 그리고……."

블레어는 불쾌한 투로 말했지만 얼굴만은 웃고 있었다. 만약 언니가 행복하리라는 확신만 생긴다면, 기쁜 마음으로 펜실베이니아로 돌아갈 수 있을 것 같았다.

"오, 블레어. 제발. 정말로 그 집이 보고 싶어."

"그 집에만 흥미가 있는 거지? 태거트가 아니라?"

"맙소사, 맹세해! 그리고 이제까지 만찬에 수백 번이나 참석했지만 집주인에게 반한 적은 없었어. 게다가 다른 손님도 있을 거야."

"결혼식이 끝난 뒤에 리앤더에게 파티에 같이 갔던 사람이 나라고 털어놓아도 괜찮겠어? 그때 리앤더의 표정을 볼 수 있다면 그럴 만한 가치가 있을 것 같아."

"물론 그래도 돼. 리앤더는 유머감각이 뛰어난 사람이니까 분명 그 사실을 알고 재미있어 할 거야."

"그 말은 못 믿겠네. 그래도 나한테는 재미있을 거야."

"그럼 지금부터 준비하자. 난 그 집에 입고 갈 옷을 골라야겠다. 너는 파란색의 화려한 공단 가운을 입어."

"니커보커스(무릎까지 오는 품이 넉넉한 서양식 바지)를 입고 싶은데 그럼 안 되겠지?"

블레어는 모든 상황이 정리되었다는 사실에 흡족해하며 휴스턴을 따라 집으로 들어갔다. 휴스턴의 차분하고 얌전한 걸음걸이나 행동을 흉내내는 게 쉽지는 않겠지만, 커다란 도전을 눈앞에 둔 것처럼 기대되었다.

하지만 휴스턴이 코르셋을 힘껏 조이기 시작하자 블레어에게 후회가 밀려왔다. 휴스턴이야 예쁘게 보이기 위해 약간의 고통을 감수하는 일에 아무 불만도 없겠지만, 블레어는 고래뼈로 만든 고문기구 때문에 뒤엉켜 있을 자신의 내장을 걱정하지 않을 수 없었다. 그래도 드레스를 입고 휴스턴처럼 과장된 모래시계 체형으로 변한 자신의 모습을 거울에 비춰보니 그리 기분이 나쁘지는 않았다.

휴스턴은 거울에 비친 동생을 바라보며 말했다.

"이제 진짜 숙녀처럼 보이는구나."

그녀는 자신이 입고 있는 치마와 블라우스를 내려다보며, 그 아래 가볍게 조인 코르셋을 점검했다.

"그리고 난 깃털처럼 가벼워진 느낌이야."

두 사람은 잠시 가만히 서서 거울에 비친 서로의 모습을 바라보았다.

"우리가 서로 바뀌었다는 사실을 아무도 모를 거야."

"우리가 입을 열기 전까지는!"

휴스턴의 말에 블레어가 덧붙였다.

"아무 걱정할 필요 없어. 최소한 나처럼 행동하려면…… 그냥 말만 좀 줄이면 되는 거야."

"그 말은 내가 수다쟁이란 뜻이야?"

블레어는 톡 쏘아붙였다.

"그 말은…… 만일 블레어 챈들러가 침묵을 지킨다면 우리 두 사람 다 절대 집 밖으로 나갈 수 없다는 거지. 어머니가 의사를 부를 테니까."

"리앤더를?"

블레어의 말에 두 사람은 동시에 웃음을 터트렸다.

두 사람은 외출하기 위해 옷과 장신구를 챙겼다. 블레어는 그날 밤에 친구인 티아 맨킨과 시간을 보내는 것으로 말을 맞췄다. 그리고 그녀는 다른 사람들이 하기 힘든 경험을 하게 되었다. 자신의 모습을 다른 사람의 시각에서 보게 된 것이다.

처음에 그녀는 휴스턴이 되기 위해 언니의 걸음걸이와 방을 드나들 때의 습관, 먼 곳을 바라보는 듯한 시선으로 사람들을 응시하는 습관 등을 익히는 데 신경을 쓰느라, 휴스턴이 어떤 식으로 자신을 흉내내는지 주의를 기울이지 못했다.

게이츠는 응접실로 들어와서 정중하게 두 아가씨 모두 너무 사랑스러워 보인다고 말했다. 그러자 블레어인 척하고 있던 휴스턴은 머리를 뒤로 젖히고 큰 키로 그를 경멸하듯 내려다보았다.

"전 의사예요. 의사가 되는 건 외모를 가꾸는 일보다 훨씬 더 중요하다고요. 전 고작 아내나 어머니 역할을 하는 것으로 제 인생을 끝내고 싶지 않아요."

블레어는 자신이 단 한 번도 그런 투로 말한 적이 없다고, 악의를 품지 않은 상대를 먼저 공격한 적은 없다고 반박하고 싶었다. 하지만 주위를 둘러보니 아무도 휴스턴의 말이 다른 때보다 지나치다고 생각하지 않는다는 사실을 깨달았다.

블레어는 게이츠가 새빨개진 얼굴로 물고기처럼 입을 뻐끔거리는 모습을 보면서 약간 미안했다. 그리고 자신도 모르게 화가 난 의붓아버지와 언니 사이에 끼어들었다.

"오늘 밤은 날씨가 참 좋아요. 블레어, 리앤더가 올 때까지 정원에 앉아서 기다리는 게 어떻겠니?"

휴스턴이 고개를 돌리자, 블레어는 언니의 얼굴에서 지금까지 한 번도 본 적 없는 혐오와 분노의 표정을 읽을 수 있었다.

'내가 정말 저런 표정을 지었을까? 정말 늘 저렇게 게이츠에게 먼저 대들었을까?'

블레어는 정말 그랬는지 휴스턴에게 물어 보고 싶었지만, 두 사람이 밖으로 나가기도 전에 리앤더가 두 사람을 데리러 왔다. 블레어는 뒤에서 자신인 양 행동하는 휴스턴을 지켜보다가, 문득 리앤더를 보호하고 싶어졌다. 리앤더는 친절하고 상냥한 미소를 머금고 예의바르게 행동하고 있었다. 게다가 그는 너무 잘생겼다. 블레어는 그가 심장을 멎게 할 만큼 멋진 남자라는 사실을 처음으로 깨달았다. 그는 녹색 눈동자에 길고 뾰족한 코, 두툼한 입술을 지닌 진지한 표정의 미남이었다. 조금 긴 듯한 검은 머리카락은 외투 옷깃을 덮고 있었다. 하지만 블레어가 흥미를 느낀 것은 그의 잘생긴 외모가 아니라 풍부한 표정을 담고 있는 눈동자였다. 그의 눈동자에는 아무에게도 말하지 않은 비밀이 감춰져 있는 것처럼 보였다.

"휴스턴, 괜찮아?"

리앤더의 말에 블레어는 현실로 돌아왔다.

"그럼요."

그녀는 언니의 냉랭한 태도를 흉내내려 애쓰며 짧게 대답했다. 리앤더가 자신의 허리를 잡고 번쩍 들어올려 마차에 앉히자 블레어는 그에게 미소를 지었다. 그러자 그도 재빨리 미소로 응답했다. 그녀는 그것만으로도 마음이 훈훈해져서 난생처음으로 그와 동행하는 것을 기쁘게 생각했다.

휴스턴은 마차에 타자마자 리앤더를 공격했다.

"복막염이 퍼지는 것을 막는 방법은 알고 있나요?"

휴스턴은 블레어가 의아할 정도로 적개심에 찬 목소리로 물었다.

'도대체 언니가 왜 저렇게 화가 났을까? 그리고 도대체 복막염이라는 단어는 어디서 배웠지?'

"내장 양쪽을 꿰맨 후 기도를 드려야겠지."

리앤더는 조용하지만 분명하고 사려 깊은 목소리로 대답했다.

"그럼 혹시 여기서도 무균법이라는 것을 쓰나요?"

블레어는 숨을 들이마시고 리앤더를 바라보며 그가 이 질문에 어떤 반응을 보일지 기다렸다. 질문 자체가 너무 노골적이고 모욕적이었기에, 리앤더가 언니에게 심한 폭언을 해도 그를 비난할 수 없겠다는 생각이 들었다. 하지만 리앤더는 그저 블레어에게 윙크한 뒤, 휴스턴에게 챈들러 시의 의사들도 수술 전에는 반드시 손을 씻으니 걱정하지 말라고 말했다.

블레어는 자신도 모르게 미소를 지었다. 문득 두 사람이 하나가 된 듯한 기분이 들었다. 블레어가 언니의 화난 듯한 목소리를 견딜 수 없어서 좌석에 등을 기대고 앉아 별을 올려다보고 있는 동안에도, 휴스턴은 연신 리앤더에게 싸움을 걸고 있었다.

마침내 티아의 집에 도착하자 블레어는 너무 기뻤다. 그리고 휴스턴이 집으로 들어가고, 리앤더와 단둘이 남겨지자, 블레어는 깊이 한숨을 쉬었다.

"엄청난 폭풍우가 지나간 것 같죠?"

블레어는 언니가 보여준 자신의 모습에 대해 리앤더가 어떻게 말할지 두려워하며 그를 바라보았다.

"뭐 악의를 갖고 그러는 건 아니니까 괜찮아. 막 의과대학을 마친 의사들은 다 저런 법이야. 자신의 직업에 대한 책임을 너무 과도하게 인식하거든."

"그러면 나중에는 바뀐다는 말인가요?"

"그렇지. 그걸 어떻게 설명해야 할지 모르겠군. 시간이 지날수록 자신의 한계를 깨닫게 되고, 혼자서도 세상을 구할 수 있다는 확신이 조금씩 흔들리기 시작한다고 할까."

블레어는 마차 등받이에 등을 기대고 긴장을 풀었다. 그리고 리앤더가 자신을 비난하는 휴스턴을 나쁘게 말하지 않아서 정말 친절하다고 생각했다. 더욱이 그는 지금 그녀를 의사라고 말해 주고 있었다.

언니가 마차에서 내린 뒤에도 블레어는 굳이 뒷좌석으로 자리를 옮기지 않았다. 그냥 리앤더의 옆자리에 앉아 그에게 팔짱을 끼는 것이 너무 자연스럽게 느껴졌다. 블레어는 리앤더가 묘한 시선으로 자신을 쳐다보는 것을 눈치채지 못하고 흡족한 기분을 만끽했다.

제4장

콜로라도의 챈들러 시는 해발 2,100미터의 로키 산맥 자락에 위치해서 항상 맑고 신선한 산들바람이 불어왔다. 햇빛이 눈부시게 비치는 여름날에도 해가 지고 나면 숄이 필요할 정도로 산 공기는 서늘했다.

블레어는 리앤더 옆에 앉아서 산에서 불어오는 상쾌한 바람을 가슴 가득 들이마셨다. 그녀는 문득 이제껏 이런 것을 그리워했다는 사실을 깨달았다.

1킬로미터도 채 못 갔는데 갑자기 한 남자가 먼지를 날리며 말을 몰고 나타나더니 리앤더에게 외쳤다.

"웨스트필드, 좀 도와주게. 리버 가에서 어떤 여자가 자살을 기도했어."

말을 타고 나타난 사람은 블레어가 만난 적도 없고, 앞으로 다시 보고 싶지도 않은 인상의 남자였다. 석탄처럼 검은 머리카락과 짧은 턱수염이 도박꾼 같은 인상을 주었다. 게다가 더 싫은 것은 그녀를 쳐다보며 능글맞게 미소 짓는 그 남자의 표정이었다.

그는 챙이 달린 모자를 벗고 그녀에게 고개를 끄덕였다.

"자네가 바빠서 갈 수 없다고 해도 이해하네, 의사 선생."

블레어는 머뭇거리고 있는 리앤더를 흘끗 바라보며 그 이유가 바로 자신이라는 사실을 깨달았다.

"저도 함께 갈래요, 리앤더. 제가 도울 일이 있을 거예요."

도박꾼처럼 보이는 남자가 말했다.

"거긴 숙녀분이 갈 곳이 못 돼요. 아니면 자네가 거기 들어갔다 오는 동안 내가 이 아가씨와 함께 있어주겠네."

리앤더는 꼼짝도 않고 앉아 있다가 갑자기 말 등에 채찍을 휘두르고 블레어에게 소리쳤다.

"꽉 잡아."

블레어는 그 반동으로 마차 뒤쪽 좌석에 털썩 주저앉아서, 리앤더가 미친 듯이 마차를 모는 동안 기둥을 꽉 움켜쥐고 있었다. 리앤더가 마차 세 대 사이의 좁은 틈으로 끼어들자, 블레어는 더욱 겁이 나서 눈을 꼭 감아버렸다. 사람들은 그가 달려오는 모습을 보고 서둘러 길을 비켜주었다. 블레어는 몇몇 사람들이 환호성을 지르며 격려하는 소리를 듣자 '리앤더가 이렇게 거리를 돌진하는 것이 아주 익숙한 광경이구나,' 하고 추측했다.

그는 티제라스 강과 열두 개의 선로를 건너서 도시 북동부 지역에 말을 세웠다. 그곳은 블레어가 한 번도 가본 적 없고, 호기심을 느낀 적도 없는 곳이었다. 그는 재빨리 말을 세운 뒤 가방을 들고 바닥으로 뛰어내려서, 블레어에게 마차에 남아 있으라고 지시했다.

블레어는 도박꾼 같은 남자의 능글맞은 얼굴을 흘끗 바라본 뒤, 리앤더의 뒤를 쫓아 빨간 불빛이 흘러나오는 집으로 들어갔다. 리앤더는 그곳을 잘 아는 것처럼 곧장 2층으로 올라갔지만, 블레어는 자꾸 주위로 시선이 쏠렸다.

사방은 온통 빨간색이었다. 벽과 카펫도 빨갰고, 가구는 빨간 술이 달린 빨간 덮개로 덮여 있었다. 빨간색이 아닌 것은 나무로 만든 것뿐이었다.

계단 위에는 거의 알몸의 여자들이 다양한 속옷을 입고 서 있었다. 블레어가 다가서자 그들은 문에서 물러섰다.

"도움이 필요하다고 했잖아."

리앤더가 고함을 지르자 블레어는 재빨리 사람들을 뚫고 방으로 들어갔다. 그러자 그가 그녀를 흘끗 쳐다보며 말했다.

"마차에 남아 있으라고 했는데."

더러운 침대에는 창백하고 야윈 데다 아직 앳된 티를 벗지 못한 여자가 고통스러운 듯이 몸을 비틀고 있었다. 아무래도 술과 함께 소독약을 삼킨 것 같았다.

"석탄산수(石炭酸水 : 살균, 소독, 방부제. 페놀이라고도 불림. 크레졸의 원조) 중독인가요?"

블레어는 리앤더에게 그렇게 물었다가, 그가 가방에서 위 세척기를 꺼내는 모습을 보고 곧 자신이 할 일이 무엇인지 알아차렸다. 블레어는 곧바로 일에 착수했다. 그녀는 위엄 있는 목소리로 코르셋 위에 검은 침실용 가운만 걸친 여자에게 환자의 팔과 다리를 잡으라고 지시한 뒤, 다른 여자에게는 수건을 가져오라고 시켰다. 또 키가 크고, 옷을 잘 입은 데다, 다른 사람을 잘 부릴 것 같은 여자가 방으로 들어오자, 그녀에게 리앤더의 마차에서 비옷을 두 벌 가져오라고 지시했다. 여자가 그것을 가져오자 블레어는 리앤더의 손이 자유로울 때를 틈타 재빨리 기름칠된 비옷의 소매를 리앤더의 팔에 밀어 넣었다. 그리고 나머지 한 벌은 휴스턴의 옷 위에 겹쳐 입었다.

리앤더는 환자의 식도에 계속 펌프질을 하면서 부드러운 목소리로 그녀에게 말을 걸었다. 그녀는 마침내 소독약과 함께 위에 있던 음식물을 토해냈다. 토사물이 사방으로 흩어졌다.

리앤더가 구역질을 하며 오물을 뒤집어쓴 연약한 소녀를 끌어안고 있는 동안, 블레어는 조용히 방을 깨끗하게 치웠다.

"이젠 괜찮을 거요. 자, 이걸 마셔요."

리앤더는 울기 시작한 여자를 토닥이며 말했다. 그는 그녀에게 물과 알약 두 개를 주었다. 그리고는 환자가 긴장을 풀고 잠이 들 때까지 내내 소녀를 안고 있다가 조심스럽게 침대에 눕힌 뒤, 블레어가 비옷을 갖다달라고 부탁한 여자에게 말했다.

"이 아가씨를 깨끗하게 씻겨서 내일 병원으로 보내줘요. 할 말이 있으니까……."

그 여자는 커다란 눈으로 리앤더를 존경하듯 바라보며 말없이 고개를 끄덕였다. 그녀는 블레어를 바라보며 말했다.

"당신이 이분을 만난 건 행운이에요. 이분 같은 사람은 없어요. 이분은……."

그녀는 리앤더를 한번 보더니 그냥 입을 다물었다.

"이제 그만 나가지."

리앤더는 놀란 표정으로 자신이 입고 있는 방수복을 살펴본 뒤, 침대 너머에 서 있는 블레어를 바라보았다.

"동생이 의사잖아요. 블레어에게 배웠어요."

블레어는 그가 건넨 무언의 질문에 대답하며, 리앤더가 자신의 행동에 대해 꼬치꼬치 캐물을까 봐 걱정스러웠다.

다행히도 리앤더는 그녀의 전문적인 솜씨에 대해 아무 말도 하지 않고 의료기구를 가방에 집어넣은 뒤, 그녀의 팔을 움켜쥐고 방을 나왔다. 주위에 모여 있던 사람들이 멍한 시선으로 두 사람을 바라보며 감사의 말을 웅얼거렸다. 문득 블레어는 저 아가씨들 모두 자신이 침대에 누워 있는 소녀가 되었으면 하고 바랄 거라고 생각했다.

"여기는 자주 오나요?"

그녀는 계단을 내려가며 리앤더에게 물었다.

"일주일에 한 번 정도. 의사로서 오는 거지 다른 이유는 없어. 하긴 다른 목적으로 오는 사람들만큼이나 자주 온다는 생각이 들 때도 있지만……."

마차에 도착한 리앤더가 갑자기 걸음을 멈추자, 블레어는 그가 '당신이 누군지 안다.'라고 말할 것 같은 불안한 예감이 들었다.

"당신이 여기까지 와줘서 고마워. 덕분에 다른 곳에 들러 당신을 내려놓고 올 필요가 없었으니까. 당신이 어떻게 생각할지 모르지만, 이 일은 나에게 아주 중요해."

그녀는 안도의 미소를 지었다.

"당신은 저 여자를 너무 친절하고 재빠르면서도 세심하게 치료했어요."

리앤더는 씩 웃으며 블레어의 관자놀이로 흘러내린 머리카락을 어루만졌다.

"블레어처럼 말하는군. 어쨌든 칭찬은 고맙게 받아들이겠어."

의과대학에 다닐 때 한 교수는 젊은 여의사의 가장 큰 병이 어떤 남자인지도 모르고 그저 훌륭한 의사라는 이유만으로 맹목적인 사랑에 빠져버리는 거라고 말했다. 그 교수는 인턴 과정을 밟게 될 여성들은 의사들을 남자로 보는 일이 없어야 한다고 당부하면서, 그렇지 않으면 그 남자에게 몸을 던지는 사태가 발생할 수도 있다고 심각하게 경고했었다.

지금 이 순간에 블레어는 리앤더야말로 여태까지 본 사람들 중에서 가장 잘생긴 남자라고 생각했다. 의사로서 대처능력도 아주 뛰어났지만 무엇보다도 직업에 대한 열정이 그녀를 사로잡았다. 리앤더가 키스하려는 듯 한 발자국 앞으로 다가서자, 그녀는 휴스턴으로서가 아니라 블레어로서 그의 키스를 받고 싶다는 열망에 사로잡혔다.

그러나 그녀는 고개를 돌렸다. 리앤더는 곧바로 그녀의 얼굴을 쓰다듬던 손을 떨구고 분노의 눈동자로 그녀를 바라보았다. 돌아서는 그의 몸짓에서 분노가 가득 느껴졌다.

블레어는 순간 두려웠다. 지금 그녀는 블레어가 아니라 휴스턴이었다. 사랑하는 남자와 키스하는 것은 아주 당연한 일이었다.

블레어는 재빨리 그의 팔을 잡았다. 그는 걸음을 멈추고 뒤돌아보았다. 분노로 번뜩이는 눈동자를 마주 대하자 그녀는 겁이 나서 하마터면 뒤로 물러설 뻔했다. 그녀는 대담하게 그의 목에 팔을 두르고, 자신의 입술을 그의 입술에 밀어붙였다.

하지만 그는 목석처럼 가만히 서서 그녀의 행동에 아무 반응도 보이지 않았다. 잠시 블레어는 리앤더 웨스트필드가 어쩌면 약혼녀에게 키스 한번 거절당했다고 이런 냉정한 반응을 보이는 속 좁은 남자에 불과할지도 모른다고 생각했다. 하지만 그가 여전히 반응을 보이지 않자, 그녀는 처음 의대에 들어갔을 때처럼 이것도 하나의 도전이라는 오기가 생겼다.

그녀는 발끝으로 서서 이 고집 센 남자에게 약간의 열정을 보여주었다. 하지만 그의 갑작스러운 반응에는 아무 준비가 되어 있지 않았다. 지금까지의 경험으로는 그의 반응에 대처할 수 없었다.

리앤더는 그녀의 머리를 두 손으로 움켜잡고 약간 옆으로 기울인 뒤, 숨도 쉴 수 없을 만큼 열정적으로 그녀의 입술을 차지했다. 그녀는 그에게 몸을 강하게 밀착하며 반응했다. 그러자 그는 그녀의 두 다리 사이로 자신의 무릎을 밀어 넣으면서, 그녀의 입 안에 혀를 집어넣었다.

"실례합니다."

그들 뒤에서 웃음 섞인 목소리가 들리자, 리앤더는 천천히 그녀를 놓아주었다.

블레어는 눈을 감은 채 서서 몸을 기댈 수 있는 마차가 바로 뒤에 있어서 다행이라고 생각했다. 안 그랬으면 쓰러졌을지도 몰랐다. 어렴풋이 도박꾼 같은 그 혐오스러운 인상의 남자가 근처에 있다는 것이 느껴졌다. 리앤더와 이야기를 나누면서도 그는 블레어를 훔쳐보며 능글맞은 미소를 지었지만, 그녀는 전혀 개의치 않았다. 어쩌면 휴스턴의 평판이 큰 타격을 입겠지만, 지금은 언니에 대한 생각이 머릿속에 떠오르지 않았다.

"준비됐어?"

그 남자가 가버리자 리앤더는 그녀의 귀에 대고 부드럽게 속삭였다. 리앤더가 가까이 다가오자 그의 온기가 느껴졌다.

"준비라니요?"

그녀는 중얼거리고 나서 눈을 떴다.

"굳이 주지사 환영회에 갈 필요가 있을까?"

리앤더의 말에 블레어는 재빨리 몸을 추스르고, 자신이 누구이며 지금 그들이 어디에 있는지 떠올렸다. 그녀는 지금 언니의 약혼자와 함께 있었다.

"그럼요. 당연히 가야죠."

블레어는 그와 눈을 마주치지 않으려 애쓰며 수줍게 말했다. 그는 그녀를 마차에 올려주려고 허리를 붙잡으면서 평소보다 손을 더 오래 대고 있었지만, 그녀는 모른 척했다.

일단 자리에 앉자 그녀는 앞만 뚫어지게 바라보았다. 휴스턴이 왜 리앤더를 사랑하는지 알 것 같았다. 리앤더와 휴스턴이 단둘이 있을 때에도 서로에게 냉정할 거라는 생각은 기우에 불과했다.

그녀는 그의 시선을 느끼고 흘끗 그를 훔쳐보았다. 생기 어린 그의 눈동자는 반짝반짝 빛이 났고, 무언가에 굶주려 있는 것 같았다.

블레어는 보일 듯 말 듯 힘없이 미소를 지으며, '앨런'을 떠올리자고 스스로를 다그쳤다. 앨런, 앨런, 앨런!

그녀는 어느 정도 마음을 다잡을 수 있었지만 여전히 들뜬 상태여서, 리앤더가 강을 건너 펜튼 공원의 후미진 곳으로 마차를 모는데도 미처 깨닫지 못했다. 리앤더는 어둠이 번져 가는 야외 음악당 근처에 고삐를 묶어놓고, 그녀가 마차에서 내리도록 도와주었다.

"왜 여기서 멈추는 거예요?"

"내 몸에서 살균제 냄새가 나는 것 같아서 시원한 바람으로 냄새 좀 없애려고……."

그는 마차에서 그녀를 번쩍 들어 내려주면서 미소를 지었다. 블레어는 그에게서 떨어지려고 몸을 돌렸지만 또다시 그의 품에 갇혀버렸다.

"아까 그 소녀에게는 정말 잘했어요."

"아까도 그렇게 말했지."

그녀를 풀어준 뒤 그는 주머니에서 시가를 꺼내 불을 붙였다.

"왜 오늘 밤에는 나를 따라왔지? 전에는 한 번도 그런 적이 없었잖아?"

블레어는 숨을 멈췄다. 빨리 변명거리를 떠올려야 했다.

"오늘 오후에 있었던 일 때문에 너무 걱정이 됐어요. 당신이 무척 화난 것처럼 보였거든요."

블레어는 그럴 듯하게 들리기를 바라면서 대답했다. 그는 고개를 갸우뚱하고 달빛과 담배 연기 너머로 그녀를 바라보았다.

"당신은 내가 화를 내도 전혀 신경 쓰지 않았던 것 같은데?"

'도대체 무슨 소리를 하는 거야? 왜 언니는 리앤더에 대해서 좀 더 자세히 말하지 않았지?'

블레어는 한껏 긴장했다. 그녀는 돌아서서 야외무대에 손을 올려놓았다.

"당연히 걱정하죠, 리앤더. 당신이 저에게 화를 낼 때마다 항상 그랬어요. 앞으로는 그런 일이 없도록 할게요."

그가 너무 오랫동안 아무 말도 하지 않자, 그녀는 돌아서서 그를 보았다. 그는 조금 전과 똑같이 굶주린 눈빛으로 그녀를 바라보고 있었다.

"리앤더, 그렇게 쳐다보니 부끄럽군요. 환영회에는 가지 않을 건가요?"

'제기랄!'

그녀는 또다시 휴스턴이 자신을 곤경에 빠트렸다는 생각이 들었다. 그리고 제발 그 망할 저택이 이만한 가치가 있기를 진심으로 빌었다.

리앤더가 천천히 자신의 팔로 손을 뻗자, 블레어는 주춤거리며 뒤로 물러서다가 나무 무대에 등을 기댔다. 그러자 그는 시가를 던지고 그녀에게 한 걸음 다가왔다. 그녀는 희미한 미소를 지으며 치맛자락을 잡고 계단을 뛰어올라간 뒤, 무대 한가운데로 가서 섰다.

"어릴 때 여기에서 정말 멋진 음악회가 열리곤 했어요."

블레어는 흘끗 고개를 돌리고 자신에게 다가오는 리앤더를 쳐다보았다.

"분홍색과 흰색이 섞인 예쁜 드레스를 입었어요. 그리고……."

블레어의 목소리는 그가 앞을 가로막는 동시에 사라져버렸다. 더 이상 뒤로 갈 수도 없었다. 따뜻한 온기를 느끼면서 그녀는 그를 올려다보았다. 그는 손을 뻗어 그녀를 품에 안았다.

밤의 정적만이 흐를 뿐 음악 소리도 없었다. 하지만 블레어는 리앤더와 함께 왈츠를 추는 동안 어디선가 바이올린 소리가 들려오는 듯했다. 그녀는 눈을 감고 치맛자락을 들어올렸다. 황홀경에 빠진 것처럼 아무 생각도 나지 않았다. 왈츠를 추면서 리앤더가 그녀를 꼭 끌어안고, 그의 다리를 그녀의 다리에 바짝 붙이자, 그녀는 전에 한 번도 경험하지 못했던 기분에 휩싸였다.

그녀는 그가 놓아줄 때까지 시간이 흐르는 것을 의식하지 못했고, 자신이 언니 행세를 해야 한다는 것도, 자신을 안고 있는 이 남자가 언니의 약혼자라는 사실도 기억하지 못했다. 오직 현재만 존재할 뿐, 과거도 미래도 없었다.

그가 그녀의 목과 얼굴에 키스를 퍼붓자, 그녀는 그의 목에 팔을 두고 그에게 완전히 몸을 맡겼다.

"당신은 남들과 다르다고 했지. 자, 떠나기 전에 한 번만 더 키스해 줘."

그가 뭐라고 속삭였지만 블레어는 아무 소리도 듣지 못했다. 그녀의 머릿속에는 몇 개의 단어만 떠올랐다. 그녀는 떠나고 싶지 않았다. 이 순간이 절대 끝나지 않았으면 하고 바랄 뿐이었다. 그리고 그가 다시 키스하자, 그녀의 무릎에서 힘이 빠졌다. 그가 잡아주지 않았다면 분명 무릎이 떨려 주저앉고 말았을 것이다.

그가 뒤로 물러섰지만, 그녀는 몸을 움직일 수 없어서 잠시 눈을 감고 조용히 서 있었다. 그리고 눈을 뜨고 그를 바라보자, 그는 미소를 짓고 있었다. 전에는 한 번도 본 적 없는 기쁨으로 가득한 표정이었다. 그녀도 미소로 답례했다.

"이리 와 봐, 내 사랑. 당신에게 온 세상을 보여주고 싶어."

리앤더가 그녀를 마차에 태우자, 블레어도 제정신이 들기 시작했다. 오늘 저녁은 그녀의 계획과 완전히 다르게 돌아가고 있었다. 단지 언니가 정말 괜찮은 남자와 결혼하는지 확인하기 위해 따라온 것뿐인데, 오히려 리앤더가 자신을 만질 때마다 다리에 힘이 풀리는 이유를 밝혀내야 하는 과학적인 연구과제만 더 얻고 말았으니.

"너무 이상해!"

"뭐가?"

리앤더가 옆에 앉아서 그녀를 돌아보고 물었다.

"그러니까…… 갑자기 너무 머리가 아파요. 아무래도 집에 가야겠어요."

"어디, 내가 좀 살펴볼게."

"싫어요."

블레어는 그의 시선을 피하며 고개를 돌렸다. 그러자 그는 길고 강한 손가락으로 그녀의 턱을 잡더니, 그녀의 얼굴 가까이 자신의 얼굴을 바짝 대었다.

"글쎄, 그렇게 아파 보이지는 않는데? 단지 여기의 이 작은 혈관만 빼곤 말이야."

그녀의 이마에 흘러내린 머리카락에 키스하며 그가 장난스럽게 말했다.

"어때? 조금 도움이 됐어?"

"제발…… 이러지 말아요."

그녀가 몸을 돌리며 말했다. 그는 천천히 부드럽게 그녀의 뺨을 어루만진 뒤, 고삐를 쥐고 공원 밖으로 마차를 몰았다.

블레어는 가슴에 손을 얹고 뛰는 가슴을 진정시켰다. 이제 공식적인 자리에 참석하게 되면 더 이상 위험한 일은 없으리라 생각했다. 그 후에 리앤더가 집까지 바래다주고 나면, 그녀는 다시 자기 자신으로 돌아갈 수 있을 것이다. 그러면 이 위험스러운 남자는 제

자리를 찾아 언니의 품으로 돌아가겠지.

나중에 누가 주지사 환영회에 자신이 뒤늦게 참석해서 주지사와 의례적인 대화를 나누었다고 말해 주었지만, 블레어는 아무것도 기억할 수 없었다. 단지 몇 시간 동안 줄곧 리앤더의 팔에 안겨 춤을 추면서, 그의 깊고 그윽한 초록빛 눈동자만 바라보던 기억만 남아 있었다.

몇몇 사람들이 지금처럼 그녀가 사랑스럽게 보인 적도, 리앤더가 이렇게 행복해 보인 적도 없었다고 말해준 것이 기억났다. 결혼식에 대해 수천 가지 질문이 쏟아졌지만, 블레어는 아무 대답도 할 수 없었다. 아니, 리앤더가 항상 그녀의 옆에 서서 자꾸 춤을 청했기 때문에 그런 질문에 대답할 시간도 없었다.

두 사람이 어떤 대화를 나누었는지도 기억나지 않았다. 그녀는 단지 그의 팔과 눈, 그가 가져다준 느낌에 대해서만 생각했다.

어디에선가 한 소년이 나타나서 급히 리앤더의 도움이 필요하다고 전하자, 블레어도 이성을 되찾고 이제 마법의 밤이 끝났음을 깨달았다. 이 훌륭한 밤이 끝나면 예전으로 돌아가는 신데렐라가 된 것처럼 느껴졌다.

"어떻게 할 거야? 당신은 여기에 더 남아 있겠어? 그럴 거면 누군가에게 당신을 집에 데려다주라고 부탁할게. 아니면 나와 함께 가든가."

"함께 갈래요."

블레어가 대답하자 그는 재빨리 그녀를 마차가 서 있는 곳으로 데려갔다. 어둠에 쌓인 조용한 거리를 지나는 동안 두 사람 모두 아무 말도 하지 않았다. 블레어는 지금 자신이 합리적인 사고를 하기에는 너무 혼란에 빠져 있음을 알고 있었다.

리앤더는 손을 내밀어 그녀의 손을 감싸 쥐고, 그녀가 자신을 바라보자 미소를 지었다. 잠시 블레어는 언니를 떠올리면서 여기에 있어야 할 사람은 자신이 아니라고 생각했다. 오늘 밤 그녀가 겪은 일은 너무 비밀스러워서 다른 사람과 공유할 수 없었다. 그의 미소와 키스는 모두 휴스턴에게 바치는 것이었고, 그들의 사랑에 블레어가 끼어들 자리는 전혀 없었다. 오늘 밤까지 그녀는 쌍둥이 사이의 유대감이 이토록 강하리라고는 생각해본 적이 없었다. 언니가 사랑하는 남자와 단 하루 저녁을 보낸 것뿐인데, 그 유대감 때문에 상대에게 이렇게 강렬한 반응을 보이고 심지어는 그와 사랑에 빠진 듯한 착각이 들다니.

"따뜻해?"

리앤더가 묻자 그녀는 고개를 끄덕였다. 그녀는 따뜻했지만 춥고, 몹시 취했지만 취하지 않은 것 같다고 생각했다.

리앤더는 블레어가 한 번도 본 적이 없는 집 앞에 마차를 세웠다.

"여기가 응급환자의 집인가요? 병원으로 가는 중이라고 생각했는데요?"

"우리가 함께 고른 집까지 잊어버리다니, 나만 생각하다가 그렇게 된 거라고 생각하지. 결혼식에 대해 몇 가지 이야기를 나누어야 할 것 같다고 생각했어. 최근 들어 이야기를 많이 못 했잖아."

"당신 환자는 어떡하고요? 우리가 가지 않으면……."

그는 그녀의 말을 잘랐다.

"응급환자는 없어. 다만 거기서 빠져나올 핑계가 필요해서 내 직업을 이용한 것뿐이야. 기분 나쁜가?"

"정말 집으로 가야 해요. 이미 너무 늦은 시간인 데다 어머니도 저를 기다리시느라 주무시지 않고 계실 거예요."

"당신 어머니는 잠이 깊게 드시는 분이잖아. 오히려 그분을 깨우는 것이 더 힘들걸.”

“네, 당신 말이 맞아요. 하지만 블레어가 집에 돌아온 후로 어머니도 변하셨다고요.”

그가 당황한 표정을 짓자 블레어는 미소를 지으며 결혼식에 대해 이야기하자며 얼른 화제를 바꾸었다. 그녀는 리앤더가 더 이상 묻지 않기를 바라며 그의 곁을 지나 굳게 닫힌 문 앞에 섰다.

실내장식은 한마디로 아름다웠고, 여성스러운 분위기가 물씬 풍기면서도 남성다운 세련미를 잃지 않고 있었다. 블레어는 분명히 휴스턴이 장식했을 거라고 생각했다. 응접실에는 콜로라도의 냉기를 데우기 위해 벽난로가 피워져 있고, 탁자에는 양초와 구운 오리고기, 캐비아, 굴, 초콜릿, 얼음통에 담긴 프랑스산 샴페인 네 병이 있었다. 탁자 주위에는 폭신한 쿠션들이 줄지어 놓여 있었다.

블레어는 벽난로 옆에 서 있는 리앤더와 식탁에 놓은 음식을 보며 자신이 지금 엄청난 곤경에 처해 있음을 깨달았다.

제5장

　자신을 바라보는 리앤더의 눈길에 블레어는 온몸의 피가 빠져나가는 듯한 기분이 들었다. 지난주 내내 이 남자와 함께 시간을 보냈으면서도 그가 여자들에게, 특히 자신에게 특별한 영향력을 행사하는 것을 미처 깨닫지 못했었다. 정말 쌍둥이 사이의 유대감이 이런 반응을 불러일으켰는지도 몰랐다. 휴스턴은 확실히 교활한 사람이었다. 냉정해 보이는 외모 아래 이런 큰 열정을 숨겨왔다니. 그 누구도, 심지어는 쌍둥이 동생마저도 그 오만한 외모 아래 감춰진 불꽃을 미처 알아보지 못했다. 자신과 리앤더가 전혀 어울리지 않는다고 블레어가 걱정할 때 그녀는 속으로 얼마나 웃었을까!

　블레어는 손길이 닿을 때마다 온몸을 전율하게 만드는 남자와 자신이 약혼했다면, 다른 여자가 그와 단둘이 있는 것은 절대 허락하지 않겠다고 생각했다. 심지어는 쌍둥이 언니라도. 아니, 어쩌면 쌍둥이 언니이기 때문에 더욱 안 된다고 말이다.

　블레어는 그렇게 생각하면서도 마음 한편으로는 자신에게도 손길이 닿을 때마다 떨리게 만드는 남자가 있다고 스스로를 위로했다. 뭐, '만질 때마다'까지는 아니지만 그녀에게 충분한 열정을 일깨워 주는 사랑스러운 연인이었다.

그러나 강렬하게 타오르는 리앤더의 눈동자와 윗입술을 살짝 핥는 그의 혀끝을 본 순간, 블레어는 솔직히 지금껏 이렇게까지 자신에게 묘한 감각을 불러일으킨 남자는 없었다는 사실을 인정할 수밖에 없었다. 아니, 그녀는 자신에게 그런 열정이 존재한다고 생각조차 하지 못했었다.

"집에 가야겠어요. 할 일이 있는 걸 깜박했어요."

"어떤 일인데?"

그는 그녀에게 천천히 다가오며 물었다.

"다가오지 말아요."

"그게 뭔데?"

블레어는 힘겹게 침을 삼키며 말했지만, 그는 그녀를 품에 끌어안았다.

"날 두려워하는 건 아니지? 자, 이쪽으로 와서 자리에 앉으라고. 당신, 오늘은 다른 때와 좀 다른 것 같아. 뭐, 그게 싫다는 건 아니지만."

블레어는 자신이 휴스턴처럼 보여야 한다는 것을 기억하면서 긴장을 풀려고 노력했다. 만일 리앤더에게 오늘 저녁 쌍둥이가 서로의 역할을 바꾸는 속임수를 썼다고 고백하면 분명 화를 내겠지. 어쩌면 너무 화가 나서 약혼을 파기할지도 모르는 일이었다. 계속 그에게 말을 걸고, 가능하면 술은 조금만 마시고, 정신만 바짝 차리면 무사히 집으로 돌아갈 수 있을지도 모른다. 무슨 일이 있어도 이 남자가 자신을 건드리지 못하게 해야 했다.

그녀는 방석에 앉아 생굴을 맛보았다.

"의사로 일하는 당신을 본 적이 별로 없었던 것 같아요."

그녀는 그를 올려다보지는 않았지만 샴페인 뚜껑을 따는 소리가 똑똑히 들렸다.

"한 번도 없었지, 내 기억에 의하면. 딸기 좀 들지."

그는 샴페인에 딸기를 적신 뒤, 그녀가 손을 내밀었는 데도 불구하고 딸기를 그녀의 입 안에 넣어주었다. 과일을 물고 있는 블레어의 입술 위로 리앤더가 얼굴을 기울이자 그녀는 숨이 막혔다. 리앤더가 잔을 건네주자, 그녀는 고마워하며 단숨에 잔을 비웠다. 불행히도 그것은 물이 아니라 샴페인이었고, 단숨에 들이컨 순간 갑자기 머리가 핑 돌았다.

"한 번도 없었다고요? 아주 끔찍하게 오래 전이었나 보군요."

현기증이 나고, 술기운과 함께 행복함이 온몸을 감싸는 것을 애써 억누르며 그녀가 물었다.

"다른 것들도 다 그렇지."

그는 그녀의 손가락을 잡아 잘근잘근 깨물었다. 그녀는 재빨리 손을 빼냈다.

"저건 뭐예요?"

그녀는 작은 접시에 담긴 음식을 가리키며 물었다.

"캐비아. 성적 흥분을 일으키는 데에는 안성맞춤이라고 하지. 맛 좀 보겠어?"

"아니오, 괜찮아요. 복막염이 퍼지는 것을 어떻게 막죠?"

그녀는 리앤더가 다시 채워준 술을 조금씩 홀짝이며 말했다. 그러자 그는 최면을 거는 것처럼 그녀의 눈을 빤히 쳐다보며 가까이 다가왔다.

"우선 환자를 잘 살펴봐야 해."

그는 손을 그녀의 배에 올려놓고 천천히 움직였다.

"피부가 따뜻하고 탄력이 느껴지는군. 조금 더 아래로 내려가 검사해 봐야겠어."

블레어는 화들짝 놀라서 그에게 벗어나려다가 그만 샴페인잔을 떨어뜨렸다. 샴페인잔은 식탁 위를 굴러 리앤더의 손가에 가서 멈췄다. 그는 잔을 집어들면서 통쾌하게 웃었다.

"벽난로에 나무를 더 넣어야겠군."

그녀는 왠지 몰라도 지금 그가 상당히 즐거워하고 있다는 생각이 들었다.

"정말 가야겠어요. 너무 늦었어요."

"아직 음식엔 손도 대지 않았잖아."

그는 블레어 옆에 자리를 잡고 앉았다.

"왜 의사가 되려고 했는지 말해준다면 먹겠어요."

그는 그녀의 접시에 음식을 올려주다가 잠시 멈추더니 그녀를 의심의 눈초리로 쳐다보았다.

"내가 뭐 잘못 말한 거라도 있어요?"

"아니, 하지만 전에는 그런 건 한 번도 물어 보지 않았잖아."

순간 블레어는 '전에는 한 번도 당신과 이야기를 나눈 적이 없었으니까요.'라고 소리치고 싶었다. 그녀가 당황한 표정을 숨기기 위해 다시 샴페인을 꿀꺽 삼키자, 리앤더는 와인 소스를 뿌린 닭요리를 그녀의 접시에 놓아주었다.

"어쩌면 당신이 오늘 그 아가씨와 함께 있는 모습을 봐서 그런지도 모르죠."

그는 긴 다리를 쭉 뻗으며 편안한 자세로 그녀에게 바짝 다가앉은 뒤, 샴페인잔을 손에 쥐고 벽난로를 바라보며 회상에 잠긴 듯 이야기했다.

"사람들을 구해 주고 싶었어. 어머니가 돌아가신 건 마흔다섯 살이라는 늦은 나이에 아기를 가졌기 때문이 아니라, 산파가 다른 아기를 받은 뒤 손을 씻지 않고 어머니의 출산을 도왔기 때문이야. 혹시 이 이야기를 들은 적 있어?”

블레어는 포크를 내려놓고 그를 바라보았다.

“아뇨, 전혀 몰랐어요. 블레어가 ‘무균 상태’에 대해 언급한 것이 당신의 아픈 상처를 건드렸겠군요.”

그는 고개를 돌리고 그녀를 바라보며 미소를 지었다.

“아니, 블레어는 전혀 날 괴롭히지 않았어. 여기 생굴 좀 더 들지 그래?”

블레어는 자신이 그를 괴롭히지 않았다는 리앤더의 말에 기뻐해야 할지, 아니면 기분 나빠해야 할지 알 수 없었다.

“당신이 블레어의 신경을 건드린 게 분명해요. 그 애가 당신을 게이츠 씨와 똑같은 남자라고 생각하고 있는 거 알아요?”

리앤더는 잠시 입을 쩍 벌렸다.

“말도 안 되는 소리야. 자, 내게 기대고 앉아서 긴장을 풀어.”

블레어는 자신이 무슨 행동을 하는지 미처 생각해보지도 않고 그에게 다가가다가 멈칫했다. 샴페인 때문에 자신이 이렇게 대담한 행동을 하는지도 몰랐다. 그렇다면 리버 가와 펜튼 공원, 주지사 환영회에서 했던 행동은 어떻게 설명해야 할까?

“아뇨, 괜찮아요. 여기 있는 게 더 편해요. 계속 진료소에서 일할 생각인가요?”

그녀는 휴스턴의 냉정한 목소리를 조금 흉내내며 말했다. 그러자 그는 가볍게 한숨을 쉬면서 다시 벽난로를 바라보았다.

“사람을 구하려는 의도라면 굳이 의사가 될 필요는 없었잖아요? 병원을 세우는 방법도 있어요. 당신이라면 그럴 수 있잖아요.”

“그래, 할아버지가 남겨주신 재산이 있으니까 그렇게 할 수도 있었지. 하지만 난 내 힘으로 무언가 해보고 싶었어. 만약 나와 같은 생각을 하는 의사를 만나면 여기에 산부인과 병원을 세우고 싶어. 여기 있는 진료소보다는 훨씬 크고 제대로 시설을 갖춘 곳 말이야. 어머니 같은 분이 적절한 치료를 받을 수 있는 곳을 마련하고 싶어. 하지만 의사들은 모두 산부인과가 머리에 질병이 있는 여자들을 치료하는 곳이라고 착각하고 있어."

"블레어는 어때요?"

아무 생각 없이 그녀가 불쑥 말을 꺼냈다.

"블레어? 하지만 블레어는 여……."

그는 그녀의 눈 속에 떠오른 표정을 보고 말을 멈췄다.

"어쩌면. 블레어가 인턴 과정을 마치고 나면 고려해볼 수 있겠지. 블레어에 대한 이야기는 그만하지. 자, 이쪽으로 와."

"전 이만 가봐야……."

"휴스턴! 당신은 항상 왜 그런 식이야? 대체 언제까지 날 거부할 거지? 만일 우리가 결혼한다면 그때도 날 거부할 생각이야?"

그의 목소리에는 노여움이 한껏 서려 있었다.

"만일? 만일 우리가 결혼한다면요?"

'도대체 내가 무슨 짓을 저질렀지? 지금 리앤더는 나와 보낸 하룻밤 때문에 결혼을 취소할 마음이 들었다는 걸까? 아니면 오늘 밤 내 행동이 용서받지 못할 정도로 차갑게 느껴질 만큼 평소에 언니는 리앤더에게 훨씬 더 따뜻하게 대했던 것일까?'

"자, 그만하자고."

리앤더가 그녀에게 팔을 벌렸다. 잠시 주저하던 블레어는 리앤더와 다투지 말라던 휴스턴의 충고를 떠올렸다. 그에게 기분좋게 키스한다면 그도 만족하고 그녀를 집까지 데려다줄지도 몰랐다.

블레어는 리앤더에게 다가가 아무 저항 없이 그의 품에 안겼다.

그가 그녀를 꼭 끌어안고 키스를 퍼붓자 그녀는 두 사람을 제외한 모든 생각을 전부 잊어버렸다.

리앤더는 절망에 빠진 남자처럼 그녀가 사라져버릴까 봐 두려운 듯이 그녀를 끌어안았다. 블레어는 이번이 평생 이 남자의 곁에서 이런 감정을 느낄 수 있는 유일한 기회임을 분명하게 인식했다. 그의 입술이 숨이 막힐 듯 그녀를 탐했고, 그는 자신에게 매달린 그녀를 절대 놔주지 않았다.

그의 두 손이 그녀의 등으로 미끄러져 들어왔다. 그리고 그는 외과의사다운 능숙한 손놀림으로 드레스의 후크를 열었다. 하지만 블레어는 그의 손길을 멈추게 해야 한다는 생각조차 할 수 없었다. 드레스가 벌어지고 그녀의 어깨가 드러나자, 리앤더는 그녀의 피부에 부드럽게 키스하며 그녀의 몸이 흥분으로 떨릴 때까지 부드럽게 어루만졌다.

순식간에 드레스는 블레어의 엉덩이 부근까지 흘러내렸고, 분홍색 비단 속치마가 점점 더 뜨거워지는 열정에 자극을 받은 듯 부스럭거렸다. 리앤더는 긴 다리를 그녀의 빳빳한 옷자락 위에 비비다가 재빨리 속치마를 벗겨버렸다.

블레어는 그의 입술에서 벗어날 수 없었다. 그저 그의 길고 깨끗한 머리칼 속에 손가락을 파묻고 진한 남성의 향기에 흠뻑 취했다.

"리앤더."

블레어가 속삭이자 그는 그녀의 팔로 입술을 움직이며 남은 속치마까지 다 벗겨버렸다. 공단과 비단에 부드러운 면치마까지. 따스하게 비추는 난로의 불빛이 두 사람을 포근하게 감싸주었다.

그의 손은 그녀의 육체 곳곳을 배회하며 어루만지고 애무하면서 아주 조심스럽게 천천히 남아 있던 옷을 벗겼다. 옷이 한 꺼풀씩 벗겨지면서 그녀의 알몸이 점점 드러났다.

그는 손으로 그녀가 신은 실크 스타킹 위를 어루만지면서, 입술로 그녀의 귓불을 애무했다. 블레어는 그가 여전히 옷을 입고 있음을 깨닫고 그의 옷을 잡아당겼다. 그는 그녀의 옷을 벗길 때처럼 부드럽게 옷을 벗지 않고, 거칠게 벗어 던졌다.

블레어는 의과대학에 다니는 동안 이미 남자들의 나체를 여러 번 보았고, 한 번은 웃통을 벗은 앨런의 모습을 본 적도 있었다. 하지만 자신을 똑바로 바라보는 불타는 눈동자와 햇볕에 건강하게 그을린 구릿빛 알몸으로 생동감과 따스함을 발산하는 남성의 몸을 본 것은 처음이었다. 놀란 그녀가 뒤로 물러나자 그는 다시 그녀를 끌어안았다.

그녀가 피하려 하자 그의 눈동자에 조심스러운 빛이 어렸지만, 그녀는 미처 그 사실을 깨닫지 못했다. 그녀의 눈에는 오직 리앤더만 보였다. 사랑스러운 피부와 적당히 균형 잡힌 다부진 어깨, 단단하게 단련된 복부……. 그녀는 살아 있는 남자와 죽은 남자 사이의 차이점에 호기심을 느끼고 그를 위아래로 훑어보았다. 그녀는 오늘 처음으로 살아 있는 남자의 알몸을 본 것이었다.

"내가 검사에 통과한 건가?"

그가 갈라진 목소리로 물었다. 블레어는 그를 끌어안고 그의 매끄럽고 탄력 있는 피부를 감쌌다.

리앤더는 거침없이 그녀가 입고 있는 마지막 옷까지 벗겨냈다. 그가 애무하는 손길을 늦추지 않으면서 가터(양말이나 스타킹이 흘러내리지 않게 하기 위한 대님)를 풀고 신발을 벗기자, 완전히 알몸이 된 블레어의 열정은 점점 끓어올라서 금세라도 폭발할 것 같았다.

리앤더와 맞닿는 살의 감촉은 그녀가 기대했던 것 이상이었다. 그녀는 쾌감에 숨을 헐떡이며 자신의 다리를 그의 다리 사이에 밀어 넣고, 더욱 가까이 몸을 밀착시켰다.

리앤더는 그녀를 자신의 몸 위로 끌어올리고, 그녀에게 키스하면서, 두 손으로 그녀의 등과 탄력 있는 허벅지 안쪽을 쓰다듬고 가슴 주변을 어루만졌다.

그가 그녀를 바닥에 눕히고 천천히 자신의 다리로 그녀의 다리를 벌리는 동안에도 그의 입술은 그녀에게 떨어지지 않았다.

블레어는 인간이 어떤 식으로 종족 번식을 하는지 이론상으로는 잘 알고 있었다. 학교에서 미혼 여성을 위한 특별강좌가 개설된 적이 있었지만, 그 어느 선생도 그 행위로 인해 생기는 열정과 쾌감에 대해서는 언급하지 않았다. 그래서 그녀는 이런 행위가 사랑이나 욕망이 아닌 순수한 번식을 목적으로 이루어지는 것이라고 생각했지, 이런 느낌이 존재하리라고는 상상조차 하지 못했다.

리앤더가 들어오는 것에 이미 대비하고 있었지만, 그래도 역시나 고통스럽자 그녀는 아픔에 숨을 헐떡였다. 그는 잠시 동작을 멈추고 그녀의 목덜미에 뜨거운 숨을 불어넣으며, 특별한 신호를 기다리는 것처럼 가만히 있었다.

처음의 고통이 사라지자 블레어는 천천히 엉덩이를 움직이며 그의 등에 올려놓았던 두 손으로 그의 허리 아래쪽을 문질렀다. 그리고 엉덩이를 들어올려 그의 몸에 밀착시켰다. 귓가에 들려오는 헐떡이는 숨소리만이 그가 지금 그녀에게 상처를 주지 않기 위해 극도의 자제력을 발휘하고 있음을 말해 주고 있었다.

그녀가 몸을 움직이기 시작하자, 그는 그제야 그녀를 따라 아주 천천히 사랑의 행위를 시작했다.

리앤더의 느리고 부드러운 움직임 속에는 어떤 아픔도 존재하지 않았고, 블레어도 처음에는 조금 어색했지만 그를 따라 움직이기 시작했다. 시간이 흐르자 느릿하던 움직임 대신 광폭한 열정이 자리 잡았다. 마침내 오감이 폭발하자, 아무리 몸을 젖히고 서로를 끌어안고 몸부림을 쳐도 만족할 만큼 서로에게 가까이 다가갈 수 없었다.

블레어는 자신이 당장이라도 사라질까 봐 두려운 듯이 자신을 꼭 끌어안고 있는 리앤더의 품에 안겨 있었다. 땀에 젖은 두 사람의 몸이 하나가 된 듯 함께 숨을 쉬며, 그렇게 서로에게 녹아들고 있었다.

"사랑해. 이전까지는 그 사실을 확신할 수 없었어. 아니, 오늘까지 내가 당신을 제대로 알고 있는지조차 알 수 없었어. 과연 우리가 어제의 우리와 똑같은 사람인지 확신할 수 없지만, 내가 당신을 사랑한다는 사실만은 확신할 수 있어, 휴스턴. 당신이 아닌 다른 사람을 사랑한 적은 한 번도 없었어."

리앤더는 그녀의 귀에 대고 속삭였다. 잠시 블레어는 자신의 품에 누워 있는 남자가 왜 자신을 언니의 이름으로 부르는지 이해할 수 없었다.

모든 기억들이 순식간에 그녀를 덮쳐왔다. 그녀는 날카로운 두려움과 공포에 사로잡혀서 리앤더에게 벗어나기 위해 몸부림쳤다.

"집에 가야겠어요."

그녀의 목소리에는 그녀가 느끼는 감정이 그대로 드러났다.

"휴스턴, 이걸로 세상이 끝난 건 아니야. 앞으로 2주 뒤면 우리는 결혼할 거고, 그럼 늘 이렇게 함께 밤을 보낼 거라고."

"놔줘요! 전 집에 가야겠어요."

그는 화를 내야 할지 말아야 할지 고민하는 것처럼 난감한 표정을 지으면서 오랫동안 그녀를 바라보다가, 마침내 살며시 미소를 지었다.

"뭐, 부끄러워서 그러는 거라면 어쩔 수 없지. 자, 내가 옷 입는 걸 도와줄게."

블레어는 그를 쳐다볼 수 없었다. 그것은 그녀의 삶에 있어서 가장 아름답고 황홀한 경험이었지만, 실제로는 그녀의 것이 아니었다. 그녀는 지금 언니를 속이고, 자신과 결혼할 남자도 속이고, 여기 이 남자와……

그녀는 눈을 내리깔고 코르셋의 끈을 조이고 있는 이 남자를 바라보았다. 조심하지 않으면 그의 품으로 다시 뛰어들지도 몰랐다. 그가 제안만 하면 다른 사람들에 대한 책임과 의무는 모두 잊어버리고 그와 함께 기차를 타고 도망칠 수도 있을 것 같았다.

"여자들이 속옷을 입을 때 도와준 경험이 많은가 봐요?"

블레어가 차갑게 말했다. 리앤더는 속치마를 들고 그녀가 치마 안에 발을 넣을 수 있도록 도와주며 껄껄 웃음을 터트렸다.

"글쎄, 많지는 않지만 적은 편도 아니지. 가터도 내가 매줄까?"

그의 손에서 실크 스타킹을 낚아챈 블레어는 의자에 앉아 스타킹을 올리며 그를 무시하려고 애썼다.

'도대체 무슨 짓을 저지른 거지? 언니가 날 증오할 거야. 첫날밤에 신부가 다시 처녀로 변했다는 사실을 깨달으면 리앤더는 또 뭐라고 말할까? 앨런은 또 어떤 반응을 보일까? 앨런에게는 어떻게 설명해야 하지? 리앤더가 내 몸에 손을 대자마자 내 자신을 전혀 제어할 수 없었다고 말하면 과연 사람들이 믿어줄까? 어쩌면 게이츠가 지금까지 한 모든 말들이 전부 다 옳을지도……

"휴스턴, 금방이라도 울 것만 같은 얼굴이야."

리앤더가 그녀 앞에 무릎을 꿇으며 다정하게 그녀의 양손을 잡았다.

"나를 봐, 휴스턴. 당신이 어떻게 자랐는지도 알고 결혼할 때까지 처녀로 남고 싶어하는 마음도 잘 알아. 하지만 오늘 밤 우리 사이에 일어난 일은 정말 의미 있는 일이었어. 이제 나는 곧 당신의 남

편이 되니까 우리는 원하면 언제든 서로 즐길 수 있는 거야. 혹시
라도 오늘 밤 일 때문에 양심의 가책을 느낀다면 의사로서 말해 줄
수 있어. 결혼을 앞둔 수많은 여자들이 이렇게 사랑하는 남자와 함
께 미리 밤을 보내기도 한다고 말이야.”

그의 말은 그녀를 더 비참하게 만들었다. 그녀가 사랑을 나눈 남
자는 자신이 사랑하는 남자도 아닐 뿐더러, 결혼할 예정인 남자도
더더욱 아니었다.

그녀는 힘없이 일어섰다.

“제발 부탁이에요. 집에 가고 싶어요.”

그녀가 그렇게 말하자 리앤더는 그녀를 순순히 보내주었다.

제6장

"안녕히 주무셨어요?"

리앤더는 아침 식사 중인 아버지와 여동생 니나를 보며 아주 활기찬 목소리로 말했다.

이제 스물한 살의 예쁘장한 니나가 커피잔을 내려놓고 말했다.

"내가 들은 말이 사실이었네. 사라 오클리가 아침 일찍 찾아와서, 오빠와 휴스턴이 어젯밤 환영회에서 서로에게서 눈을 떼지 못했다고 했거든. 그토록 깊게 사랑에 빠진 연인들의 모습을 본 적이 없다고 했어."

리앤더는 큰 접시에서 음식을 가득 덜며 말했다.

"그렇게 말했어? 그게 그렇게 이상한 일이야? 나는 내가 결혼할 아름다운 숙녀와 함께 있었던 것뿐이야."

"하지만 전에는 사랑스러운 신부와 같이 있는 표정이 아니라 어디로 도망치고 싶은 표정이었다고."

리앤더는 여동생에게 미소를 지었다.

"지금보다 조금 더 크면 그 이유를 알 수 있을 거다, 아가야."

그는 접시를 내려놓은 뒤 몸을 숙여서 동생의 이마에 키스했다. 니나는 먹던 것이 목에 걸려 숨이 막힐 뻔했다. 그녀는 놀란 듯이 아버지를 쳐다보며 말했다.

"이것 보세요. 오빠가 미친 게 아니면 마침내 사랑에 빠진 거라고요."

리드는 대단히 흡족한 표정을 짓고 있는 아들을 바라보며 의자 깊숙이 등을 기댔다. 리앤더가 그를 쳐다보며 윙크하자, 그는 가장 두려워하던 일이 일어났음을 확신했다.

"정말 여자들에 대해서 많이 알고 계시더군요, 아버지."

리앤더가 씩 웃자, 리드도 마지못해 웃었다.

"왠지 두 분이 하시는 말씀의 뜻을 알고 싶은 마음이 안 생기네요. 아무래도 휴스턴을 찾아가서 애도의 말을 전해야겠어요."

니나가 자리에서 일어나며 단호하게 말했다.

"11시에 데리러 가겠다는 말도 좀 전해 주렴. 그리고 소풍 바구니를 가지고 가겠다고 말해."

리앤더는 입에 음식을 가득 밀어 넣으며 말했다. 리드는 다른 날과는 달리 아침부터 파이프를 물고 식탁에 남아서 아들이 먹는 모습을 바라보았다. 평소에 리앤더는 천천하고 느긋하게 아침을 즐기는 편이었지만, 오늘은 무엇에 쫓기듯이 게걸스럽게 음식을 쓸어 넣었다. 리앤더는 지금까지의 삶에서 벗어나, 자기 앞에 놓인 행복과 미래에 대한 설계에 흠뻑 취한 것처럼 보였다.

"요즘엔 산부인과 병원을 세우는 일에 대해 생각하고 있어요. 사실 휴스턴 때문에 다시 그 생각을 하게 되었어요. 아무래도 이제 그 일을 시작할 때가 된 것 같아요. 이참에 아처 가 끝에 있는 석조 건물을 살까 봐요. 약간의 돈과 노동력만 있으면 그 건물을 원하는 대로 바꿀 수 있을 거예요."

"휴스턴도 알고 있니?"

리드가 물었다.

"완전히 다 아는 건 아니에요. 하지만 휴스턴도 도와줄 거예요. 병원에 갔다가 휴스턴을 만나기로 했어요. 나중에 뵐게요."

리앤더는 사과를 하나 움켜쥐고 문으로 걸어가다가 갑자기 걸음을 멈추고 아버지를 돌아보았다.

"고맙습니다, 아버지."

어린 시절과 똑같은 표정으로 고맙다는 말을 하는 리앤더를 보며, 리드는 젊었을 때 결혼에 대한 책임감을 느끼던 자신의 모습을 떠올렸다.

오전 내내 리앤더는 휘파람을 불며 병원을 돌아다녔고, 그의 명랑함은 온 병원에 전염되었다. 그날 병원에는 하루종일 웃음이 떠나지 않았고 불만도 많이 줄어들었다. 어젯밤 자살을 시도했던 어린 매춘부도 리앤더의 유머에 많은 힘을 얻었다. 그는 그녀에게 삶의 기쁨에 대해 이야기하면서 산부인과 병동의 간호 보조사 자리를 주선해 주었고, 그녀를 돕겠다고 약속했다.

10시 50분에 리앤더는 에밀리 양의 찻집에 부탁했던 소풍 바구니를 가지러 가려고 시내로 마차를 몰았다.

"그러니까 사실이었군요. 니나가 오늘 아침에 사랑의 열병을 앓고 있는 오빠에 대해 몇 마디 해주고 갔거든요."

에밀리 양은 곱게 주름진 얼굴 가득 웃음을 띠며 말했다.

"제 여동생은 다 좋은데 말이 너무 많아서 늘 걱정입니다. 전 이 세상에서 가장 아름다운 여자와 결혼할 예정이라서 행복해하는 것뿐인데, 그게 왜 그렇게 이상한 일인지 알 수 없군요. 그럼 이만 가 보겠습니다."

그는 서둘러 밖으로 나왔다.

휴스턴의 집에 도착하자 그는 말과 마차를 마구간지기인 월리에게 넘겨주고, 한 번에 두 개씩 계단을 뛰어올라 문을 두드리려고 손을 들었다.

"그냥 들어가도 돼요. 모두 당신을 기다리고 있으니까요."

어두운 현관 옆 베란다 그늘에서 침울한 목소리가 들렸다. 리앤더가 그늘 쪽으로 고개를 돌리자, 그곳에 블레어가 있었다. 그녀는 재빨리 고개를 돌렸지만, 그는 그녀의 헝클어진 머리와 퉁퉁 부운 눈을 볼 수 있었다. 그는 그녀에게 다가가서 말했다.

"무슨 일이라도 있어? 휴스턴은 괜찮아?"

"언니는 괜찮아요."

그녀가 벌떡 일어나며 소리쳤다. 그러자 그가 그녀의 팔을 잡고 말했다.

"자, 이쪽으로 와 봐. 내가 당신을 살펴볼 수 있도록 여기 좀 앉아 봐. 얼굴이 말이 아니군."

"혼자 있게 내버려둬요! 절 건드리지 말라고요."

그녀는 고함을 지르듯이 말하고는 울음을 터트렸다. 그리고 그의 손을 뿌리친 뒤 계단을 뛰어 내려가서 집 뒤쪽으로 모습을 감췄다.

리앤더가 멍하니 입을 벌리고 서 있는데, 휴스턴이 하얀 레이스 장갑을 끼며 현관으로 나왔다.

"방금 블레어가 소리쳤어요? 두 사람이 또다시 말다툼을 한 건 아니겠죠?"

리앤더는 순수한 기쁨이 가득 담긴 표정으로 그녀를 내려다보며 그녀를 단숨에 마셔버리고 싶다는 듯 위아래로 훑어보았다.

"블레어 혼자 그러는 거야."

"다행이네요. 당신이 저 애를 한번 달래 봐요. 하루종일 울면서 저러고 있어요. 당신이라면 블레어가 왜 저러는지 알아낼 수 있을 거예요. 제가 물으면 대답도 안 하거든요."

"내가 한번 살펴보도록 하지."

리앤더는 그렇게 말하며 휴스턴이 마차에 오를 수 있도록 도와주었다. 하지만 손을 빨리 떼지 않고 그녀의 허리 부분을 은근슬쩍 어루만졌다.

"리앤더, 사람들이 보고 있어요."

"그래, 당연하지. 하지만 곧 괜찮아질 거야."

그는 능청스럽게 미소를 지었다.

도시를 빠져나가는 동안 리앤더는 가끔씩 휴스턴을 힐끗힐끗 바라볼 뿐 아무 말도 하지 않았다. 어젯밤과는 달리 그녀는 평소처럼 그에게 멀리 떨어져서 마차 한쪽 구석에 조용하게 앉아 있었다. 그는 이 차가운 숙녀가 바로 어젯밤 자신에게 저항하지 못했던 그 여자와 동일인물이라고 생각하니 웃음이 절로 나왔다.

리앤더는 밤새 잠을 이룰 수 없었다. 그는 밤새 눈을 멀뚱멀뚱 뜨고 휴스턴과 보낸 순간을 되새겨보았다. 전에도 다른 여자들과 잠자리를 한 적은 있었지만 이런 식으로 빠져든 적은 없었다. 휴스턴의 태도는 그를 행복하게 만들었고, 그가 무엇이든 할 수 있다는 힘을 느끼게 했다.

그는 전에 다리가 부러진 광부를 진료하고 돌아오던 길에 여름 폭풍을 만나 피하려다가 발견한 비밀스러운 장소로 마차를 몰았다. 커다란 바위틈 사이에 숨어 있는 작은 분지 한가운데에는 아름드리 나무들이 산들바람에 이리저리 몸을 흔들고 있고, 바위틈에서 흘러나온 물방울들이 작은 샘물을 만들고 있었다. 그는 한 번도 다른 사람을 이곳에 데려온 적이 없었다.

리앤더는 마차를 세우고 뛰어내려서 고삐를 묶은 뒤 휴스턴을 내려주러 갔다. 그는 그녀를 아래로 끌어내려서 바짝 끌어당기고, 그녀가 숨도 못 쉴 정도로 세게 끌어안았다.

"어젯밤 내내 당신 생각만 했어. 내 옷에서 당신 냄새가 나고 내 입술에는 여전히 당신 입술의 감촉이 남아 있었지. 내⋯⋯."

휴스턴이 그를 밀어내면서 말했다.

"뭐라고요?"

그녀가 숨을 헐떡이며 말했다. 그녀는 너무 놀라서 숨이 막히는 것 같았다. 그는 그녀의 머리카락을 흩트리며 이상하다는 듯이 그녀를 바라보았다.

"오늘 또다시 수줍은 휴스턴으로 돌아가려는 거야? 어젯밤 같은 모습을 보이지 않을 생각이군, 안 그래? 어제 나는 당신이 달라질 수 있다고 확신했어. 그러니 다시 얼음 공주로 돌아갈 필요 없어. 난 이미 당신의 진짜 모습을 알고 있어. 당신이 냉정한 모습을 보여주지 않는다면 훨씬 더 행복할 거야. 자, 이리 와서 어젯밤에 했던 것처럼 키스해 줘."

휴스턴은 그를 밀쳐내고 그의 품에서 떨어졌다.

"어젯밤에는 제가 평소와 달랐다는 거죠? 그러니까⋯⋯ 어젯밤의 제가 더⋯⋯ 좋았다고요?"

그는 미소를 지으며 그녀에게 다가갔다.

"당신의 행동은 당신이 더 잘 알잖아. 당신은 전과 전혀 달랐어. 당신에게 그런 모습이 있으리라고는 생각지도 못했거든. 이렇게 이야기하면 날 비웃을지도 모르지만 당신의 차가운 외모 안에는 얼음 같은 심장이 있어서 열정을 느끼지 못한다고 믿었거든. 하지만 조금만 부추겨도 불타오르는 블레어 같은 여동생이 있으니 분명 당신도 그 열정을 조금은 억눌러야 했겠지."

리앤더는 휴스턴의 손목을 잡고, 그녀의 저항에도 아랑곳없이 그녀를 끌어안은 뒤, 그녀의 입술에 자신의 입술을 문질렀다.

휴스턴이 입술을 굳게 다문 채 아무 반응도 보이지 않자, 처음에 리앤더는 그녀가 자제력을 유지하기 위해 안간힘을 쓴다고 좋아하면서 그녀의 강한 자제력에 감탄했다. 하지만 키스가 계속되는 데도 여전히 반응이 없자 그는 화를 내며 그녀를 밀어냈다.

"지금 너무 심하다는 생각 안 들어? 한순간 뜨거우리만큼 정열적이었다가 다음에는 얼음장같이 냉랭하게 변하다니. 마치 다른 사람이 된 것처럼 말이야."

순간 휴스턴의 눈동자 속에 스쳐간 무언가가 그에게 의혹의 씨앗을 심어주었다.

'그건 아니겠지. 암, 내 생각이 틀린 거야. 결코 그럴 수는 없어.'

그는 뒤로 한 발자국 물러섰다.

"말도 안 돼. 아니지? 아니야, 휴스턴. 그건 불가능한 일이야, 안 그래? 내가 지금 생각하고 있는 게 틀렸다고 말해 줘. 내가 다른 사람을 만났던 건 아니지?"

휴스턴은 상처받은 눈빛으로 말없이 그를 바라보았다. 리앤더는 그녀에게 떨어져 바위에 힘없이 주저앉았다.

"어젯밤에 당신과 당신 여동생이 서로 역할을 바꾼 건가? 내가 어제 당신이 아니라 블레어와 밤을 보냈다는 거지?"

그는 끓어오르는 감정을 억누르고 부드럽게 물었다.

"네, 맞아요."

그는 희미하게 속삭이듯 새어나오는 휴스턴의 목소리를 들을 수 있었다.

"처음부터 눈치챘어야 했어. 어쩐지 자살미수 환자를 능숙하게 다루더군. 게다가 내가 당신을 위해 지은 집을 몰라보았어. 처음으로 뭔가 도울 일이 있을지도 모른다며 함께 가겠다고 할 때 알아봤어야 했는데 그저 좋아서 멍청하게 아무것도 묻지 않았어. 처음 키스할 때 눈치챘어야 했는데.

빌어먹을, 두 사람 다 지옥이나 가. 날 바보로 만들어놓고. 젠장, 모두 즐거웠길 바랄게."

"리앤더."

휴스턴이 그의 팔을 잡으며 조용히 이름을 불렀다. 그는 화를 내며 돌아섰다.

"뭐가 당신 신상에 이로운지 알고 있다면 한 마디도 하지 마. 둘이 무슨 생각으로 그런 추잡한 장난을 쳤는지 모르지만, 나는 그런 식으로 장난감이 되는 걸 지독하게 싫어한다는 것만은 분명히 해두겠어. 두 사람이 어젯밤 내 멍청한 행동을 실컷 비웃었으니 나는 어젯밤 일을 어떻게 해결할지 결정해야겠어."

그는 그녀를 반쯤 밀어 넣듯 마차에 태운 뒤, 채찍을 휘둘러 전속력으로 마을로 돌아갔다. 챈들러 저택에 도착하자마자 그는 제자리에 앉아서 휴스턴이 혼자 마차에서 내리도록 내버려두고, 그녀의 발이 땅에 닿기가 무섭게 곧바로 마차를 돌렸다. 현관 앞에는 블레어가 얼마나 울었는지 퉁퉁 부운 눈에 새빨간 얼굴로 서 있었다. 리앤더는 노여움과 증오가 뒤섞인 감정으로 블레어를 잠시 노려본 뒤 고함을 지르며 말을 내달렸다.

그는 잠시 아버지의 집에 들러 크고 튼튼하게 생긴 밤색 종마로 갈아탄 뒤, 미친 듯이 산을 향해 달리기 시작했다. 어디로 가야 할지 몰랐지만 여기서 벗어나 생각을 정리해야 한다는 것은 알고 있었다.

그는 말이 갈 수 있는 데까지 말을 타고 올라갔다. 그리고 말에서 내려 말을 끌고 바위를 넘어 마른 개울을 지나고, 곳곳에 서 있는 선인장과 키 작은 덤불 숲을 통과했다. 협곡 정상에 올라가 더 이상 갈 곳이 없어지자, 그는 안장에서 라이플(총신(銃身)의 안벽에 나선 모양의 홈이 새겨진 소총)을 꺼내 허벅지에 대고 탄환을 장전한 뒤 공중에 대고 총을 쏘았다. 놀란 새들의 울음소리와 화염이 허공을 가득 메우자, 리앤더는 가슴속에 가득 들어찬 좌절과 분노를 발산하려는 듯 총을 쏘면서 목청껏 소리를 질렀다.

"빌어먹을 블레어! 빌어먹을 지옥에나 가라!"

리드 웨스트필드는 석양을 받으며 서재로 들어섰다. 그는 서재 스위치에 손을 뻗다가 어둠 속에서 깜빡거리는 담뱃불을 보았다.

"리앤더?"

그는 불을 켜면서 아들을 불렀다.

"병원에서 온종일 너를 찾더라."

리앤더는 쳐다보지도 않았다.

"그래서 다른 사람을 찾았대요?"

리드는 잠시 아들을 살펴보았다.

"그랬을 거다. 그런데 오늘 아침에는 행복한 기분으로 집을 나서더니 무슨 일이 생긴 거냐? 휴스턴이 지난밤에 있었던 일을 후회하고 있다는 말 따위는 하지 말아라. 여자란 다 그런 거야. 너의 어머니도……"

리앤더는 침울한 표정으로 아버지를 쳐다보았다.

"여자에 대한 충고는 이제 듣고 싶지 않아요. 더 이상 참을 수 없어요."

리드가 자리에 앉았다.

"무슨 일이 있었는지 말해다오."

리앤더는 담뱃재를 털었다.

"천국이 지옥으로 변해버렸어요. 어젯밤에…… 어젯밤에 챈들러 쌍둥이가 기막힌 장난을 생각해냈어요. 서로 역할을 바꿔서 불쌍하고 어리석은 리앤더가 속는지 보려고 했죠. 두 사람은 완벽하게 연기했어요."

그는 담배를 재떨이에 비벼 끄고 일어나서 창 쪽으로 다가갔다.

"전 완전히 바보가 되어버렸어요. 그건 블레어가 휴스턴의 역할을 아주 완벽하게 해냈기 때문만은 아니에요. 사실 휴스턴처럼 옷을 입은 것 외에는 거의 한 게 없었거든요. 환자를 치료할 때도 제 지시 없이 저를 잘 보조해 주었고, 휴스턴이 전혀 관심 없는 제 생활에 깊은 관심을 보였죠. 게다가 블레어는 미래에 대한 저의 꿈과 포부에 대해서도 아주 진지하게 물었어요. 한 마디로 블레어는 모든 남자들이 꿈꾸던 완벽한 여자였던 거예요."

그는 돌아서서 아버지를 쳐다보았다.

"그리고 블레어는 완벽한 연인이었어요. 남자들은 모두 자신의 매력에 저항하지 못하는 여자를 원하잖아요. 그리고 연인에게 모든 걸 다 털어놓고 싶어해요. 지금까지 제가 만났던 여자들은 전부 은행에 있는 제 돈에만 관심이 있었어요. 제게 관심을 보이지 않은 여자들은 저를 하류층의 빈털터리 의사로 생각했죠. 그러다가 어머니가 부유한 상속녀라는 사실을 알게 되면 또다시 눈을 반짝이며 덤벼들었죠. 그런데 블레어는 달랐어요. 블레어는……."

그는 창문 쪽으로 고개를 돌렸다.

"휴스턴도 네 돈에 관심이 없었잖니?"

"휴스턴이 원하는 게 무엇인지 누가 알겠어요? 오랫동안 사귀었지만 휴스턴에 대해서는 아는 게 하나도 없어요. 제게 있어서 휴스턴은 단지 외모만 아름답고 차가운 여자에 불과해요. 하지만 블레어는 생기가 넘쳐요."

그는 리드가 미간을 찌푸릴 정도로 마지막 말에 힘을 주면서 말했다.

"듣기 좋은 소리는 아니구나. 휴스턴은 너와 결혼하기로 약속한 여자야. 블레어가 진보적인 여자인 것도 알고, 지난밤에 있었던 일도 정말 유감스럽지만, 그런 일로 네가 고민할 필요는 없다. 분명 휴스턴은 무척 화를 내겠지. 하지만 네가 꽃도 많이 보내고 충분히 다독거려주면 결국 그 애도 널 용서할 거다."

리앤더는 아버지를 바라보았다.

"그러면 블레어는요? 블레어는 저를 용서해 줄까요?"

리드는 호두나무로 만든 커다란 책상으로 걸어가 상자 속에 있는 파이프를 집어들었다.

"친언니의 약혼자와 잠자리를 할 정도의 여자라면 이미 자신이 어떻게 처신해야 할지 알고 있을 거다."

"무슨 말씀을 하고 싶으신 거죠?"

"내가 말한 그대로야. 그 애는 줄곧 동부에서 살았고, 남자들과 함께 학교를 다니고, 여자들이 알아서는 안 되는 것까지 공부했겠지. 그런 부류의 여자들은 하룻밤의 정사 같은 경험에서 벗어나는 방법을 아주 잘 알고 있다는 말이다."

리앤더는 감정을 자제하려고 애쓰면서 아무 말 없이 아버지를 쳐다보았다.

"아버지가 방금 하신 말씀은 못 들은 걸로 하겠어요. 하지만 또 다시 그런 말씀을 하시면 여길 나가서 다시는 돌아오지 않을 거예요. 아버지와는 상관없는 일이지만 어젯밤까지 블레어는 처녀였어요. 전 2주 안에 블레어를 제 아내로 만들 겁니다."

리드는 소스라치게 놀라서 물 밖으로 나온 물고기처럼 입을 뻐끔거리며 말없이 서 있었다. 리앤더는 자리에 앉아서 시가에 불을 붙였다.

"지난밤에 무슨 일이 있었는지 제가 아는 한 전부 말씀 드리는 게 좋겠군요. 말씀 드린 대로 무슨 이유인지는 몰라도 지난밤에 쌍둥이는 역할을 바꾸기로 결정했고, 블레어가 저와 함께 주지사 환영회에 가게 됐어요. 전 휴스턴을 유혹하기 위해 최선을 다할 생각이었고, 만약 휴스턴이 제 뜻대로 하지 않으면 파혼까지 생각하고 있었죠. 솔직히 어제 그렇게 할 수밖에 없을 거라 생각했어요. 휴스턴을 둘러싸고 있는 그 얼음 덩어리를 깨부수려면 그 방법밖에 없다고 확신했거든요."

그는 시가를 쥔 팔을 펴며 어젯밤의 일을 회상하듯 희미하게 미소를 지었다.

"단둘이 남겨지자 전 휴스턴과 함께 있는 것이 너무 기뻐서 그 사람이 진짜 누군지, 또 왜 그렇게 평소와 다르게 행동하는지 의심조차 하지 않았어요. 리버 가에 응급환자가 생겼을 때도 블레어는 서슴지 않고 저를 따라나섰어요. 휴스턴이라면 친구네 집에 데려다 달라고, 거기서 기다리겠다고 했을 텐데 말이죠. 그런 뒤 우리는 환영회에 갔다가 다시 신혼집으로 갔죠. 그 모든 순간이 저에게는 너무 즐거웠어요."

"그래서 지금 넌 블레어와 결혼해야 한다고 생각하는 거냐? 좀더 시간을 갖고 생각해보지 않으련? 넌 아직 그 애를 제대로 모르잖니? 결혼의 맹세는 영원한 거다. 평생을 한 여자와 함께 해야 한다는 의미야. 하룻밤만으로는 충분하지 않은 법이야. 단지 침대에서 적극적이라고 해서……."

그는 리앤더의 표정을 보고 입을 다물었다.

"알았다. 그러니까 지금 그 아가씨에게 청혼하겠다는 거구나. 그럼 휴스턴은 어떻게 되는 거냐? 그렇게 떠나면 그만이니? 알다시피 여자들은 이런 일에 큰 상처를 입는 법이다."

"모든 일이 쌍둥이 때문에 일어난 일이니 제가 나쁘다는 생각은 안 들어요. 그 결과에 대해서는 두 사람이 책임질 수밖에요."

"그 애들은 어젯밤에 네가 너의 운명을 결정짓겠다고 마음먹었다는 사실을 전혀 몰랐을 거다. 블레어에게 청혼하기 전에 한두 달 정도 기다려보는 게 어떻겠니? 시간을 두고 생각하는 것이 두 사람 모두에게 좋을 것 같구나."

"그건 너무 늦어요. 게다가 블레어가 저와 결혼해 줄지도 아직 모르고요."

"모르다니? 너와 잠자리를 하고서 결혼하지 않는 이유가 뭐냐?"

아버지의 목소리에 담긴 노여움에도 아랑곳하지 않고 리앤더는 미소를 지었다.

"블레어가 저를 좋아하는지조차 의문인걸요. 블레어는 제가 게이츠 씨처럼 고집불통에 편협하다고 생각해요. 결혼해달라고 청혼하면 아예 대놓고 비웃을걸요."

리드는 절망해서 힘없이 손을 떨어뜨렸다.

"도무지 뭐가 뭔지 모르겠구나."

그때 현관문이 거칠게 열리더니 고함을 지르는 소리가 온 집 안에 쩌렁쩌렁 울려 퍼졌다. 그러자 리앤더가 의자에서 일어났다.

"틀림없이 엄청나게 화가 난 덩컨 게이츠 씨일 거예요. 한 시간 전에 사무실로 찾아가서 제가 의붓딸을 망쳐놓았고, 그 대가를 치르기 위해 그 고집스러운 아가씨와 결혼하겠다고 말했거든요. 우리 넷이서 이 문제를 상의할 수 있도록 블레어와 함께 방문해달라고 부탁했어요. 그렇게 시무룩한 표정 짓지 마세요, 아버지. 전 블레어를 제 것으로 만들 생각이고, 블레어를 얻기 위해서라면 어떤 방법도 동원할 생각이니까요."

제7장

"전 리앤더와 결혼할 생각이 조금도 없어요. 조금도요."

블레어는 수없이 반복해서 말했다. 그러자 게이츠가 소리쳤다.

"넌 이미 더렵혀졌어. 이제 아무도 너와 결혼하려고 하지 않을 게다."

블레어는 끓어오르는 분노를 삭이고 최대한 냉정한 태도를 취하기 위해 안간힘을 썼다. 벌써 세 시간 동안이나 게이츠는 그녀에게 고함을 지르며 협박하는 중이었다. 그녀는 언제나 침착하고 유머감각을 잃지 않았던 헨리 삼촌을 떠올렸다. 그들은 이성을 갖춘 성인(成人)들답게 늘 차분하게 앉아서 대화로 모든 일을 풀어나갔다. 하지만 게이츠는 그렇지 않았다. 그는 중세 시대 사람들이 생각하듯이 이제 블레어가 더 이상 처녀가 아니기 때문에 개나 리앤더에게 던져줘야 한다고 생각했다.

"내 아들과 결혼하고 싶지 않은 이유를 알 수 있을까?"

블레어는 리드 웨스트필드에게 사막 위로 피어오르는 열기와도 같은 적의를 느꼈다.

"전 곧 펜실베이니아 주립병원에서 인턴 과정을 밟을 계획이라고 말씀 드렸잖아요. 게다가 전 아드님을 사랑하지 않아요. 리앤더는 제 언니와 약혼한 사람이에요. 전 두 사람의 결혼식이 끝나는 즉시 펜실베이니아로 돌아갈 거예요. 그리고 다시는 돌아오지 않을 거예요. 그것보다 더 분명한 해결방법이 있나요?"

"넌 네 언니의 인생을 망쳐놨어! 이런 일이 있었는 데도 네 언니가 리앤더와 결혼할 수 있다고 생각하니?"

게이츠가 고함을 질렀다.

"그러면 리앤더는 어젯밤까지…… 순결했다고…… 말씀하실 수 있으세요?"

게이츠의 얼굴이 벌겋게 달아올랐다. 그러자 리드가 말했다.

"진정하게나, 덩컨. 블레어, 분명 모두가 만족할 수 있는 방법이 있을 거다. 조금이라도 내 아들에게 느끼는 게 있었을 것 아니냐?"

블레어는 한쪽 구석에 서서 이 상황을 말없이 즐기고 있는 리앤더를 바라보면서, 사람들 앞에서 절대 자신의 감정을 인정할 수 없다고 다짐했다. 그녀의 마음을 읽고 있는 듯한 리앤더의 미소에 블레어는 얼굴을 붉히며 고개를 돌렸다.

"조금 전에도 말했잖아요. 전 언니인 척하고 있었다고요. 전 그저 언니가 사랑하는 남자와 함께 있을 때 할 거라고 생각한 대로 행동했을 뿐이에요. 제가 훌륭한 배우였다고 해서 비난받을 이유는 없잖아요."

리드가 한쪽 눈썹을 찡그리며 말했다.

"어떤 배우도 그 정도까지 자신의 배역에 몰입하진 못할 거다."

게이츠는 고함을 질렀다.

"어느 누구도 휴스턴의 이름을 더럽히는 건 용납할 수 없다. 그 애는 너처럼 처신하지 않아. 그 애는 조신한 숙녀라고."

"그럼 전 아니고요? 그런 뜻인가요?"

블레어는 너무 화가 나서 눈물을 글썽거리며 물었다.

"네가 정숙한 여자라면 그런 식으로 처신하……."

리앤더가 한 발자국 앞으로 나와 게이츠의 말을 잘랐다.

"더 이상 할 이야기가 없다고 생각합니다. 우리 둘만 있게 해주십시오. 블레어와 단둘이 이야기하고 싶습니다."

블레어는 그와 단둘이 남고 싶고 싶지 않다고 반항하고 싶었다. 하지만 적어도 그라면 그녀에게 소리를 지르지는 않으리라.

"셰리(스페인 산 백포도주나 백포도주를 통칭) 한잔 들겠어?"

단둘이 남게 되자 리앤더가 먼저 물었다.

"네, 주세요."

블레어가 떨리는 손으로 잔을 받자 리앤더는 얼굴을 찌푸렸다.

"게이츠 씨가 저 정도로 끔찍한 사람인 줄은 몰랐어. 휴스턴이 가끔 얘기하긴 했지만 과장이라고 생각했지."

블레어는 급하게 포도주를 들이키며 술기운에 마음이 진정되기를 빌었다.

"그 사람이 그렇게 나쁜 줄 몰랐다면서 왜 당신의 그 터무니없는 계획을 위해 그 사람의 도움을 받으려고 했나요?"

"가능하다면 모두의 도움을 받고 싶었으니까. 나 혼자 당신을 찾아가 청혼했다면 당신은 분명히 나를 면전에서 비웃었을 거야."

"전 지금 당신을 비웃고 있지 않아요."

"좋아. 그렇다면 모두 다 정리됐군. 이미 초대장은 인쇄소에 가 있으니까 이름만 휴스턴 대신 당신으로 바꾸면 될 거야."

블레어는 의자에서 벌떡 일어났다.

"지금까지 제가 들은 이야기 중에서 제일 끔찍해요. 지금까지 제가 했던 말을 듣지도 않았나요? 전 당신과 결혼하고 싶지 않아요. 이 끔찍한 도시에는 잠시도 더 머물고 싶지 않다고요. 전 집으로 돌아가고 싶어요. 그리고 당신이 다시 언니의 약혼자로 돌아갔으면 좋겠어요. 어떻게 말하면 당신을 이해시킬 수 있죠? 빌어먹을, 전 집으로 가고 싶다고요."

격한 감정을 참지 못하고 그녀는 의자에 털썩 주저앉아서 두 손으로 얼굴을 가리고 흐느꼈다.

"그 사람이 옳아요. 제가 언니의 인생을 망쳐버렸어요."

리앤더는 그녀 앞에 무릎을 꿇고 부드럽게 그녀의 손을 끌어당겼다.

"내가 휴스턴이 아니라 당신과 결혼하고 싶어하는 걸 이해하지 못하겠어?"

그녀는 잠시 그를 바라보며 손목을 통해서 전해지는 그의 온기를 느꼈다. 하지만 그의 말에 흔들리는 자신을 다잡으며 자리에서 일어나 창가로 걸어갔다.

"당신은 언니와 약혼했어요. 어릴 때부터 언니는 당신과의 결혼을 꿈꿔왔어요. 그래서 항상 언니는 당신의 이름 첫 자인 L과 자신의 이름 첫 자인 H를 겹쳐서 수놓곤 했어요. 언니가 원하는 건 단하나, 리앤더 웨스트필드의 부인이 되는 거예요. 언니는 당신을 사랑해요. 그걸 모르겠어요? 그리고 제가 사랑하는 건 의학이에요. 열두 살 때 전 의학을 제 삶의 전부로 정했고, 이제 겨우 인턴 자격을 따냈다고요. 그 과정을 수료하고 앨런과 결혼해서 행복하게 사는 것이 제 꿈이라고요."

갑자기 리앤더가 자리에서 벌떡 일어섰다.

"앨런? 그건 또 누구야?"

"고향으로 돌아온 뒤로 제게 아무도 펜실베이니아에서의 생활을 묻지 않더군요. 게이츠는 그저 제가 문란하다고 고함만 질러댔고, 어머니는 앉아서 바느질만 했어요. 언니는 늘 새 옷을 주문하느라 바빴고요. 당신은…… 당신은 그렇게 서서 명령만 하고 있잖아요."

리앤더의 얼굴에 복잡한 표정이 스쳐갔다.

"앨런이 누구지?"

"저와 약혼한 남자예요. 제가 사랑하는 남자요. 결혼을 승낙받기 위해 며칠 내에 챈들러 시에 들를 거예요."

"나도 지금 당신에게 청혼하고 있어."

"당신은 저와 하룻밤을 보낸 후로 저를 사랑한다고 착각하고 있나보군요."

놀랍게도 그는 아무 반박도 하지 않았다. 그저 책상에 놓인 우편물을 만지작거릴 뿐이었다.

"당신이 나와 결혼하고 싶도록 만든다면 어떻게 하겠어? 2주 후에 당신이 나를 위해 예배당에 걸어 들어가고 싶게 만든다면?"

"그런 일은 꿈에도 일어나지 않을 거예요. 앨런이 곧 올 테니까요. 게다가 당신은 휴스턴의 사람이라고요"

"그래? 그런 건가?"

그는 블레어에게 다가가 그녀를 힘껏 안았다. 그의 키스는 어젯밤 블레어가 언니 행세를 했을 때와 마찬가지로 그녀의 이성을 모조리 빼앗아 버렸다. 그가 죄었던 팔을 풀자 그녀는 몸에 힘이 모두 빠져버렸다.

"자, 그런 일이 다시는 일어나지 않을 거라고 어디 한번 말해보지 그래? 당신의 이름이 청첩장에 적혀 있는 이유를 듣고 나면 앨런이 당신을 원하지 않을지도 모른다는 생각은 꿈에도 하지 않나보지?"

"앨런은 그런 사람이 아니에요. 이해심이 많은 사람이라고요."

"얼마나 이해심이 많은지 기대하겠어. 당신은 지금부터 2주 후에 나와 결혼하게 될 거야. 미리 준비해두는 편이 좋아."

블레어는 게이츠와 집에 돌아오면서 간신히 마음을 진정했다. 하지만 집에 돌아와서 보니 언니의 얼굴은 삶을 포기한 것 같았다. 블레어는 단지 휴스턴의 미래를 염려한 나머지, 리앤더와 함께 시간을 보내며 언니의 결혼생활이 괜찮을 거라고 확인하고 싶었던 것뿐이었다. 하지만 그런 노력이 오히려 휴스턴의 일생을 망쳐버린 꼴이 되어버렸다.

블레어는 휴스턴과 이야기해보려고 노력했지만 휴스턴은 블레어를 거부했다. 블레어가 눈물을 흘리며 애원해도 휴스턴은 꿈쩍하지 않았다.

게이츠는 블레어를 3층에 있는 그녀의 방에 밀어 넣은 뒤 문을 잠가버렸다. 심지어는 오펄이 올라와서 딸과 이야기하고 싶다고 애원해도 들은 척도 하지 않았다.

블레어는 어두운 방에 앉아서 눈물이 마를 때까지 울고 또 울었다. 더 이상 울 기력조차 없어지자 그녀는 이 난관을 헤쳐 나가기 위한 계획을 세워야겠다고 생각했다. 이렇게 억지로 챈들러 시에 붙들려 있으면서 원하지 않는 결혼을 하기도 싫었고, 세인트 조셉 병원에서 인턴 과정을 포기하기도 싫었다.

블레어는 집 안에서 아무 소리도 들리지 않을 때까지 조용히 앉아 있다가 창가로 걸어갔다. 어릴 때 그녀는 집 동쪽에 있는 늙은 느릅나무의 길고 구부러진 나뭇가지를 타고 놀곤 했었다. 창문을 뛰어넘어 큰 나뭇가지를 붙잡을 수만 있다면 가능할 것 같았다. 만약 실패한다면…… 뒷일은 생각하고 싶지도 않았다.

그녀는 서둘러 조그만 가방에 옷 몇 벌과 책을 담아 땅바닥에 떨어뜨린 뒤 숨을 죽이고 기다렸다. 지금까지는 괜찮았다. 아무도 가방이 떨어지는 소리를 듣지 못한 것 같았다. 블레어는 치마바지를 입고 창틀로 올라가 한쪽 팔을 뻗어 창문 쪽으로 뻗은 나뭇가지를 잡으려고 안간힘을 썼다. 간신히 나뭇가지에 손끝이 닿았지만 붙잡을 수는 없었다. 아무래도 훌쩍 뛰어올라 나뭇가지를 낚아채는 방법밖에는 없다고 생각하며 그녀는 몸을 뒤로 젖혔다.

블레어는 몸을 웅크렸다가 펄쩍 뛰어올라 미리 점찍은 굵은 나뭇가지를 움켜쥐고 잠시 허공에 매달려 있었다. 그러나 잡고 있는 나뭇가지에서 우지직 소리가 났다. 나뭇가지를 단단히 움켜쥐고 다른 나뭇가지 위에 발을 얹으려고 몇 번을 시도했지만 번번이 실패했다. 옷을 입고 양말을 신었는 데도 거친 나뭇결에 손과 발목이 긁혀서 상처가 났다. 그녀는 잠시 숨을 고른 뒤 젖 먹던 힘을 다해 다시 발을 힘껏 뻗었다.

그녀는 마침내 나무를 타고 땅에 내려서서 의기양양하게 창문을 올려다보았다. 아무도 그녀가 원치 않을 때 그녀를 붙잡아 놓을 수 없었다.

그때 왼쪽에서 나직한 휘파람 소리가 들렸다. 그 소리의 주인공이 성냥에 불을 켜서 담뱃불을 붙이자, 그의 얼굴이 언뜻 드러났다.

"가방 들어줄까?"

리앤더가 그녀를 바라보며 물었다.

"여기서 뭘 하는 거예요?"

그녀가 흠칫 놀라면서 나직이 물었다.

"앞으로 내 아내가 될 여자가 잘 있는지 보러 왔지."

"그러니까 거기 서서 제가 나무 꼭대기에서 목숨을 걸고 버둥거리는 모습을 지켜보고 있었다고요?"

"완전히 꼭대기도 아니었잖아. 별로 위험해 보이지 않던데, 뭘.

누구한테 배웠기에 그렇게 나무를 잘 타지?"

"적어도 당신은 아니에요. 당신은 어릴 때부터 다른 사람의 목숨을 구하느라 바빠서 나무 타는 법을 배울 시간도 없었잖아요."

"당신은 나를 정말 이상하게 생각하는군. 도대체 어쩌다 그렇게 생각하게 됐는지 모르겠어. 달밤의 체조를 다 마쳤으면 다시 집으로 돌아가는 게 어때?"

그는 나무 앞으로 걸어가며 말했다.

"전 집으로 들어갈 마음이 추호도 없어요. 잠시 후에 덴버로 가는 기차가 있어요. 그걸 탈 거예요."

"내가 게이츠 씨에게 말하면 그렇게 못 할걸. 그분은 아마 엽총을 들고 당신을 뒤쫓아올 거야."

"말도 안 돼요!"

"이 모든 사태의 시초가 나란 사실을 잊었나 본데, 난 당신이 챈들러 시를 떠나게 놔두지 않을 거야."

"당신을 저주할 거예요!"

"어젯밤에는 나를 저주하지 않았잖아. 자, 당신이 나를 얼마나 사랑하는지 다시 확인시켜줄까? 아니면 순순히 당신 방으로 올라가겠어?"

블레어는 이를 득득 갈았다.

'이 인간도 잠을 잘 테니 이 인간이 잠들면 그때 탈출하고야 말겠어.'

"날 아침 식사 거리로 만들어버리고 싶다는 표정은 그만 짓고 따라오라고."

그는 낮게 뻗어 있는 나뭇가지를 붙잡고 가볍게 나무 위로 올라간 뒤 그녀에게 손을 내밀었다.

마지못해 블레어가 그의 손을 잡자, 리앤더는 그녀를 끌어올렸다. 블레어는 그의 도움을 거의 받지 않고 나무를 오를 수 있는데다 그가 자신의 몸무게를 감당해야 한다는 사실이 조금 고소했다. 리앤더는 그녀가 창문으로 들어가게 도와주면서 몸을 앞으로 숙이고 속삭였다.

"잘 자라고 키스 정도는 해줄 수 있잖아?"

블레어는 희미하게 미소를 지으며 그에게 키스할 것처럼 몸을 숙였다가 갑자기 쾅 소리를 내며 창문을 닫아버렸다. 그 바람에 창틀에 손을 올려놓고 있던 리앤더는 깜짝 놀라 손을 치웠다. 블레어는 유리창에 입술을 대고 키스하는 시늉을 하고는 고소하다는 듯이 돌아서며 웃었다.

갑자기 우지끈 소리가 나더니 둔탁한 소리와 함께 무언가 떨어지는 소리가 들렸다.

'리앤더가 떨어졌나 봐.'

블레어는 숨을 헐떡이며 창문을 열고 다급하게 머리를 내밀었다.

"리앤더!"

그녀는 너무 겁이 나서 큰소리로 그의 이름을 불렀다. 갑자기 창틀 아래에서 그가 얼굴을 불쑥 내밀더니, 그녀에게 짧지만 격렬하게 키스했다.

"당신은 결코 나에게 벗어날 수 없어."

그는 긴 나뭇가지를 잡고 빠른 속도로 날렵하게 뛰어내렸다.

"언젠가 내가 나무 타는 법을 다시 가르쳐주지."

그는 그녀에게 미소를 지은 뒤 밤새 그 자리를 지키고 서 있을 것처럼 나무 아래에 털썩 주저앉았다.

블레어는 거칠게 창문을 닫고 침대로 가버렸다.

제8장

일요일 아침에 게이츠는 블레어에게 다른 때보다 더 신경 써서 단정한 차림을 하고 교회에 가라고 명령했다.

아침 식사 분위기는 그야말로 살얼음판이었다. 휴스턴은 평소보다 더 차갑고 냉랭한 얼굴이었고, 그녀와 오펄 두 사람 모두 밤새 울었는지 눈이 퉁퉁 부어 있었다. 게이츠도 사람들 앞에서 고행을 이겨내려는 순교자 같은 표정을 짓고 있었다.

어색한 식사가 끝나자마자 오펄은 몸이 안 좋아서 교회에 갈 수 없다고 말하고 침실로 들어가 버렸다. 게이츠는 블레어를 구석으로 몰아붙이고 그 사악한 행위 때문에 제 어머니까지 죽이게 생겼다며 고래고래 소리를 질렀다.

교회의 상황은 그야말로 최악이었다. 목사는 쌍둥이 자매에게 일어난 일이 재미있는 사건이라도 되는 듯이 즐거운 목소리로 리앤더가 마음을 바꿔 블레어와 결혼하려 한다고 발표했다.

예배가 끝나자 사람들이 자초지종을 묻기 위해 몰려왔지만 휴스턴은 목석처럼 말없이 서 있기만 했다. 리앤더가 몇 번이나 말을 걸려고 시도했지만, 휴스턴은 화난 기색을 숨기지 않고 그를 무시했다. 그러자 그는 자신의 좌절감과 분노를 블레어에게 풀기로 작정한 것처럼 그녀의 손을 잡고 질질 끌면서 마차로 데려갔다.

리앤더가 마을 남쪽으로 말을 모는 동안 블레어는 4륜마차 구석에 얌전히 앉아 있었다. 마을에서 벗어나자 리앤더는 마차의 속도를 줄였다.

블레어는 모자를 고쳐 쓰며 말했다.

"그럼 언니가 웃으면서 기분좋게 대할 거라고 생각했어요?"

그는 마차를 멈추고 말했다.

"휴스턴은 이성적인 여자라고 생각했어. 그 이상한 게임을 시작한 것도 당신들 두 사람이잖아. 휴스턴을 공개적으로 망신시킬 의도는 없었어."

"지금 상황에서 당신이 할 수 있는 최선의 선택은 제가 펜실베이니아로 돌아갈 수 있도록 도와주는 거예요. 그런 뒤 언니 앞에 무릎을 꿇고 빌면 분명 언니도 모든 걸 용서하고 당신을 다시 받아줄 거예요."

그는 블레어를 잠시 뚫어지게 쳐다보았다.

"아니, 그럴 생각은 없어. 우리는 반드시 결혼할 거야. 음식을 좀 싸 왔으니까 점심이나 들자고."

리앤더는 블레어가 내려올 수 있도록 도와주려고 아래로 내려왔다. 그는 문 앞으로 다가오다가 갑자기 걸음을 멈췄다.

"잠깐, 신발에 돌멩이가 들어간 것 같아."

그는 나무에 기대어 신발을 벗었다.

블레어는 잠시 그를 바라보면서 결혼발표를 하는 동안 창백한 얼굴로 미동도 없이 앉아 있던 언니의 얼굴을 떠올렸다. 챈들러 시에 머물고 싶은 마음도 없었고, 이 사람의 아내가 되고 싶은 마음은 더더욱 없었다. 그녀는 재빨리 고삐를 잡고 고함을 지르며 말을 몰았다. 리앤더는 한쪽 구두를 벗고 서서 멍하니 쳐다보다가 서둘러 뒤쫓기 시작했지만, 날카로운 것에 발을 찔리고 깜짝 놀라 걸음을 멈췄다.

그에게 완전히 벗어났다는 생각이 들자 블레어는 속력을 늦추고 천천히 챈들러 시로 돌아왔다. 어떻게 해서든지 이 도시를 탈출할 방법을 강구해야만 했다. 오늘 아침의 결혼발표 때문에 사람들의 극성스러운 시선과 호기심을 피해 몰래 기차를 타는 것도 불가능해졌다. 챈들러라는 이름으로 챈들러 시라는 도시에 사는 것은 그런 의미였다. 내일이면 앨런이 도착할 테니 그가 탈출을 도와줄지도 몰랐다. 하지만 리앤더에게 장담했던 것과는 달리, 과연 그동안 있었던 일을 설명한 뒤에도 앨런이 계속 그녀를 원할지는 확신할 수 없었다.

집에 도착하자마자 블레어는 뭔가 안 좋은 일이 일어났다는 사실을 직감했다. 오펄이 현관 앞에 앉아 있다가 블레어를 보고 벌떡 일어났다.

"언니가 어디 있는지 아니?"

블레어는 서둘러서 계단을 올라왔다.

"무슨 일인데요? 언니가 도망이라도 쳤어요? 우선 옷부터 갈아입고 언니를 찾으러 나갈게요."

오펄은 현관에 있는 흔들의자에 다시 털썩 주저앉으며 말했다.

"그보다 더 나쁜 일이란다. 그 끔찍한 남자가, 태거트 씨 말이다, 교회에 와서 사람들에게 곧 휴스턴과 결혼할 예정이라고 말했단다. 그것도 리앤더와 너를 데리고 합동결혼식을 하겠다고 말이야. 이게 무슨 날벼락이니. 게이츠 씨가 그러는데 그 태거트라는 남자는 자신이 원하는 것을 얻으려고 사람을 죽였다는구나. 아무래도 휴스턴이 리앤더를 잃고 나서, 마음만 먹으면 다른 남자를 구할 수 있다고 마을 사람들에게 보여주려고 청혼을 받아들인 게 아닌가 걱정된다. 그 남자는 분명 부자라고 들었는데…… 혹시라도 네 언니가 돈을 보고 결혼하나 싶어서 생각만 해도 끔찍하구나."

블레어는 어머니 옆에 주저앉았다.

"이게 모두 제 잘못이에요."

오펄은 딸의 무릎을 토닥였다.

"넌 항상 모든 일을 쉽게 단정해버리는 것이 흠이야. 그렇게 놀란 표정은 짓지 마라, 애야. 난 세상 누구보다도 내 딸들에 대해서 잘 알아. 비록 휴스턴이 입 안의 사탕처럼 달콤하게 녹아들 듯 보이지만, 너희가 저지른 말썽의 대부분이 사실은 다 그 애가 계획해서 널 끌어들인 거였지?. 넌 항상 대범하고 다른 사람들을 도와주는 데 발 벗고 나서는 성격이었지. 그래서 나는 항상 네가 훌륭한 의사가 되리라고 확신했단다."

"이곳을 떠날 수만 있다면 전 학업을 계속할 수 있어요."

블레어가 애원하다시피 말했다.

"너와 리앤더의 관계도 생각해봤어. 지금은 내 말에 동의하지 못하겠지만 리앤더는 정말 좋은 사람이야. 사람들이 잘 몰라서 그래. 리앤더는 휴스턴과 있을 때 너무 조용했지만, 지난 며칠 동안은 그 어느 때보다 활기차 보이더구나."

"활기차다고요? 그 사람의 행동을 그렇게 해석하시는 거예요? 그 사람은 제게 명령을 내리고, 제가 자기랑 결혼할 거라고 말하면서도, 자기가 세울 병원에 여의사는 필요 없다고 말하는 사람이에요. 그런 편협한 돼지라고요."

"금요일 밤에도 그렇게 생각했니?"

블레어는 빨개진 얼굴을 숨기기 위해 고개를 돌렸다.

"아마도 그땐 아니었을 거예요. 하지만 샴페인을 너무 많이 마신 데다가, 달빛도 아름답고, 왈츠도 췄고…… 얼떨결에 일어난 일이었다고요."

"흐음, 네가 그날 밤 무슨 생각을 했던 간에 리앤더는 똑같이 생각하지 않았나 보구나."

"그 사람이 무슨 생각을 했든 중요하지 않아요. 지금 문제는 휴스턴이라고요. 제가 고향으로 돌아왔기 때문에 결과적으로 언니의 인생을 망쳤어요. 게다가 언니는 이제 추악한 미다스 대왕 같은 케인 태거트와 결혼하겠다고 말하잖아요. 어떻게 하면 그 결혼을 막을 수 있죠?"

"언니가 돌아오는 대로 게이츠 씨와 내가 언니를 설득할 참이란다. 이 문제를 너무 극단적으로 해결하지 말라고, 다른 방책이 있을 거라고 말해 봐야지."

블레어는 현관의 운치를 한결 더해 주는 푸른 나무 사이로 멀리 언뜻언뜻 보이는 태거트의 하얀 집을 바라보았다.

"전 정말 저 집이 싫어요. 언니가 필사적으로 저 집 내부를 구경하려고 하지만 않았어도 우리가 역할을 바꿀 필요도 없었을 거고, 그럼 제가 리앤더와 함께 밤을 보내는 일도 없었을 텐데. 그랬다면 언니가 그 야만인과 결혼하려는 생각은 추호도 하지 않았을 텐데."

"블레어, 오늘 오후에는 좀 쉬려무나. 가져온 책도 읽고 휴스턴에 대해서도 대책을 세워보자꾸나. 그런데 리앤더는 어디에 있지? 왜 널 데려다주지 않았니?"

블레어가 툭툭 털며 일어섰다.

"전 그만 올라가서 쉬어야겠어요. 어젯밤에는 별로 잠을 못 잤거든요. 아마도 이따가 리앤더가 마차를 가지러 올 거예요. 그래도 절대 저를 깨우지 마세요."

오펄은 잠시 주저하다가 마지못해 고개를 끄덕였다.

"수잔을 시켜서 먹을 것을 좀 보내주마. 좀 쉬렴. 내일이면 이 도시가 떠들썩할 테니까. 너와 리앤더의 결혼발표에다 휴스턴과 그사람의 결혼까지……. 맙소사, 정말 생각조차 하기 싫구나."

블레어 역시 두 가지 모두 마음에 들지 않았다. 그녀는 아무 말없이 방으로 올라가서 그날 내내 자신의 방에 틀어박혀 있었다.

월요일 아침은 블레어가 상상한 것보다 더 끔찍했다. 아침 식사시간은 완전히 지옥이었다. 게이츠는 입 안 가득 음식을 밀어 넣으며 블레어가 제 언니의 인생을 망쳐놓았다고 언성을 높였다. 블레어도 그의 의견에 동의했기 때문에 자신을 옹호하기 힘들었다. 오펄은 계속 울기만 하고, 휴스턴은 아무 말도 들리지 않는 사람처럼 먼 곳을 응시할 뿐이었다.

아침 식사가 끝나자 사람들이 챈들러 저택으로 몰려들었다. 모두집을 방문한 진짜 목적을 숨기기 위해 갖가지 음식을 싸들고 왔다. 블레어는 챈들러 시처럼 작은 도시의 사람들이 얼마나 호기심이 왕성한지 새삼 깨달으며 더욱 끔찍한 기분이 되었다. 모두 자기들이 나설 일이 아니라는 점은 조금도 생각하지 않는 듯했다. 가장 큰 관심사는 리앤더가 블레어와 결혼하려는 이유였다. 또한 태거트에게 엄청난 호기심을 보이며 휴스턴에게 어떻게 그와 결혼하게 됐는지, 그의 집이 어떻게 생겼는지 등등 수천 가지 질문을 퍼부었다.

11시경에 블레어는 누가 만들어온 거대한 파이를 한 조각 집어들고 방으로 올라가는 척하다가, 아무도 모르게 뒷문으로 빠져나갔다. 그리고 3킬로미터 정도 떨어진 기차역을 향해 뛰다시피 걷기 시작했다. 기차역이 가까워질수록 점점 자유를 되찾는 듯한 기분이 들었다. 앨런이라면 이 엄청난 혼란을 모두 정리해 줄 수 있으리라. 그리고 나면 휴스턴은 리앤더와 결혼할 수 있고, 블레어도 집으로 돌아갈 수 있게 될 것이다.

초조하게 기다리는 블레어의 시야에 기차가 들어왔다. 기차는 아주 천천히 자욱한 연기를 내뿜으며 역으로 들어섰다. 자욱한 연기 사이로 앨런의 모습이 보이자, 블레어는 기차에서 막 내려오는 앨런의 품으로 뛰어들었다.

그녀는 챈들러 시 사람들이 쳐다보든 말든, 자신이 다른 남자와 약혼했다는 사실을 알고 있든 말든 개의치 않았다. 중요한 일은 다시 앨런과 함께 있다는 사실이었다.

"대단한 환영인사인데?"

앨런이 그녀를 꼭 끌어안으며 말하자, 블레어는 뒤로 한 걸음 물러서서 그를 바라보았다. 그는 여전히 멋있었다. 반짝이는 갈색 머리, 산뜻하고 이지적인 인상에 푸른 눈동자, 그녀보다 몇 센티미터 큰 키……. 정확히 그녀가 기억하고 있던 모습 그대로였다.

블레어가 막 말을 하려는 순간 앨런의 시선이 자신의 어깨 너머 누군가에게 고정되어 있음을 깨달았다. 그녀는 재빨리 돌아섰다. 하지만 그리 빠르지는 못했다.

리앤더는 날쌘 동작으로 블레어의 허리를 감싸서 자기 쪽으로 끌어당기며 재빨리 앨런의 품에서 그녀를 떼어냈다. 그리고 미소를 지으며 능글맞게 말했다.

"그러니까 댁이 앨런이군. 이야기는 많이 들었네. 연인들 사이에는 아무 비밀도 없는 법이니까. 안 그래, 블레어?"

"이거 놓으세요."

블레어는 리앤더에게 나지막하게 명령하고, 당황한 표정을 하고 있는 앨런에게 부드럽게 미소를 지었다. 그리고 팔꿈치로 리앤더의 옆구리를 쿡쿡 찌르며 앨런에게 말했다.

"앨런, 소개할게요. 여기는 언니의 약혼자인 리앤더 웨스트필드예요. 그리고 이쪽은 앨런 헌터, 저의……."

리앤더는 블레어의 갈비뼈를 꽉 조이며 그녀의 말을 잘랐다. 블레어가 날카로운 팔꿈치로 콱 찔렀지만 그는 꿈쩍도 하지 않았다. 그는 앨런에게 손을 내밀었다.

"블레어를 용서하게. 옛 친구를 만나서 오늘 조금 흥분한 것 같군. 난 블레어의 약혼자요. 2주일 후에 우리 두 사람은 결혼할 예정이지. 뭐, 실제로 결혼한 거나 다름없지만……. 안 그래, 블레어? 이제 며칠 뒤면 당신은 리앤더 웨스트필드 부인이 되는 거야. 당신이 기대감 때문에 약간 긴장해서 자꾸 깜박깜박 잊어버리는 건 알아. 하지만 당신 친구에게 나쁜 인상을 줘서야 쓰나."

그는 앨런을 바라보며 천사 같은 미소를 지었다. 그러자 블레어가 당황해서 재빨리 말했다.

"사실이 아니에요. 이 남자는 지금 제정신이 아니에요. 정말 이상한 망상에 사로잡혀 있다고요."

그녀는 리앤더를 힘껏 밀면서 그의 품에서 빠져나왔다.

"앨런, 우리 어디든 가서 이야기해요. 당신에게 할 이야기가 너무 많아요."

앨런은 자기보다 약간 키가 큰 리앤더를 쳐다보았다.

"정말 이야기를 할 필요가 있군."

앨런은 그녀에게 팔을 내밀었다.

"갈까?"

앨런은 어깨 너머로 리앤더를 바라보며 말했다.

"내 짐을 옮겨주겠소, 친구?"

리앤더는 의기양양하게 그들 사이에 끼어들었다.

"어제라면 가방을 들어주는 일이 나의 큰 기쁨이겠지만, 오늘은 약간 문제가 있거든. 어제 새 신발을 신고 10킬로미터 정도를 걸었더니 발에 물집이 생겨서 무거운 것을 들 수 없게 되었소. 내 주치의는 발에 무리가 가는 일은 절대 하지 말라고 충고하더군. 함께 가지, 블레어. 친구와 이야기를 나누는 건 마차에서 해도 되잖아."

"이 짐승! 도대체 어떤 의사가 그런 처방을 내렸어요?"

블레어는 자신을 마차 쪽으로 끌고 가는 리앤더에게 쏘아붙였다.

"웨스트필드 박사라고, 당신도 잘 알지?"

그는 블레어가 마차에 타도록 도와주면서 말했다.

"이 말은 참 특이하군."

앨런은 가방을 마차에 넣으면서 리앤더의 마차를 끄는 애팔루사(북미 서부산의 튼튼한 승용마)를 신기한 듯이 바라보았다.

"이 지역에서는 유일한 품종이지. 덕분에 내가 어디에 있든 내 도움이 필요할 때 사람들은 저 말을 보고 나를 찾아내곤 하지."

리앤더는 자랑스럽게 말했다.

"무슨 도움이 필요할 때?"

앨런은 마차에 오르며 말했다.

"난 의사요."

리앤더는 앨런이 블레어 옆에 앉기 전에 채찍을 휘둘러서 거칠게 마차를 출발시키며 대답했다.

빠른 속도로 챈들러 시의 중심을 가로지르자 사람들은 급한 환자가 생겼다고 생각했는지 재빨리 길을 비켜주었다. 리앤더는 휴스턴을 위해서 마련한 집 앞에 마차를 세우며 말했다.

"여기가 이야기하기에 적합한 장소 같은데……."

블레어는 눈을 치켜떴다. 이 집을 처음이자 마지막으로 방문했을 때는 리앤더와 함께……

"전 당신이 아니라 앨런과 이야기를 나누고 싶어요. 그리고 여기는 절대 안 돼요."

"말하자면 범죄현장이어서 그렇다는 건가? 그렇다면 에밀리 양의 찻집으로 갈까? 거기라면 개인적인 공간도 있으니까."

"그게 좋겠어요. 하지만 전 앨런과 단둘이 이야기하고 싶어요. 언니와 저는……."

리앤더가 번개처럼 앨런과 그녀를 다시 마차로 밀어 넣는 바람에 블레어는 더 이상 말을 이을 수 없었다.

"한 쌍의 원앙새가 드디어 나타났네요. 리앤더, 블레어와 사랑에 빠졌다는 걸 진작 말했어야죠. 니나가 와서 당신이 상사병에 걸렸다고 말했을 때 우린 그 상대가 휴스턴인 줄 알았어요."

에밀리 양이 환한 미소를 지으며 말했다.

"사랑에 빠지면 눈이 멀게 된다는 옛말이 맞나 봐요."

리앤더는 에밀리 양을 보며 윙크했다.

"조용한 방 하나만 빌려주시겠어요? 제 약혼녀의 친한 친구가 와서 이야기를 나누고 싶어하거든요."

에밀리 양은 앨런을 바라보며 미소를 지었다.

"리앤더의 여동생인 니나를 만나 봐요. 참으로 예쁘장한 아가씨랍니다."

그들이 개인실에 자리를 잡자, 곧 차와 케이크가 준비됐다. 블레어는 얼굴을 찡그리고 있었고, 앨런은 여전히 당황한 표정이었지만, 리앤더는 거만하게 미소를 짓고 있었다.

블레어는 문이 닫히자마자 입을 열었다.

"당신만 괜찮다면 앨런에게는 제가 진실을 말하겠어요. 제 언니인 휴스턴이 어떤 장소에 무척 가고 싶어했어요. 그래서……."

"그곳이 어디인데?"

리앤더가 끼어들자 블레어는 그를 노려보았다.

"그렇게 알고 싶다면 말해 주죠. 그날 밤 언니는 케인 태거트의 괴상한 저택에 초대를 받았어요. 언니는 그 집 내부를 너무 구경하고 싶어했잖아요. 그래서 언니는 제가 자기를 대신해서 당신과 함께 그 환영회에 참석하는 것이 유일한 방법이라고 생각했어요. 어쨌든……."

그녀는 앨런에게 고개를 돌리며 분노를 누그러뜨렸다.

"언니는 그날 하루만 역할을 바꿔달라고 부탁했어요. 어릴 때 가끔 그런 장난을 쳤거든요. 그래서 그렇게 해주었죠. 덕분에 전 큰 문제에 휘말리게 된 거예요. 모두 이 남자 때문에요."

그녀는 리앤더를 노려보았다.

"계속 제게 화를 내고…… 제 말은 휴스턴 언니에게요…… 거리를 두려고 해도 절…… 그러니까 휴스턴 언니를요, 놔주지 않았어요. 다음날 이 사람은 우리가 서로 역할을 바꾼 것을 눈치챘죠. 그러더니 멍청하게도 아예 저와 결혼하겠다고 우기는 거예요."

앨런은 몇 분 동안 침묵을 지켰다.

"아무래도 전체 이야기에 몇 가지 빠진 조각이 있는 것 같은데."

앨런의 말에 리앤더가 말했다.

"내가 그 빠진 부분을 이야기해 주지."

"쌍둥이가 서로의 역할을 바꾼 것은 사실이야. 도대체 왜 즉시 그 사실을 깨닫지 못했는지 절대 알 수 없지만. 하여튼 난 휴스턴과 약혼한 사이였는데, 휴스턴은 아주 냉정하고 차가운 여자였지. 블레어가 내 손길에 불꽃처럼 열정적으로 반응했을 때 휴스턴이 아니라는 사실을 짐작했어야 했는데."

"어떻게 감히 그런 걸 말할 수 있어요!"

리앤더는 너무 순진한 표정으로 말했다.

"단지 사실을 말했을 뿐이야, 블레어. 난 늦은 저녁을 먹기 위해 블레어를 우리 집으로 데려갔고, 어떻게 하다가 그만 결혼 첫날밤에 치를 일을 몇 주 전에 치르게 되었지."

"앨런, 사실은 그게 아니에요. 그때 전 언니였고, 언니는 리앤더를 사랑했어요. 왜 언니가 이 남자를 사랑하는지는 하늘만 알겠죠. 전 조금도 이 남자를 좋아하지 않거든요. 거만하고 이기적인 데다 자기가 개업할 병원에 여의사는 절대 쓰지 않겠다는 편협한 생각을 하고 있어요. 제가 원하는 건 단지 펜실베이니아로 돌아가서 세인트 조셉 병원에서 인턴 과정을 밟고 당신과 결혼하는 거예요. 제발 제 말을 믿어줘요."

앨런은 얼굴을 찌푸리고 식탁보의 문양을 따라 포크를 움직였다.

"이 남자에게 어떤 감정을 느꼈을 거야. 그렇지 않으면……."

블레어는 불안한 표정으로 끼어들었다.

"제가 설명할게요. 전 그때 언니였어요. 앨런, 제발 절 믿어줘요. 전 당장이라도 당신과 함께 펜실베이니아로 떠날 거예요."

"내 시체를 밟고 가지 그래?"

리앤더가 나직이 말했다.

"아하! 마침내 정말 그럴싸한 의견을 냈군요."

그녀는 날카로운 눈초리로 리앤더를 노려보며 비웃었다. 그러자 앨런이 리앤더를 바라보며 끼어들었다.

"한 가지 대답해 주시오. 블레어의 머리채를 끌어서라도 결혼식장에 들어갈 생각이오?"

"나에게는 아직 2주일의 시간이 있어. 결혼식 날이 되면 블레어가 결혼해달라고 애원할 거요."

"확신하는 건가?"

앨런이 확인하려는 듯 물었다.

"그럼."

리앤더가 대답했다.

"그럼 내기할까? 20일에 블레어가 나와 떠날지, 아니면 당신과 결혼할지……."

"그러지."

"뭐라고요? 전 당신들 둘 다 원하지 않아요. 전 마음대로 사고팔 수 있는 동물이 아니라고요."

블레어가 벌떡 일어서면서 소리쳤다.

"앉아."

리앤더가 그녀의 어깨에 손을 올리고 의자에 억지로 앉혔다.

"당신은 이 남자를 사랑한다고 말하지만 내게 저항하지도 못하지. 그렇다면 결국 누구를 선택하고 싶지?"

"전 누구도 선택하고 싶지 않아요. 앨런과 결혼하고 싶다고요."

"그건 오늘 얘기지. 당신은 날 안 지 얼마 안 됐잖아. 물론 첫 만남이 아주 인상적이었지만……. 이런, 좀더 앉아 있지."

리앤더는 블레어에게 으스대며 말한 뒤 앨런에게 제안했다.

"몇 가지 규칙을 정해야겠어. 첫째, 블레어는 20일까지 챈들러 시를 떠나지 말아야 하고, 둘째, 내 초대를 거절하지 말것. 게이츠 씨 집에서 두문불출하거나 당신하고만 데이트하는 건 안 돼. 그것만 빼면 무엇을 하든 상관없소."

"아주 공평한 것 같군. 당신 생각은 어때, 블레어?"

처음에 블레어는 이대로 자리를 박차고 가버릴까 생각했지만 그 전에 먼저 알고 싶은 게 있었다.

"만약 제가 동의하지 않는다면요?"

"동의하지 않는다면 당신이 이 마을에서 도망칠 계획이라고 생각할 수밖에. 그러면 게이츠 씨에게 펜실베이니아로 쫓아가라고 할 거야. 그분이 다 말해버리고 나면 의사로서 당신 생명은 끝나겠지. 하지만 20일에도 당신이 앨런을 선택하면, 내가 기차표도 사주고 게이츠 씨도 설득하겠어."

그녀는 잠시 조건들을 숙고한 뒤 리앤더를 쳐다보았다.

"좋아요. 하지만 지금 미리 경고하죠. 전 당신과 결혼하지 않아요. 20일에 제가 앨런과 함께 이 작고 편협한 도시를 떠나면, 당신도 분명 안도감 외에는 아무것도 느끼지 못할 거예요. 왜냐하면 오늘부터 전 당신의 삶을 지옥으로 만들 예정이니까요."

리앤더는 앨런을 쳐다보았다.

"난 혈관 속에 불꽃이 흐르는 이 아가씨를 사랑하지. 최고의 남자만 이 여자를 얻을 수 있을 거요."

그는 손을 내밀어 앨런과 악수했다. 그렇게 내기는 시작되었다.

제9장

앨런이 도착한 다음날, 블레어는 펜튼 공원의 나무 아래에 담요를 깔고 바닥에 누워 몸을 쭉 폈다. 앨런이 디프테리아의 최신 치료법에 대한 기사를 큰소리로 읽어주는 동안, 그녀는 머리 위로 두둥실 떠가는 구름을 바라보았다. 꿀벌들이 윙윙거리는 소리와 사람들의 웃음소리가 공원 여기저기에서 간간이 들려오고, 날씨도 정말 화창했다.

"블레어, 내 말 듣고 있어? 난 지금 앤더슨 박사님의 최근 보고서를 읽고 있다고! 무슨 생각해?"

"뭐라고요?"

그녀는 꿈꾸듯 말하며 몸을 뒤집어 엎드렸다. 그러다 그녀가 깜짝 놀라며 말했다.

"오! 제대로 듣지 못했어요. 미안해요. 어제 일어난 일과 언니에 대해 생각하고 있었거든요."

앨런이 책을 덮었다.

"걱정되는 일이라도 있어?"

"태거트란 남자가 언니에게 예쁜 마차와 말에 세상에서 제일 큰 다이아몬드를 보냈거든요. 그런데 언니는 꿈쩍도 하지 않더라고요. 그냥 침착하게 반지를 들어 가슴에 꼭 끌어안더니, 아무 말 없이 마차를 타고 나가서는 밤 9시가 넘도록 집에 돌아오지 않았어요. 그러자 어머니가 슬퍼하시며 언니가 돈에 넘어갔다고 한탄하시는 바람에, 어머니가 잠들 때까지 몇 시간 동안 옆에서 위로해드리느라 힘들었어요. 오늘도 언니는 해가 뜨자마자 곧바로 집을 나갔어요. 그러자 어머니는 또다시 울기 시작하셨죠."

"어머님은 당신 걱정은 전혀 안 하시나 보군."

앨런이 의학잡지를 내려놓고 나무에 등을 기대며 말했다.

"어머니나 게이츠나 제가 분에 넘치는 남자를 차지했다고 생각하니까요. 적어도 게이츠는 틀림없이 그렇게 생각할 거예요. 하지만 기쁨보다는 언니의 인생이 완전히 망가지고 있다는 걱정이 앞서나 봐요."

앨런은 손가락으로 책 가장자리를 쓰다듬고 있었다.

"아직도 어머니와 의붓아버지에게 나를 소개할 때가 아니라고 생각해?"

그녀는 자리에 일어나 앉으며 말했다.

"아직은 아니에요. 당신은 게이츠가 어떤 사람인지 몰라서 그래요. 제가 다른 남자를 사귄다는 말을 듣기라도 하면……."

블레어는 앨런에게 또다시 리앤더와 약혼하게 된 이유를 상기하게 만들까 봐 그냥 입을 다물었다. 하지만 혹시라도 자신이 앨런과 약혼한 상태에서 리앤더와 잤다는 사실을 게이츠가 알게 되면, 자신의 인생은 지금보다 더 끔찍해질 것이 뻔했다. 게이츠는 휴스턴이 챈들러 시 사람들에게 파혼당한 굴욕감을 드러내기 싫어서 그

괴물 같은 남자를 선택했다고 생각하므로, 모든 게 다 블레어의 난잡하고 부도덕한 행실에서 비롯됐다고 비난할 수 있는 절호의 기회를 절대 놓치지 않을 것이다.

그녀는 앨런에게 희미하게 미소를 지었다.

"이렇게 좋은 날에 언짢은 이야기는 그만해요. 산책을 하거나 카누를 빌려서 호수로 나가는 건 어때요? 가을에 카누 팀을 그만둔 뒤로 한 번도 운동을 해보지 못한 것 같아요."

"그럼 그게 좋겠군."

그는 자리에서 일어나 그녀를 일으켜 세우려고 손을 내밀며 말했다. 두 사람은 담요와 책을 들고 미드나이트 호숫가에 있는 작은 카누 대여점으로 갔다. 이미 호수에 있던 몇 쌍의 연인들이 그들을 보고 반갑게 인사했다.

"안녕하세요, 블레어-휴스턴."

모두 호기심 어린 눈으로 앨런을 쳐다보았다. 그들 중 몇몇은 앨런을 정식으로 소개받고 싶어하는 눈치였지만, 블레어는 모른 척했다. 휴스턴이라면 기꺼이 마을 사람들의 호기심을 채워주어야 한다는 의무에 복종했겠지만, 블레어는 그래야 할 필요를 느끼지 못했다.

앨런이 노를 젓는 동안, 블레어는 커다란 모자로 뜨거운 햇빛을 가리고 뱃머리에 등을 기대고 앉아 손가락으로 물결을 어루만지다가 언뜻 잠들었다.

"안녕!"

낯익은 목소리에 그녀는 벌떡 일어나 앉았다. 어느새 그들 곁으로 노를 저어 다가온 리앤더의 얼굴이 보였다.

"여기서 뭐 하는 거예요? 가세요."

그녀가 이를 악물며 말했다.

"당신 어머님 말씀에 의하면 당신은 나와 외출 중이던데. 이런, 헌터 씨. 노를 젓는 폼이 영 불안해 보이는군. 도시 생활에만 익숙해서 그런가?"

"다른 사람에 대한 비방은 그만두고 자리를 비켜주지 않겠어요? 당신이 오기 전까지 우린 잘하고 있었어요."

"목소리 좀 낮춰. 사람들이 쳐다보잖아. 남들이 우리를 보고 이 평화로운 낙원에 뭔가 문제가 생겼다고 생각하길 바라는 거야?"

"낙원? 당신이 옆에 있는데요? 당신은……."

리앤더가 그녀의 말을 막았다.

"헌터 씨, 손을 좀 빌려주겠소? 아무래도 의자 사이에 다리가 낀 것 같은데……. 이대로 다리가 붓기라도 하면 큰일이잖소."

"앨런, 도와주지 말아요. 저 남자를 절대 믿으면 안 돼요."

하지만 이미 때는 늦었다. 막 의과대학을 졸업한 데다 의사로서 책임의식이 너무 투철해서, 앨런은 도움을 요청하는 손길을 차마 뿌리칠 수 없었다. 앨런은 재빨리 노를 내려놓고 물 위로 손을 내밀었고, 리앤더는 앨런의 손을 잡아당기는 동시에 발로 뱃전을 밀어버렸다. 그러자 앨런은 잠시 손을 휘젓다가 물에 빠지고 말았다. 블레어는 앨런을 돕기 위해 재빨리 손을 내밀었지만, 리앤더는 그녀의 허리를 잡고 가볍게 안더니 자신의 카누로 옮겼다.

주위에서 폭소가 터졌고, 앨런이 첨벙거리며 헤엄을 치려고 버둥대는 소리와 리앤더에게 벗어나 자신의 카누로 돌아가려고 두 팔을 휘젓는 블레어의 고함소리가 사방에 울려 퍼졌다. 어쨌든 리앤더는 블레어가 주먹을 마구 휘둘러서 아픈 데도 불구하고, 한 손으로 그녀를 붙잡고, 다른 손으로 간신히 노를 저어 순식간에 호수에서 빠져나왔다.

호숫가에 도착하자 리앤더는 엄청난 묘기를 선보인 소년처럼 그녀 앞에 서서 자랑스럽게 미소를 지었다.

"내 모자요!"

블레어가 이를 악물고 말하자, 리앤더는 능글맞게 웃으며 모자를 가지러 배로 돌아갔다. 그가 무방비하게 등을 돌린 순간, 블레어는 노를 집어들고 온힘을 다해 그를 밀었다. 리앤더는 우스꽝스러운 모습으로 호숫가의 진흙탕에 코를 박고 넘어졌다.

블레어에게는 자신의 성공을 만끽할 여유가 없었다. 앨런이 아직도 물 속에서 허우적거렸기 때문이다. 그녀는 지난 몇 년 동안 여자 카누 팀에 있어서 다행이라고 생각하고, 리앤더의 배를 저어 앨런에게 다가갔다.

"난 수영을 할 줄 몰라."

그녀가 앨런을 도우려고 몸을 숙이자 그가 소리쳤다.

"그냥 물장구를 쳐 봐요."

두 사람이 안간힘을 쓴 덕분에 그는 간신히 배 위로 올라왔다. 블레어가 카누를 젓는 동안, 앨런은 물방울을 뚝뚝 떨어뜨리며 계속 재채기를 하고 몸을 떨었다. 그에게는 너무도 끔찍한 경험이었을 것이 분명했다. 블레어가 호숫가를 흘끗 쳐다보자 리앤더는 진흙투성이가 되어 자신을 바라보며 서 있었다. 그녀는 그의 모습을 보자 통쾌한 기분이 들었다.

그녀는 능숙하게 배를 돌려 호수 반대쪽에 있는 대여점으로 노를 저었다. 앨런이 한쪽에 서서 연신 기침을 하는 동안, 그녀는 카누를 돌려주고 앨런이 묵고 있는 임페리얼 호텔로 돌아가기 위해 마차를 빌렸다.

블레어는 너무 화가 나서 호텔로 가는 동안 앨런에게 눈길 한번 주지 않았다.

'어떻게 리앤더가 감히 사람들 앞에서 나를 웃음거리로 만들 수 있지? 설령 사람들이 없었어도 안 될 일이야. 절대 상종하지 않겠다고 다짐했는데 리앤더는 나를 강제로 밀어붙이잖아.'

그녀는 앨런을 따라 계단을 올라가 그의 방으로 들어갔다.

"정말 죽여버리고 싶어. 세상에서 가장 끔찍하고 추악한 인간이라니까! 내가 정말 자기와 결혼하리라고 생각하는 걸까? 대단한 착각이지. 열쇠 이리 주세요."

"응? 아, 여기 있어. 블레어, 설마 내 방에까지 따라올 생각은 아니겠지? 다른 사람들이 오해라도 하면 어쩌려고?"

블레어는 열쇠를 받아서 방문을 열었다.

"그런 남자와 사는 걸 상상할 수 있어요? 그 남자는 제멋대로 자란 데다 덩치만 큰 망나니라고요. 자기 말을 거절한 여자는 제가 처음이라서 저를 원하는 거겠죠. 그래서 제 인생을 불행하게 만들려는 거예요!"

그녀는 아직까지 물을 뚝뚝 떨어뜨리며 가만히 서 있는 앨런을 쳐다보았다.

"왜 젖은 옷을 입고 그렇게 서 있어요? 빨리 옷 갈아입어요."

"블레어, 당신이 여기 있으면 안 돼. 그리고 난 당신 앞에서 옷을 갈아입고 싶지 않다고."

블레어는 이내 이성을 되찾고 자신이 어디에 있는지를 깨달았다.

"당연하죠. 미안해요. 너무 화가 나서 정신이 없었나 봐요. 내일 다시 만날 수 있죠?"

"그전에 폐렴에 걸려서 죽지만 않는다면."

블레어는 미소를 지으며 가려다가 갑자지 몸을 돌려 그를 끌어안고 키스하기 시작했다.

처음 앨런은 그녀의 옷이 젖을까 봐 조심스럽게 반응했지만, 블레어가 더욱 강렬하고 열정적으로 다가오자, 그녀를 꼭 끌어안고 머리를 숙이며 열렬하게 키스에 몰입했다.

곧 블레어는 몸을 떼며 말했다.

"가야겠어요. 내일 봐요."

블레어가 나간 후에도 앨런은 젖은 옷을 입은 채 한참 동안 서 있었다.

"당신은 리앤더를 거절하지 않을 거야, 블레어. 내가 당신에게 키스했을 때 당신은 이 방에서 나갔지만, 그 남자는 당신을 밤새도록 머물게 했어."

목요일 아침에 블레어는 눈물을 흘리며 챈들러 저택으로 뛰어들어오더니 곧장 자신의 방으로 올라가 버렸다. 침대에 꽃다발과 초콜릿 상자가 여러 개 놓여 있었지만, 그녀는 그것을 바닥으로 밀쳐내고 침대에 엎드려 한 시간이나 울었다. 리앤더 웨스트필드가 그녀의 인생을 또다시 망쳐버렸다. 어제 그는 또다시 앨런과 그녀의 즐거운 오후를 망쳐놓으려고 나타났다. 야외로 소풍을 간 두 사람 앞에 홀연히 나타난 리앤더는 허공에 6연발총을 쏴서 말들이 겁에 질리게 한 뒤, 블레어를 자신의 말 위로 낚아채려 했다. 하지만 블레어는 말이 앞다리를 들고 뒷다리로 서게 만들어 간신히 그를 물리치고 도망쳤다.

말의 성질이나 마차에 말을 묶는 법 따위에 대해 거의 아는 게 없는 앨런은 그저 멍하니 서서 두 사람의 신경전을 지켜볼 수밖에 없었다. 애초에 앨런은 직접 말을 타는 대신 마차를 빌리자고 말했었다.

블레어는 리앤더에게 도망쳐서 빌린 말 중 한 마리에 올라타고, 리앤더의 총을 피해 다른 방향으로 도망친 앨런에게 자신의 뒤에 타라고 설득했다.

블레어는 어릴 때부터 말을 탔기 때문에 별다른 어려움 없이 리 앤더에게 도망칠 수 있다고 생각했다. 하지만 뒤를 돌아보자, 앨런 은 사색이 된 얼굴로 그녀를 꼭 끌어안고 두려움으로 신음하고 있 었다. 말이 빠르게 나무 쪽으로 달려가서, 리앤더가 비켜주지 않으 면 그들은 곧장 나무에 부딪칠 판이었다.

리앤더도 동시에 위험을 감지하고 번개 같은 동작으로 거칠게 말을 세웠다. 그 바람에 말이 앞다리를 들고 뒷다리로 섰고, 리앤더 는 바닥에 떨어지고 말았다. 하지만 그 덕분에 블레어와 앨런은 무 사히 도망칠 수 있었다.

블레어의 입장에서는 다행이었지만, 불행히도 리앤더의 말은 겁 에 질려서 그대로 자신의 안전한 마구간으로 달려갔다. 블레어가 빠른 속도를 유지하며 계속 달리는 동안, 앨런은 블레어와 안장을 꽉 움켜잡고 있었다.

"저 사람 웬만하면 좀 태워주지 그래? 마을까지는 1킬로미터나 되잖아."

"10킬로미터밖에 안 돼요. 게다가 저 사람도 지금쯤이면 걷는 데 익숙해졌을 거예요."

그것이 바로 수요일의 일이었다. 하지만 오늘 일어난 일에 비하 면 아무것도 아니었다. 마침내 호숫가에서 있었던 일과, 블레어가 낯선 남자와 마을을 헤집고 다닌다는 사실을 알게 된 게이츠는 그 녀가 사람들 앞에서 리앤더를 부끄럽게 만들었다고 아침부터 고함 을 질러댔다.

블레어는 그와 말다툼을 하고 싶지 않았기 때문에, 오늘 아침에 리앤더와 병원에서 만나기로 했다고 둘러댔다. 리앤더가 약품에 대 해 설명해 주기로 했다고 거짓말을 했지만, 그녀는 솔직히 리앤더 가 병원에 없어서 다시 만나지 않기를 바랐다.

그러자 게이츠는 자신이 직접 그녀를 병원에 데려다준 다음 그녀가 병원으로 들어가는 모습을 봐야겠다고 고집을 부렸다.

'죄수가 따로 없군.'

블레어는 속으로 불평했다.

병원에 들어가자 블레어는 낯익은 병원 내부와 소독약 냄새, 젖은 나무와 비누 냄새 때문에 집으로 돌아온 듯한 기분이 들었다. 주위에 아무도 보이지 않자, 그녀는 병실을 기웃거리며 하루빨리 펜실베이니아로 돌아가서 일을 시작할 수 있기를 빌었다.

3층에 들어섰을 때 어디선가 신음소리가 들렸다.

즉시 그녀는 의사로 돌아가 소리가 나는 병실로 뛰어들어갔다. 방에는 한 노파가 새파란 얼굴로 숨을 헐떡이고 있었다. 블레어는 재빨리 달려가 환자의 가슴을 누르고 그녀가 제대로 호흡할 수 있도록 도왔다.

하지만 그녀가 다시 힘을 가하기도 전에 강한 힘이 그녀의 팔을 끌어당겼다. 그녀는 리앤더가 거칠게 밀치는 바람에 하마터면 바닥에 쓰러질 뻔했다. 몇 분 만에 환자의 호흡이 다시 고르게 돌아오자 리앤더는 환자의 식도를 깨끗이 세척했고, 이내 환자는 안정적으로 숨을 쉬었다. 리앤더는 환자를 간호사에게 인계했다.

"내 사무실로 따라와."

그는 블레어를 쳐다보지도 않고 말했다.

그 후 블레어는 20분 넘게 그의 신랄한 비난을 들어야 했다. 전에는 한 번도 없던 일이었다. 리앤더는 블레어가 자신의 업무를 방해하고 환자를 죽이려 했다고 생각하는 듯했다.

그의 분노를 누그러뜨릴 방법은 전혀 없었다. 그는 아무것도 알지 못하면 도움을 청해야지 어떻게 함부로 치료할 수 있냐며, 환자에 대해 잘 알지 못하면서 환자를 치료하겠다고 나서는 일은 도움이 아니라 해가 될 뿐이라고 말했다.

블레어도 그가 옳다고 생각했다. 하지만 눈물이 나오는 건 어쩔 수 없었다. 그러자 리앤더는 비난을 멈추고 그녀를 끌어안았다.

그녀는 그를 밀쳐내고, 그를 증오한다며 다시는 만나지 않았으면 좋겠다고 소리를 질렀다. 그녀는 계단을 달려 내려와 복도 한쪽에 숨은 뒤, 자신을 찾는 리앤더가 지나갈 때까지 기다렸다. 인기척이 사라지자 그녀는 병원을 나와서 집으로 향하는 마차를 타고 정신없이 집으로 돌아왔다. 그녀는 집으로 돌아와서 그 잔인하고 지독한 남자를 다시는 만나지 않았으면 좋겠다고 생각하며 눈물을 흘렸다.

11시경이 되자 냉정을 되찾은 그녀는 앨런을 만나기 위해 집을 나섰다. 어머니에게는 리앤더를 만나서 테니스를 칠 계획이라고 말했다. 오펄은 딸을 믿는다는 듯 그저 고개를 끄덕였다.

오펄은 딸들에 대한 걱정은 잊어버리고 한가로운 봄날 오후를 즐기려고 애쓰면서 흔들의자에 앉아 수를 놓고 있었다. 그러다가 멀리서 리앤더가 걸어오는 모습을 보고 고개를 들었다.

"이런, 리앤더. 정말 놀랍군. 블레어와 테니스를 치고 있는 줄 알았는데 뭔가 잊어버린 거라도 있는 겐가?"

"잠시 앉아서 이야기 좀 나누어도 괜찮겠습니까?"

"물론이지."

그녀는 리앤더를 바라보았다. 리앤더의 잘생긴 얼굴이 지금처럼 굳은 모습을 보는 일도 흔하지 않았다. 오늘 그는 깊은 상처를 입은 사람처럼 보였다.

"리앤더, 하고 싶은 말이 있으면 어서 해보게."

리앤더는 코트 안쪽 주머니에서 담배를 꺼내더니 피워도 좋냐고 물어 보았다.

"블레어는 지금 앨런 헌터라는 사람과 외출했습니다. 결혼하기로 약속한 사람이라고 하더군요."

오펄은 바느질을 하다가 손을 놓았다.

"이런 세상에! 복잡한 일이 또 하나 생겼네. 자, 어서 전부 털어놓게."

"아마 블레어는 필라델피아에 있을 때 그 사람의 청혼을 받아들인 것 같아요. 월요일 낮에 그 사람은 두 분을 만나려고 이곳에 도착했습니다."

"하지만 월요일이라면 블레어는 이미…… 자네와 결혼하기로 발표된 후인데…… 그럼……."

"약혼을 발표한 건 모두 제 독단적인 행동이었습니다. 휴스턴과 블레어는 그날 밤에 있었던 일을 모두 잊어버리고 쉬쉬하려 했죠. 솔직히 블레어에게 챈들러 시에 남아서 내기를 받아들이도록 협박한 제 자신이 너무 부끄럽습니다."

"내기라니?"

"월요일에 기차역에서 헌터라는 사람을 만났습니다. 그리고 블레어를 차지하기 위해 내기를 하자고 제안했죠. 제게는 별로 시간이 없으니까요. 그래서 결혼식 날 블레어가 저와 결혼할지, 아니면 헌터와 함께 마을을 떠날지 두고 보자고 내기를 했죠."

그는 오펄을 힘없이 바라보았다.

"아무래도 제가 질 것 같아요. 어떻게 해야 블레어를 얻을 수 있을지 모르겠어요. 한 번도 여자에게 구애해 본 적이 없기 때문에 정말 방법을 모르겠어요. 꽃이나 사탕을 보내도 소용없고, 온 마을 사람들 앞에서 제 자신을 바보로 만드는 짓까지, 여자들이 좋아할 만한 일을 전부 시도해봤는데 전혀 소용이 없어요. 20일이면 블레어는 헌터와 함께 이곳을 떠날 겁니다."

리앤더는 세상에서 가장 끔찍한 비극을 겪은 것처럼 땅이 꺼져라 한숨을 내쉰 뒤, 지난 며칠 사이에 일어났던 일을 모두 털어놓았다. 호수에서의 일과 소풍에 대한 이야기에 오늘 병원에서 있었던 일까지 털어놓은 뒤, 그는 자신이 블레어에게 약간은 심하게 행동했다는 사실을 인정했다. 오펄은 잠시 생각에 잠겼다.

"정말 그 애를 사랑하고 있군, 아닌가?"

오펄이 놀란 듯이 말하자 리앤더는 의자에서 일어났다.

"그게 사랑인지는 정확히 모르겠어요."

리앤더는 오펄을 흘끗 바라보고 지금 자신이 질 수밖에 없는 싸움을 하고 있음을 깨달았다.

"좋아요. 인정할게요. 아마도 블레어를 사랑하는 것 같아요. 아니, 블레어를 사랑하기 때문에 사람들이 절 웃음거리로 삼아도 상관없어요. 제가 블레어를 차지할 수만 있다면요."

그는 재빨리 변명했다.

"하지만 전 블레어를 넋이 나간 표정으로 바라보면서 같이 보낸 하룻밤 때문에 사랑에 빠지고 말았다고 고백할 생각은 조금도 없어요. 그러니까 그만 웃으세요. 사람들 앞에서 블레어를 향한 불멸의 사랑을 고백하고 싶은 마음은 없으니까요."

"알았네. 그런데 자네는 헌터라는 사람이 블레어를 어떻게 대하는지 아나?"

"그런 건 물어 보지 않았는데요."

"아마도 그 사람이 블레어에게 의학서적을 꾸준히 보내주는 친구인 게 틀림없어. 블레어는 책을 한 권 읽고 나서 기분이 풀렸는지 자네와 테니스를 치겠다고 집을 나섰으니까."

"제 서재에는 의학서적이 꽉 차 있지만 그걸 여자에게 빌려준다는 생각은 꿈에도 못 했어요. 아무래도 의학에 관해서는 저도 게이츠 씨와 비슷한 생각을 하고 있었나 봐요. 전 블레어가 말도 안 되는 꿈을 포기하고 챈들러 시에 정착하기를……."

"그런 뒤에는? 휴스턴처럼 되기를 바라나? 자네는 완벽한 현모양처와 약혼했지만, 결국은 완전히 다른 여자를 사랑하게 되었지 않나. 블레어가 의학을 포기하면 더 이상 블레어가 아니라는 사실을 아직도 모르겠나?"

그들 사이에 잠시 침묵이 흘렀다.

"바로 그런 쪽으로 열심히 노력해야겠군요. 그러면 어머님은 제가 블레어에게 의학서적을 빌려줬으면 하시나요?"

"리앤더, 자네는 왜 의사가 되려고 했지? 처음으로 의학에 평생을 바치겠다고 다짐한 것이 언제였는지 기억하나?"

"제가 아홉 살 때 어머니가 편찮으셨죠. 그때 브레너 선생님께서 꼬박 이틀 동안 어머니 곁에 계시면서 치료하신 덕분에 회복되셨어요. 그때 전 의사가 되고 싶다고 생각했어요."

오펄은 잠시 정원을 물끄러미 바라보았다.

"우리 아이들이 열한 살 때 난 그 애들을 데리고 펜실베이니아에 살고 있는 헨리 오빠와 새언니 플로가 사는 집에 갔었지. 그곳에 도착하자마자 나와 휴스턴은 물론이고 플로도 열병에 걸려 앓아눕게 되었어. 심각한 정도는 아니었지만 우리가 침대에 누워 있는 동안 병원 직원들이 블레어를 보살필 수밖에 없었지. 의사인 오빠는 블레어가 외로워 보였는지 왕진을 가는데 따라오지 않겠냐고 아이에게 물었어."

오펄은 미소를 지우고 진지한 표정으로 리앤더를 바라보았다.

"그렇게 며칠이 지났지만 우리는 무슨 일이 일어나고 있는지 전혀 몰랐어. 그러던 어느 날 헨리 오빠는 너무 흥분해서 그만 마음속에 있는 말을 모조리 털어놓았어. 아마도 블레어가 환자들을 치료하는 동안 저만치 떨어져서 놀고 있으라는 오빠의 말을 듣지 않았던 것 같아. 첫날, 블레어는 난산으로 고생하는 산모를 도와주었어. 산모가 비명을 지르는 데도 그 애는 전혀 무서워하지 않고 정신을 바짝 차려서 오빠를 도왔지. 세 번째 날이 되자 부엌 식탁에서 다급하게 맹장수술을 하는데 도왔다는 거야. 오빠는 블레어처럼 의사라는 직업이 잘 어울리는 아이는 본 적이 없다고 말했지. 내 딸이 의사가 되려고 한다는 충격에서 벗어나기까지는 시간이 조금 걸렸어. 하지만 블레어와 이야기를 나누다가 그 애의 눈동자에서 그전까지 볼 수 없었던 반짝이는 불꽃을 본 순간, 나는 최선을 다해 그 애의 뒷바라지를 해야겠다고 생각했지."

그녀는 한숨을 쉬었다.

"그때만 해도 미처 게이츠 씨의 성격까지는 생각하지 못했어. 블레어는 챈들러 시로 돌아와서도 내내 의사가 되겠다고 노래를 불렀고, 게이츠 씨는 자신이 보호하는 여자아이가 숙녀답지 못한 행동을 하는 건 절대 용납할 수 없다고 못을 박았지. 그 후로 1년 넘게 나는 그저 한 발자국 물러서서 블레어의 영혼이 시들어 가는 것을 그냥 지켜보기만 했어. 하지만 블레어가 도서관에서 의학서적을 빌려오는 것조차 게이츠 씨가 금지하자 더 이상 참을 수 없었지."

오필은 소리 내어 웃으며 말했다.

"게이츠 씨의 말에 반항한 것은 그때가 처음이자 마지막이었을 거야. 아이가 없었던 오빠와 새언니는 계속 블레어와 함께 살 수 있게 해달라고 졸랐거든. 그래서 헨리 오빠에게 블레어가 최고의 교육을 받을 수 있도록 최선을 다하겠다는 약속을 받은 뒤 아이를 보냈어. 물론 블레어와 떨어지고 싶지는 않았지만 그게 유일한 길이라고 생각했어. 그 애가 이곳에 남아 있었다면 결국 그 애의 영혼은 망가지고 말았을 테니까."

그녀는 리앤더를 쳐다보았다.

"이제 의술이 블레어에게 어떤 의미인지 자네도 알겠지. 어릴 때부터 그건 그 아이의 생명이나 마찬가지였네. 그런데……."

그녀는 말을 흐리면서 주머니 속에서 봉투 하나를 꺼냈다.

"그저께 헨리 오빠에게 편지가 왔어. 블레어의 마음이 다치지 않게 최대한 부드럽게 소식을 전해달라고 부탁하셨지. 이 편지에 의하면, 비록 블레어가 3일간의 시험에서 우수한 성적을 차지했고 세인트 조셉 병원에서 인턴 과정을 수료할 조건을 따냈지만, 필라델피아 시의회가 그 애를 거부했다고 하네. 여자가 남자들과 한 방에서 찰싹 달라붙어 일하는 건 부도덕하기 때문이라는군."

"하지만 그건……."

리앤더가 어이없다는 듯 말했다.

"불공평하다고? 블레어에게 의학을 포기하고 집에서 셔츠를 다리는 하녀나 감시하라는 자네의 요구와 별로 다르지 않다고 생각하는데?"

리앤더는 멍하니 정원을 바라보며 담배만 피웠다.

"어쩌면 블레어는 저와 함께 환자들을 돌아보는 일을 좋아할지도 모르겠군요. 그리 어렵지 않고 평범한 왕진 말이에요."

"그래, 블레어도 그런 걸 좋아할 거야."

오펄은 리앤더의 팔을 살며시 잡았다.

"그리고 리앤더, 이제부터 자네가 생각한 것과는 완전히 다른 블레어의 모습을 조금씩 보게 될 거야. 그 애는 약간 생각 없이 말하는 경향이 있어서 사람들은 그 애의 마음이 얼마나 따스한지 몰라. 만일 자네가 계속 블레어 앞에서 헌터 씨를 바보로 만든다면, 그애는 자네를 사랑하기는커녕 자네를 절대 용서하지 않을 거야. 블레어에게 마을 사람들이 알고 있는 의사 리앤더 웨스트필드의 모습을 보여줘. 라흐너 부인이 새벽 3시에 신경질을 내며 불러내도 몇 번이고 달려가서 통증을 달래주려고 노력하고, 지난여름 샌더슨 부인네 쌍둥이의 목숨을 구해 주었던 모습을 보여주라고. 또……."

"알겠어요. 블레어에게 제가 가면 쓴 천사라는 것을 보여주겠어요. 그런데 정말 블레어가 의사로서 자질이 있다고 생각하세요?"

리앤더가 환하게 웃으며 말하자 이번에는 오펄이 환한 미소를 지었다.

"헨리 토마스 블레어 박사라는 이름을 들어본 적이 있나?"

"병리학자요? 물론 들어봤죠. 질병 검사에 대한 그분의 위대한 업적은……. 그분이 바로 헨리 삼촌인가요?"

오펄의 눈은 기쁨으로 빛났다.

"바로 맞췄네. 그리고 블레어의 실력을 인정한 사람이 바로 헨리 오빠지. 그 애에게 기회를 주게. 결코 후회하지 않을 거야."

제10장

앨런과 테니스를 쳐도 블레어의 기분은 전혀 나아지지 않았다. 학교를 다니던 시절에도 헨리 삼촌은 운동의 중요성에 대해 여러 번 강조했었다. 삼촌은 늘 활동적인 운동이 사고력과 학습력을 향상시켜준다고 말했다. 그 덕분에 블레어는 카누 팀에서 활동하고, 테니스도 배우고, 체조와 자전거 타기, 등산까지 도전했다.

그리고 오늘은 앨런과의 테니스 시합에서 그를 이기고 말았다.

시합을 하는 동안에도 앨런은 계속 주위를 둘러보느라 정신이 없었다. 당장이라도 누가 자신의 등 뒤로 불쑥 나타날까 봐 초조한 표정이었다.

블레어는 리앤더가 나타나서 경기를 방해할까 봐 앨런이 시합에 몰두하지 못한다고 생각하자 기분이 더욱 나빠졌다.

"앨런, 누가 보면 당신이 리앤더를 무서워한다고 생각하겠어요. 지금까지는 우리가 매번 그 사람을 쫓아버렸잖아요."

"당신이 그런 거지. 나는 이런 시골에선 아무 쓸모가 없어. 도시에서 만났으면 내게도 기회가 있었을 텐데."

"리앤더는 여러 나라에서 공부했어요. 그 사람이라면 무도회장에 있어도 말 등에 앉아 있는 것처럼 편안하게 느낄걸요."

그녀는 가방에 라켓을 집어넣으며 말했다.

"전지전능하다는 말이군?"

앨런의 농담에 날카로운 가시가 담겨 있자, 블레어는 깜짝 놀라서 그를 빤히 쳐다보았다.

"앨런, 화났어요? 내가 그 남자에게 어떤 감정을 느끼는지 당신도 알잖아요."

"내가? 내가 알고 있는 건 당신이 어느 날 밤 그 남자와 함께 외출했고, 결국 그날 밤을 함께 보냈다는 사실뿐이야. 그에 비해 내가 당신을 만지면 당신은 상당히 절제하더군."

"내가 왜 이런 소리를 그냥 듣고 있어야 하는지 모르겠네요."

블레어가 등을 돌리자 그는 거칠게 그녀의 팔을 잡았다.

"당신, 말과는 달리 웨스트필드를 더 좋아하잖아? 지금도 그 남자가 번쩍이는 6연발총을 들고 나타나서 어수룩한 풋내기 의대생을 놀려먹는 모습을 구경하고 싶은 거 아니야?"

그녀는 평소에 휴스턴이 짓는 싸늘한 눈빛으로 그를 바라보았다.

"내 팔을 놔줘요."

그는 즉시 손을 놓으며 분노를 가라앉혔다.

"블레어, 미안해. 그렇게까지 말할 생각은 아니었어. 단지 우스갯거리로 보이는 데 지쳤을 뿐이야. 호텔에서 지내는 것도 지쳤고, 아직까지 당신 부모님을 만나지 못한 것도 화가 나. 리앤더 웨스트필드가 아니라 내가 불청객이 된 것 같은 기분이 들어서 그래."

그녀는 그의 품에 안겼다. 그가 화를 내는 이유를 충분히 이해할 수 있었다. 그녀는 그의 볼을 쓰다듬었다.

"처음부터 전 당신과 여길 떠나고 싶어했잖아요. 하지만 당신은 내기에 응했어요. 이젠 의사로서 제 미래까지 위험해졌어요. 20일까지 챈들러 시를 떠날 수 없으니까요. 하지만 제가 당신과 함께 떠날 거란 사실은 믿어줘요."

앨런은 블레어를 집 근처까지 데려다주었다. 헤어질 때까지도 그는 한껏 긴장한 모습이었다. 그녀가 무슨 소리를 하든 그에게는 아무 소용이 없는 것 같았다.

집에 들어서자 블레어는 곧장 자기 방으로 올라갔다. 평소대로라면 리앤더가 보냈다면서 어머니가 꽃다발과 사탕 뭉치들을 건네주었을 것이다. 그러나 오늘은 그저 유쾌하게 그녀를 반기고 계단을 올라가는 그녀의 뒷모습을 잠시 바라본 후, 다시 바느질을 시작했다. 덕분에 그녀의 기분도 약간은 나아졌다.

블레어는 오후마저 울면서 허비하지는 않겠다고 다짐했다. 그래서 침대에 엎드려서 앨런이 보낸 화상 치료법에 관한 책을 읽는 데 정신을 집중하려고 노력했다. 3시쯤 수잔이 음식을 담은 쟁반을 들고 올라왔다.

"마님께서 이것을 아가씨에게 갖다 드리고, 더 필요한 게 있으면 말씀하시라고 하셨어요."

"아니, 다른 건 필요 없어."

블레어는 음식을 옆으로 밀쳐내며 무심하게 말했다. 수잔은 앞치마를 만지작거리며 문가에서 서성대다가 조심스럽게 말했다.

"저, 아가씨도 어제 있었던 일에 대해 알고 계시죠?"

"어제?"

딴 생각에 빠져 있던 블레어가 건성으로 물었다.

'내가 리앤더에게 끌리고 있다는 사실을 앨런은 어떻게 알았을까? 이번 일과 관련된 사람들에게 리앤더가 무엇을 하든 나와는 상

관없다고 말했는 데도 그다지 단호하게 보이지 않았던 걸까?'

"어젯밤에 휴스턴 아가씨가 돌아오셨을 때 블레어 아가씨는 주무시고 계셨잖아요. 더군다나 오늘 아침 일찍 나가서서 태거트 씨가 어제 가든 파티에서 저지른 끔찍한 일과 그분이 휴스턴 아가씨를 어떻게 했는지 아직 듣지 못하셨을 거예요. 그 후에 그분이 여길 찾아오셨는데, 세상에 마님이 그분에게 푹 빠지셨지 뭐예요. 그분이 마님께 분홍빛 기차를 사주겠다고 약속하셨어요. 그리고 ……."

블레어는 수잔의 말에 흥미가 생겼다.

"다시 천천히 말해 봐. 자세하게."

그녀는 침대에 책상다리를 하고 앉아 음식을 먹기 시작했다.

수잔은 블레어의 관심을 끌었다는 사실에 흥이 나서 자세하게 이야기했다.

"그러니까요, 어제 휴스턴 아가씨가 티아 맨킨 양의 가든 파티에 참석했는데, 세상에, 휴스턴 아가씨 옆에 웬 멋진 남자가 서 있었대요. 처음에는 아무도 그분이 누구인지 알아보지 못했대요. 물론 저야 그곳에 가보지 않아서 다 들은 이야기이긴 하지만, 나중에 그분을 봤는데 사람들 말이 정말 하나도 틀린 게 없더라고요. 그 큰 덩치에 더럽기 그지없던 남자가 그렇게 말쑥해질 수 있다고 생각지도 못했어요. 어쨌든 그분이 파티에 참석하자 여자들이 그분께 마구 몰려들었대요. 그런데 그분이 휴스턴 아가씨에게 음식을 갖다주다가 그만 아가씨의 무릎에 음식을 쏟았대요. 한순간 사람들은 아무 말도 못 했는데, 갑자기 누가 웃기 시작했나 봐요. 그랬더니…… 세상에 무슨 일이 일어났는지 아세요? 태거트 씨가 휴스턴 아가씨를 번쩍 안고 정원을 나가더니, 휴스턴 아가씨의 새 마차를 타고 그냥 사라져버렸대요."

블레어는 입 안 가득 샌드위치를 물고 얼른 삼키려고 우유를 마셨다.

"언니가 아무 저항도 하지 않았대? 상상이 안 돼. 공식적인 자리에서 그 남자가 그렇게 행동하게 가만히 놔뒀다니."

솔직히 휴스턴은 사적인 자리에서도 그런 행동을 허용할 사람이 아니었다.

"리앤더 선생님과 함께 계실 때는 한 번도 그런 적이 없으셨죠. 하지만 휴스턴 아가씨가 그런 행동을 허락했을 뿐만 아니라, 마님께서는 그분을 반갑게 응접실로 맞으셨어요!"

"어머니가? 어머니는 태거트의 이름만 들어도 울음을 터트리셨잖아."

"어제부터는 바뀌셨어요. 도대체 왜 그분을 좋아하시는지 모르겠어요. 외모를 빼곤 봐줄 것도 없는데. 그분을 볼 때면 전 죽을 만큼 겁이 나요. 전 곧바로 휴스턴 아가씨가 옷을 갈아입는 걸 도와드렸고, 우리가 다시 아래층으로 내려갔을 때 마님께서는 그분께 당신을 그냥 오펄이라고 부르라고 하셨어요. 그리고 그분은 마님께 어떤 색의 기차를 사드리면 좋겠냐고 묻더라고요."

수잔은 침대에서 빈 쟁반을 집어들었다.

"그런데 그 후에 끔찍한 일이 벌어진 게 틀림없어요. 휴스턴 아가씨가 그분과 함께 다시 외출하셨는데, 글쎄 눈물을 흘리면서 돌아오신 거예요. 아가씨는 숨기려 하셨지만 저는 옷 갈아입는 걸 도와드리다가 아가씨의 눈물을 보고 말았어요. 그러더니 오늘은 아침부터 아무것도 안 드시고 하루종일 방에서 나오지도 않으세요."

그녀는 방문을 열면서 블레어를 슬쩍 쳐다보았다.

"꼭 아가씨처럼요. 이 집엔 죄다 불행한 사람들뿐인가 봐요."

수잔은 나가려다 잠시 문 앞에 멈춰서 얄미운 표정으로 블레어를 바라보았다.

블레어는 얼른 일어나 언니의 방으로 갔다. 휴스턴은 얼굴이 퉁퉁 부어오르고 눈이 빨갛게 충혈된 모습으로 침대에 누워 있었다. 순간 블레어는 언니의 불행이 모두 자신의 탓이라고 생각했다.

'만일 내가 챈들러 시로 돌아오지 않았다면 여전히 언니는 리앤더와 약혼한 상태였을 거고, 공식적인 자리에서 옷에 음식을 쏟아 자신을 망신시키는 남자와 결혼하겠다고 생각하지 않았을 텐데.'

블레어는 휴스턴의 옆에 나란히 누워, 혹시 아직도 언니가 리앤더를 원한다면 그를 차지할 수 있다는 사실을 분명하게 전하려 했다. 또 괜히 케인 태거트와 결혼해서 스스로를 벌할 필요도 없다고 설득시키려 했다. 하지만 블레어가 무슨 말을 꺼내도 휴스턴은 입을 굳게 다물고 아무 말도 하지 않았다. 단지 리앤더는 더 이상 자신을 원하지 않는다고, 그가 블레어를 원하는 만큼 자신을 원한 적이 없다고 말할 뿐이었다.

블레어는 언니에게 20일까지만 기다리면 다시 리앤더를 되찾을 수 있다고 말하고 싶었다. 또 리앤더의 음흉한 협박과 사랑하는 앨런에 대해 말하고 싶었다. 하지만 휴스턴이 스스로를 패자에게 주는 위로상으로 생각하고 기분 나빠할까 봐 걱정이 되어서 아무 말도 할 수 없었다. 휴스턴은 그저 리앤더가 블레어를 원한다는 말만 하고, 케인이 자신의 마음을 아프게 만들었다고 하면서도 정확하게 이야기하지 않았다.

휴스턴이 말할 때마다 블레어의 기분은 더욱 나빠졌다. 애초에 블레어가 리앤더와 외출했던 이유는 그가 언니에게 어울리는 남자가 아닐지도 모른다는 염려 때문이었다. 리앤더가 그렇게 화를 내며 떠났는데도 휴스턴이 전혀 초조해하지 않는다는 사실이 너무 걱정이었다. 그런데 지금 휴스턴은 리앤더와 정반대의 남자를 선택하고 슬픔 속에서 하루를 보내고 있었다. 만일 블레어가 끼어들지만 않았더라면!

휴스턴은 폭포수처럼 흘러내리는 눈물을 닦기 위해 침대에 일어나 앉았다.

"언니는 리앤더와 끝났다고 생각하는 것 같은데 그렇지 않아. 그러니까 그런 거만한 멍청이와 결혼해서 자신에게 벌을 줄 필요도 없어. 접시 하나도 제대로 간수하지 못하는 남자인데……."

휴스턴은 갑자기 블레어의 뺨을 힘껏 때렸다.

"태거트 씨는 나와 결혼할 사람이야. 네가 아닌 그 누구도 그 사람을 헐뜯는 건 용납할 수 없어."

휴스턴의 목소리에는 노여움이 담겨 있었다. 블레어는 뺨을 어루만지며 눈물을 흘렸다.

"우리 둘이 예전처럼 지냈으면 해서 그랬어. 나는 언니가 제일 중요해!"

블레어는 그렇게 말하고 방을 나가버렸다.

오후가 되자 블레어는 점점 더 미칠 것 같았다. 블레어는 휴스턴이 왜 케인과 결혼하려는지 아직도 의문이었지만, 저녁 식사가 시작될 무렵 그 남자로부터 반지 열세 개가 배달되자 의문은 뒤로 미뤄졌다. 화려한 보석을 본 휴스턴의 얼굴은 환하게 빛나기 시작했다. 춤추듯 가볍게 방을 나가는 휴스턴을 보며, 블레어는 과연 최신형 마차와 보석 열세 개가 케인 태커트 같은 남자와 평생을 함께 사는 것에 대한 보상으로 충분한지 궁금했다. 하지만 휴스턴의 얼굴을 보니 언니는 충분하다고 생각하는 것 같았다.

저녁 식사가 시작되자 휴스턴은 쾌활해졌지만 블레어의 기분은 더욱 끔찍해졌다. 하지만 이제는 아무리 휴스턴을 설득해 봐야 소용없었다.

식사 도중 전화벨이 울리자 게이츠는 하녀에게 전화한 사람이 누구든지 식사를 방해하지 말라고 일렀다.

"도대체 그 따위 기계가 울렸다고 누가 전화를 받아야 한다고 생각하다니 어림도 없는 일이지."

게이츠가 푸념하듯 시큰둥하게 말했지만, 수잔이 식당으로 들어와서 블레어를 쳐다보며 말했다.

"아주 중요한 일이래요. 헌터 씨라는 분인데요."

"헌터?"

블레어는 수프를 뜨다 말고 되물었다.

"이 전화는 받아야 해요."

게이츠의 허락이 떨어지기도 전에 블레어는 전화기를 향해 달려갔다. 블레어의 등 뒤로 게이츠의 목소리가 소리가 들렸다.

"헌터라는 이름은 처음 들어보는데……."

"왜, 전에 만났잖아요. 지난해 시애틀에서 이곳으로 이사 왔잖아요. 지난여름에 라흐너 씨 댁에서 헌터 씨를 만났었죠."

오펄이 부드럽게 말했다.

"그랬는지도 모르지. 그런 것 같기도 해. 자, 휴스턴, 이 고기를 더 먹어라. 넌 살이 더 쪄야 해."

"여보세요."

블레어는 조심스럽게 전화를 받았다. 하지만 기대했던 앨런의 목소리 대신 리앤더가 대답했다.

"블레어, 제발 끊지 마. 당신에게 부탁할 게 있어."

"앨런에게 또 무슨 짓을 할 계획인데요? 총도 쐈고, 말도 이용했고, 아예 익사시키려 한 적도 있었죠. 아, 오늘 우리가 테니스를 친건 알고 있나요? 왜요? 거기도 찾아와서 그이에게 공을 던지든지 라켓으로 그이를 내리치든지 해보지 그랬어요?"

"내 행동이 옳지 못했다는 건 알고 있어. 하지만 당신과 화해하고 싶어. 난 내일 하루종일 응급 환자들을 돌보고, 챈들러 시 외곽의 환자 몇 명에게 왕진을 가야 하거든. 문득 당신이 같이 가고 싶어할 것 같아서……."

블레어는 잠시 할 말을 잃었다. 내일 하루 동안 지금까지 배웠던 의술을 실제로 펼친다고? 시간이 흐르기를 기다리며 하는 일 없이 빈둥거리는 대신 더 많은 것을 배울 수 있다고?

"블레어, 내 말 듣고 있어?"

"네, 듣고 있어요."

"내키지 않는다고 해도 이해해. 시간이 오래 걸릴 뿐더러 굉장히 힘든 일이니까. 그럼……."

"언제든 제가 필요하면 오세요. 새벽같이 일어나서 준비할 테니까 그때 봐요."

블레어는 전화를 끊고 식탁으로 돌아왔다. 내일이면 그녀는 의사가 될 수 있었다. 오래간만에 블레어는 자신이 언니에게 상처를 입혔다는 죄책감에서 벗어날 수 있었다.

니나 웨스트필드는 누가 자기 집 문을 거칠게 두드리는 소리를 들었다. 하녀가 황급히 현관으로 나가 그 소리의 주인공을 맞았다. 하얗게 질린 얼굴로 응접실로 들어온 하녀는 손을 떨면서 말했다.

"아가씨, 어떤 남자분이 찾아오셨는데요. 자신의 이름이 앨런 헌터라면서 리앤더 선생님을 죽이러 왔대요."

"맙소사! 위험해 보이는 사람이야?"

"글쎄요, 조용히 서 있는 데도 눈에 서슬이 퍼래요. 무척 미남이에요. 제 눈에는 사람을 죽일 만한 사람으로 보이지는 않아요."

니나는 읽고 있던 책을 내려놓으며 말했다.

"그 사람을 안으로 모셔오고 옆집의 톰슨 씨에게 잠시 와달라고 해줘. 아버지에게도 사람을 보내고. 또 사람을 보내서 리앤더 오빠를 병원에 붙잡아두라고 해."

순순히 밖으로 나간 하녀는 잠시 후 헌터 씨를 거실로 안내했다. 니나는 그가 역시 살인할 사람처럼 보이지 않는다고 생각하며 다정하게 손을 내민 뒤, 숨을 헐떡이는 하녀를 내보내고 문을 닫았다. 잠시 후 톰슨 씨가 오자 그녀는 자신이 실수했다고 말했고, 아버지가 집으로 돌아오자 앨런을 소개했다. 세 사람은 사이좋게 앉아 늦게까지 이야기를 나누었다.

불행하게도 모두 지난 16년 동안 웨스트필드 집안을 위해 전력을 다한 집사를 진료하느라 진땀을 빼고 있는 리앤더에 대해서는 잊어버리고 말았다. 웬일인지 집사는 병원으로 찾아와 연신 통증을 호소하며 고통스러워했는데, 리앤더는 아무리 살펴봐도 그 원인을 알 수 없었다. 리앤더가 치료를 마치고 병실을 나가려고 할 때마다 집사는 재빨리 웨스트필드 저택에 들러 그 위험한 남자가 여전히 집에서 버티고 있다는 사실을 확인한 뒤, 다시 병원으로 돌아와 또 다른 병을 만들어냈다.

덕분에 리앤더는 겨우 늦게 잠이 들었다가 네 시간 만에 다시 급한 전화를 받고 잠에서 깨어났다. 4시 반에 챈들러 저택에 도착한 그는 잠시 주저한 뒤, 집안 사람들을 모두 깨우는 대신 나무를 타고 블레어의 침실로 들어가기로 했다.

제11장

멀리서 푸르스름하게 밝아오는 새벽빛을 받으며, 리앤더는 나무를 타고 올라가 현관 지붕을 거쳐서 블레어의 방으로 들어갔다. 그는 들통이 날까 가슴을 졸이는 어린 학생이 된 듯한 기분이었다. 스물일곱 살에 의사라는 직업이 있고, 유럽에서 몇 년을 보낸 데다, 가끔은 성인 클럽을 방문한 경험도 있는 그가 지금은 못된 개구쟁이처럼 나무를 타고 젊은 아가씨의 침실로 숨어들고 있었다.

창문을 열고 침실로 들어가 얇은 시트를 덮고 자고 있는 블레어를 보자 순식간에 모든 생각과 자제력이 사라져버렸다. 지난 며칠간은 너무 비참한 기분이었다. 블레어를 알게 되고, 뼛속 깊은 곳에서부터 그녀를 원하게 되었지만, 자신에게 벗어나기 위해 안간힘을 쓰는 그녀를 그냥 보고 있을 수밖에 없었다. 그는 그녀를 대하는 것이 왠지 어색하고 서투른 데다 매번 실수만 반복했다. 리앤더는 블레어에게 좋을 인상을 심어주고, 그녀가 사랑한다고 착각하는 금발머리 꼬마와 비교해서 자신이 얼마나 멋있는지 증명하고 싶었다.

리앤더가 보기에 앨런은 무능력하고 나약하며 겁쟁이에 불과했다. 앨런이 그녀에게 어울리는 남자가 아니라는 사실은 한눈에도 알 수 있었다.

잠시 그는 침대 옆에 서서 그날 밤처럼 부드럽고 사랑스러운 모습으로 블레어를 바라보았다. 그 하룻밤이 리앤더의 삶을 완전히 바꾸어 놓았고, 다시 그녀의 애정을 차지할 수만 있다면 그는 무슨 일이든 다할 각오가 되어 있었다.

리앤더는 순간적인 충동을 억누르지 못하고 미소를 지으며 이불을 들어올리고 그녀 옆에 미끄러지듯 들어가서 나란히 누웠다. 지금은 사랑을 나누기에 적당한 시간도 아니었고, 덩컨 게이츠의 집은 적당한 장소도 아니었지만, 블레어가 잠에서 깨어나기 전까지 잠시나마 그녀의 온기를 느끼고 싶었다.

그녀를 품에 끌어안으며 관자놀이에 키스하자, 그녀가 잠결에 뒤척거리며 그에게 파고들었다. 그가 그녀의 눈과 두 뺨에 키스하고 그녀의 입술에 자신의 입술을 문지르자, 그녀는 어렴풋이 잠에서 깨어나 천천히 그에게 몸을 밀착했다. 그녀의 허벅지가 그의 두 다리 사이로 미끄러져 들어갔고, 그는 자연스럽게 그녀의 가운을 걷고 맨살을 어루만지기 시작했다.

키스가 깊어지고 그의 혀가 입 안으로 들어오자, 블레어는 그에게 매달리듯 열정적으로 몸을 움직였다.

리앤더의 시계에 달린 장식이 얇은 잠옷을 뚫고 블레어의 배를 찌르자 블레어는 언뜻 잠에서 깨어났다.

"꿈이라고 생각했어요."

그의 뺨을 어루만지며 그녀가 중얼거렸다.

"그래, 꿈이야."

리앤더는 더 이상 참을 수 없다는 듯이 그녀의 남은 옷을 벗기고, 따뜻하고 부드러운 살결을 쓰다듬으며, 면도하지 않은 거친 얼굴을 배 아래쪽에 비볐다. 그러자 갑자기 그녀가 벌떡 일어났다.

"여기서 뭐 하는 거예요?"

그는 재빨리 블레어의 입을 손으로 막고 다시 그녀를 끌어당겼지만, 그녀는 발버둥치며 그를 밀어냈다.

"나와 함께 가고 싶다면 지금 나가야 해. 아직 동이 트지 않았거든. 괜히 현관문을 두드려서 집안 사람들을 깨우기 싫었어. 아무 소리도 내지 않겠다고 약속할 거야? 혹시라도 게이츠 씨가 올라와서 이런 모습을 보면, 당장 당신에게 포대를 씌워 온 마을을 끌고 돌아다닐지도 몰라."

그녀가 냉정한 모습을 보이자 그는 손을 치웠다.

"그게 당신 계획 아니었나요? 제게 떨어져요."

그녀는 입술을 꽉 깨물며 말했지만 그는 꿈쩍도 하지 않았다.

"만약 그러려고 했으면…… 침대에 올라오기 전에 신발부터 벗었을 거야."

그는 여전히 그녀를 꼭 끌어안고 그녀의 다리에 자신의 다리를 문질렀다.

"이 무식하고 저질스러운……."

리앤더가 갑자기 블레어의 두 팔을 머리 위로 올리고 키스하는 바람에 그녀는 더 이상 말할 수 없었다. 처음에 부드러웠던 키스가 점점 더 격렬해지자 그녀는 숨을 쉴 수 없었다. 다시 키스가 부드러워지면서 그가 몸을 떼고 그녀를 바라보자, 그녀는 눈물이 나는 것을 감추려고 고개를 옆으로 돌리면서 말했다.

"하지 말아요, 제발."

"내가 왜 당신의 부탁을 들어줘야 하는지 모르겠군."

리앤더는 여전히 그녀를 자신의 품에 안고 두 손을 놓으며 나지막하게 말했다.

"당신은 지난 며칠 동안 내게 조금의 자비도 베풀지 않았잖아. 왔던 대로 나무를 타고 내려가 있을 테니까 옷 갈아입고 집 앞으로 나와."

덫에 걸린 동물처럼 보이던 그녀의 눈동자에 생기가 돌기 시작했다.

"응급환자가 생겼나요?"

"이렇게 피에 굶주린 여자는 본 적이 없어."

"그런 게 아니에요. 전 사람들을 돕고 싶은 거예요. 만일 제가 누군가의 생명을 구할 수 있다면, 제 삶은 더……."

리앤더는 그녀에게 재빨리 키스하고 침대에서 빠져나왔다.

"햇병아리 의사의 직업철학은 가는 도중에 듣기로 하자고. 10분이면 되겠지?"

블레어는 고개를 끄덕인 뒤 리앤더가 창문을 빠져나가기도 전에 침대에서 나왔다. 챈들러 시로 돌아온 뒤 그녀의 삶은 온통 뒤죽박죽이었기 때문에, 지금 두 사람의 행동이 비정상이라는 생각은 조금도 들지 않았다.

블레어는 작은 옷장을 열고 잘 정리된 휴스턴의 겨울옷 중에서 자신이 제일 좋아하는 옷을 꺼냈다. J. 켄트럴 앤드 선즈라는 전통 있는 양복점에서 만들어준 진료복이었다. 나중에 의사가 되어 응급환자를 보러 갈 때 입을 옷을 만들기 위해, 블레어는 며칠 동안 양복점에서 재단사들과 옷을 디자인하느라 고심했었다. 그녀는 양복점의 목마 위에 두 다리를 벌리고 앉아, 치마 길이가 거추장스럽지 않을 만큼 적당히 짧으면서 사람들의 비난을 사지 않을 만큼 적당히 길게 길이를 조절했다.

재킷은 단순한 밀리터리식으로 재단되어 다소 딱딱한 느낌이었지만, 치마는 풍성하고 여성스러워 보이면서도 반으로 갈라져 있어서 치마바지 특유의 안전함과 편안함을 갖추고 있었다. 잘 짜여진 최고급 군청색 모직물로 만든 옷의 주름 사이에는 여러 개의 깊숙한 주머니가 숨어 있었고, 주머니에는 전부 단추가 달려 있어서 소중한 도구들을 잃어버릴 염려가 전혀 없었다. 또 옷자락 끝에 수놓은 단순한 형태의 십자가로도 옷의 용도가 분명히 드러났다.

블레어는 폭이 좁고 화려해서 여자들의 발을 고문하는 신발 대신에 송아지 가죽으로 만든 데다 주로 남자아이들이 신는 검정색 구두를 신고 끈을 묶은 뒤, 선물 받은 새 진료가방을 들고 리앤더를 만나기 위해 서둘러 아래층으로 내려갔다.

리앤더는 마차에 기대서 담배를 피우고 있었다. 블레어는 문득 그와 함께 어딘가에 가야 한다는 사실이 두려웠다. 자신을 어루만지는 그의 손길을 하루종일 떠올리게 될지도 모르고, 그러다가 환자를 보살피는 일은 뒷전이 되는 건 아닌지 걱정되었다.

그는 재빨리 그녀를 한번 훑어보더니 만족스러운 듯 고개를 끄덕이고 마차로 펄쩍 뛰어올라 그녀가 마차에 오르기를 기다렸다. 그녀가 올라타자마자 그는 그녀가 채 자리를 잡고 앉기도 전에 빠른 속도로 마차를 출발시켰다. 그녀는 생명줄이라도 되는 듯 마차 좌석을 꼭 움켜잡았다.

"첫 환자는 어디에 있죠?"

마차가 챈들러 시 남쪽으로 통하는 외곽 도로를 달리며 우레 같은 소리를 냈기 때문에 블레어는 고함을 질렀다.

"사실 요즘은 병원에서 보내는 시간이 많아서 왕진은 잘 가지 않는 편이야. 그래서 환자가 생겨도 잘 몰라. 하지만 이번 환자는 잘 알지. 조 글리슨의 아내가 아프다는군. 분명 또 출산이겠지. 어쨌든 에피는 여덟 달에 한 번씩 애를 낳으니까. 아기를 받아본 경험은 있나?"

블레어는 고개를 끄덕이며 미소를 지었다. 헨리 삼촌과 함께 살면서 그녀는 다른 의대생들이 이론으로 배우는 일을 실제로 경험할 수 있었다.

블레어의 옆구리가 마차 문의 손잡이에 부딪쳐 멍이 들었을 무렵, 리앤더는 산 아래쪽의 작은 통나무집 앞에 마차를 세웠다. 휑한 앞뜰은 닭과 개들, 앙상하고 더러운 아이들로 가득했다. 모두 조금이라도 더 넓은 자리를 차지하려고 다투고 있는 것처럼 보였다.

곧 작고 앙상한 체구에 이도 거의 빠진 조라는 남자가 아이들과 동물들을 밀쳐내고 앞으로 걸어 나왔다.

"아내는 안에 있습니다, 의사 선생님. 원래 잠시도 쉬지 않는 사람인데 이번에는 벌써 나흘째 침대에만 누워 있어요. 오늘 아침에는 아예 일어나지도 못했어요. 어떻게든 도와주고 싶은데 잘 되지 않습니다요."

블레어는 두 사람을 따라 들어가며 그간 일어났던 일을 설명하는 조의 말에 귀를 기울였다.

"나무를 쪼개다가 그만 도끼 날이 떨어져 나갔는데, 그게 아내의 다리를 찍고 말았습죠. 그렇게 심하게 다치진 않았는데 피를 너무 많이 흘린 탓인지 현기증이 난다면서 침대로 가더라고요. 벌건 대낮에 말이죠! 말씀 드린 대로 전 정말 열심히 아내를 돌봤지만 소용이 없더라고요. 이제는 정말 걱정이 될 정도예요."

에피가 미동도 없이 누워 있는 작은 방은 좁고 어두컴컴했으며 악취가 풍겼다.

"창문을 열고 등불을 좀 갖다주게."

"어떤 마부가 바깥 공기는 아내에게 좋지 않다고 했어요."

리앤더가 험악한 표정으로 노려보자 조는 아무 말 없이 창문을 열었다. 곧이어 조가 등불을 가져오자 리앤더는 침대 옆에 앉아 환자가 덮고 있는 시트를 벗겼다. 그녀의 다리에는 더럽고 냄새나는 두꺼운 붕대가 감겨 있었다.

"블레어, 다리의 상태가 내 생각처럼 심각하다면 당신이……."

블레어는 그의 말이 끝날 때까지 기다리지 않았다. 그녀는 재빨리 환자의 머리를 살피고 눈꺼풀을 들어 상태를 점검한 뒤, 맥박을 재고 환자의 얼굴에 코를 가까이 대고 냄새를 맡았다.

"이 환자는 술에 취한 것 같아요."

블레어는 의아한 듯이 말하며 방을 둘러보았다. 침대 옆의 조잡한 탁자에는 '모느레 박사의 만병통치약. 어떤 고통이든 치료할 수 있음을 보증함.'이라는 딱지가 붙은 빈 병이 놓여 있었다. 그녀는 병을 집어들었다.

"부인에게 이것을 먹였나요?"

"비싸게 주고 산 겁니다. 모느레 선생님께서 아내에게 최고의 약이라고 했어요."

조는 버럭 화를 내며 말했다.

"이것도 모느레 선생이 해놓은 거요?"

리앤더가 두꺼운 붕대를 가리키며 말했다.

"그건 종양용 고약이에요. 그게 종양도 치료할 수 있다면 아내의 상처쯤이야 금방 나을 거 아닙니까? 제 아내는 괜찮겠죠, 선생님?"

리앤더는 대답하지 않고 낡은 난로에 장작을 더 집어넣은 뒤, 구석에 있는 물주전자를 올려놓았다. 리앤더가 손을 소독할 물이 끓기를 기다리는 동안, 블레어는 조에게 몇 가지 질문을 했다.

"혹시 오늘 부인에게 약을 주었나요?"

차마 대답을 듣기가 두려운 듯 그녀가 조심스럽게 물었다.

"새벽에 상처에 화약을 조금 뿌렸어요. 워낙 일어나기 힘들어하기에 화약을 쓰면 금방 정신이 들 거라고 생각했죠."

"빌어먹을, 아내를 죽이려고 작정했군."

리앤더가 새하얗게 질린 얼굴로 의식이 없는 여자의 무릎에서 서둘러 더러운 붕대를 벗기기 시작했다. 붕대를 완전히 벗기고 피부가 드러나자 리앤더는 얼굴을 찡그렸다.

"내가 생각했던 대로군. 조, 물을 더 끓여. 상처 부위를 빨리 닦아야겠어."

상처를 흘끗 바라본 사내는 재빨리 방을 빠져나갔다. 리앤더는 블레어의 얼굴을 똑바로 바라보며 붕대를 젖혀 상처를 보여주었다. 부풀어 오른 상처에서 작고 통통한 구더기들이 꿈틀거리고 있었다.

블레어는 구역질이 나오는 것을 참고 재빨리 리앤더의 가방에서 의료기구를 꺼내 건네주었다. 그러고는 그가 조심스럽게 구더기를 제거하는 동안 옆에서 대야를 받쳐주었다.

"역겹기는 하지만 덕분에 살았어. 구더기는 상처가 썩은 부분을 먹어치워 상처를 소독하는 역할도 하니까. 만일 이것들이……."

그는 구더기를 한 마리 집어 위쪽으로 들어올렸다.

"없었다면 지금쯤 다리를 잘라야 했을지도 몰라. 언젠가 의사들이 상처를 청결하게 만들기 위해 일부러 구더기를 이용한다는 말을 들은 적이 있어."

"그러니까 이렇게 더러운 곳에 누워 있던 것이 오히려 잘 되었다는 말이군요."

블레어는 혐오스럽다는 듯 작고 더러운 방 안을 둘러보았다.

"이런 일이 당신에게는 버거울지도 모른다고 미리 생각했어야 하는데……."

"전 당신이 생각하는 것보다는 비위가 강한 편이에요. 소독약을 준비할까요?"

리앤더가 상처를 깨끗하게 치료하는 동안 블레어는 그에게 필요한 것들을 미리 준비해놓았다. 그가 바늘과 실을 건네주자 블레어는 벌어진 상처를 차분하게 꿰맸다. 리앤더는 뒤로 물러서서 그녀의 손놀림을 빠짐없이 지켜보았다. 그녀가 봉합을 마치자 그는 뭐라고 툴툴대면서 상처를 정리하고 붕대를 감으라고 말했다. 곧 조가 방으로 들어와 물이 끓고 있다고 전했다.

"그럼 자네가 이불이라고 부르는 이 넝마조각을 모두 들고 나가서 삶게. 이 상처 위에 그 어떤 것도 덮지 말고. 블레어, 환자가 깔고 누워 있는 요를 빼내게 좀 도와줘. 그리고 당신이 이 여자의 옷을 좀 깨끗한 것으로 갈아 입혀줘. 그동안 나는 조와 이야기 좀 할 테니까."

블레어는 굳이 환자를 씻기려고 노력하지 않았다. 그녀는 환자의 상처 부위가 이 여자의 몸 중에서 가장 깨끗한 부위라고 확신했다. 블레어는 의식을 잃고 가끔씩 몸을 뒤척거리는 덩치 큰 여자에게 조의 옷 중에서 가장 깨끗한 것을 골라 간신히 입혀주었다. 창문 밖으로 오두막 건너편에 서 있는 리앤더와 조의 모습이 보였다. 리앤더는 그 조그마한 남자를 위협할 듯이 내려다보며 손가락으로 그의 가슴을 꾹꾹 누르고 고함을 지르고 있었다. 블레어는 겁에 질려 사색이 된 조를 바라보며, 단지 아내를 위해 최선을 다해 간호했을 뿐인 남자에게 약간 동정심을 느꼈다.

"의사 선생님은 어디 있소?"

블레어가 소리 나는 쪽으로 몸을 돌리자, 가죽바지에 면 셔츠를 입은 목동이 문가에 걱정스런 표정으로 서 있었다.

"제가 의사인데요. 도움이 필요하신가요?"

그는 야윈 얼굴로 어처구니없다는 표정을 지으며 움푹 들어간 눈으로 그녀를 위아래로 훑어보았다.

"밖에 매여 있던 마차가 웨스트필드 선생 것이 아니었나?"

"프랭크? 무슨 일이라도 생겼나?"

리앤더가 두 사람 뒤에서 묻자 목동이 그를 바라보며 대답했다.

"마차가 협곡에서 굴렀어요. 전부 세 명이 타고 있었는데 한 명이 상당히 심하게 다쳤습니다."

"내 가방을 가져와."

리앤더는 서둘러 마차로 걸어가며 블레어에게 어깨 너머로 말했다. 블레어가 가방을 챙겨 밖으로 나왔을 때 마차는 이미 움직이고 있었다. 그녀는 아무 말 없이 진료가방 두 개를 마차에 집어던지고 재빨리 마차 지붕을 움켜쥔 뒤, 마차로 뛰어들었다. 그녀는 이렇게 활동적인 옷을 만들어준 켄트럴 씨가 무척 고마웠다.

리앤더는 한 손으로 블레어가 마차 안에서 균형을 잡을 수 있도록 그녀의 팔을 잡고, 다른 손으로는 고삐를 잡고 전속력으로 마차를 몰았다. 간신히 그녀가 자리를 잡고 가방 두 개를 무릎 사이에 끼우고 리앤더를 바라보자, 그는 그녀가 자랑스럽다는 듯이 윙크를 했다.

"여기가 바 에스 목장이야. 프랭크는 이 목장의 감독이고."

리앤더는 그렇게 소리치며 전속력으로 말을 달리는 목동의 뒤를 바짝 쫓아갔다. 5킬로미터나 더 달렸지만 건물이나 사람의 모습은 전혀 보이지 않았다. 한참 후에야 에어즈 봉우리 산자락에 엉성하게 서 있는 네 채의 낡은 오두막에 도착했다.

리앤더는 근처에 서 있는 세 명의 목동 중 한 명에게 고삐를 건네준 뒤, 가방을 움켜쥐고 첫 번째 오두막으로 들어갔다. 블레어도 가방을 들고 그의 뒤를 따랐다.

침대에는 왼쪽 소매가 피로 흠뻑 젖은 남자가 누워 있었다. 리앤더가 거침없이 옷소매를 찢자 그의 셔츠에 피가 튀었다. 소매에 말라붙은 핏덩이가 벌어진 동맥을 눌러 치명적인 출혈을 막고 있었던 것 같았다. 리앤더는 손가락으로 파열된 동맥을 움켜쥐었다. 손을 씻을 겨를도 없을 만큼 위급한 상황이었다.

목동들은 충분한 공간을 내주기 위해 문 밖으로 물러섰다. 블레어가 재빨리 소독약으로 두 손을 닦고 수년 전부터 함께 일해온 것처럼 익숙하게 손으로 신호를 보내자, 리앤더는 파열된 동맥을 블레어의 작은 손에 넘겨주었다. 그런 뒤 자신은 재빨리 손을 소독하고 수술 바늘을 준비한 뒤, 블레어가 상처를 벌리고 있는 동안 능숙하게 혈관을 봉합했다. 몇 분 후에 두 사람은 상처까지 완전히 봉합했다.

뒤에 서 있던 목동들이 감탄한 표정으로 블레어를 바라보았다. 리앤더는 가방에 들어 있던 깨끗한 천으로 피를 닦으며 말했다.

"이 사람은 곧 괜찮아질 겁니다. 피를 많이 흘리긴 했지만 충격에서 벗어나면 살아날 겁니다. 그 밖에 또 누가 있나요?"

"여기요. 다리가 부러졌어요."

다른 침대에 있던 남자가 말했다. 리앤더는 남자의 바지를 찢고 정강이뼈를 살펴보았다.

"누군가 이 사람의 어깨를 잡아줘요. 뼈를 맞춰야 하니까."

세 명의 남자가 나서서 그의 어깨를 붙잡는 동안, 블레어는 옆으로 비켜서서 집 안을 둘러보았다. 문득 벽에 기대 서 있는 거구의 남자가 눈에 들어왔다. 팔뚝 하나가 그녀의 허벅지만큼 굵었고, 평생을 싸움질만 하며 살았는지 우락부락한 얼굴에는 온통 칼자국이 나 있었다. 그 남자는 비록 내색하지 않았지만, 새하얀 얼굴로 한쪽 팔을 감싸고 있는 모습을 보니 다친 게 틀림없었다.

그녀는 그 남자에게 다가가서 말했다.

"당신도 사고가 난 마차 안에 있었나요?"

그는 그녀를 훑어본 뒤 고개를 돌렸다.

"난 의사를 기다릴 거요."

그녀는 다시 그에게 말을 걸었다.

"저도 의사예요. 하지만 당신이 옳을지도 모르겠군요. 제 치료방식이 좀 거칠어서 당신은 견디지 못할 테니까요."

"당신이?"

블레어는 말을 하는 동안에도 그의 얼굴이 점점 더 창백해지는 것을 놓치지 않았다.

"앉으세요."

블레어가 명령하자 그는 순순히 의자에 털썩 주저앉았다. 조심스럽게 셔츠를 벗기자 상처가 예상 외로 심했다. 넓은 어깨뼈가 함몰되어 심하게 어긋난 상태였다.

"그냥 놔두면 통증은 더 심해질 거예요."

그는 눈썹을 치켜뜨며 잠시 그녀를 바라보았다. 그의 이마 위에는 식은땀이 구슬처럼 흘러내렸다.

"그럼 지금 당장 치료하시오."

목동들은 모두 리앤더의 주위에 몰려들어 다른 남자의 다리를 붙잡고 있었다. 그러나 리앤더가 치료를 마칠 때까지 이 남자를 고통 속에서 기다리게 할 수는 없었다. 하지만 탈구된 뼈를 맞춰본 경험은 딱 한 번뿐이었고, 그것도 어린아이였다.

블레어는 심호흡을 하며 속으로 기도를 드린 뒤, 그의 팔뚝을 고정하기 위해 우선 그의 가슴을 벽에 바짝 붙였다. 그리고 통조림이 든 상자를 끌어당겨 그 위에 올라선 뒤, 젖 먹던 힘을 다해 그의 두꺼운 팔을 들어올려서 돌렸다. 그녀는 필요 이상의 고통을 주지 않으려고 애쓰며 계속 그 과정을 되풀이했다. 자신의 허벅지만큼 두꺼운 팔을 돌려 관절을 맞추느라 땀이 비 오듯 쏟아졌고 호흡도 가

빠졌다.

상박골(上膊骨)이 제자리를 찾은 듯 딱 하고 분명한 소리가 나자 치료는 끝났다. 그녀가 상자에서 내려오자 두 사람은 서로를 바라보며 씩 웃었다. 그는 환한 미소를 지으며 말했다.

"솜씨 좋은 의사로군."

블레어는 환자 두 명을 포함해 방 안의 모든 사람들이 자신을 바라보고 있는 것을 깨닫고 깜짝 놀랐다. 모두 가만히 서서 블레어가 가방에서 질 좋은 붕대를 꺼내 남자의 어깨를 능숙한 솜씨로 고정하는 과정을 빤히 지켜보았다.

그녀가 치료를 끝내자 리앤더가 침묵을 깨고 입을 열었다.

"칭찬은 그쯤 해두고 이제 다른 환자들을 보러 가야겠어."

그의 눈은 자랑스러운 듯 반짝였지만 말투는 퉁명스럽기 그지없었다.

"혹시 챈들러 집안의 쌍둥이 중 한 분이 아닌가요?"

목동 한 명이 마차로 걸어가는 두 사람 뒤를 따라오며 물었다.

"블레어예요."

"그녀도 의사라네."

블레어의 말에 프랭크가 덧붙이자 모두 기묘한 눈빛으로 그녀를 바라보았다.

"고맙습니다. 웨스트필드 선생님, 그리고 챈들러 선생님."

마차에 올라타는 두 사람의 등 뒤로 어깨뼈가 부러졌던 남자가 소리쳤다.

"이 숙녀도 이제 웨스트필드라고 불렀으면 좋겠군. 다음주에 나와 결혼할 예정이니까."

갑자기 말이 앞으로 뛰는 바람에 블레어는 몸이 균형을 잃고 앞으로 쏠려서 아무 반박도 하지 못했다.

제12장

오두막에서 벗어나자 리앤더는 마차의 속도를 늦췄다.

"가정부가 점심을 싸줬어. 잠시 말을 세울 테니까 당신이 그걸 좀 꺼내 줘. 목장으로 가는 길에 먹으면 될 거야."

로마의 투사가 전차를 세우듯 리앤더가 마차를 세우자, 블레어는 의자의 덮개를 들어올렸다. 의자 안의 수납장에는 담요와 엽총, 화약 몇 상자, 여분의 마구와 연장 등이 들어 있었다. 블레어는 놀란 듯이 말했다.

"생각보다 꽤 공간이 넓네요. 마차의 짐칸이 이렇게 넓은 줄은 전혀 몰랐어요."

리앤더가 뒤에서 눈살을 찌푸렸지만 그녀는 알아차리지 못했다.

"마차가 다 그렇지 뭐."

블레어는 칸막이로 머리를 밀어 넣어 안쪽을 살펴보았다.

"글쎄요, 안 그런 것 같은데요. 이 마차는 개조한 흔적이 있어요. 공간을 넓히려고 뭔가를 없앤 것 같아요. 이유는 모르겠지만요."

"나도 쓰던 마차를 산 거라서 잘 몰라. 전 주인은 이 마차를 돼지 옮기는 데 썼나보지, 뭐. 그런데 점심은 안 꺼낼 거야? 아니면 날 굶겨 죽이려고 일부러 그러는 거야?"

블레어는 짐칸에서 커다란 도시락 바구니를 꺼냈다.

"사람이 들어가도 자리가 남겠어요."

그녀는 바구니에서 닭튀김과 감자 샐러드, 차게 얼린 레모네이드를 꺼냈다.

"하루종일 그 이야기만 할 생각이야? 당신만 좋다면 시카고에서 인턴 과정을 밟을 때 겪었던 일을 이야기해 줄까? 듣고 싶은 마음은 있어?"

리앤더는 블레어의 관심을 다른 곳으로 돌리기 위해 재빨리 머리를 굴렸다. 광산 경비원들이 블레어의 반만큼이라도 눈썰미가 있었다면, 자신이 지금까지 살아 있지도 못했을 거라는 생각이 들었다. 그는 한 손에 고삐를 움켜쥐고, 다른 손으로는 닭튀김을 먹으며 옛날에 겪었던 일을 이야기하기 시작했다.

어느 날 밤에 경찰관이 숨도 쉬지 않고 체온이 싸늘하게 식어버린 남자를 데려온 적이 있었다. 죽었다고 생각해도 좋을 만한 상태였다. 하지만 리앤더는 왠지 희망이 있을 것 같아 온갖 방법을 동원하여 그를 살리려고 애썼다. 그래도 남자는 여전히 아무 반응이 없었다. 다시 한 번 환자를 꼼꼼히 살펴보던 리앤더는 환자의 눈동자가 또렷하다는 것을 깨닫고, 그제야 병명을 알 수 있었다. 환자는 다른 사람이 몰래 술에 타놓은 아편을 먹고 기절한 것이었다.

"감자 샐러드는 혼자 다 먹을 생각이야?"

리앤더의 말에 블레어는 샐러드 그릇과 포크를 내밀었다. 하지만 리앤더가 한 손으로는 닭튀김을 들고, 다른 손으로는 고삐를 잡고 있었기 때문에 샐러드를 먹을 수 없는 상황이라, 블레어는 어쩔 수 없이 그의 옆으로 옮겨서 샐러드를 먹여줄 수밖에 없었다.

"이야기나 계속해 봐요."

"그 남자를 다시 살려내는 유일한 방법은 환자 스스로 호흡할 때까지 인공호흡을 하는 것뿐이었어. 다른 의사들은 이미 죽은 거나 다름없는 사람에게 시간을 낭비하고 싶지 않다며 모두 자러 가버렸지. 그래서 그 남자를 살리기 위해 나와 간호사들이 교대로 인공호흡을 하며 밤을 샜어."

"간호사들이 잘도 도와주었겠군요."

그녀가 비꼬듯이 말하자 그가 활기차게 웃었다.

"간호사들과 문제를 일으킨 적은 없었어. 당신이 말하는 게 그런 의미라면 말이지만."

블레어는 포크에 샐러드를 가득 찍어 그의 입에 밀어 넣었다.

"계속 허풍만 떨 거예요, 아니면 이야기를 계속할 거예요?"

리앤더는 그 남자를 살리기 위해 차가운 얼음으로 찜질하고 맨 가슴을 규칙적으로 압박하면서, 심장을 자극하고 밤을 새느라 커피를 거의 한 통이 넘게 들이켰던 이야기를 해주었다. 그와 간호사들이 밤새 교대로 불침번을 서며 돌본 덕분에, 새벽 무렵 환자가 움직임을 보였다. 마침내 환자가 위험에서 벗어났다는 생각이 들자, 그들은 남자를 병실로 옮긴 뒤 모두 죽은 듯 잠을 청했다.

리앤더는 두 시간도 눈을 붙이지 못하고 일어나서 업무에 복귀하고 아침 회진을 시작했다. 그는 내심 환자가 자기의 목숨을 구해줘서 고맙다며 경탄할 것을 기대하며 겸손해 보이는 표정을 연습한 뒤, 그 환자의 병실로 들어갔다.

"그런데 그 사람이 한 말이라고는 그저 '봐요, 의사 선생! 보라고! 놈들이 내 시계를 가져가지 못했어. 날 독살하려는 좀도둑에게 시계를 숨기기 가장 좋은 곳은 바지 속뿐이야.' 하는 말뿐이었어."

"그 사람은 당신이 자기를 살리기 위해 온갖 노력을 다했다는 사실을 몰랐군요?"

블레어가 믿을 수 없다는 듯이 말했다. 그녀는 미소를 짓고 있는 리앤더의 얼굴을 바라보다가, 문득 그가 무슨 말을 하려는지 깨달았다. 사람들이 생각하는 것과 달리 의사는 그리 영광스러운 일이 아니라 그저 평범하고 고된 일일 뿐이었다.

움직이는 마차에서 음식을 다 먹은 뒤, 블레어는 리앤더에게 미국과 유럽에 있을 때 겪은 일을 말해달라고 부탁했다. 그에 대한 보답으로 블레어도 헨리 삼촌과 학교 수업에 대해 이야기를 해주었다. 또 여자들은 제대로 교육을 받지 못한다는 편견에 빠져 있는 남학생들과 경쟁하기 위해 여학생들이 얼마나 열심히 공부했는지 모른다며, 그런 여학생들을 괴롭히던 담당교수에 대해 말해 주었다. 그리고 사흘간에 걸쳐 실시되었던 세인트 조셉 병원의 인턴 자격시험에 대해 말했다.

"전 당당히 그 자격을 따냈어요."

블레어는 결과를 자랑한 뒤, 리앤더에게 그 병원에 대한 이야기를 늘어놓았다. 그녀는 그곳에서 펼쳐질 자신의 장밋빛 미래를 생각하자 너무 흥분되고 행복해서, 리앤더가 자신을 안쓰러워하며 바라보는 것을 전혀 알아차리지 못했다.

이른 오후에 두 사람은 윈터 목장의 외곽 지역에 도착했다. 리앤더는 낡고 커다란 저택 앞에 마차를 세우고 안으로 들어가서, 장티푸스를 앓다가 이제 막 회복되기 시작한 목장주의 딸을 진찰했다.

어린 소녀는 거의 완치되어 있었다. 두 사람은 목장 여주인의 환대를 받으며 목장에서 짜낸 따뜻한 우유와 커다란 옥수수빵 한 덩어리를 대접받았다.

"조금 전에 먹은 것이 치료비 대신일 거야. 시골에서는 의사가 되어도 돈 벌기가 쉽지 않아. 그래도 당신은 내가 먹여 살릴 테니까 걱정할 필요 없지만."

마차로 돌아오며 리앤더가 말했다. 블레어는 챈들러 시에 남을 생각도, 그와 결혼할 마음도 전혀 없다고 말하고 싶었지만, 무언가가 입을 다물게 만들었다. 어쩌면 자신을 진짜 의사로 대하는 그의 태도 때문인지도 몰랐다. 그리고 그와 결혼하면 그 후에도 의사로 일할 수 있을 것 같았다. 이 마을의 선입견과 편견을 생각할 때 그것은 큰 의미가 있었다.

목장을 미처 벗어나기도 전에 한 목동이 먼지를 날리며 달려와 그들 앞에서 멈췄다.

"좀 와주셔야겠어요, 선생님."

목동이 숨가쁘게 말했다.

어쩐 일인지 리앤더는 평소와는 달리 곧장 마차의 속도를 높이는 대신 머뭇거렸다.

"레이지 제이 목장에서 왔군."

목동이 고개를 끄덕였다.

"우선 이 아가씨를 윈터 목장에 내려놓고 뒤따라가겠네."

"하지만 선생님, 환자는 지금 총에 맞아 피를 엄청 흘리고 있어요. 지금 당장 가지 않으면 죽을지도 몰라요."

어제의 블레어였다면 또 리앤더가 자신을 무시하고 따돌린다고 화를 냈을지도 몰랐다. 하지만 지금은 리앤더가 괜히 그녀의 도움을 거절하는 것이 아님을 알 수 있었다. 뭔가 다른 이유가 있는 게 분명했다. 블레어는 그의 팔에 손을 올려놓고 조용히 말했다.

"무슨 일이 생겨도 저는 괜찮아요. 당신이 저까지 보호해 줄 필요는 없어요."

조용하지만 결연한 그녀의 목소리에는 자기를 남겨놓고 간다고 해도 끝까지 쫓아가겠다는 무언의 협박이 담겨 있었다.

"지금은 더 이상 총격전이 없습니다, 의사 선생님. 벤을 치료하는 곳에 이 숙녀분을 데려가도 그리 위험하지 않을 겁니다."

목동의 말에 리앤더는 블레어를 힐끗 쳐다본 뒤, 하늘을 올려다보았다.

"잘하는 짓인지 모르겠군."

리앤더는 채찍을 휘둘러 마차를 출발시켰다.

"총격이라뇨?"

블레어가 숨을 헐떡거리며 물었지만 아무도 그녀의 말에 대답하지 않았다.

잠시 후 그들은 험한 오솔길 끝에 마차를 세우고, 목동의 뒤를 따라 경사진 언덕을 올라서, 지붕이 날아가 폐허가 되어버린 벽돌집으로 들어갔다.

"환자는 지금 어디에 있죠?"

리앤더가 묻자 목동은 숲 너머 언덕에 있는 폐허를 가리켰다.

블레어는 무슨 일이 벌어지고 있는지 묻고 싶었지만, 리앤더는 그녀를 오두막으로 재빨리 밀어 넣었다. 어둠에 눈이 익자, 어떤 남자와 뚱뚱하고 더러운 여자가 엽총을 쥐고 창문 아래에 웅크리고 앉아 있는 모습이 보였다. 그 옆으로는 총이 무더기로 쌓여 있고, 쓰고 남은 탄피도 바닥 여기저기에 흩어져 있었다. 한쪽 구석에는 말 세 마리가 서 있었다. 주위를 둘러보니 더욱 놀라웠다. 무슨 일이 벌어지고 있는지 몰라도 그녀는 이곳이 탐탁지 않았다.

"어서 치료하고 빨리 여기를 떠나자고."

리앤더의 말에 블레어는 즉시 정신을 차렸다. 오두막의 어두운 구석에는 한 남자가 자신의 복부를 부여잡고 누워서 신음하고 있었다. 얼굴은 핏기 하나 없이 창백했다.

"마취제 투여법은 알고 있어?"

리앤더가 자신의 손을 소독하면서 물었다. 블레어는 고개를 끄덕이고 가방에서 병 몇 개와 초를 꺼냈다.

"이 사람은 평소 독한 술을 잘 마시나요?"

그녀가 뒤에 서 있던 목동에게 묻자 그가 머뭇거리며 말했다.

"그럼요. 하지만 지금은 술이 없어요. 선생님이 조금 갖고 있으실 줄 알았는데."

블레어가 참을성 있게 말했다.

"이 환자에게 마취제를 얼마나 써야 할지 참고하려고 물었어요. 평소에 위스키를 많이 마시는 사람에게는 마취제가 더 많이 필요하거든요."

목동이 웃으며 말했다.

"벤보다 술을 잘 먹는 사람은 아무도 없어요. 위스키를 두 병이나 마셔도 끄떡없거든요. 그냥 알딸딸한 정도라고 할까요. 아직 한 번도 술에 취한 모습을 본 적이 없다니까요."

블레어는 고개를 끄덕이며 환자의 몸무게를 눈대중으로 짐작한 뒤, 원뿔형의 유리병에 마취제를 쏟아 부었다. 얼굴로 유리병을 가져가자 사내는 냄새를 거부하며 몸을 비틀었다. 리앤더가 재빨리 환자의 아래쪽을 잡고, 블레어는 위쪽을 잡았다. 다행히 환자는 저항할 힘도 남아 있지 않았는지 몸을 뒤척여도 상처가 벌어지지 않았다.

리앤더가 그의 옷을 벗기자 복부에 심한 총상으로 뚫린 구멍이 드러났다. 블레어는 살아날 가망이 거의 없다고 생각했지만, 리앤더의 생각은 달랐는지 거침없이 환자의 복부를 갈랐다.

블레어가 필라델피아에 살 때, 헨리 삼촌의 친구이자 뉴욕의 유명한 복부 수술 전문가가 방문한 적이 있었다. 그 당시 그는 깨진 병 조각 위로 넘어진 어린 소녀의 수술에 자원한 상태였다. 블레어는 함께 수술실에 들어가서, 그가 어린 소녀의 배에서 유리조각을 깨끗하게 제거하고 창자에 생긴 구멍 세 개를 날렵하고 섬세하게 봉합하는 모습에 큰 감동을 받았고, 그 일을 계기로 '복부외과 전문의'가 되기로 마음을 굳혔다.

지금도 그녀는 계속 바늘에 실을 꿰면서 리앤더의 손놀림을 바라보고 있자니 그때와 똑같이 경외감이 들었다. 총알은 궁둥이뼈를 뚫고 창자를 관통했다. 리앤더는 섬세하고 긴 손가락으로 총알이 지나간 길을 따라 상처를 처치하고 창자를 봉합했다. 열네 개의 구멍을 꿰맨 뒤에야 마지막으로 피부를 봉합할 수 있었다.

"나흘 동안 아무것도 먹이지 마세요. 닷새 째에는 물은 약간 줘도 괜찮습니다. 만일 제 말을 어기고 그전에 음식을 먹이면 두 시간 내에 즉사할 겁니다. 음식이 환자에게는 독약일 테니까요."

리앤더가 목동을 올려다보았다.

"내 말 분명하게 알아들었죠?"

그때 갑자기 다 쓰러져가는 지붕을 뚫고 총알이 여섯 발이나 날아왔다.

"빌어먹을! 시간이 좀더 있을 줄 알았는데."

리앤더는 마지막으로 매듭을 짓고 블레어가 넘겨준 가위로 실을 자르면서 거의 비명을 질렀다.

"무슨 일이에요?"

블레어가 초조한 눈빛으로 물었다.

"저 바보 천치들이! 지금 영토 분쟁 중이야. 챈들러 시 근방에서는 일 년에 한두 차례 있는 일이지. 하지만 이 싸움은 벌써 여섯 달째 계속되고 있어. 아무래도 휴전할 때까지 잠시 여기 있어야겠어."

리앤더는 그곳에 있는 사람들에게 들으라는 듯이 목소리도 낮추지 않고 말했다.

"휴전이라뇨?"

리앤더가 손을 닦으며 말했다.

"자기들끼리 나름대로 정한 법칙이지. 총싸움을 하다가 누가 다치면 치료받을 때까지 잠시 휴전을 하는 거야. 불행하게도 의사가 자리를 뜰 때까지 기다려야 한다는 상식은 없는 것 같지만. 내일 아침까지 기다려야 할지도 몰라. 예전에는 이틀을 꼬박 머문 적도 있었어. 이제 왜 내가 당신을 원터 목장에 두고 오려고 했는지 알겠지?"

블레어는 의료기구를 깨끗하게 닦아 가방에 집어넣으며 말했다.

"그러니까 그냥 기다려야 한다고요?"

"그렇지. 기다릴 수밖에."

리앤더는 집 안을 구분 짓는 벽 역할을 하다가 다 쓰러져버린 돌벽 아래로 블레어를 끌고 갔다. 그는 한쪽 구석에 웅크리고 앉아서 블레어에게 자신의 옆에 앉으라고 손짓했지만, 그녀는 그럴 수 없었다. 왠지 그에게 최대한 멀리 떨어져 있어야겠다는 생각이 들어 그녀는 반대쪽 벽에 등을 기대고 앉았다. 순간 총알이 머리 위로 곧장 날아들자, 블레어는 정신없이 리앤더의 품으로 뛰어들어 그의 가슴에 얼굴을 묻었다.

"영토 분쟁을 고마워하게 될 날이 올 줄은 정말 몰랐군."

그는 그렇게 중얼거리며 그녀의 목에 키스했다.

"이러지 말아요."

블레어는 그가 키스할 수 있도록 고개를 돌리면서도 가볍게 저항했다. 리앤더도 주위에 사람들이 있고 사방에서 총알이 날아오는 이곳은 그녀를 안기에 적당한 장소가 아님을 인정해야만 했다.

"좋아. 그만두지."

그는 그녀의 표정을 보며 짓궂게 미소를 지었다. 그녀는 그의 품에 안겨서 움직이지 않았다. 그렇게 앉아 있으니 총알이 날아오는 소리도 희미하게 들렸고, 너무 편안하고 안전하게 느껴졌다.

"창자를 봉합하는 기술은 어디서 배웠어요?"

"이런, 그런 달콤한 이야기를 원하는군. 그러니까 처음에……."

블레어는 만족이란 것을 모르는 것 같았다. 서로에게 바짝 붙어 앉아 있는 몇 시간 내내 그녀는 계속 리앤더가 배운 것에 대해 물었고, 그가 했던 수술과 어려웠던 환자들, 그가 좋아하는 것과 의사가 되겠다고 결심한 이유까지 모두 알아내려 했다. 마침내 그는 잠시 목을 쉬어야겠다고 생각하고 그녀에게 똑같은 질문을 했다.

해가 지자 잠깐 총성이 멈추었다. 하지만 그것도 아주 잠시일 뿐 총성은 밤새 끊이지 않았다. 리앤더는 블레어에게 잠을 자라고 말했지만, 그녀는 단호하게 거부하고 총상을 입고 쓰러져 있는 남자를 가리키며 말했다.

"당신은 저 환자를 계속 보살필 생각이잖아요. 당신이 안 자는데 제가 어떻게 잘 수 있어요? 그런데 저 사람이 살아날 가망은 있는 거예요?"

"감염 정도에 따라 다르지. 나머지는 하나님이 하실 일이고 난 다만 상처를 봉합했을 뿐이니까."

날이 점차 밝아오자 리앤더는 의식을 회복하기 시작했는지 몸을 뒤척거리는 환자를 살펴봐야겠다고 말했다.

블레어가 일어나서 기지개를 쭉 켜는 순간 한 발의 총소리가 들렸다. 곧바로 그녀에게 자신이 의사라는 사실 이외의 모든 것을 잊어버리게 만드는 일이 벌어졌다. 총성과 함께 작은 비명소리가 들리자, 그녀는 재빨리 리앤더의 곁을 떠나 무슨 일이 생겼는지 확인하기 위해 낮은 벽을 따라 앞으로 움직였다. 창 아래에 앉아 있던 남자는 턱에 총을 맞고 신음하고 있고, 옆에 있던 여자는 바닥에 있는 말똥을 집어 상처에 대고 문지르려는 중이었다.

순간 블레어는 머리 위를 날아다니는 총알을 전혀 생각하지 못하고 그 덩치 큰 여자 위로 펄쩍 뛰어들었다. 여자는 깜짝 놀라서 화를 내며 블레어에게 덤벼들었고, 블레어는 그 여자가 마구잡이로 휘두르는 주먹을 피하면서 그 여자가 상처에 말똥을 바르지 못하게 말렸다.

블레어는 그것에만 몰두하느라 두 사람이 오두막의 틈을 통해 밖으로 굴러나가고 있다는 사실을 깨닫지 못했다. 자신의 머리카락을 쥐어뜯는 여자를 떼어내기 위해 안간힘을 쓰던 블레어의 머리 위로 갑자기 총성이 들렸다. 두 여자 모두 깜짝 놀라서 자신들 위에 우뚝 서 있는 리앤더를 올려다보았다. 그는 당장이라도 다시 쏠 것처럼 허리춤에 엽총을 끼고 서서, 악문 잇새로 고함을 질렀다.

"당장 안으로 들어와."

그는 두 여자에게 고함을 지른 뒤, 다른 쪽을 향해 자기는 의사 리앤더 웨스트필드이며, 지금 건너편에 있는 사람들이 누구인지 다 안다고 고함을 질렀다. 그리고 지금 당장 총격을 멈추지 않으면, 누가 다쳐서 찾아와도 피를 흘리다 죽든 말든 상관하지 않겠다고 협박했다. 그러자 그 즉시 총성이 멈췄다.

리앤더가 허물어진 오두막으로 돌아왔을 무렵, 블레어는 부상당한 사내의 턱을 소독하고 있었다.

"나를 돕는답시고 한 번만 더 그런 식으로 행동하면……."

그는 적절한 말을 찾지 못하고 그냥 입을 다물었다. 그리고 블레어의 뒤에 조용히 서서 그녀가 남자의 턱을 꿰매고 붕대를 감아줄 때까지 기다렸다가, 치료가 완전히 끝나자 그녀의 팔을 잡아 일으켜 세웠다.

"당장 여기서 나가자고. 이 미치광이들이 또다시 총질을 하든 말든 나랑 상관없는 일이지만 당신이 위험에 빠지는 건 싫으니까."

블레어는 서둘러 왕진가방을 움켜쥐고 재촉하는 리앤더를 따라 허물어진 벽돌집을 빠져나왔다.

"어젯밤에 조합 사람이 찾아왔다."

리앤더가 집으로 들어오자마자 리드가 그를 반기며 말했다. 리앤더는 밤새 나무판자로 된 벽에 기대고 있었던 탓에 욱신욱신 쑤시는 목덜미를 문지르다가, 그 말을 듣고 깜짝 놀라서 아버지를 쳐다보았다.

"다른 사람들 눈에 띈 건 아니겠죠?"

리드가 못마땅한 눈길로 아들을 쳐다보았다.

"그저 집에 있으면서 먹고 자기만 했다. 분명 넌 지난 며칠 동안 그런 호강은 누리지 못했겠지만 말이야. 그리고 블레어를 밤새 데리고 다니는 일은 피해라. 덩컨 게이츠가 네 녀석을 찾아 사방을 뒤지고 다녔으니까."

리앤더는 병원으로 출근하기 전에 배불리 아침을 먹고 잠깐 눈을 붙이고 싶었다. 하지만 아무래도 그럴 시간이 없을 것 같았다.

"갈 준비는 되었답니까?"

리드는 잠시 아무 말 없이 아들을 바라보면서, 어쩌면 살아 있는 아들의 모습을 보는 것은 지금이 마지막일지도 모른다고 생각했다. 리앤더가 조합원이라며 찾아온 사람들을 광산으로 잠입시키기 위해 떠날 때면 리드는 항상 그런 느낌이 들었다.

"준비됐다."

마침내 리드가 무겁게 입을 열었다. 리앤더는 지친 몸을 이끌고 마구간으로 가서 마구간 소년에게 심부름을 시킨 뒤, 직접 마차에 말을 매었다. 애마인 애팔루사는 밤새 돌아다니느라 너무 지쳤기 때문에 아버지의 말 중 한 마리를 골랐다. 그는 주위를 살펴보고 아무도 없음을 확인한 뒤, 아버지 곁에 서 있는 남자에게 문을 열어주었다. 한눈에 보기에도 리앤더가 만났던 다른 조합원들처럼 청년의 눈동자에도 모든 것을 태워버릴 듯이 뜨거운 불꽃이 어려 있었다. 순간 리앤더는 앞으로 그가 직면할 위험과 어려움에 대해 굳이 언급할 필요가 없음을 깨달았다. 그들이 하는 일이나 투쟁의 과업은 그들의 목숨보다 더 가치 있는 일이었다.

리앤더는 마차의 의자 밑에서 의료기구를 꺼냈다. 세 사람 모두 오늘 밤에 일어날 일을 너무 잘 알았기에 아무 말도 하지 않았다. 광산촌의 경비원들은 수상한 사람을 발견하면 먼저 총부터 쏘고 나서 죽은 자의 정체를 조사했기 때문이다.

리앤더는 의자 안쪽에 웅크리고 누운 청년의 몸 위에 리드가 건네준 혼응지(混凝紙 : 펄프에 아교를 섞어 만든 종이 재질. 습기에 무르고 마르면 아주 단단함.)로 바닥을 만들고, 그 위에 담요와 엽총, 밧줄, 톱 등 마차에 일상적으로 보관하는 장비들을 올려놓았다. 그리고 맨 위에 진료가방을 올려놓았다.

잠시 후 리드가 아들의 어깨를 잡고 토닥이자, 리앤더는 마차에 올라 말을 출발시켰다.

리앤더는 숨어 있는 남자가 다치지 않도록 주의하면서 최대한 빠른 속도로 마차를 몰았다. 2주 전에 리앤더는 아버지와 지금 자신이 하는 일 때문에 또다시 말다툼을 벌였다. 리드는 리앤더가 조합원들을 광산촌으로 잠입시키는 위험한 일에 목숨을 걸지 않았으면 좋겠다고 말했다. 물론 잡힌다고 해도 리앤더라면 어떻게든 목숨을 부지할 수 있겠지만, 이 나라의 어느 법정도 그의 행위를 눈감아줄 리가 없었다.

광산촌으로 가는 샛길이 가까워지자 리앤더는 속력을 늦추고, 혹시 근처에 수상한 사람들이 숨어 있는지 주위를 철저히 살펴보았다. 리앤더는 미소를 지으며 블레어와 대화하다가 챈들러 시의 광산 대부분을 소유한 제이콥 펜튼을 옹호했던 일을 떠올렸다. 그때 그는 펜튼도 주주들의 요구를 충실히 따라야 하는 사람일 뿐, 광부들의 상태에는 하등 책임이 없다고 변명했었다. 리앤더는 사람들의 의심을 피하기 위해 종종 그런 식으로 말하곤 했다. 덕분에 착취당하는 광부들에게 그가 어떤 감정을 갖고 있는지 아무도 몰랐다.

광부들이 선택할 수 있는 것은 두 가지뿐이었다. 회사의 규칙을 따르든가, 일자리를 포기하든가, 아주 간단했다. 하지만 그 규칙은 어떤 교도소보다 더 지독했다.

광산과 관계된 것은 모두 회사의 소유였다. 임금으로 지불되는 화폐는 오직 회사가 운영하는 상점에서만 통용되는 종잇조각에 불과했다. 만일 시내에서 물건을 사다가 적발되면 무조건 해고였다. 사실 광산촌을 떠나 시내로 나가는 것 자체가 허락되지 않았다. 광산 소유주들은 광산촌도 하나의 독립된 도시라고 우기면서, 굳이 다른 도시에서 생필품을 구입할 필요가 없다고 주장했다. 또 그들은 출입구마다 경비원들을 배치하고, 사악한 강도와 허튼 수작을 부리는 사람들로부터 광산을 지킨다는 명목으로 사람들의 출입을 금지했다.

하지만 진실은 달랐다. 경비들이 배치된 것은 노동조합원들이 광산촌으로 숨어들어서 광부들과 결탁할 가능성을 사전에 봉쇄하려는 의도에서였다.

광산주들은 파업의 가능성을 근절하고 싶어했고, 입구에 무장한 경비원들을 세우고 광산촌에 출입하는 모든 마차를 수색할 합법적인 권리가 있었다.

광산 안으로 들어가는 것이 허락된 사람은 소수였다. 도시에서 신선한 야채를 사서 밀매하는 늙은 노파 몇 명과 가끔 광산 안의 고장 난 기계를 고치려고 들어오는 수선공, 광산 감독관, 광부들의 정기검진을 위해 회사에서 고용한 의사가 전부였다. 특히 그 의사는 너무 가난해서 자신의 수입으로는 가족을 부양하기 힘들었기 때문에 회사는 그에게 후한 돈을 지불했다. 그 대가로 그는 자신이 목격한 것의 대부분을 그냥 지나쳤고, 광산에서 일어나는 모든 사고는 회사의 잘못이 아니기 때문에 회사가 미망인과 고아들까지 책임질 이유가 없다고 공공연하게 떠들고 다녔다.

1년 전에 리앤더는 펜튼을 찾아가 광부들의 건강을 점검해야 하니 광산촌으로 들어갈 수 있도록 허락해달라고 요청했다. 광산주에게 진료비를 청구하지 않겠다는 조건이었다. 펜튼은 한참을 주저하다가 마지못해 승낙했다.

리앤더가 목격한 광경은 끔찍했다. 그는 가난에 찌든 그곳 사람들의 모습을 차마 눈뜨고 지켜볼 수 없었다. 남자들은 가족을 부양하기 위해 하루종일 땅 속에서 쉬지 않고 일했지만, 매주 받는 쥐꼬리만한 돈으로는 가족들의 입에 풀칠하기도 어려웠다. 모두 각자 캐온 석탄의 양만큼 돈을 받았지만, 소위 '죽음의 작업장'에서 하루 열여섯 시간씩 일해도 그 이상의 돈은 받을 수 없었다. 또 안전문제는 광부들의 몫이지 자신들의 문제가 아니라는 소유주의 주장에 따라, 갱도(坑道)를 만드는 데 드는 목재비도 광부들이 지불해야 했다.

처음 광산촌을 다녀온 후 며칠 동안 리앤더는 자신을 둘러싼 모든 것을 견딜 수 없었다. 화려하고 풍족한 생활을 즐기는 챈들러 시의 사람들과, 희귀한 명품이라며 값비싼 캐시미어를 열다섯 마나 끊어와서 자랑하는 동생을 바라보며, 그는 맨발로 눈 위를 걸어 다

167

니는 헐벗고 굶주린 광산촌 아이들을 생각했다. 주급을 받기 위해 줄지어 서 있는 광부들의 더럽고 지친 얼굴과, 쥐꼬리만한 주급에서 삭감해야 할 명세서에 대해 차갑게 나열하는 교활한 출납원의 모습이 눈앞에서 어른거렸다.

생각을 거듭할수록 리앤더는 무언가 해야겠다는 조바심이 들었다. 하지만 신문에서 동부에 노동조합이 있다는 기사를 접하기 전까지 그는 무엇을 해야 할지 몰랐다. 곧 그는 아버지에게 조합원들을 콜로라도로 오라고 설득할 수 있는지 의논했다.

아들이 생각하고 있는 바를 깨달은 리드는 리앤더를 말리기 위해 안간힘을 썼지만, 리앤더는 계속 광산을 찾아갔고 그 비참한 광경을 보면 볼수록 그의 결심은 더욱 굳어졌다. 그러던 중 리앤더는 기차를 타고 켄터키로 가서 처음으로 노동조합원들을 만났다. 그리고 그들에게 콜로라도에서 벌어지는 일을 상세하게 전했고, 이 일에 개입하면 자신도 목숨을 잃을지 모른다고 경고를 들었다.

리앤더는 아무것도 먹지 못하고 약 한 번 쓰지 못한 채 자신의 품에서 폐렴으로 죽어간 세 살짜리 여자아이를 떠올리며, 최대한 모든 협력을 다하겠노라고 다짐했다.

그리고 지금까지 그는 조합원들이 광산촌으로 잠입하는 일을 도왔고, 결국은 광산 소유주들도 광부들을 돕는 사람이 있다는 사실을 인식하고 더욱 경계를 강화했다.

지난해 말부터 레이프 태거트라는 덩치 큰 광부가 자신이 바로 광산에 조합원들을 불러들인 주범이라고 행동하기 시작했다. 무슨 이유인지 몰라도 레이프는 경비원이나 광산주들이 자신을 해코지하거나, 자신에게 갑자기 '사고'가 일어나지 않을 거라고 믿고 있었다. 태거트 형제 중 하나가 펜튼의 여동생과 결혼했다는 소문이 나돌았지만, 진실을 아는 사람은 아무도 없었다. 광산의 생산성과 폐쇄 여부에 따라 광부들이 이리저리 이동하기 때문에, 30년 전에 무슨 일이 있었는지 기억할 만큼 오래 머무는 사람은 그리 많지 않았다.

어쨌든 레이프 태거트에게 의혹이 쏠리는 덕분에, 광부들을 친절하게 진찰하는 잘생기고 실력 있는 젊은 의사를 의심하는 사람은 아직까지 아무도 없었다.

리앤더는 엠프리스 광산으로 들어서서 덤덤한 표정으로 경비원들과 농담을 주고받았다. 아무도 그의 마차를 조사하지 않았다. 그는 광산촌 끝의 나무 덤불에 남자를 내려준 뒤, 평소처럼 집집마다 방문하며 사람들을 만나기 시작했다. 이제부터 그 청년은 시시각각 생명을 다투는 위험 속에서 밤새도록 그곳에 숨어 있어야 했다. 리앤더는 각 가정을 방문해서 아이들을 돌보고 광부들에게 조합원의 존재에 관해 알려주었다. 매번 입을 열 때마다 리앤더는 자신의 생명을 담보로 하는 듯한 느낌이 들었다. 리앤더는 이미 이들 중 하나가 첩자라는 사실을 알고 있었다.

제13장

일요일 아침에 블레어는 아주 상쾌한 기분으로 눈을 떴다. 힘껏 기지개를 켜며 창 밖에서 들려오는 새소리를 들으니 오늘은 분명 최고의 하루가 될 것 같은 예감이 들었다. 그녀의 머릿속은 온통 어제 자신과 리앤더가 겪었던 일로 가득했고, 전문가다운 능숙한 솜씨로 환자의 내장을 봉합하던 리앤더의 모습이 자꾸만 눈앞에 아른거렸다. '앨런도 그 수술을 봤으면 좋았을 텐데…….' 하는 아쉬움이 들었다.

갑자기 블레어는 자리에서 벌떡 일어나 앉았다. 앨런! 어제 오후 4시에 그와 만나기로 약속했던 것을 까맣게 잊고 있었다. 그깟 반지 몇 개에 휴스턴이 스스로를 웃음거리로 만들었다는 걱정에 빠져 있다가, 갑자기 리앤더가 전화로 자신의 일을 도와달라고 부탁하자 그만 흥분해서 약속을 잊고 있었다. 게다가 그 일이 밤새 계속 되리라고는 꿈에도 생각하지 못했다.

그때 수잔이 들어와서 온 가족이 아침 식사 후에 곧장 교회로 출발할 계획이며, 블레어도 참석하라는 게이츠의 전갈을 전했다. 블레어는 서둘러 침대에서 뛰어나와 옷을 입었다. 교회에서 앨런을 만나면 어제 하루종일 왕진을 갔었다고 설명해 줄 수 있으리라.

앨런도 예배에 참석했다. 하지만 그들보다 세 줄 앞에 앉아서 블레어가 보내는 신호를 거들떠보지도 않았다. 더욱 그녀의 기분을 상하게 한 것은 그가 웨스트필드 씨와 니나 옆에 나란히 앉았다는 사실이었다. 예배가 끝난 뒤 블레어는 교회 밖 작은 뜰로 나와 그를 기다렸다.

"그래, 어제 하루종일 웨스트필드와 함께 외출했더군."

단둘이 되자마자 앨런이 입을 열었다. 그의 눈은 분노로 가득 차 있었다. 미안한 마음과 사과해야겠다는 선한 의도와는 달리 그녀의 몸은 뻣뻣하게 굳어버렸다.

"내기에 찬성했던 건 제가 아니라 당신이잖아요. 리앤더의 초대를 거절하면 안 된다는 것도 규칙의 일부고요."

"밤새도록 말이지?"

그의 경멸 어린 눈초리에 그녀는 문득 자신을 방어해야 할 것 같았다.

"우리는 일을 하고 있었어요. 그러다가 총격전에 휘말리고 말았죠. 리앤더가 말하길……."

"그 사람 이야기는 다른 사람에게나 해. 난 지금 가봐야 하니까. 다른 약속이 있거든."

"다른 약속이오? 오늘 오후에 우리 둘이서……."

"내일 전화할게. 뭐, 당신이 집에 있으면 말이지만……."

앨런은 그녀를 남겨두고 돌아서서 가버렸다. 니나 웨스트필드가 블레어에게 다가오더니, 리앤더는 오후 내내 병원에서 일할 거라고 말했다. 블레어는 어머니와 의붓아버지가 탄 마차에 오르며, 마차

안에 휴스턴이 없다는 사실을 어렴풋이 깨달았다.

집에 도착하자마자 오펄은 계속 식당을 드나들면서 탁자에 꽃을 장식하고 가장 좋은 은촛대를 꺼내는 등 법석을 떨었다.

"손님이 오시나요?"

블레어가 건성으로 물었다.

"그래, 애야. 그 사람이 온단다."

"누구요?"

"휴스턴의 케인 말이야. 정말 좋은 사람이더구나. 너도 분명 좋아하게 될 거야."

몇 분 후에 문이 열리고, 휴스턴은 덩치 큰 백만장자의 팔짱을 끼고 대단한 경쟁에서 그를 차지한 것처럼 자랑스럽게 들어왔다. 교회에서 처음 그를 만났을 때 그의 외모가 리앤더나 앨런만큼은 아니라도 괜찮은 편이라는 사실은 마지못해 인정했지만, 케인의 경우는 잘생겼다는 표현보다 남자답다는 표현이 더 어울렸다.

"이쪽에 앉아요, 태거트 씨. 휴스턴 옆에요. 그리고 블레어는 그 맞은편에 앉으렴."

오펄의 말 뒤로 방에는 잠시 침묵이 감돌았다. 모두 가만히 앉아 자신의 접시나 방 안을 쳐다보고 있었다.

"자네가 쇠고기구이를 좋아했으면 좋겠군."

고깃덩어리를 큼직하게 자르며 게이츠가 입을 열었다.

"분명 제가 먹던 음식보다는 나을 겁니다. 물론 휴스턴이 저를 위해 요리사를 고용하기 전까지 먹던 것을 말하는 거죠."

"누굴 고용했니, 휴스턴?"

오펄은 최근 딸이 아무 말도 없이 밤늦게까지 외출하는 일이 잦아지고, 몇 시간 동안 어디서 무얼 하는지 아는 사람이 전혀 없다는 사실을 떠올리며 냉기가 흐르는 목소리로 물었다.

172

"머치슨 부인이오. 콘라드 씨 가족이 유럽에 가 있는 동안 일해 주기로 했어요. 게이츠 씨, 태거트 씨가 사업에 대한 투자를 제안하고 싶으시대요."

블레어는 그 남자를 제어할 수 있는 사람은 이 세상에 없다고 생각했다. 그는 닭 무리 속에 버티고 서 있는 코끼리처럼 보였다. 게이츠가 철도 주식에 대해 묻자, 케인은 주먹을 흔들며 이미 이 나라 전체에 철도가 깔려 있기 때문에 돈벌이가 될 수 없다며, 철도 산업은 이제 죽었다고 열변을 토했다. 그의 주먹이 식탁을 내리치자 사람들을 포함해 물건들까지 펄쩍 튀어 올랐다.

케인의 성질과 고함소리에 비하면, 게이츠의 말은 어린아이 같았다. 케인은 어떤 반박도 허용하지 않았고, 모든 일에 자신이 옳다고 우겼으며, 몇 백만 달러의 돈을 해변의 모래알이라도 되는 듯이 말했다.

고함소리와 오만함으로는 부족했는지 그의 예의범절도 끔찍하기 그지없었다. 포크로 고기를 써는가 하면, 그 고깃덩어리가 블레어의 접시 근처로 날아왔을 때에도 전혀 미안한 표정을 짓지 않았다. 그는 게이츠에게 양조장 운영방식에 대해 설명하면서 다시 고기를 집어 접시에 올려놓은 뒤 먹기 시작했다. 함께 나온 세 종류의 야채는 무시하고 으깬 감자만 엄청나게 접시에 덜어놓은 뒤, 그 하얀 산 위에 소스를 모조리 부어버렸다. 엄청난 양의 고기를 먹어 치운 뒤에야 그는 만족스러운 듯 식사를 끝냈다. 심지어 휴스턴의 찻잔을 엎기도 했지만, 휴스턴은 그저 그에게 미소를 지은 뒤 하녀에게 헝겊을 가져오라고 손짓했다. 블레어는 태거트가 냉홍차를 여섯 잔째 들이키는 모습을 바라보다가, 수잔이 다른 주전자를 들어 그의 잔을 채우고 있는 사실을 눈치챘다. 순간 그녀는 휴스턴이 케인을 위해 남몰래 얼음을 채운 맥주를 준비했음을 깨달았다. 게다가 그는 입 안에 음식을 가득 담고 말했기 때문에 연신 음식이 튀었지만, 휴스턴은 전혀 당황하는 기색도 없이 어린아이를 다루듯 그의 손을 토닥인 뒤 접시 옆에 얌전히 접혀 있던 냅킨을 건네주었다.

마침내 블레어는 더 이상 먹는 것을 포기했다. 음식이 자신에게로 튀는 것도 싫었고, 은식기가 펄쩍펄쩍 튀어 오르는 것이나 그의 고함소리, 또 주변 사람들은 안중에도 없는 듯 대화를 독점하고 으스대는 그의 행동이 마음에 들지 않았다. 대화라고? 하! 그는 지금 대화가 아니라 연설을 하고 있었다.

더 끔찍한 것은 휴스턴과 어머니, 의붓아버지까지 그의 말 한 마디 한 마디를 진지하게 듣고 있다는 점이었다. 모두 그의 말이 진리인 것처럼 듣고 있었다. 블레어는 어쩌면 그럴지도 모른다고 넌더리를 쳤다.

솔직히 블레어는 돈에 대해 한 번도 생각해본 적이 없었다. 물론 돈이 세상에서 가장 중요한 사람들도 있었다. 그리고 휴스턴도 분명 그런 것 같았다. 돈을 위해서라면 언니는 자신의 남은 인생을 이 끔찍하고 잔인한 남자를 위해 기꺼이 희생하려는 것 같았다.

태거트가 또다시 소스를 잡으려고 손을 뻗자 블레어는 재빨리 넘어지려는 은촛대를 잡았다. 아무래도 태거트를 위해 요리사가 가마솥째 소스를 만들고 있는 건 아닌지 의심스러웠다.

태거트는 게이츠에게 부동산을 사지 않겠냐고 제안하며 블레어를 쳐다보다가 갑자기 말을 멈추고 자리에서 벌떡 일어났다.

"휴스턴, 공원으로 산책 가려면 해가 지기 전에 가야겠어."

정말 다행이었다. 물론 다른 사람들에게 식사를 마쳤냐고 묻는 예의는 없었지만, 자리를 뜨면서 휴스턴에게 함께 나가자고 제안하는 상식은 있었다. 휴스턴은 아무 말 없이 그의 뒤를 따랐다.

"이런, 리앤더!"

오펄이 미소를 지으며 말했다. 그녀가 리앤더를 바라보며 일어나자 참나무로 만든 흔들의자가 삐걱거렸다.

"자네가 오는 소리를 듣지 못했네. 며칠 전보다 좀 나아 보이는군. 그 사이에 무슨 일이라도 있었나?"

오펄의 표정은 '내가 그럴 거라고 말했지.'라고 하는 것 같았다. 리앤더는 그녀의 볼에 가볍게 키스하고 집 뒤쪽 현관에 있는 의자에 걸터앉았다. 그는 붉고 커다란 사과를 오른손에서 왼손으로 주고받았다.

"제가 원하는 건 따님이 아니라 부인을 장모님으로 만드는 건지도 몰라요."

"그래서 오늘 마침내 내 딸을 차지할 수 있는 기회가 생겼다고 생각했나보군. 내가 정확하게 기억하는지는 몰라도, 마지막으로 이야기할 때만 해도 분명 그 애를 얻지 못할 것 같다고 걱정했지? 그새 무슨 변화라도 있었나?"

"변화요? 세상이 완전히 바뀌었어요. 제가 이길 겁니다. 그냥 이기는 정도가 아니라 압승을 거둘 거예요. 그 불쌍한 애송이에게는 기회조차 없을 겁니다."

"마침내 블레어의 마음을 차지할 방법을 찾았다는 소리로 이해하지. 꽃이나 사탕으로는 어림도 없었을 거야."

리앤더는 마음에서 우러나오는 환한 미소를 지었다.

"블레어가 정말 좋아하는 것들로 구애할 예정이에요. 총상, 패혈증, 호흡기 감염, 절단 수술 같은 거요. 원하는 건 뭐든 보여주겠어요. 아마 블레어는 이 도시에서 일어나는 갖가지 사건에 매혹될 겁니다."

오펄은 끔찍하다는 표정을 지었다.

"무시무시하군. 그렇게 극단적인 장면만 보여줄 필요가 있나?"

"제가 말씀 드릴 수 있는 건, 상황이 나쁘면 나쁠수록 블레어는 더 좋아한다는 겁니다. 총구에 머리를 들이미는 버릇만 없앤다면 괜찮을 거예요."

"자네가 그 애를 잘 보살펴줄 수 있겠지?"

"앞으로 평생 그럴 겁니다. 지금으로는 그게 제 사랑을 표현하는 유일한 방법이에요. 보면 아시겠지만 앞으로 일주일 후에는 저와 결혼하게 될 겁니다."

"리앤더? 그럼 세인트 조셉 병원 건은?"

그는 오펄을 보며 눈을 찡긋했다.

"블레어가 알아내지 못하게 최선을 다할 생각이에요. 오히려 전 블레어가 그 사람들을 거절하게 만들고 싶어요. 도대체 자기들이 뭔데 블레어가 함께 일할 수 없다고 말한답니까?"

"그 애는 좋은 의사야, 안 그런가?"

오펄이 자랑스럽게 말했다.

"나쁘지는 않더군요. 여자로서도 괜찮은 편이죠."

너털웃음을 터트리며 리앤더는 집으로 들어갔다.

블레어는 응접실에서 리앤더를 만났다. 일요일은 그야말로 끔찍했다. 앨런은 전화도 없었고, 리앤더도 아무 소식이 없었다. 그녀는 하루종일 휴스턴 언니를 사갈 끔찍한 남자에 대해 걱정했다. 그래서 지금 리앤더가 찾아오자 이상하게 어색하고 떨렸다. 과연 지금 리앤더는 의사일까, 아니면 매번 그녀를 모욕하던 그 남자일까?

"절 만나러 오셨나요?"

그녀가 조심스럽게 물었다. 리앤더는 예전에는 결코 보이지 않던 수줍은 표정을 짓고 있었다.

"당신과 이야기하고 싶어서 왔어. 뭐, 당신이 들어줄 의향이 있다면 말이지."

"말해보세요. 당신과 대화하는 것까지 거부할 생각은 없어요."

그녀는 붉은 천을 씌운 의자에 앉았다. 리앤더는 곤혹스러운 듯 손에 든 모자를 비틀면서, 블레어가 자리에 앉으라고 손짓해도 그저 괜찮다고 머리를 흔들었다.

"내가 여기에 온 목적을 말하자니 참 힘들군. 패배를 인정하기가 쉽지 않아. 특히 내게는 당신을 내 아내로 만드는 일이 너무 큰 의미가 있었거든."

블레어가 무슨 말을 하려고 입을 벌렸지만, 리앤더는 손을 들어 그녀의 입을 막았다.

"아니, 내 말 좀 끝까지 들어줘. 힘들긴 하지만 내가 생각했던 것을 전부 이야기해야 할 것 같아."

리앤더는 손에 쥔 모자를 계속 비틀면서 창가로 걸어갔다. 블레어는 그런 그의 모습은 한 번도 본 적이 없었다.

"토요일은, 그러니까 우리가 의사로서 함께 일한 지난 토요일은 내 생애에서 정말 기념할 날이었어. 솔직히 그전까지 난 여자는 의사가 될 수 없다고 생각했는데, 당신은 내가 틀렸음을 증명해 주었어. 단 하루 만에 당신은 여자도 좋은 의사가 될 수 있음을, 아니 남자보다 더 뛰어난 의사가 될 수 있음을 보여주었지."

"고마워요."

블레어는 그의 말에 짜릿한 쾌감을 느끼며 말했다. 그는 돌아서서 그녀를 똑바로 바라보았다.

"그런 이유로 난 내기를 포기할 예정이야."

"내기요?"

"당신을 두고 앨런 헌터와 했던 내기 말이야. 어제 혼자 병원에서 일하고 있는데, 문득 모든 것이 다 바뀌었다는 사실을 깨달았어. 알다시피 난 항상 혼자서 일했지. 하지만 당신과 함께 일한 뒤로 는…… 그러니까…… 그건 내가 꿈꾸던 것 이상이었어. 우리는 너무 잘 맞았어. 마치 연인들처럼 말이야."

그는 그녀를 바라보며 잠시 뜸을 들였다.

"물론 은유적인 표현이야."

"당연하죠. 하지만 아직도 전혀 이해가 되지 않는군요."

"모르겠어? 비록 아내를 잃을지도 모르지만 대신에 당신의 동료가 되고 싶어. 지난 며칠 동안 난 당신을 존중하지 않았을지도 모르고, 당신에게 무심하게 대했을지도 몰라. 또 당신 친구에게 장난을 쳐서 그 친구가 배도 못 젓고, 수영이나 승마도 못 하는 샌님이라는 사실을 드러내기도 했지. 앞으로는 절대 그렇지 않을 거야. 진심으로 존경하고 흠모하게 된 동료 의사에게 그런 짓을 할 수는 없지."

블레어는 잠시 침묵을 지켰다. 앨런에 대한 말 중에는 틀린 점도 있었지만, 그의 칭찬이 너무 달콤해서 사소한 부분을 걸고넘어지기 싫었다.

"더 이상 저와 결혼할 마음이 없다는 건가요?"

"당신을 존중한다고 말하는 거야. 당신은 줄곧 앨런 헌터와 결혼하고 싶다고 했고, 이제야 내가 당신의 길을 방해할 수 없다는 사실을 깨달았어. 당신과 나는 의학을 전공한 의사로서 동등한 위치에 있는 거야. 그러니 지난 며칠간 그랬던 것처럼 감히 상대를 모욕할 수는 없지. 아무리 당신이 내 아내가 되어주기를 바란다 해도 말이야. 그러니까 당신은 더 이상 여기에 묶인 게 아니야. 언제든 사랑하는 남자와 함께 떠나도 괜찮아. 게이츠 씨가 당신이…… 순결을 잃었다고 말하고 다니지 못하게 내가 최선을 다해 막겠다고 약속할게.”

블레어는 자리에서 일어났다.

“제가 제대로 이해했는지 모르겠네요. 그러니까 저를 자유롭게 놔주겠다고요? 더 이상 저를 협박하지도 않고, 앨런을 모욕하지도 않을 거라고요? 그리고 당신이 그렇게 하는 이유는 바로 제가 훌륭한 의사라고 믿기 때문이라는 거죠?”

“바로 그거야. 마음을 정리하기까지 잠시 시간이 걸리겠지만, 그래도 그렇게 해야 하는 걸 알고 있어. 욕망만 있는 결혼이 어떻게 성공하겠어? 물론 우리 두 사람이 육체적으로 끌리고 있고, 우리가 경이로운 하룻밤을 보냈지만, 그런 건 결혼의 이유가 될 수 없어. 당신과 앨런의 관계야말로 진짜야. 함께 이야기를 나누며 시간을 보낼 수도 있고, 서로 취미도 잘 맞잖아. 당신이 그의 손길에도 똑같은…… 으흠, 반응을 보일 거라고 확신해. 이미 지난 며칠 동안 두 사람이 몇 차례 사랑을 나누었는지도 모르고.”

“뭐라고요?”

“미안, 다시는 당신을 모욕하지 않으려고 했는데……. 당신 곁에 있으면 꼭 말실수를 하는 것 같아. 더 이상 내 말을 듣고 싶지도 않겠지.”

“듣겠어요. 말하세요.”

이상하게도 블레어의 기분은 점점 더 가라앉았다. 물론 그가 의사로서 자신을 존경하는 건 기뻤지만, 동시에 뭔가가 빠졌다는 아쉬움이 밀려왔다. 하지만 그게 무언지 알 수 없었다.

“당신이 펜실베이니아로 돌아가고 싶어하는 건 알아. 그런 당신을 비난하지도 않아. 하지만 당신과 함께 일하면서 느꼈던 기쁨과 즐거움을 더 이상 느낄 기회가 없다는 것이 아쉽군. 지난 며칠간 겪었던 일 때문에 이제 챈들러 시를 떠나면 다시 돌아오고 싶지 않을 테니 말이야. 그래서 말인데 앞으로 며칠만 나와 함께 일하지 않겠어? 진심으로 하는 부탁이야. 아버지도 당신을 내 밑에 둘 수 있도록 병원 이사회를 설득해보겠다고 약속하셨으니까, 휴스턴의 결혼식이 끝날 때까지 함께 일할 수 있을 거야. 블레어, 당신에게 산부인과 병원을 세우려는 내 계획을 보여주고 싶어. 지금까지는 아무에게도 그 계획을 말한 적이 없었지만, 당신과 진지하게 그 이야기를 하고 싶어. 당신이 내 계획에 대해 조언해 줄 수도 있겠지. 시간이 허락된다면 말이야."

블레어는 한쪽 구석으로 걸어갔다. 솔직히 리앤더와 함께 일했던 때처럼 즐거웠던 적은 없었다. 게다가 두 사람이 더 이상 약혼한 상태가 아니라면, 휴스턴도 굳이 태거트와 결혼하지 않아도 된다고 생각할 수도 있다.

"그리고 앨런도 원하면 우리와 함께 일할 수 있을 거야. 아니, 내가 눌릴지도 모르지. 그 친구가 당신 실력의 반이라도 된다면 말이야, 안 그래?"

블레어는 다시 현실로 돌아와서 지금까지 앨런에 대한 생각은 조금도 하지 않았다는 사실에 약간 죄책감을 느꼈다.

"당신의 말은…… 앨런이 저만큼 실력이 있냐는 거죠? 그럴 거예요. 아니, 물론 그래요. 비록 저처럼 실전 경험은 별로 없지만요. 제 말은…… 전 조금 운이 좋았거든요. 헨리 삼촌은 꽤 유명한 의사니까요. 게다가 전 어려서부터 가끔씩 수술을 보조하고 응급 상황에 따라다녔어요. 덕분에 다양한 경험을 쌓을 수 있었죠. 하지만……."

그녀는 입을 다물었다.

"네, 앨런은 훌륭한 의사예요."

"나도 그리리라 믿어. 그리고 두 사람과 함께 일하는 건 또 다른 즐거움이 될 거라고 확신해. 그런데 앨런도 세인트 조셉 병원의 인턴 시험을 쳤나?"

"네, 하지만 합격하지 못했어요."

"어째서?"

"성적순으로 여섯 명만 합격시키니까요."

"그랬군. 운이 없었는지도 모르지. 내일 아침 6시에 데리러 와도 괜찮겠어? 참, 내 서재는 동료 의사에게 언제나 개방되어 있어."

그는 재빨리 그녀의 손에 키스하고 방에서 나갔다.

제14장

　다음날 아침 5시 반에 블레어는 서둘러 옷을 입고 집을 나설 준비를 마쳤다. 그녀는 침대 모서리에 앉아 어떻게 할까 생각하며 잠시 망설였다.

　'아래층으로 가서 기다릴까? 아니면 어젯밤처럼 그가 창문으로 올라오면 어떻게 하지?'

　아래층의 시계가 6시를 침과 동시에 현관문을 두드리는 소리가 나는 것 같아 블레어는 재빨리 방문을 열고 나왔다. 소리를 죽이고 계단을 내려오자 수잔이 졸린 표정으로 리앤더에게 문을 열어주고 있었다.

　"잘 잤어? 나갈 준비는 되었나?"

　미소를 지으며 그가 말했다. 그녀는 대답 대신 고개를 끄떡였다.

　"지금 가시면 안 돼요, 블레어-휴스턴 아가씨. 아침도 안 드셨잖아요. 아직 요리사가 음식을 준비하지 못했지만, 그래도 옷을 입고 나올 때까지만 기다리세요."

"뭘 좀 먹었어요?"

"며칠 동안 음식 구경도 못 한 사람처럼 보이지 않아?"

그는 그녀에게 미소를 지으며 대답했다. 새삼 블레어는 그의 짙은 녹색 눈동자와 잘생긴 얼굴이 참 매력적이라고 생각했다. 문득 그와 함께 보냈던 밤이 떠올랐다. 지난 며칠간 단 한 번도 그 일을 생각한 적이 없었기 때문에, 이제 와서 그 기억이 떠오르자 이상하게 느껴졌다. 아마도 리앤더가 더 이상 화나게 하지 않아서였을 것이다.

"부엌으로 오세요. 아침을 준비할 테니까요. 비록 할 줄 아는 건 계란 프라이와 베이컨 굽기뿐이지만요. 게이츠는 느지막하게 아침을 드실 테고……. 우리 집안이야 그 사람의 뜻에 따라 돌아가잖아요. 적어도 지금 식사를 하면 그 사람의 잔소리를 듣지 않아도 되니까 좋겠네요."

30분 후에 리앤더는 부엌에 놓인 커다란 떡갈나무 식탁 앞에 앉아 입을 닦았다.

"블레어, 당신이 요리를 할 줄 아는지 몰랐어. 너무 다재다능한 걸. 요리도 할 수 있고, 남자의 말벗도 될 수 있고, 동료로 함께 일할 수 있는 여자라니……."

그는 눈을 내리깔고 나지막하게 말했다.

"게다가 사랑스러운 연인에다가."

그는 한숨을 쉬며 그녀를 똑바로 바라보았다.

"난 비참한 패자는 되지 않겠다고 맹세했어. 포기할 때에는 정말 멋있게 포기할 거야. 하지만 내가 가끔 당신을 잊지 못한다고 해도 그건 용서해 줘야 해."

"그럼요, 물론이죠."

그녀는 다시 두 사람이 함께 보냈던 순간이 떠올라 불안해하며 대답했다. 그날 밤 그녀는 그에게 마음껏 키스했고, 그의 손이⋯⋯.

"뭐라도 묻었나?"

"뭐라고요?"

"내 손을 뚫어져라 보고 있잖아. 혹시 내 손에 뭐가 묻었는지 물어 보는 거야."

"저는⋯⋯. 아, 이제 떠날까요?"

"당신만 준비됐다면 언제든."

리앤더는 일어나서 블레어에게 의자를 당겨주었다. 블레어는 그에게 미소를 지으며, 휴스턴이 결혼할 예정인 그 예의 없는 남자와 리앤더는 비교도 안 된다고 생각했다.

병원으로 향하는 동안 리앤더는 블레어에게 앨런에 대해 물었고, 그녀는 앨런과 진료소에서 만나기로 했다고 대답했다. 앨런은 먼저 와서 두 사람을 기다리고 있었다. 그는 졸린 얼굴로 블레어와 리앤더가 함께 도착했다는 사실에 약간은 뾰로통한 표정을 지었다.

그날은 유난히 힘들고 해가 길었다. 챈들러 시의 모든 환자들이 리앤더의 몫인 듯, 세 사람은 거의 열 사람 몫의 일을 해야만 했다. 1시쯤에는 인익스프레서블 광산의 터널이 붕괴되면서 부상자 네 명이 병원으로 이송되었다. 그 중 두 명은 오는 도중 사망했고, 한 명은 다리가 부러졌으며, 나머지 한 명은 생사의 기로에서 헤매고 있었다.

"거의 죽은 목숨이야. 차라리 그냥 내버려두는 편이 좋을 거야."

앨런은 그렇게 말했지만, 블레어는 광부의 눈동자를 살펴보고 그가 지금 살기 위해 싸우고 있음을 깨달았다. 그의 장기가 어떤 상태인지는 알 수 없었지만 적어도 그에게 기회를 줘야 한다는 생각이 들었다. 지금 당장 죽을지도 모르지만, 최소한 그는 지금 살고 싶다는 의지를 분명하게 드러내고 있었다.

리앤더는 자신을 똑바로 바라보는 블레어의 눈동자를 보며 광산으로 잠입하는 조합원들의 눈을 떠올렸다.

"가망이 있다고 생각해요. 개복(開腹)해 봐요, 네? 이 사람은 살고 싶어한다고요."

"블레어, 내가 보기에도 이 사람은 몇 분 이상 살 수 없어. 내장이 전부 파열됐을 거야. 그러니까 가족의 품에서 편안하게 죽도록 보내줘야 해."

블레어는 앨런의 말을 무시하고 리앤더를 똑바로 쳐다보았다.

"제발요, 제발."

"수술실로 데려가자."

리앤더가 소리쳤다.

"안 돼요. 이 자리에서 환자를 움직여선 안 돼요. 그냥 그 탁자에 눕히고 탁자를 옮겨요."

블레어가 옳았다. 앨런도 옳았다. 환자의 내장은 전부 짓이겨 있었지만 생각했던 것만큼 심하지는 않았다. 비장이 파열되어 출혈이 많았지만, 다행히도 비장을 절단하고 다른 상처를 깨끗하게 봉합하는 선에서 마무리할 수 있었다. 내출혈이 너무 심해서 신속하게 수술을 진행해야 했기 때문에, 앨런은 무슨 일이 벌어지는지 파악하지 못하고 뒤로 밀려났다. 이미 함께 일한 경험이 있는 리앤더와 블레어는 크렙스 부인이 넘겨주는 바늘을 받아 재빨리 상처를 봉합했다. 리앤더가 가장 좋아하는 간호사인 크렙스 부인은 두 사람의 손놀림에 신속하게 대응했다. 앨런은 리앤더나 블레어처럼 상처를 빨리 봉합할 수 없다는 사실을 깨닫고 뒤로 물러나서, 세 사람이 환자를 수술하도록 내버려두었다.

절개한 부분을 완전히 꿰맨 뒤 그들은 수술실에서 나왔다.

"어떻게 생각해요?"

블레어가 리앤더에게 물었다.

"이제는 하나님의 뜻에 맡길 수밖에……. 하지만 당신과 나는 최선을 다했어. 당신은 진짜 빌어먹을 만큼 잘하더군. 안 그래요, 크렙스 부인?"

땅딸막한 반백의 노부인이 투덜거렸다.

"환자가 살아난 후에나 그런 소리를 하슈."

"칭찬처럼 들리지는 않지만 그걸로 받아들이죠."

"그래도 칭찬받을 만했어. 부인은 아직 내게도 그 정도로 칭찬하지 않았다고. 물론 내가 여기서 일한 지 겨우 2년밖에 안 된 걸 감안해야겠지만."

두 사람은 동시에 웃음을 터트렸다. 블레어는 앨런이 벽에 기대어 두 사람을 바라보고 있음을 미처 의식하지 못했다.

수술이 끝난 후 세 사람은 다시 환자를 돌보았다. 그날 저녁 늦게 화상을 입은 아이가 병원으로 실려 왔다. 그렇게 하루가 지나자 블레어와 리앤더는 완전히 녹초가 되었고, 앨런은 두 사람의 뒤를 따르느라 자신이 너무 쓸모 없는 존재라고 느껴져서 힘겨웠다. 두 차례나 블레어에게 집으로 돌아가자고 부탁했지만 그녀는 대답도 하지 않았다. 그저 리앤더의 곁에 바짝 붙어서 떨어질 줄 몰랐다. 밤 10시가 넘자 앨런은 완전히 의기소침해졌다.

11시가 되자 리앤더가 말했다.

"내 사무실로 가자고. 샌드위치와 맥주를 갖다놨어. 그리고 당신에게 보여주고 싶은 것도 있고."

앨런이 의자에 앉아 허겁지겁 샌드위치를 먹는 동안, 리앤더는 돌돌 말아놓은 설계도를 책상에 넓게 펼쳤다.

"이건 내가 세울 산부인과 병원의 설계도야. 여자들은 이제 마음놓고 병원을 방문해서 불쾌한 질병에 대해 상담하고 완벽한 치료를 받을 수 있어. 또 작은 학습실도 만들 거야. 어머니들에게 아이들의 건강을 챙기는 법을 가르칠 수 있을 거야. 말똥을 문지르거나, 아무 데나 종양용 고약을 붙이지 않도록 말이야."

두 사람은 서로를 바라보며 미소를 지었다. 리앤더가 자신의 얼굴에 고개를 바짝 들이대자, 블레어는 지금과 같은 그의 표정을 전에도 본 일이 생각났다. 순간 그녀는 자신도 모르게 몸을 앞으로 숙였다. 그러는 게 너무 자연스럽게 느껴졌고, 지금 당장 리앤더가 키스한다 해도 당연하다고 생각했다.

그는 자신의 입술을 그녀의 입술 바로 앞까지 갖다대다가 갑자기 몸을 돌리더니 설계도를 말기 시작했다.

"너무 늦었어. 이제 집으로 돌아가야겠군. 아무래도 우리가 헌터를 따분하게 만든 것 같아. 게다가 당신에게 이런 계획을 보여줘 봤자 소용도 없잖아. 어차피 당신은 대도시로 나가 큰 병원에서 일할 테니. 굳이 병원건물을 짓거나, 장비를 배치하거나, 사람들을 고용하는 문제로 고민할 필요가 없을 거야. 진료과목이나 처치방법을 선택하느라 골머리를 썩을 필요도 없고.……."

그는 말을 멈추고 한숨을 쉬었다.

"하지만 그리 끔찍하게 들리지는 않는걸요. 본인이 원하는 것을 하나하나 결정하는 과정도 재미있을 것 같아요. 저라면 화상치료 병동이나 특별격리 병동을 설치할 거예요."

리앤더가 말을 잘랐다.

"당신이 말하는 것들은 큰 도시의 병원에서나 가능하지. 그곳 사람들은 진료비를 지불할 수 있으니까."

"큰 병원이 그렇게 좋으면 왜 당신은 여기에서 이러고 있어요? 그렇게 원하면 떠나면 되잖아요."

그녀가 분개하여 말했다. 리앤더는 위엄 있는 표정으로 설계도를 말아 금고에 집어넣었다.

"아무래도 난 안정된 일자리보다 나를 필요로 하는 곳이 더 좋은 것 같아. 동부에는 의사가 넘치지만 이곳은 아니야. 여기는 의사가 해야 할 업무 외에도 허드렛일이 많으니까. 게다가 이곳 사람들에게는 그쪽보다 훨씬 더 의사가 필요해. 여기에 있으면 좋은 일을 하고 있다는 기분이 드는데 거기서는 그렇지 못했거든."

"제가 그런 이유 때문에 동부로 돌아가고 싶어하는 줄 알아요? 안정된 곳이라서? 그런 허드렛일을 견디지 못할 거라고 생각하냐고요?"

"블레어, 제발. 당신을 비난하려는 게 아니야. 당신이 먼저 나에게 크고 안정적이고 깨끗한 데다 편안한 병원을 놔두고 왜 여기서 일하는지 물었잖아. 그래서 난 대답했고. 그것뿐이야. 당신과는 아무 상관없어. 우리는 동료잖아. 기억해? 당신에게 뭘 해라, 혹은 하지 말아라, 충고할 생각은 조금도 없어. 솔직히 말하자면 당신 앞에 있는 장애물을 치워준 사람이 나라고. 내가 당신과 결혼하겠다는 마음을 버렸기 때문에, 당신은 원하는 대로 동부로 돌아가서 앨런과 결혼하고 병원에서 일할 수 있게 됐잖아. 더 이상 뭘 바라지?"

블레어는 아무 말도 하지 않았지만 왠지 불편한 마음이 가시지 않았다. 세인트 조셉 병원에서 일하는 것이 사람들을 돌봐야 하는 의사의 본분을 잊고 이기적인 영화를 찾아 떠나는 것 같은 기분이 들었다.

"헌터 이야기가 나와서 말인데……. 아무래도 숙소로 돌려보내야겠어."

블레어는 앨런에 대해서 까맣게 잊고 있었다. 황급히 뒤를 돌아보니 앨런이 의자에 몸을 묻고 꾸벅꾸벅 졸고 있었다.

"그래요, 돌아가야겠어요."

그녀가 멍하니 말했다. 리앤더가 한 말이 그녀의 마음에서 떠나지 않았다. 확실히 큰 병원은 안정적이고 그곳 사람들도 나름대로 여러 가지 병으로 고통받고 있었다. 물론 그만큼 치료할 의사들도 많았지만 그에 비해 이곳에는 여성 전문 병원이 없었다. 필라델피아에는 여성과 아이들을 전문적으로 치료하는 병원이 적어도 네 개나 있고, 여의사도 많았다. 여자들이 남자 의사에게 진찰받기 어려워서 일부러 몇 년씩 병을 키우는 사례가 많은 것은 누구나 아는 사실이었다.

"준비됐어?"

리앤더는 앨런을 깨우고 블레어에게 물었다. 블레어는 집에 가는 동안 리앤더가 했던 말을 계속 생각했다. 침대에 누워서도 밤새 뜬 눈으로 고민했다. 확실히 챈들러 시에는 여의사가 필요했다. 그리고 원하면 리앤더의 병원에서 인턴 과정을 밟고 동시에 그가 새로운 병원을 운영하는 일을 도울 수도 있었다.

"안 돼, 안 돼, 안 돼!"

블레어는 주먹으로 베개를 내리치며 큰소리로 외쳤다.

"난 챈들러 시에서 살지 않을 거야. 난 앨런과 결혼할 거야. 그리고 세인트 조셉 병원에서 인턴 과정을 밟고, 필라델피아에서 의사로 일할 거야."

블레어는 애써 잠을 청했지만, 치료해 줄 여의사가 없어 고통받고 있을 챈들러 시의 수많은 여성들을 생각하자 도저히 잠이 오지 않았다. 그녀는 그렇게 밤을 보내야 했다.

수요일 아침에 리앤더가 집으로 찾아오자 블레어는 그가 너무 반가웠다.

"오늘 오후는 비번이거든. 당신과 승마라도 하고 싶어서…… 오는 길에 호텔에 들러 앨런에게 함께 가자고 말했지만, 너무 피곤해서 말을 타기 싫다고 하더군. 나와 단둘이 나가는 게 내키지 않아?"

블레어가 미처 입을 열기도 전에 리앤더가 다시 말을 이었다.

"물론 그럴 수도 있지. 다른 남자와 약혼한 상태에서 나와 단둘이 외출하는 건 정숙한 행동이 아니니까. 하지만 마을 사람들은 앞으로 5일 뒤면 내가 당신하고 결혼할 거라고 생각하기 때문에, 지금 당장 나와 데이트해 줄 여자도 없겠지. 하지만 내 문제로 당신을 곤란하게 만들 생각은 없어. 내가 외로운 건 당신과는 별개니까."

"리앤더, 저는…… 저는…… 당신과 패혈증에 대해 이야기하고 싶어요. 아마도……."

그녀는 그가 방에서 나가려고 하자 그의 팔을 붙잡았다. 그러자 그가 그녀의 말을 가로챘다.

"정말 좋은 주제야, 블레어. 당신은 정말 좋은 친구야."

그의 얼굴에 미소가 환하게 번지자 블레어는 무릎이 후들거렸다. 그는 즉시 그녀의 작은 등에 손을 얹고, 반강제로 그녀를 문 밖으로 밀면서, 말 두 마리가 기다리고 있는 앞뜰로 데려갔다.

"하지만 이런 차림으로는 안 돼요. 치마바지로 갈아입고……."

그녀는 자신의 긴 치맛자락을 내려다보며 말했다.

"괜찮은데, 뭐. 발목이 조금 보여도 어때? 볼 사람은 나밖에 없고, 나야 당신의 알몸까지 본 적이 있잖아. 기억나?"

블레어가 대답할 틈도 주지 않고 리앤더는 그녀를 번쩍 들어올려 말 등에 태웠다. 그녀는 조금이라도 더 정숙하게 보이려고 정신없이 치맛자락을 정리했다. 휴스턴은 자신의 약혼자를 훔쳐간 일은 용서할지 몰라도, 정숙하지 못한 옷차림으로 사람들 앞에 나서서 챈들러 쌍둥이의 이름에 먹칠하는 행동은 절대, 목숨이 다하는 날까지 용서하지 않을 게 틀림없었다.

리앤더가 블레어에게 미소를 짓자, 그녀는 금세 언니의 일과 이 남자와 단둘이 있으면 안 된다는 것까지 모조리 잊어버렸다.

리앤더는 그녀를 도시에서 멀리 떨어진 야외로 이끌었다. 두 사람은 나란히 말을 몰았다. 블레어는 리앤더에게 산부인과 병원을 세우는 일에 대해 질문했고, 그의 계획에 대해 몇 가지 의견을 내놓았다. 리앤더가 씁쓸한 말투로 함께 일할 사람이 필요하다고 말하자, 블레어는 조심스럽게 여의사를 고용할 뜻이 있는지 물었다. 그는 더 이상 그녀에게 뭔가를 바랄 수 없다고, 하지만 그녀가 챈들러 시에 머물면서 함께 일할 수만 있다면 더할 나위 없을 거라고 말했다. 곧 블레어는 흥분과 환상에 사로잡혀서 두 사람이 어떻게 일할지, 두 사람이 만들어낼 기적이 어떨지 떠들어대기 시작했다. 두 사람이 함께라면 콜로라도의 모든 질병을 타파할 수 있을 것 같았다.

"그런 뒤에 우리 셋이서 캘리포니아와 미국의 전 지역에서 치료하는 거야."

리앤더가 웃음을 터트리며 말했다.

"셋이 말예요?"

블레어가 의아한 듯 물었다.

리앤더는 그녀를 살피는 듯한 표정을 지었다.

"앨런 말이야. 당신이 사랑하는 남자. 기억나? 당신이 결혼할 남자 말이야. 그 사람도 당연히 이 계획에 동참해야지. 부부가 되면 새로 개업한 병원에서 함께 일해야 되잖아. 어제처럼 우리 일을 도울 수 있을 거야."

이상한 일이지만 블레어는 어제 앨런이 병원에서 무엇을 했는지 전혀 기억나지 않았다. 물론 앨런이 장기가 파열된 남자를 그냥 가족에게 돌려보자고 주장했던 일은 기억하고 있었다. 하지만 그이도

191

수술실에 함께 들어갔었나?

"자, 다 왔군."

리앤더를 따라 그녀는 거대한 암석 사이에 있는 분지로 들어갔다. 그는 말에서 내려 말의 안장을 풀었다.

"여기서 일어났던 일을 생각하면 다시 오고 싶지 않았는데……."

블레어가 탔던 말의 안장을 풀기 위해 리앤더가 다가오자, 그녀는 뒤로 한 발자국 물러섰다.

"왜요? 무슨 일이 있었는데요?"

"내 인생 최악의 날이었지. 우리가 사랑을 나눈 다음날 밤에 난 휴스턴을 이곳에 데려왔어. 그리고 내 인생 최고의 밤을 함께 보냈던 여자가 내 약혼녀가 아니라는 사실을 깨달았지."

"아!"

블레어는 '차라리 묻지 말걸.' 하고 후회하며, 힘없이 탄성을 내뱉었다. 그녀는 안낭(鞍囊)에서 담요를 꺼내 바닥에 깔고 음식을 펼쳐놓은 뒤, 리앤더가 말을 샘물로 데려가 물을 먹이는 모습을 바라보았다.

"자리에 앉으라고."

블레어는 불현듯 그와 단둘이 오는 게 아니었다는 생각이 들었다. 앨런을 호수에 빠트리고 얄미운 행동을 하는 동안에는 리앤더의 매력에 저항하기 쉬웠지만, 그가 친절하게 대하면 그와 사랑을 나누던 그날 밤 일이 자꾸 떠올랐다. 블레어는 자기 앞에 서 있는 리앤더를 올려다보았다. 햇살이 그의 머리 위에 초승달 같은 후광을 만들고 있었다. 문득 어떤 대가를 지불하더라도 그를 딱 한 번만 더 어루만질 수 있으면 좋겠다는 생각이 들었다.

하지만 두 사람 사이의 분위기를 어색하게 만들 만한 대화는 피해야 했다. 그녀는 오직 의학에 관해서만 말해야겠다고 다짐했다.

블레어는 리앤더가 가져온 음식을 먹으며 자신이 맡았던 환자들에 대해 이야기했다. 리앤더가 웃옷을 벗고 조금 떨어진 곳에 다리를 뻗고 앉자, 블레어는 피투성이가 되었던 수술 장면을 자세하게 기억해내려고 안간힘을 썼다. 그는 눈을 감고 블레어의 말에 가끔 웅얼거리는 모습이 아무래도 잠든 것 같았다. 말을 하는 도중에도 그녀의 시선은 저절로 그에게 향했다. 그녀는 그의 길고 곧게 뻗은 다리가 자신의 맨살에 닿으면 어떤 느낌일지 상상했다. 그의 가슴으로 시선을 돌리자 얇은 면 셔츠 아래로 넓고 튼튼한 가슴 근육이 비쳤다. 그녀는 자신의 가슴에 닿았던 가슴 털의 감촉을 떠올렸다.

그날 밤의 일이 선명하게 기억날수록 그녀의 말도 점점 빨라졌고, 결국은 단어 하나하나가 무거운 돌덩이처럼 목에 걸려 입 밖으로 나오지 않았다. 그녀는 절망의 한숨을 쉬고 말을 멈춘 뒤, 자신의 두 손을 무릎에 올리고 물끄러미 바라보았다.

리앤더가 오랫동안 아무 말도 하지 않자 그녀는 그가 잠들었다고 생각했다.

"당신 같은 사람은 처음이야."

그가 중얼거리자 블레어는 그의 말을 똑똑히 듣기 위해 자신도 모르게 몸을 앞으로 숙였다.

"의사라는 직업에 대한 나의 포부를 이해해 주는 여자는 한 번도 만나지 못했어. 내가 아는 여자들은 내가 환자의 상처를 봉합하느라 약속시간에 늦게 나타나면 무조건 화부터 냈거든. 당신처럼 내가 하는 일에 흥미를 보인 여자는 없었어. 당신은 세상에서 가장 너그럽고 사랑스러운 여자야."

블레어는 너무 놀라서 말을 할 수 없었다. 가끔 블레어는 앨런이 자신의 일을 헐뜯거나 비난하지 않은 첫 번째 남자였기 때문에 그를 사랑하게 되었다고 생각했다. 언니를 닮기 위해, 언니처럼 조용하고 품위 있고 남자들에게 말대답하지 않는 숙녀가 되기 위해 무수히 노력했다. 하지만 남자들이 멍청한 말을 지껄이면 그녀도 자제할 수 없었다. 그렇게 항상 남자들을 비웃고 자신의 모습을 그대로 보였기 때문에, 그녀에게 호감을 보이는 남자는 그리 많지 않았다. 펜실베이니아에서도 남자들은 처음에 블레어의 예쁘장한 외모에 관심을 가졌다가, 곧 그녀가 의사가 되려 한다는 사실을 알고 나면 곧장 흥미를 잃었다. 그런 사실을 무시하고 블레어와 몇 번 데이트를 하다가도, 그녀가 굉장히 영리하다는 사실을 깨달으면 그 순간 더 이상 그녀를 여자로 보지 않았다. 단지 블레어가 체스에서 남자를 이기거나, 상대보다 두뇌 회전이 더 빠르거나, 암산을 하기만 해도, 그 즉시 남자들은 그녀에게 흥미를 잃었다. 앨런은 그녀의 능력을 혐오하지 않은 첫 남자였고, 만난 지 3주 만에 블레어는 그에게 사랑을 느꼈다.

그런데 지금, 리앤더는 그녀를 좋아한다고 말하고 있었다. 진흙탕에 빠트리거나 사막에 내버려두고 집까지 걸어오게 했던 일 등 지난 며칠 동안 그에게 했던 짓을 생각하면, 아직까지 그가 그녀의 주변을 맴도는 것 자체가 놀라운 일이었다. 자학적인 성격이거나, 정말 놀라운 남자임에 틀림없었다.

"며칠 후에 당신이 이 도시를 떠나는 건 알아. 그리고 나면 다시는 만나지 못하겠지. 그래서 말인데 우리가 함께 보냈던 밤이 내게 어떤 의미인지 한 번쯤은 말해 주고 싶어."

그의 목소리는 거의 속삭임에 가까웠다.

"그날 밤 당신은 자제하지 못하는 것 같았어. 내 손길만으로도 쾌락을 느끼는 것처럼……. 그게 내 허영심을 부추겼지. 당신은 나보고 자만심이 강한 남자라고 말하지만, 난 오직 당신과 함께 있을 때만 그럴 뿐이야. 당신이 날 그렇게 만드니까. 마침내 나는 내 인생의 동반자이자, 친구이며, 연인이 될 수 있는 여자를 만났다고 생각했는데……. 하지만 이제 당신을 보내야만 해."

블레어는 머리를 숙이고 그의 말에 귀를 기울였다.

"우리 사이에 일어났던 일을 제대로 평가하고 싶어. 당신이 원하는 걸 주고 당신이 행복해질 수 있도록 노력하고 싶어. 하지만 당신이 앨런과 함께 떠나는 날에 내가 기차역까지 배웅할 거라고 기대하지 마. 차라리 술이 떡이 되게 마시고 빨강 머리 술집 여자에게 하소연하는 편이 더 나을 테니까."

블레어는 몸을 일으켜 세웠다.

"그게 당신이 원하는 거예요?"

그녀가 쌀쌀하게 말하자 그는 놀란 표정으로 그녀를 빤히 쳐다보았다.

"내가 뭘 원한다는 거야?"

"빨강머리 술집 여자 말이에요."

"도대체 어디서 그런 멍청한……!"

순식간에 리앤더의 얼굴이 분노로 새빨개지더니, 벌떡 일어나 남은 음식을 다시 안낭에 집어넣고, 그녀가 깔고 앉은 담요를 잡아 빼서 접기 시작했다.

"아니, 빨강 머리 술집 여자 따위는 관심 없어. 차라리 그랬으면 하고 바라는 거지. 나야말로 세상에서 가장 고집 세고, 멍청하고 자기밖에 모르는 장님을 사랑하는 얼간이야. 당신을 만나기 전까지는 여자 문제로 골치를 썩은 일이 없었는데, 이제 내 삶은 문제투성이잖아."

그는 말에 안장을 올렸다.

"정말 당신을 만나지 않았으면 좋았을걸 하는 생각이 들 때가 있어. 알아서 안장을 올리라고. 그리고 알아서 집을 찾아가. 사람을 보는 안목은 없어도 최소한 집으로 가는 길은 알 거 아니야?"

그는 말에 오르기 위해 한쪽 발을 등자에 올려놓다 말고 충동적으로 몸을 돌려 그녀를 품에 끌어안고 키스했다.

블레어는 리앤더와 했던 키스의 느낌과 그 짜릿하고 숨쉴 수 없는 쾌락을 완전히 잊고 있었다. 그가 자신을 만질 때면 자신이 누구인지도 알 수 없었고, 그저 이 남자가 주는 온갖 쾌락과 관능만 떠오를 뿐이었다.

"쳇! 내가 맡고 있는 시각 장애인들도 당신보다 더 많이 볼 수 있을 거야."

리앤더는 화가 난 듯이 그녀를 뒤로 밀어냈다. 그는 말 등에 오르다 말고 중얼거렸다.

"이런, 젠장."

결국 리앤더는 블레어의 말에 안장을 올려주고, 그녀를 말에 태웠다. 그리고 앞에서 말을 달려서 챈들러 시로 들어왔다.

"내일 아침 8시에 병원에서 보자고."

리앤더는 챈들러 저택 앞에 잠시 말을 멈추고 블레어에게 퉁명스럽게 한 마디 던지고는, 그녀에게 고개를 끄덕일 틈조차 주지 않고 가버렸다.

제15장

집으로 들어가는 블레어의 기분은 침울하기 짝이 없었다. 도대체 리앤더의 태도가 왜 갑자기 돌변했는지 알 수 없었고, 그런 그를 보면서 왜 짜증이 나는지도 이해되지 않았다.

오펄은 수백 개의 상자로 발 디딜 틈이 없는 응접실에 있었다.

"이게 다 뭐예요?"

"너와 휴스턴을 위한 결혼선물이란다. 지금 당장 너에게 온 것들을 풀어보겠니?"

블레어는 선물들을 흘끗 쳐다본 뒤 고개를 흔들었다. 지금 제일 원하지 않는 것은 할지 안 할지도 모르는 결혼에 대해 떠올리는 일이었다. 아니, 이제는 리앤더가 그녀를 원하지 않았다.

블레어는 앨런의 호텔로 전화해서 내일 8시에 병원에서 만나자는 전갈을 남기고 목욕을 하러 위층으로 올라갔다.

한 시간 후 아래층으로 내려오자, 요즘 케인 태거트의 집에서 대부분의 시간을 보내느라 집에 거의 없었던 휴스턴도 때마침 집에 돌아와 있었다. 휴스턴은 오펄에게 계속 지껄여대고 선물을 풀어보느라 정신이 없었다. 휴스턴은 선물이 동부에 사는 벤더빌트, 애스터 등 블레어가 그저 이름만 들어본 사람들에게 온 것이라고 설명했다. 이제 휴스턴은 배타적인 상류층의 일원과 결혼하는 것이다. 블레어는 힘없이 소파 한쪽 구석에 앉았다.

"드레스는 봤어, 블레어?"

휴스턴은 누가 엄청난 돈을 주고 구입한 것이 분명한 커다란 유리그릇을 손에 들고 블레어를 쳐다보았다.

"어떤 드레스?"

"당연히 우리 웨딩드레스를 말하는 거지. 네 것도 내 것과 똑같이 만들라고 주문했거든."

블레어는 흥분으로 가득 찬 거실의 분위기를 도저히 감당할 자신이 없었다. 휴스턴은 선물 몇 개에 흥분하고 만족할 수 있을지 몰라도, 블레어는 그렇지 못했다.

"어머니, 기분이 좋지 않아요. 방으로 올라가서 잠시 누워 있어야겠어요."

"그래, 그렇게 하럼. 이따가 수잔을 시켜서 먹을 걸 좀 올려 보내마. 아, 참! 어떤 젊은이가 전화해서 내일 병원으로 나갈 수 없다고 말하더구나. 아마도 헌터 씨라는 것 같았어."

블레어의 기분은 전보다 더 나빠졌다. 부끄럽게도 지난 며칠 동안 그녀는 앨런에게 소홀했었다.

순식간에 아침이 되었지만 블레어의 기분은 전혀 나아지지 않았다. 그나마 병원의 환자들 덕분에 그녀는 골치 아픈 생각들을 옆으로 밀어낼 수 있었다. 하지만 그것도 리앤더가 오기 전까지의 일이었다. 리앤더의 음침한 기분에 비하면 블레어의 기분은 화창한 햇살에 가까울 지경이었다. 두 시간 동안 그는 네 번이나 고함을 질렸고, 그녀에게 의사가 되고 싶으면 더 배워야 한다며 이죽거렸다. 블레어는 그 말을 받아치고 싶었지만, 그의 얼굴을 흘끗 바라본 뒤 현명하게 입을 다물었다.

"네, 선생님."

그녀는 그의 지시에 복종하기 위해 최선을 다했다.

11시에 어린 소녀의 부러진 팔을 교정시키고 붕대를 감아주는 블레어의 등 뒤로 앨런이 나타났다.

"웨스트필드와 함께 있는 줄 알았는데……."

블레어는 어린 소녀에게 미소를 지었다.

"앨런, 저 지금 일하는 중이에요."

"지금 당장 이야기 좀 해야겠어. 병원 사람들 앞이든 단둘이든 상관없어."

"좋아요. 그럼 따라와요."

블레어는 복도를 지나 리앤더의 사무실로 앨런을 안내했다. 그녀는 병원에 대해 잘 몰랐기 때문에, 사무실이 그녀가 아는 한 사적으로 쓸 수 있는 유일한 공간이었다. 내심 그녀는 리앤더가 사무실로 들어와 두 사람을 보지 않기를 빌었다.

"당신이 어디로 갈지 알았어야 했는데……. 여긴 그 남자의 사무실이잖아! 분명 여기에 있으면 편안하겠지. 제 집처럼 들락거릴 테니까."

블레어가 의자에 털썩 주저앉아 두 손으로 얼굴을 감싸 쥐며 울음을 터트리자 그는 당황해서 재빨리 그녀 앞에 무릎을 꿇었다.

"당신을 힘들게 하려던 건 아니었어."

블레어는 눈물을 삼키려고 했지만 뜻대로 되지 않았다.

"모든 사람들이 저를 힘들게 해요. 게이츠는 절 혼자 내버려두지 않고, 언니도 절 미워해요. 리앤더는 저에게 말도 걸지 않고, 이제는 당신까지……."

"웨스트필드가 왜 당신에게 화를 내? 그 사람은 지금 이기고 있는 중이잖아."

"이기다뇨?"

블레어는 주머니에서 손수건을 꺼내 코를 풀었다.

"그 사람은 내기를 포기했어요. 제가 당신을 사랑하는 게 눈에 분명하게 보이기 때문에 더 이상 경쟁할 뜻이 없다고 했어요."

앨런은 자리에서 일어나 책상에 몸을 기댔다.

"그럼 도대체 무슨 이유로 매일 그 사람과 같이 있는 거야? 이번 주 내내 그 사람 곁에서 한 발자국도 떨어지지 않았잖아."

"리앤더는 제가 떠나기 전에 단 며칠만이라도 같이 일하고 싶다고 말했어요. 전에는 다른 사람과 이렇게 잘 맞은 적이 없었대요. 게다가 앞으로 우리 두 사람에게 일자리를 주겠다고 했어요."

앨런은 방 안을 왔다갔다하며 말했다.

"비열하다 못해…… 보기보다 더 치사한 사람이군. 그렇게 비열하고 더러운 속임수는 한 번도 본 적이 없어. 당신이 의학에 완전히 빠진 걸 알고, 그걸 이용해서 당신을 자기 곁에 두려는 거야. 당연히 나까지 이용해서 말이야. 경험이나 솜씨가 나보다 훨씬 뛰어나니까, 내가 그 사람 옆에 서 있으면 자기 실력은 더 뛰어나 보이고 난 애송이처럼 보이겠지."

"그렇지 않아요. 리앤더는 단지 저와 함께 일하고 싶다고 말했어요. 그리고 우리는 정말 효율적으로 일하고 있다고요. 서로의 마음을 읽는 것처럼 호흡이 잘 맞아요."

"듣자하니 그날 밤도 바로 그런 식으로 진행된 거군."

"당신이야말로 정말 비열하군요!"

"그래도 난 그 남자보다는 나아. 블레어, 이젠 바보 노릇하기도 지쳤어. 이미 수년간 수술실에서 경험을 쌓은 의사와 경쟁하기 버겁다고. 난 이제 막 의과 대학을 졸업했을 뿐이잖아. 게다가 도시에서 자랐기 때문에 카누나 승마로 경쟁하기도 힘들고. 여기서는 내가 그 사람보다 잘할 수 있는 일이 없어.”

“당신이 몰라서 그래요. 리앤더는 경쟁하려는 게 아니에요. 그 사람은 더 이상 저와 결혼하고 싶은 마음이 없어요. 전 언니의 결혼식에 참석한 다음 곧바로 당신과 함께 챈들러 시를 떠날 거예요. 게다가 전 아직도 언니가 리앤더와 결혼하길 바란다고요.”

그는 잠시 그녀를 바라보았다.

“지금 당신이 하는 말의 반쯤은 진심이겠지. 하지만 내가 말 좀 할까? 리앤더는 당신을 포기한 게 아냐. 그 불쌍한 남자는 너무 경쟁에 몰두하고 있어서 숨쉴 틈조차 없어 보이니까. 또 하나, 월요일 날 결혼할 생각이 없다면 왜 지금 당신 언니가 짜고 있는 결혼 계획을 말리지 않는 거야? 모든 게 다 두 개씩 준비되어 있는 예식장에 걸어 들어가, 태연히 가족석에 앉아서, 언니의 결혼식을 구경할 생각이야? 그럼 그 선물은 다 어떻게 할 건데?”

그는 의자의 팔걸이에 두 손을 올려놓고 그녀에게 얼굴을 바짝 들이밀었다.

“휴스턴이 당신이 사랑하는 의사와 결혼하는 장면을 가만히 참고 앉아서 구경할 수 있을 것 같아?”

“그만하면 충분하네, 앨런.”

리앤더가 문가에서 말했다.

“아니, 전혀 충분하지 않아.”

앨런이 리앤더의 말을 성급하게 끊었다.

“지금 싸우고 싶다면……”

블레어가 두 사람 사이에 끼어들자 리앤더는 입을 다물었다.

"블레어, 이제 결정을 내릴 때야. 난 오늘 오후 4시 기차로 이 마을을 떠날 거야. 만일 당신이 나오지 않으면 혼자서라도 가겠어."

앨런은 그 말을 끝으로 사무실을 나갔다. 블레어는 잠시 멍하니 자리에 서 있었다. 한참 동안 어색한 침묵이 흐른 뒤, 리앤더가 그녀의 어깨에 손을 얹었다.

"블레어."

그가 자신의 이름을 불렀지만, 그녀는 재빨리 비켜섰다.

"앨런의 말이 맞아요. 이 어린애 같은 장난을 그만두고 마음의 결정을 내릴 때예요."

블레어는 쏜살같이 리앤더의 곁을 빠져나와 집까지 5킬로미터나 되는 거리를 터벅터벅 걸어갔다.

집에 도착하자 그녀는 펜과 종이를 꺼내 앨런과 함께 떠나야 하는 이유와 떠나면 안 되는 이유를 적었다. 그와 함께 떠나야 하는 훌륭하고 강력한 이유가 다섯 가지나 되었다. 그 중에는 이 편협한 도시에서 벗어나 마음껏 살 수 있다는 점과, 휴스턴이 더 이상 무식한 백만장자와 결혼해야 한다는 압력을 받지 않아도 좋다는 점도 포함되었다.

앨런과 함께 떠나면 안 된다는 이유는 단 한 가지였다. 바로 다시는 리앤더를 볼 수 없다는 것. 분명 새로 개업하는 리앤더의 병원에서 함께 일할 수도 없을 테고. 물론 앨런의 말이 사실이라면 리앤더의 설계도는 단지 내기에서 이기기 위한 미끼에 불과할 테지만.

블레어는 자리에서 일어났다. 이곳 병원에서 일할 수 없다고 해도, 아직 펜실베이니아의 세인트 조셉 병원이 그녀를 기다리고 있었다.

그녀는 자신의 진료복을 흘끗 내려다보며 가져갈 것은 단지 이

옷뿐임을 깨달았다. 진료가방 외에 또 다른 가방을 들고 나서면 질문이 쏟아질 것이 분명했다. 가지고 갈 수 있는 건 단지 지금 입고 있는 옷뿐이었다. 그녀는 목록을 적은 종이를 꼭 움켜쥐었다. 왜 이렇게 해야 하는지 계속 상기하기 위해서라도 종이를 버릴 수 없었다.

아래층에서는 어머니가 여전히 선물을 챙기고 있고, 휴스턴은 외출하고 없었다. 블레어는 정확하게 표현하지는 않았지만 작별인사를 했다. 하지만 오펄은 은식기를 세느라 정신이 없었다.

블레어는 턱을 꼿꼿이 들고 문 밖으로 나가 기차역으로 향했다. 그녀는 무겁게 발걸음을 옮기며 예전과는 다른 눈으로 작은 마을을 살펴보았다. 마을은 처음 생각했던 것처럼 그리 나쁘지만은 않았다. 필라델피아만은 못하지만 충분히 가치가 있었다. 마차가 달각거리고 지나갈 때, 안에 타고 있던 사람들이 반갑게 그녀의 이름을 불렀다.

"안녕, 블레어-휴스턴."

그녀는 언니와 자기의 이름을 하나로 묶어서 부르는 것이 처음으로 정겹게 들렸다.

기차역에 가까워지자 블레어는 자신이 떠난 뒤 무슨 일이 벌어질지 궁금해졌다. 만일 휴스턴이 리앤더와 결혼하게 된다면, 만일 어머니가 블레어가 사라진 이유를 알게 된다면, 만일 게이츠가 지금보다 더 그녀를 미워하게 된다면…….

3시 45분에 역에 도착한 블레어는 주위를 둘러보았지만, 앨런의 모습은 아직 보이지 않았다. 그녀는 진료가방을 옆에 내려놓고 승강장에 서서, 자신이 적은 목록을 만지작거리며, 아버지의 이름을 따서 만든 도시에서 보내는 마지막 순간을 가슴에 새겼다. 언니의 약혼자를 빼앗은 뒤 결혼 4일 전에 다른 남자와 함께 도망가 버렸다는 끔찍한 추문을 만들어냈으니, 앞으로 한 50년 동안은 고향 땅을 밟지 못하리라.

"으흠."

귀에 익은 목소리에 그녀가 재빨리 돌아서자 리앤더가 뒤쪽 의자에 앉아 있었다.

"아무래도 작별인사를 해야 할 것 같아서……."

블레어는 그의 앞으로 다가섰다. 그때 목록이 적힌 종이를 놓쳤다. 하지만 그녀가 다시 집기 전에 리앤더가 재빨리 그 쪽지를 주워서 내용을 읽었다.

"그러니까 헨리 삼촌과 휴스턴에 대한 죄책감 때문에 내가 진 거군."

그녀는 그의 손에 들려 있는 종이쪽지를 낚아챘다.

"전 언니에게 용서받지 못할 짓을 저질렀어요. 제가 떠나서 모든 걸 되돌릴 수 있다면 그렇게 할 거예요."

"마지막으로 휴스턴을 봤을 때, 휴스턴은 나와 함께 있는 게 행복해 보이지 않았어. 반면 요즘은 태거트가 달에서 내려온 사람이라도 되는 것처럼 숭배하더군."

"언니는 그 남자의 돈을 좋아하는 거예요."

리앤더가 코웃음을 쳤다.

"당신 언니에 대해 아는 건 별로 없지만 적어도 돈을 좋아하는 사람이 아니라는 건 알아. 분명 휴스턴이 좋아하는 건…… 훨씬 더…… 육체적인 일이라고 생각해."

"아주 뻔뻔하군요."

"날 그렇게 생각하면 앨런처럼 완벽한 남자와 결혼하는 게 당신에게도 좋을 거야. 나같이 뻔뻔한 놈이 아니라……. 내가 당신에게 쾌락을 느끼게 해줬다고 해도, 우리가 일할 때 호흡이 잘 맞는다고 해도, 또 서로에게 좋은 친구가 될 수 있다고 해도, 우리가 능률적으로 일할 수 있다고 해도, 그런 게 결혼해야 하는 합리적인 이유가 아니니까 말이야. 아 참, 당신이 테니스 게임에서 앨런을 이겼다는 말을 들었어."

"당신과 결혼하지 않아서 정말 다행이에요. 정말."

그녀는 멀리에서 기차 소리가 들리자 철도로 시선을 옮기며 다가오는 기차를 바라보았다. 그러자 리앤더가 자리에서 일어났다.

"젠장, 계속 여기에 서서 당신이 바보짓을 하는 꼴은 보고 싶지 않아. 당신이 비참하게 되든 말든 난 상관하지 않을 거야."

리앤더는 돌아서서 떠나버렸다. 블레어는 하마터면 그의 뒤를 쫓아갈 뻔했지만, 자신의 마음을 다잡았다. 결정을 내렸으니 이제 그 결정에 따르는 일만 남아 있었다. 그것이 바로 모두를 위한 길이었다.

기차가 역으로 들어섰지만, 앨런은 그때까지도 도착하지 않았다. 그녀가 초조하게 승강장을 왔다갔다하는 동안 남자 두 명이 기차에서 내리고, 남자 한 명과 여자 한 명이 기차에 올랐다. 그리고 역무원이 기관사에게 움직이라고 신호를 보내기 시작했다.

"기다려주세요. 아직 한 사람이 오지 않았어요."

"아직까지 오지 않았다면 못 타는 거죠, 뭐. 출발!"

블레어는 믿을 수 없다는 듯 기차가 역을 빠져나가는 모습을 지켜보았다. 그녀는 의자에 앉아 기다렸다. 앨런이 사정이 생겨서 늦었을 뿐, 다음 열차를 타려고 곧 도착하리라. 2시간 45분을 기다렸지만 앨런은 나타나지 않았다. 매표원에게 앨런의 인상착의를 설명하며 혹시 그런 남자가 표를 사지 않았냐고 물었더니, 그는 그렇게 생긴 남자가 오늘 아침에 4시발 열차표 두 장을 샀다고 대답했다.

블레어는 30분쯤 더 기다리다가 집을 향해 걷기 시작했다. 그녀는 바람맞은 기분이 어떤지 실감했다. 어처구니없게도 그리 끔찍하지는 않았다. 오히려 집이 가까워질수록 그녀의 발걸음은 조금씩 가벼워졌다. 내일부터 다시 리앤더와 병원에서 일할 수 있겠지.

집 안은 무덤처럼 고요했고, 응접실에만 작은 불이 하나 켜져 있었다. 블레어는 응접실로 들어와서, 어머니와 리앤더가 나란히 앉아 장례식에 참석한 사람들처럼 조용히 이야기를 나누고 있는 모습을 보고는 깜짝 놀랐다.

딸을 발견하자 오펄은 아주 침착하고 조용하게 손에 들고 있던 수틀을 바닥에 떨어뜨리더니 기절했다. 리앤더는 담배가 발판에 떨어져 불꽃이 번지는 것도 깨닫지 못하고, 입을 쩍 벌린 채 그녀를 빤히 바라보았다.

블레어는 그들의 반응이 너무 고마워서 두 사람을 바라보며 미소를 지었다. 바로 그때 수잔이 방으로 들어왔다가 비명을 지르기 시작했다.

그 소리에 모두 정신을 차렸다. 리앤더는 재빨리 불을 껐고, 블레어는 어머니가 깨어날 때까지 손을 꼭 잡아주었고, 수잔은 차를 내오기 위해 부엌으로 갔다. 오펄이 정신을 차리고 몸을 일으키자, 리앤더는 블레어의 어깨를 잡고 거칠게 그녀의 몸을 흔들었다.

"빌어먹을 웨딩드레스가 당신에게 딱 맞기만 빌어. 무슨 일이 있어도 월요일에 그걸 입고 나와 결혼해야 하니까. 알겠어?"

"리앤더, 블레어가 다치겠어."

오펄이 울먹였지만 리앤더는 블레어를 계속 흔들었다.

"오히려 이 여자가 저를 죽일 뻔했다고요. 알았어, 블레어?"

"알았어요."

블레어가 간신히 대답했다. 그는 블레어를 소파에 앉히고 거칠게 방을 빠져나갔다. 오펄은 떨리는 손으로 바닥에 떨어진 수틀을 집어들었다.

"평생 겪을 모험을 지난 2주 동안 다 겪은 것 같아."

블레어는 쿠션에 몸을 기대며 미소를 지었다.

제16장

　3일 내내 리앤더는 블레어를 계속 바쁘게 만들어 쓸데없는 생각을 할 시간을 주지 않았다. 그는 아침 일찍 그녀를 데리러 와서는 밤늦게 집으로 돌려보냈다. 비번인 날에는 아처 가에 있는 창고로 데려가 그곳을 어떻게 산부인과 병원으로 개조할지 설명했다. 곧바로 블레어가 새로운 의견을 제시하자, 리앤더는 주의 깊게 듣고 함께 문제에 관해 의논했다.

　"덴버에서 의료장비가 오는 중이니까 앞으로 2주 후면 개업할 수 있을 거야. 사실 결혼선물로 준비했는데 더 이상 기다릴 수 없어서……."

　블레어가 대답하기도 전에 리앤더는 그녀를 재촉해서 마차에 밀어 넣은 뒤 다시 병원으로 돌아갔다. 블레어는 앨런이 말한 것처럼 리앤더가 단지 내기에서 이기기 위해 병원에 대해 거짓말을 한 것이 아니라는 사실에 안도감을 느꼈다.

　시간이 자꾸 흘러 결혼날짜가 점점 다가오자 그녀는 왜 리앤더가 자신과 결혼하려는지 자꾸 의문스러워졌다. 그는 신체접촉은 가급적 피하고, 환자의 증상에 대해 토론하는 것 외에 다른 이야기는 일체 하지 않았다. 특히 다른 의사들과 함께 일할 때 그의 시선이 느껴졌지만, 그녀가 고개를 들면 그는 항상 고개를 돌려버렸다.

하루하루 블레어는 의사로서 리앤더를 더욱 존경하게 되었다. 대도시의 큰 병원에서 근무했다면 돈을 더 많이 벌 수 있었지만, 돈 벌이는커녕 생계 유지도 어려운 챈들러 시에 일부러 남기로 결정했다는 것은 어린아이가 봐도 알 수 있었다. 근무 시간은 길고 고달픈 데다, 숨이 막힐 만큼 많은 잔업에, 대가도 거의 없었다.

결혼식 전날인 일요일 오후에 블레어는 휴스턴의 처녀 파티에 참석한 후유증으로 피곤해하고 있는데, 리앤더가 사무실로 그녀를 불렀다. 두 사람 모두에게 어색한 만남이었다. 리앤더가 닭살이 돋을 것 같은 눈빛으로 자신을 빤히 바라보자, 블레어는 내일이면 그가 서 있는 제단으로 가야 한다는 생각에서 빠져나올 수 없었다.

"세인트 조셉 병원으로 당신이 그쪽의 제안을 거절한다는 편지를 보냈어."

블레어는 숨을 들이마시며 의자에 털썩 주저앉았다. 그곳에서의 인턴 과정을 포기하게 되리라고는 한 번도 생각하지 못했었다. 그러자 리앤더가 책상으로 몸을 숙였다.

"내가 너무 내 멋대로 한 건 아닌지 모르겠군. 만일 당신이 내일 결혼식을 취소한다고 해도 아무 말 않겠어."

잠깐 동안 블레어는 너무 당황해서 아무 말도 하지 못했다. 지금 이 남자가 파혼하고 싶다고 말하는 건가? 그녀는 재빨리 일어났다.

"당신과 결혼할 수밖에 없게 해놓고 이제 와서 그만두고 싶다고 말하면……."

리앤더는 갑자기 책상을 펄쩍 뛰어넘더니 그녀의 어깨를 움켜쥐고 강하고 거칠게 키스를 퍼부었다.

"그만두고 싶다는 게 아니야."

리앤더가 손을 놓자 블레어는 다리가 후들거려서 제대로 서 있을 수도 없었다.

"자, 이제 일을 시작하자고, 의사 선생. 그것도 싫다면 집으로 돌아가서 쉬든가……. 내가 당신 언니를 제대로 알고 있다면, 적어도 당신에게 옷을 세 벌 이상은 입히려고 할 거고, 어머님도 할 일을 잔뜩 쌓아놓고 당신을 기다리실 거야. 내일 오후 다시 만나자고."

그가 환한 미소를 지었다.

"물론 내일은 밤에도 만날 수 있겠지만……. 자, 어서 가보라고."

블레어는 자기도 모르게 미소를 지었다. 집으로 돌아오는 길에도 내내 미소가 가시지 않았다.

하지만 챈들러 저택에 도착한 순간 블레어의 기분은 다시 엉망이 되었다. 일요일인 데도 블레어가 병원에서 일하고, 오늘 휴스턴의 몸이 좋지 않은 데도 집에서 언니의 결혼 준비를 돕지 않았다고 게이츠가 노발대발했기 때문이다. 블레어도 피곤하고 결혼식 때문에 신경이 예민해져서, 인정머리 없는 의붓아버지가 고함치지 않아도 눈물이 쏟아지기 직전이었다. 딸의 기분을 이해한 듯 오펄은 재빨리 게이츠를 서재로 보내고, 블레어를 데리고 정원으로 가서 감사 편지를 쓰기 시작했다.

어머니의 옆에 앉아 있어도 블레어는 여전히 게이츠의 비난 때문에 상한 마음을 추스를 수 없었다.

"어떻게 저런 남자와 결혼할 수 있었죠, 어머니? 왜 언니를 저런 남자 밑에 그냥 놔두셨어요? 적어도 전 이곳을 떠나 있었지만, 언니는 몇 년 동안이나 저 사람과 함께 살아야 했잖아요."

"게이츠 씨를 사랑하게 되었을 때 너희 둘에게 소홀했던 것 같구나."

"사랑하게 돼요? 외가에서 그 사람과 결혼하라고 강요한 줄 알았는데요."

"도대체 어디서 그런 말을 들었니?"

"언니와 저는 그렇게 생각할 수밖에 없었어요. 어머니가 그 사람을 선택할 이유가 하나도 없었으니까요. 게다가 아버지가 돌아가신 뒤, 어머니가 슬픔에 빠져서 누구와 결혼하든 상관하지 않는다고 생각했어요."

"윌리엄이 죽었을 때 너희 둘 다 너무 어렸어. 아마도 너희 기억 속에 그이는 세상에서 가장 멋있고 완벽한 아버지였을 거야. 항상 도전하고, 창조하고, 어디를 가든 즐거운 일을 만들어냈거든."

"그런 분이 아니셨어요?"

블레어는 존경하는 아버지에 대해 나쁜 말을 들을까 봐 두려워하며 조심스럽게 물었다. 오펄은 딸의 팔에 손을 올려놓았다.

"네가 기억하는 것 이상이었어. 너는 그이의 정신과 화려함, 용기와 야심에 대해서 절반도 기억하지 못할 거야. 너희 둘 다 아버지의 그런 면을 많이 물려받았단다."

오펄은 한숨을 쉬었다.

"하지만 나에게 윌리엄 챈들러는 사람을 지치게 만드는 남자였어. 그이를 너무 사랑했지만, 그이가 죽었을 때 나는 안도의 눈물을 흘렸단다. 알다시피 난 여자란 그저 응접실에 앉아 수를 놓고, 하인들을 관리하면 된다는 식의 교육을 받으면서 자랐어. 그래서 내게 가장 골치 아픈 일은 십자수의 도안을 만드는 일이었지. 세상에 작은 칸을 세는 게 어쩌나 까다롭던지!"

오펄은 의자에 등을 기대고 앉아 미소를 지었다.

"그러다가 네 아버지를 만났어. 무슨 이유인지 몰라도 그이는 나를 원했고 난 그걸 심각하게 생각하지 않았어. 너무 잘생기고 멋있는 남자가 내 인생에 다가왔는데, 어떻게 감히 싫다고 말할 수 있겠니?

하지만 결혼하고 나자, 온갖 위기가 계속 이어졌단다. 모두 인생에 대한 윌리엄의 지나친 갈망 때문이었어. 심지어 윌리엄은 아이를 만들 때도 남달랐지. 쌍둥이라니, 한 번에 한 아이로는 만족하지 못했던 거야."

오펄은 옅게 미소를 지으며 눈물이 가득 고인 눈을 떴다.

"윌리엄이 죽었을 때 나도 죽고 싶었단다. 살아야 할 이유가 없었으니까. 그러다 문득 처녀 시절에 내가 좋아했던 것들이 기억났어. 바느질 같은 것 말이야. 그리고 무엇보다도 내게는 너희가 있었어. 그러던 어느 날 게이츠 씨가 내 인생에 나타났어. 그이는 네 아버지와는 정반대의 사람이었고, 네 아버지가 늘 '쓸데없는 짓'이라고 말하던 수놓기나 바느질을 좋아했단다. 여자들이 해야 하는 일과, 하지 말아야 하는 일에 대해 약간 고리타분한 편견이 있기는 했지만…… 게이츠 씨는 윌리엄이 그랬던 것처럼 일요일 오후에는 반드시 자기와 함께 등산을 가야 한다고 우기지 않았어. 아니, 나를 위해 안전하고 아늑한 집을 만들고 싶어했고, 나는 그 집에서 지내면서 내 아이들을 키우고 오후의 티 파티를 즐기는 삶을 원했단다. 게이츠 씨를 알면 알수록 그이를 기쁘게 하는 일이 너무 쉬운 것을 알았지. 내게 너무 익숙한 일을 그 역시 바라고 있었던 거야. 그와 달리 네 아버지와 함께 있으면 어떻게 해야 할지 절대 몰랐어."

오펄은 블레어를 올려다보았다.

"그렇게 난 게이츠 씨를 사랑하게 되었어. 내가 하고 싶은 일과 그이가 내게 바라는 일이 완벽하게 맞아떨어진 거지. 늘 내가 너희들에게 너무 무심한 건 아닌지, 너희가 얼마나 윌리엄을 사랑하는지 생각하면 불안하기 그지없었어. 넌 네 아버지를 많이 닮았기 때문에 헨리 오빠와 함께 살 수 있게 해주었지. 하지만 휴스턴은 날 닮았거든. 물론 휴스턴도 네 아버지와 비슷한 면이 있어. 그게 묘한 방법으로 드러나지만 말이야. 예를 들어 노파로 분장하고 광산촌으로 숨어드는 것 말이지. 윌리엄도 그렇게 했을 거야."

블레어는 잠시 어머니의 말을 생각하며 침묵을 지켰다. 그리고 리앤더를 사랑하고 있는지 생각해보았다. 앨런을 사랑한다고 확신했지만, 그에게 바람맞았을 때에도 그리 슬프지 않았다. 한꺼번에 너무 많은 일이 일어나서 그런지도 몰랐다. 하지만 블레어는 리앤더를 볼 때마다, 휴스턴이 그를 오랫동안 사랑했다는 것과 언니가 다른 여자와 결혼하는 그의 모습을 지켜봐야 한다는 사실이 떠올랐다.

결혼 전날 밤에 블레어는 잠을 청할 수 없었고 끔찍한 기분은 아침이 되어도 수그러들지 않았다. 밝은 아침 햇살도 저주받은 것 같은 기분을 덜어주지 못했다.

지난 며칠 동안 블레어는 자신이 언니의 약혼자였던 남자와 결혼하는 사실을 잊으려고 갖은 노력을 다했고, 그런 일은 절대 일어나지 않을 거라고 믿었다. 또 어떻게든 리앤더에게 벗어나 그를 언니에게 돌려줘야겠다고 생각했다.

10시가 되자 그들은 결혼식이 거행될 케인의 집으로 향했다. 오펄과 쌍둥이는 케인의 선물 중 하나인 휴스턴의 작고 예쁜 마차로 이동했고, 그 뒤로 마구간에서 일하는 소년이 커다란 짐마차에 웨딩드레스와 갖가지 물건을 싣고 따라왔다. 저택으로 가는 동안 모두 아무 말도 없었다. 블레어가 휴스턴에게 무슨 생각을 하냐고 묻자, 휴스턴은 단지 식장을 장식할 백합이 무사히 도착하면 좋겠다고 대답했다.

블레어는 바로 이것이 언니가 결혼할 남자보다 그의 경제력에 더 많은 관심을 쏟는 증거라고 생각했다. 그리고 케인의 집을 본 순간, 블레어는 휴스턴이 자신을 재물의 신에게 팔아넘긴 게 분명하다고 재차 확인했다.

저택은 대리석 산을 조각해서 만든 것처럼 하얗고 거대했다. 아래층 홀 양쪽에는 블레어가 한 번도 본 적 없는 어마어마한 크기의 계단이 위층으로 연결되어 있었다.

"이따 우리가 이 계단으로 내려올 거야. 양쪽에서 동시에."

휴스턴은 계단을 가리키며 말했다. 휴스턴이 예쁘게 차려입은 친구들에게 둘러싸여 집 안 구석구석을 검사하는 동안, 블레어는 그 자리에 어색하게 서 있었다.

"익숙해질 때까지 시간이 걸릴 거야."

오펄이 딸에게 속삭였다. 진짜가 아니라 금방이라도 사라져버릴 것 같은 동화 속의 궁전에 들어와 있는 기분이었다.

"언니는 여기서 살 계획인가요?"

블레어가 오펄에게 속삭이듯 물었다.

"케인이 있을 때는 이 저택도 작아 보인단다. 이제 위층으로 올라가자. 휴스턴에게 식이 어떻게 진행되는지 설명을 들어야지."

블레어는 연신 뒤를 돌아보며 어머니를 따라 위층으로 올라갔다. 집 안 구석구석 이국적인 꽃과 화초로 장식되어 있었다. 블레어는 창문에 멈춰 서서 아름다운 잔디와 관목들을 바라보았다. 그러자 오펄도 걸음을 멈추고 그녀의 옆에 서서 말했다.

"저건 앞뜰이란다. 나중에 정원을 구경해 봐."

블레어는 더 이상 아무 말도 하지 않고 어머니의 뒤를 따라 2층 거실로 들어갔다.

"네가 이 방을 쓰렴."

오펄은 꽃과 덤불이 조각된 하얀 대리석 벽난로가 있고 천장이 높은 방을 보여주며 말했다. 방의 소파나 의자, 탁자 모두 박물관에 나 있음직한 것들이었다.

"여기가 개인 거실이고, 이쪽으로 가면 침실이고 그쪽이 욕실이란다. 모든 객실마다 개인 거실과 욕실이 딸려 있지."

블레어는 욕실의 대리석 세면대를 어루만졌다. 한 번도 이런 물건을 직접 본 적이 없어 확신하지 못했지만, 손잡이가 금으로 된건 아닌지 궁금했다.

"황동이겠죠?"

"이 집에 그런 건 없단다. 다 진짜야. 자, 이제 휴스턴에게 가서 도움이 필요하냐고 물어 봐야겠다. 준비하기 전에 조금 시간이 있으니까 낮잠을 자는 게 어때?"

블레어는 어떻게 잘 수 있냐고 반박하려다가 문득 거대한 대리석 욕조를 보면서 마침 잘됐다고 생각했다.

혼자 남게 되자 그녀는 재빨리 욕조에 뜨거운 물을 채우고 그 안에 들어가 긴장을 풀었다. 피부가 쪼글쪼글해질 정도로 오랫동안 물 속에 몸을 담그고 있다가 밖으로 나와서 베개로 써도 좋을 만큼 두꺼운 수건으로 몸을 닦았다. 그런 뒤 분홍색 캐시미어 가운을 입고 침실로 가서 커다랗고 부드러운 침대에 머리를 대자마자 잠에 빠져들었다.

잠에서 깨어나자 정신도 맑아졌고 몸도 훨씬 가볍게 느껴졌다. 오펄이 말한 정원을 둘러보기 위해 그녀는 재빨리 평상복으로 갈아입고 방을 나왔다. 아래층에서 웅얼거리는 말소리가 들리자 거대한 중앙 홀의 계단으로 내려가고 싶다는 생각이 싹 사라졌다. 그녀는 복도를 이리저리 돌다가, 마침내 뒷문으로 미로 같은 부엌과 저장실을 거쳐 1층으로 내려갔다. 방마다 구경꾼들로 가득했고, 사방에서 맛있는 냄새가 넘쳐났다. 혼잡한 사람들을 통과하는 일은 상당히 어려웠다. 몇몇 사람들이 그녀를 보았지만, 결혼식을 두 시간 앞둔 신부가 부엌에 모습을 나타났는데도 별다른 말은 건네지 않았다. 그녀는 그저 휴스턴에게 들키지 않기만 바랐다. 휴스턴이라면 완벽하게 시간표를 짜놓고, 무슨 일이 있더라도 그대로 진행할 것이 분명했다. 그런 휴스턴에게 몰래 집을 빠져나와 정원을 구경할 여유 따위는 없겠지.

저택 뒤쪽의 넓은 잔디 위에는 천막이 세워져 있고, 분홍색 아마(亞麻)로 짠 식탁보를 덮은 탁자에는 수백 개의 꽃병이 놓여 있었다. 제복을 입은 사람들은 분주히 집 안팎을 오가며 음식과 조미료를 식탁에 올려놓았다.

블레어는 재빨리 사람들 곁을 지나 정원으로 보이는 곳으로 내려갔다. 하지만 정원 가장자리에 들어서자 예상치 못한 광경이 펼쳐졌다. 전에는 본 적도 없는 식물들 사이로 끝이 보이지 않는 길이 구불구불하게 이어져 있었다. 그녀는 잠시 주저하다가 그 길을 따라 걷기 시작했다.

결혼식을 둘러싼 온갖 소동이 등 뒤로 멀어지자 블레어는 그날 처음으로 자유롭게 생각할 시간을 가질 수 있었다.

바로 자신의 결혼식인데도, 어떻게 여기까지 오게 된 것인지 기억이 나지 않았다. 3주 전까지만 해도 블레어는 펜실베이니아에 있었고 모든 미래가 완벽하게 설계되어 있었다. 하지만 이제 상황이 완전히 바뀌고 말았다. 앨런은 그녀와 결혼하는 대신 도망가 버렸고, 쌍둥이 언니는 사랑하는 남자에게 버림받은 충격을 이기지 못하고 전국에서 가장 부유한 남자에게 스스로를 던져버렸다. 사랑도 없는 결혼에……

216

모든 게 블레어의 잘못이었다. 언니의 결혼식을 축하해 주러 왔지, 언니가 돈에 눈이 멀어 자신을 팔게 만들려고 온 것은 아닌데……. 휴스턴은 자신을 경매 시장에 내놓고, 제일 비싼 값을 부른 사람에게 자신을 판 것이나 마찬가지였다.

블레어는 얼굴을 찌푸리고 정원을 거닐다가 저만치에서 케인이 길을 따라 내려오는 모습을 보았다. 앞뒤 생각할 겨를도 없이 그녀는 재빨리 돌아서서 그가 자신을 보기 전에 다른 길로 돌아갔다. 블레어가 몇 발자국 가기도 전에 꽤 키가 큰 여자가 케인이 걸어간 쪽으로 서둘러 쫓아갔다. 블레어에게 꽤 낯익은 여자였지만 누구인지 기억나지 않았다.

블레어는 어깨를 으쓱한 뒤 그 여자에 대한 생각을 잊고 계속 걸었다. 머릿속은 온통 오늘 벌어질 일로 가득했고, 어떻게 하면 모든 걸 제대로 돌려놓을 수 있을지 생각하느라 뒤숭숭했다. 그런데 문득 그 장신의 여자가 누구인지 생각났다.

"파멜라 펜튼이야."

그녀는 소리 내어 중얼거렸다. 휴스턴과 블레어는 어릴 때에 종종 펜튼 저택에 놀러가 마크의 조랑말을 타거나 가끔 열리는 화려한 파티에 참석하기도 했었다. 그 당시 마크의 누나인 파멜라 펜튼은 이미 성인이었기 때문에 쌍둥이에게 경외의 대상이었다. 그러다 갑자기 파멜라는 집을 떠났고, 몇 년 동안 그녀에 대한 소문이 마을에 떠돌았다.

그런 파멜라가 수년 만에 고향에 찾아와 때마침 그들의 결혼식에 참석할 수 있게 되었다는 생각에 블레어는 약간 기분이 좋아졌다. 블레어는 무심결에 도대체 파멜라가 무슨 일을 저질러서 몇 년씩이나 그녀에 대한 소문이 떠돌았는지 궁금해졌다. 무슨 마구간지기 소년과 관련된 일이었는데…… 아니었나?

블레어는 갑자기 자리에 우뚝 섰다. 분명 소문의 대상은 그녀의 집에서 일하던 마구간지기였다. 그 소년과 사랑에 빠진 걸 알아차린 그녀의 아버지가 그들을 갈라놓기 위해 딸을 멀리 보내버린 것이었다.

그리고 그 마구간 소년은 바로 케인 태거트였다!

블레어는 치맛자락을 움켜쥐고 케인과 파멜라가 사라진 방향으로 달려가다가 몇 발자국 가지 못하고 다시 걸음을 멈췄다. 케인이 파멜라 얼굴을 두 손으로 감싸 쥐고 격렬하게 키스를 퍼붓고 있었기 때문이다. 블레어는 그 모습을 믿을 수 없다는 듯 바라보았다.

두 눈에 흐르는 뜨거운 눈물을 감추며 블레어는 재빨리 돌아서서 저택으로 달려갔다. 도대체 왜 언니에게 이런 재앙이 연이어 일어나는 건지! 휴스턴이 결혼하려는 남자는 두 시간 뒤면 한 여자를 신부로 맞아들일 예정이면서, 또 다른 여자에게 열렬한 키스를 퍼붓는 그런 괴물이었다.

그리고 이 모든 게 블레어 때문에 벌어진 일이었다.

제17장

블레어는 앤 새버리의 도움을 받아 휴스턴이 디자인한 화려한 웨딩드레스를 입었다. 우아하면서도 단순하게 디자인된 아이보리색 공단 드레스는 목선이 높고, 소매는 풍성했으며, 허리부분은 코르셋으로 최대한 조이게 되어 있었다. 수백, 수천 개의 씨앗처럼 작은 진주가 허리와 소매부분을 장식했고, 손으로 정성껏 만든 면사포는 블레어가 한 번도 본 적이 없는 귀한 물건이었다.

그녀는 흘끗 거울을 바라보며, 지금 이 순간 아무 불안이나 걱정 없이 얼굴 가득 행복한 미소를 띠고 계단을 내려갈 수 있으면 얼마나 좋을까 생각했다.

하지만 자신이 꾸민 계략 때문에 그럴 수 없음을 알고 있었다. 케인이라는 괴물이 다른 여자에게 키스하는 것을 목격하자마자 블레어는 재빨리 저택으로 돌아와서, 사람을 시켜 그에게 자신이 붉은 장미를 머리에 꽂겠다는 전갈을 보냈다. 또 하녀에게는 그에게 계획이 바뀌었다고, 제단 오른쪽이 아니라 왼쪽에 서 있으라고 분명히 전하라고 일렀다.

혼인서약서에는 누가 누구와 결혼하는지 제대로 적혀 있을 테니 자신이 하는 행동이 법적인 효력이 있을지 분명하게 알 수 없었다. 하지만 목사님이 그 끔찍한 괴물 케인이 아니라 리앤더와 휴스턴을 부부로 선언하면, 언니에게 약간 생각할 시간을 줄 수 있을 것이다. 블레어는 혹시라도 이런 행동이 법적인 효력을 발휘하여 자신과 케인이 결혼하게 되면 어떡하나 걱정스러웠다.

그녀는 언니에게 분홍색 장미를 보내며 머리에 꽂으라고 부탁했다. 그리고 계단 위에서 언니를 꼭 끌어안고 속삭였다.

"난 언니가 생각하는 것보다 훨씬 더 언니를 사랑해."

그녀는 계단을 내려가기 전에 그렇게 속삭이더니 한숨을 쉬며 말했다.

"자, 멋지게 해치우자."

한 발자국씩 앞으로 나갈 때마다 그녀는 처형장에 조금씩 가까워지는 기분이었다. 혹시라도 이 결혼이 법적인 효력을 갖게 되어 저 끔찍한 괴물과 이 무덤 같은 저택에서 평생을 살아야 하면 어떡하지?

서재로 보이기는 하지만 실내 야구장이라고 해도 좋을 거대한 방에 들어가자, 장미와 푸른 잎사귀로 장식된 커다란 제단 앞에 케인과 리앤더와 나란히 서 있었다.

블레어는 고개를 똑바로 들고 눈을 치켜떴다. 휴스턴도 지금 무슨 일이 일어나는지 볼 수밖에 없고, 결국 사랑하는 남자와 결혼할 수 있을 것이다.

블레어는 케인 태거트를 똑바로 바라보며 그에게 걸어가다가, 그가 눈썹을 찡그리며 인상을 찌푸리는 모습을 보았다.

'그가 알아버렸어!'

블레어는 깜짝 놀랐다. 분명 케인은 그녀가 휴스턴이 아니라는 사실을 알아차렸다.

블레어는 깜짝 놀랐다. 지금이라면 분명 친어머니라도 두 사람을 구별하지 못할 텐데, 어찌 된 셈인지 이 남자는 알고 있었다. 흘끗 리앤더를 쳐다보자, 그는 휴스턴을 반가워하며 환한 미소를 짓고 있었다.

'당연히 리앤더는 의심하지 못하겠지. 원래 나쁜 짓을 못하는 사람이니까, 다른 사람들이 나쁜 짓을 하리라고 생각도 못 하겠지. 하지만 그와 정반대로 케인은 돈을 벌기 위해 악행을 저지르는 사람이니 그 의심 많은 성격 덕분에 쌍둥이를 구별했겠지.'

블레어는 그렇게 생각하며 언니를 쳐다보지도 않고 제단 앞에 섰다. 리앤더가 휴스턴의 손을 잡자, 케인은 쌍둥이와 목사를 외면했다.

"사랑하는 형제, 자매 여러분 오늘……."

목사가 말을 시작하자 휴스턴이 재빨리 그의 말을 가로막았다.

"죄송합니다, 목사님. 저는 휴스턴이에요."

블레어는 깜짝 놀라 언니를 쳐다보았다.

'왜 언니는 다 된 일을 망치려고 하지?'

리앤더는 블레어를 화난 눈빛으로 바라보았다.

"자리를 바꿀까요?"

리앤더가 케인에게 묻자 케인은 넓은 어깨를 그저 으쓱했다.

"저는 상관없습니다."

"저는 상관 있습니다."

리앤더가 단호하게 말하며 케인과 자리를 바꾸었다. 리앤더가 블레어의 손을 잡고 꼭 쥐었지만, 블레어는 아프기만 했다. 감히 케인은 사람들 앞에서 휴스턴이 자신에게는 아무것도 아닌 존재이며,

누가 자신의 신부가 되든 상관없다고 공개적으로 밝힌 셈이었다. 블레어는 단 한 번도 왜 케인이 휴스턴과 결혼하려는지 생각하지 않았지만, 오늘 보니 혹시 휴스턴이야말로 그를 차지할 수 있는 유일한 여자였기 때문은 아닐까 하는 생각이 들었다.

리앤더가 그녀의 손을 꼬집은 덕분에, 블레어는 목사의 질문에 제때 대답할 수 있었다.

"네."

결혼식은 어떻게 진행되는지도 모르게 끝나버렸고, 리앤더는 블레어를 두 팔로 감싸 안고 키스했다. 사람들에게는 그가 열정적으로 키스하는 것처럼 보였지만, 그는 엄청난 분노를 억누르고 있는 듯한 목소리로 속삭였다.

"단둘이 이야기해야겠어. 지금 당장!"

블레어는 질질 끌리는 무거운 공단 치마를 밟지 않으려고 애쓰며, 자신을 끌고 가는 리앤더를 따라가기 위해 안간힘을 썼다. 홀에 몰려든 사람들이 그녀에게 축하인사를 건네려 했지만, 리앤더는 그녀의 손을 꽉 잡고 채 복도 끝에 있는 빈 방으로 끌고 들어갔다.

"도대체 아까 그건 다 뭐지?"

리앤더는 다짜고짜 그렇게 묻더니 그녀의 대답을 기다리지 않고 다시 말을 이었다.

"나와 사는 게 그렇게 끔찍해서 어떻게든 도망치고 싶었어? 나보다 전혀 모르는 남자가 더 좋을 만큼? 나 아니면 누구든 상관없다는 거지, 그렇지?"

"아니에요. 당신에 대해서는 미처 생각하지 못했어요. 단지 언니 생각만 했을 뿐이에요. 언니가 그런 끔찍한 남자와 결혼하는 게 싫었어요."

리앤더는 한참 동안 그녀를 가만히 바라보더니, 잠시 후 차분한

222

목소리로 말했다.

"당신은 단지 언니가 원하는 남자가 나라고 생각하고, 당신이 너무 싫어하는 남자와 기꺼이 결혼하려고 했다는 거야?"

"당연하죠. 그게 아니면 제가 왜 바꿔치기를 했겠어요?"

"나와 결혼하느니 아무하고나 결혼하는 게 낫겠다고 생각할 수도 있지."

그는 그녀의 팔을 움켜잡았다.

"블레어, 지금 당장 이 문제를 해결해야겠어. 지금 당장 휴스턴과 이야기해. 그리고 휴스턴에게 왜 케인과 결혼하려는지 반드시 물어봐. 당신이 휴스턴의 대답을 솔직하게 받아들였으면 좋겠어. 내 말 알아듣겠어? 휴스턴의 솔직한 대답을 들어보라고."

많은 하객들이 그들을 에워싸고 신랑·신부가 뒤바뀐 사건에 대해 소곤거리며 웃어댔지만, 리앤더는 그들을 무시하고 사람들 사이를 빠져나가서 휴스턴이 어디 있는지 물어 본 뒤, 블레어를 끌고 그쪽으로 갔다.

서류가 널려 있는 작은 방에 혼자 앉아 있는 휴스턴을 찾아내는 일은 그리 어렵지 않았다.

"아무래도 두 사람이 대화할 필요가 있을 것 같아서……"

리앤더는 꼭 다문 잇새로 내뱉듯이 말한 뒤, 블레어를 방에 밀어 넣고 문을 닫았다.

단둘이 남은 쌍둥이는 한참 동안 아무 말도 없이 가만히 있었다. 휴스턴은 의자에 앉아서 고개를 푹 숙이고 있었고, 블레어는 문가를 이리저리 서성거렸다.

"나가서 케이크를 잘라야지. 언니와 케인……"

블레어가 초조하게 말하자, 휴스턴은 갑자기 마녀가 된 것처럼 자리에서 벌떡 일어나더니 블레어에게 고함을 질렀다.

"감히 그 이름을 함부로 부르다니! 너는 그 사람이 감정도 없는 사람으로 보이니? 그 사람을 경멸하고 네 마음대로 굴어도 되는 권리라도 있니?"

언니의 분노에 깜짝 놀란 블레어는 뒤로 주춤 물러섰다.

"언니, 난 언니를 위해서였어. 난 언니가 행복했으면 좋겠어."

휴스턴은 블레어가 결투라도 신청한 것처럼 두 주먹을 불끈 쥐었다.

"행복? 남편이 어디 있는지도 모르는데 어떻게 행복할 수 있니? 고맙구나, 나는 이제 평생 행복이 뭔지도 모르게 되었어."

"내가 뭘? 난 언니를 돕기 위해 최선을 다했어. 난 언니가 정신을 차리고 돈 때문에 그 남자와 결혼하지 않게 하려고 노력했어. 케인 태거트는……."

"넌 자신이 무슨 짓을 저질렀는지도 모르는구나, 그렇지? 자존심 강하고 예민한 남자를 수백 명 앞에서 무참히 짓밟아놓고 자기가 무슨 짓을 했는지조차 모르고 있어."

"식장에서 일어난 일을 말하는 거지? 언니, 난 언니를 위해서 그랬어. 언니가 리앤더를 사랑하는 거 알아. 난 언니의 행복을 위해서 케인과 기꺼이 결혼하려고 했어. 내가 한 짓은 정말 미안해. 언니를 불행하게 만들 생각은 추호도 없었어. 내가 언니 인생을 망친 것도 알아. 난 잘못된 일을 다시 되돌리려고 했어."

"그저 나! 나! 나! 네가 할 수 있는 말은 그것뿐이지. 내 인생을 엉망으로 만들어놓고 그저 네 말만 하는구나. 그래, 너는 내가 리앤더를 사랑하는 것도 알고, 케인이 얼마나 끔찍한 남자인지도 알지. 너는 지난 몇 주 동안 리앤더 옆에 바짝 붙어 있으면서 리앤더가 신이라도 되는 것처럼 말하더구나. 그저 '리앤더, 리앤더'. 오늘 아침도 아주 잘했어. 네가 생각하는 최고의 남자를 나에게 주고 싶었나 보지.”

그러다가 휴스턴은 동생 쪽으로 몸을 기울였다.

“리앤더가 네 육체를 불타오르게 할 수는 있어도 나는 아니야. 네가 자기 생각에만 빠져 있지 않았으면, 나도 생각이 있다는 것쯤은 알 수 있었을 거야. 그랬다면 내가 착하고 친절하고 사려 깊은 남자를 사랑한다는 것도 알았을 테고. 그래, 케인이 조금 거친 건 인정해. 하지만 넌 내가 너무 무르다고 불평하지 않았니?”

블레어는 자리에 털썩 주저앉았다.

“사랑한다고? 케인을? 언니가 케인 태거트를 사랑한다고? 하지만 이해할 수 없어. 언니는 항상 리앤더를 사랑했잖아. 기억도 안 날 때부터 말이야.”

휴스턴은 분노가 조금은 가라앉았는지 돌아서서 창 밖을 바라보았다.

“그래, 여섯 살 때부터 리앤더와 결혼하기로 결심했으니까. 그게 내 인생의 목표였어. 나는 레이니아 산처럼 높은 목표를 세워야 했어. 일단 정상에 오르고 나면 그걸로 끝이니까. 하지만 결혼 뒤에는 리앤더와 어떻게 살아야 할지 전혀 몰랐어.”

“그럼 케인과 어떻게 살아갈지는 알아?”

휴스턴은 고개를 돌려 동생을 보며 미소를 지었다.

“오, 물론이지. 케인과의 미래가 어떨지는 너무 잘 알아. 케인을 위해 집을 꾸밀 거야. 그리고 케인에게 편안한 집을 만들 거야. 나도 편안하고 무엇이든 할 수 있는 곳으로.”

블레어는 자리에서 일어났다. 이제는 그녀가 화낼 차례였다.

“나한테 2분만 시간을 냈어도 그 말을 할 수 있었잖아, 안 그래? 지난 2주는 정말 지옥 같았어. 언니가 너무 걱정되어서 하루종일 내가 한 짓을 생각하며 눈물만 흘렸어. 그런데 언니는 이제야 미다스(Midas) 대왕과 사랑에 빠졌다고 말했잖아."

"케인을 그런 식으로 말하지 마. 그 사람은 세상에서 제일 친절하고 신사답고 똑똑한 사람이야. 내가 우연히 그 사람을 사랑하게 되었을 뿐이야."

"그런데 나는 그것도 모르고 언니에 대해 걱정하느라 괴로웠어. 언니도 나한테 말을 했어야지!"

휴스턴은 무의식적으로 방 한가운데 놓인 책상 모서리를 문지르며 대답했다.

"너희들 사랑싸움을 질투했던 것 같아. 그래서 너에 대해서 신경쓰기 싫었나 봐."

"사랑싸움?"

마침내 블레어는 분통을 터트리고 말았다.

"사랑싸움? 나는 리앤더의 레이니아 산이야. 리앤더가 나에게 육체적으로 끌리는 건 인정하겠어. 하지만 그게 전부야. 하루종일 수술실에 같이 있어도 리앤더에게는 내가 모르는 부분이 있다는 느낌이 들어. 내가 다가가지도 못하게 하는걸. 난 그 사람을 잘 몰라. 그 사람 혼자서 날 차지하기로 결정한 뒤 온갖 수단을 동원해서 날 쫓아다니는 것뿐이야."

"하지만 네가 리앤더를 바라보는 표정을 봤어. 난 단 한 번도 리앤더를 그렇게 바라보지 못했어."

"언니는 리앤더가 수술실에서 일하는 모습을 보지 못해서 그래. 그곳에 있는 모습을 보면 언니도……."

"기절했겠지. 십중팔구는."

휴스턴이 말했다.

"기절하겠지. 블레어, 네게 미리 말하지 않아서 정말 미안해. 아마 네가 힘들어하는 것도 알았을 거야. 하지만 나도 그동안 너무 힘들었어. 난 오랫동안 리앤더와 약혼했었고 그게 인생의 전부 같았어. 그런데 네가 끼어들어서 하룻밤 만에 리앤더를 데려갔어. 거기다 리앤더는 나를 항상 얼음 공주라고 불렀기 때문에 내가 정말 차가운 여자가 될까 봐 걱정했었어."

"그럼 이제 더 이상 걱정하지 않는 거야?"

휴스턴의 두 뺨이 약간 붉어졌다.

"응, 케인하고 있을 때는 그렇지 않아."

"정말로 그 사람을 사랑해?"

아직도 그 사실이 믿어지지 않아서 블레어는 재차 확인했다.

"음식이 사방으로 튀어도 상관없어? 큰 목소리나 다른 여자도 신경 쓰이지 않아?"

순간 블레어는 자신의 혀를 잘라버리고 싶었다.

"다른 여자라니?"

휴스턴이 눈을 가늘게 뜨며 물었다.

"블레어, 사실대로 말하는 게 좋을 거야."

블레어는 숨을 들이마셨다. 결혼식을 치르기 전에 미리 휴스턴에게 말해야 했는데, 문득 너무 늦었다는 생각이 들었다. 휴스턴은 동생에게 한 걸음 다가와 다그쳤다.

"오늘 식장에서처럼 또다시 내 인생에 네 멋대로 끼어들면 다시는 너랑 말도 안 할 거야. 난 성인이야. 내 남편에 대해 아는 게 있으면 빨리 말해."

"식이 시작되기 직전에 케인이 파멜라와 정원에서 키스하는 걸 봤어."

휴스턴은 얼굴이 새하얗게 변했지만, 이내 마음을 가다듬었다.

"어쨌든 케인은 내게로 왔어. 케인은 파멜라를 만났고 키스도 했지만 나와 결혼했어. 블레어, 넌 지금 나를 세상에서 가장 행복한 여자로 만들어줬어. 나는 이제 나는 남편을 찾아서 사랑한다고 말하고 용서를 빌기만 하면 돼."

그녀는 갑자기 걸음을 멈췄다.

"오, 블레어. 너는 케인에 대해 전혀 몰라. 정말 착하고, 관대하고, 모든 사람들이 의지할 수 있는 강한 사람이지만…… 어떤 모욕도 견디지 못해. 그 사람은 우리 때문에 온 마을 사람들 앞에서 망신당했어. 절대 나를 용서하지 않을 거야. 절대로!"

블레어는 문 쪽으로 걸어갔다.

"내가 가서 모두 내 잘못이고 언니는 전혀 상관없다고 말할게. 언니가 정말 그 사람이랑 결혼하고 싶어하는지 몰랐어. 난 그 사람이랑 결혼하고 싶어하는 사람이 있을 거라고 상상조차 못 했어."

"네가 더 이상 걱정할 필요도 없겠구나. 케인이 나를 버리고 떠나버렸으니까."

"하지만 손님들은 어떡하고? 그렇게 나가면 안 되잖아."

"그럼 케인이 여기에 남아서 사람들의 비웃음을 견뎌야 하니? 리앤더가 아직도 결정하지 못했다고 놀려대는걸? 아무도 케인이 원하는 사람을 선택할 수 있다고 생각하지 않잖아. 케인은 내가 아직도 리앤더를 사랑한다고 생각해. 너도 그렇게 생각하잖아. 게다가 게이츠 씨는 내가 돈 때문에 케인과 결혼한다고 생각하셔. 오로지 어머니만 내가 그 사람을 사랑하는 사실을 알고 있는 것 같아. 나는 그 사람말고 다른 사람과 함께 사는 건 상상할 수도 없어."

"도대체 내가 어떻게 하면 좋겠어?"

블레어가 속삭였다.

"네가 할 수 있는 일은 아무것도 없어. 케인은 떠났으니까. 나에게 돈과 이 집을 남겨놓고 그냥 가버렸어. 하지만 그 사람도 없이 나 혼자 여기서 뭘 할 수 있겠니? 블레어, 난 그 사람이 어디로 갔는지도 몰라. 어쩌면 지금쯤 뉴욕행 기차를 타고 있을지도 몰라.”

“그보다는 오두막으로 갔을 겁니다.”

두 여자가 고개를 들자 에단이 문가에 서 있었다.

“엿들을 생각은 없었어요. 하지만 식장에서 벌어진 일을 보니 케인이 엄청 화났을 것 같더군요.”

휴스턴은 능숙한 솜씨로 치맛자락을 들어올렸다.

“당장 케인에게 가서 무슨 일이 있었는지 설명하겠어요. 제 동생이 리앤더를 너무 사랑해서 저도 그럴 거라고 생각했다고요.”

그녀는 블레어에게 고개를 돌려 미소를 지었다.

“나를 돈 때문에 결혼하는 천박한 여자로 생각한 건 정말 유감이야. 하지만 너에게 가장 소중한 사람을 포기하고 나를 위해 희생하려고 했던 마음은 정말 고마워.”

휴스턴은 동생의 뺨에 재빨리 키스했다. 블레어는 한참 동안 휴스턴을 꼭 끌어안았다.

“휴스턴 언니, 언니가 그렇게 생각하는지 전혀 몰랐어. 피로연이 끝나는 대로 언니가 짐 싸는 걸 도……”

휴스턴은 몸을 빼내며 작은 웃음소리를 냈다.

“영리하고 똑똑한 동생아, 난 지금 당장 떠날 거야. 하객들보다 남편이 더 중요하거든. 그러니까 넌 여기 남아서 나와 케인의 행방을 묻는 사람들을 상대해 줘야겠어.”

“하지만 언니, 난 피로연에 대해서는 아무것도 몰라.”

휴스턴은 문 앞에 서서 블레어를 돌아보았다.

“블레어, 난 네가 말하는 ‘필요 없는’ 교육을 받았어. 그렇게 끔찍하지는 않을 거야. 힘내. 어쩌면 단체로 식중독에 걸릴지도 모르지만 그거야 네가 해결할 수 있잖아. 행운을 빌어.”

휴스턴은 그렇게 말하고, 혼자 수백 명이 참석한 거대한 피로연을 진행해야 한다는 공포에 빠진 블레어를 남겨놓고 나가 버렸다.

"이런, 언니가 선택한 학교에 대해 말을 꺼내는 게 아니었는데……."

그녀는 그렇게 중얼거리며 옷매무새를 다듬고 몇 번 심호흡을 한 뒤 방을 나갔다.

제18장

피로연은 블레어가 생각했던 것보다 더 끔찍했다. 사람들은 끊임없이 음식이 떨어졌다며 요구했고, 휴스턴이 사라지자마자 우왕좌왕하며 어찌할 바를 모르고 당황했다. 게다가 리앤더의 친척이 백 명도 넘게 몰려와서, 쌍둥이의 자리가 바뀐 이상한 사건에 대해 질문했다. 오펄이 휴스턴의 남편이 휴스턴을 백마(블레어는 그 백마에 날개가 달려 있을 거라고 생각했다.)에 태워 사라져버렸다는 소문을 퍼트리자, 결혼식에 모여든 모든 젊은 여자들은 케인 태거트야말로 세상에서 가장 로맨틱한 남자라고 속삭였다. 하지만 블레어는 자신의 바꿔치기가 실패해서 케인과 살지 않아도 된다는 생각뿐이었다.

50킬로그램은 족히 넘어 보이는 치즈 덩어리를 가리키며 어떻게 사람들에게 나누어 줘야 하는지 묻는 이야기를 듣던 블레어는, 손님들 사이에서 자신을 바라보고 있는 리앤더와 눈이 마주쳤다. 순간 작은 열기가 온 몸을 타고 흘러들었다. 오늘 밤을 그와 밤을 보내게 된다는 사실에 대해 그녀는 미처 생각하지 못했었다.

그는 혼잡한 사람들 틈을 뚫고 다가와서 하인에게 치즈를 자르는 방법을 알려준 뒤 블레어를 사람들이 없는 정원으로 데려갔다.

"일생에 이런 경험이 단 한 번뿐인 게 얼마나 다행인지……. 그건 그렇고 게이츠 씨가 울고 있는 것 알아?"

블레어는 사람들과 소음에서 벗어나 한적한 곳에 리앤더와 단둘이 있게 되자, 마음이 풀려 그가 키스해 주었으면 하고 은근히 바랐다.

"아마도 마침내 저를 집에서 내쫓을 수 있어 다행이라는 생각이 들었나 보죠."

"그분 말씀이 이제 당신이 행복해질 수 있어서 마음이 놓이신다는 거야. 이제야 당신이 주님께서 여자들을 위해 준비하신 길을 따르고 있다면서 말이야. 당신을 보살펴줄 훌륭한 남편을 얻었으니 당신도 행복할 거라고."

그의 눈빛이 그녀를 따스하게 만들었다.

"내가 당신을 행복하게 해줄 거라고 생각해?"

나지막한 목소리로 속삭이며 리앤더가 그녀에게 다가왔다.

"웨스트필드 선생님! 전보 왔어요."

리앤더는 전보를 전한 소년에게 동전을 하나 건네주며 안으로 들어가서 음식을 먹으라고 말한 뒤, 블레어를 잠시 바라보고는 전보를 읽었다. 그는 눈앞의 쪽지를 뚫어지게 노려보았다.

"동생의 목을 비틀어버릴 거야."

그는 분노로 벌게진 얼굴로 낮게 중얼거렸다. 블레어도 전보를 받아서 읽었다.

'방금 앨런 헌터와 결혼했어요. 아버지와 블레어에게 3주 안에 돌아간다고 전해 주세요. 너무 화내지 마세요. 사랑하는 니나.'

"이 비열하기 짝이 없는……. 아버지와 함께 니나를 찾아야겠어. 그리고……."

블레어가 그의 말을 잘랐다.

"그리고 뭐요? 니나는 이미 결혼했어요. 게다가 앨런이 어때서요? 그 사람은 좋은 남편이 될 거예요."

재빨리 리앤더는 분노를 가라앉혔다.

"그 사람이 좋은 남편이 되리란 건 알아. 하지만 왜 여기서 사람들을 앞에 두고 제대로 된 결혼식을 올리지 않았지? 부끄러운 게 아니라면 왜 도망쳤냐고?"

"니나와 전 어릴 때부터 친구였어요. 아무래도 절 겁내는 것 같아요. 결과적으로 전 제가 결혼하려던 남자와 결혼하지 못했잖아요. 분명 앨런이 기차역에 절 버려놓고 떠난 것 때문에 제가 굉장히 화났다고 생각하겠죠. 이제 보니까 앨런이 니나 때문에 절 버린 것 같군요."

리앤더는 나무에 몸을 기대고 주머니에서 담배를 꺼냈다.

"당신은 이 일에 대해 굉장히 냉정하군. 분명 난 당신에게 돌아갈 수 있는 기회를 줬어. 당신을 펜실베이니아로 돌려보내려고 했었다고. 기회는 충분했어."

먼 훗날 블레어는 바로 이 순간 리앤더를 사랑하게 되었다고 생각했다. 자신을 얻기 위해 온갖 어리석은 짓을 다하고도, 지금은 화가 나서 볼이 새빨개진 어린애 같은 얼굴로 반드시 자신과 결혼할 필요는 없었다고, 그녀를 기꺼이 보내주려 했었다고 억지를 부리는 모습이 너무 사랑스러웠다.

"제가 진짜 기차에 탔으면 어떡하려고 했어요? 집으로 돌아온 저를 마구 흔들면서 당신과 결혼해야 한다고, 제게는 선택의 여지가 없다고 다그친 사람은 당신이잖아요."

블레어는 그에게 다가가 그의 옷깃을 살며시 어루만지며 속삭였다. 그녀를 감싼 넓은 공단 드레스에 촘촘히 박혀 있는 구슬이 부드러운 불빛을 받아 반짝거렸다.

그는 잠시 블레어를 바라보더니, 시가를 바닥에 던지고 그녀를 끌어안고 격렬하게 키스하며, 두 사람이 몸이 하나가 되도록 그녀를 끌어당겨 밀착시켰다. 리앤더는 그녀의 머리를 자신의 어깨에 올려놓으며, 잃어버릴 뻔했던 아이를 안아주는 어머니처럼 그녀를 부드럽게 다독였다.

"당신은 앨런을 선택했잖아. 그 사람을 따라가려고 기차역에 갔었고."

블레어는 폭포처럼 흘러내리는 베일을 움켜쥔 그의 손에서 벗어나려 했다. 그를 똑바로 바라보고 싶었다.

"그건 이미 지나간 일이에요."

그녀는 그의 눈동자를 바라보며 이 잘생긴 얼굴 뒤에 숨어 있는 한 인간을 생각했다. 수많은 생명을 구하기 위해 분투하던 리앤더의 모습이 떠올랐다. 특히 황소의 뿔에 받힌 늙은 농부가 병원으로 실려오던 날, 리앤더는 농부의 생명을 구하지 못했고, 농부는 수술대에서 숨을 거두었다. 블레어는 리앤더의 눈가에 눈물이 고이는 것을 보았다. 리앤더는 그 늙은 농부를 오랫동안 알고 지냈다고 했고, 그의 죽음이 결국 상처가 된 것 같았다.

지금 블레어는 한 남자의 품에 안겨서 자신이 올바른 선택을 했음을 깨달았다. 앨런은 그녀를 진심으로 사랑하지 않았고, 그녀도 마찬가지였다. 앨런이 그녀에게 선택을 강요한 뒤, 기차역에 버려두고 떠났기 때문은 아니었다. 문득 그가 나타나지 않았을 때 자신이 얼마나 안도했는지 떠올랐다.

"우리 사이에는 너무 많은 일이 일어났어요."

그녀가 그의 뺨을 어루만지며 말했다. 이렇게 그를 마음껏 만질 수 있다는 사실이 너무 기뻤다. 둘이 함께 밤을 지낸 이후로 이 순간을 얼마나 원했는지……. 이제부터 그는 그녀의 것이었다. 완전히, 전적으로 그녀의 사람이었다.

"하지만 오늘부터 새롭게 시작하는 거예요. 아주 산뜻하게 시작하고 싶어요. 매일매일 함께 일할 수 있고……. 우리에겐 그 밖에도…… 공통점이 많잖아요."

그녀는 엉덩이를 리앤더 쪽으로 살짝 밀어붙이며 말했다.

"행복한 결혼 생활이 되었으면 좋겠어요. 아이도 금방 생겼으면 좋겠고…… 열심히 노력해서…… 서로를 사랑할 수 있게 되길…… 빌어요."

블레어는 조금 주저하며 말했다. 생각해보니 리앤더는 항상 그녀를 원한다고 말했지만, 사랑한다고 한 적은 한 번도 없었다.

"아이들이라……."

그녀를 더 가까이 당기며 그가 중얼거렸다.

"어서 아이를 가질 수 있도록 노력하자고."

그는 목이 마른 것처럼 그녀에게 키스를 퍼부었다.

"여기 있어요."

누가 소리쳤다.

"자, 이제 그만 좀 붙어 있으라고. 앞으로 그럴 시간은 얼마든지 있으니까. 이제 이쪽으로 와서 파티에 참석해! 케이크를 잘라야지."

블레어는 마지못해 남편의 품에서 벗어났다. 몇 분만 더 그와 키스했다면 그대로 그와 잔디밭에서 뒹굴었을지도 몰랐다. 이미 자신이 그의 매력에서 헤어나지 못하는 건 기정사실이니까.

리앤더는 한숨을 쉬며, 그녀의 손을 잡고 사람들이 몰려 있는 태거트 저택의 잘 다듬어진 잔디밭으로 갔다.

케이크를 자르고 나자 사람들은 즉시 두 사람을 떼어놓았고, 여자들은 휴스턴의 행방에 대해 온갖 질문을 쏟아 부었다.

"그 사람이 휴스턴을 재빨리 낚아채 간 거야. 두 딸 모두 그 애들이 무엇을 원하는지를 정확하게 아는 남자들을 만나서 얼마나 기쁜지……."

오펄은 도저히 믿지 않을 수 없을 만큼 태연한 표정으로 말했다. 오펄의 이야기를 듣고 있는 두 여자는 너무 낭만적인 이야기에 지금 당장이라도 기절할 것 같은 표정이었다.

"어머니, 햄 한 조각만 주세요."

블레어가 접시를 내밀면서 말했다. 그녀는 몸을 앞으로 숙여 어머니에게만 들리도록 작은 목소리로 속삭였다.

"언니와 제가 어디서 연기력을 물려받았는지 이제야 알겠네요."

오펄은 여자들에게 미소를 지은 뒤, 블레어의 접시를 받아들면서 그녀에게 윙크했다. 블레어도 미소를 지으며 사위들 자랑에 여념이 없는 어머니를 남겨놓고 돌아갔다.

해가 지자 넓은 서재에서 무도회가 열렸다. 물론 리앤더와 블레어가 춤을 이끌어야 했다. 몇몇 사람들이 주지사 환영회에 참석한 사람이 휴스턴이 아니라 블레어였냐고 물었다. 리앤더와 블레어는 몰래 웃음을 터트렸고, 리앤더는 그녀를 바짝 끌어안으며 매끄러운 마룻바닥으로 그녀를 이끌었다.

"이제 손님들을 남겨놓고 떠날 시간이야. 더 이상 기다릴 수 없을 것 같아."

리앤더가 그녀를 끌어안고 속삭였다. 블레어는 고개를 끄덕이지는 않지만, 그를 감싸 안은 팔에 약간 힘을 준 뒤, 재빨리 나와 옷을 갈아입으려고 위층으로 올라갔다. 오펄도 그녀를 도우려고 위층으로 올라와서, 블레어가 준비를 마칠 때까지 아무 말도 하지 않았다.

"리앤더는 좋은 사람이다. 네게 몇 가지 문제가 있는 줄은 알지만, 분명 네게는 좋은 신랑이 될 거야."

휴스턴이 동생을 위해 고른 화려한 푸른 정장을 입은 블레어는 눈부시게 아름다웠다.

"저도 알아요, 어머니. 저도 그이가 최고의 남편이 될 거라고 생각해요."

'그리고 최고의 연인이 될 거예요.' 하고 생각하며, 블레어는 재빨리 오펄의 뺨에 키스하고 리앤더를 찾아 아래층으로 내려갔다. 두 사람은 생명에 위협을 느낄 만큼 무섭게 쏟아지는 우박을 맞으며 케인의 저택을 떠나 그들의 보금자리가 될 작은 집으로 향했다.

하지만 일단 사람들에게서 벗어나자 블레어는 쑥스럽고 어색한 기분이 들었다. 이제부터 그녀의 인생은 공적인 모습만 아는, 이 낯선 남자와 하나가 되는 것이었다. 그의 개인적인 부분에 대해 과연 얼마나 알고 있을까? 이 사람은 의사로서 일하지 않을 때는 무슨 일을 하며 살까?

집에 도착하자 리앤더는 그녀를 두 팔로 번쩍 안아들고 문턱을 넘어가다가 새하얗게 질린 블레어의 얼굴을 보았다.

"당신이 한 남자의 턱을 보호하려고 목숨을 걸고 싸웠던 바로 그 아가씨가 맞는 거야? 혹시 날 두려워하는 건 아니겠지, 그렇지?"

블레어가 아무 대답도 하지 않자 그가 다시 말했다.

"아무래도 샴페인이 좀 필요하겠군. 그게 어떤 효과가 있는지는 당신도 잘 알 거야."

그는 블레어를 텅 빈 홀에 내려놓고 오른쪽에 있는 식당으로 향했다. 한 번도 집을 제대로 구경한 적이 없었던 블레어는 왼쪽의 응접실로 들어갔다. 응접실 옆에는 손님을 위한 작은 침실이 있었다. 가구들은 모두 육중하고 어두운 색이었지만, 푸른색과 하얀색 줄무늬가 있는 벽지를 바르고, 천장을 따라 옅은 분홍색 장미로 띠를 둘러서, 방은 전체적으로 밝고 경쾌한 느낌이었다. 그녀는 공단 덮개를 씌운 소파에 앉았다.

리앤더는 샴페인이 담긴 얼음통과 유리잔 두 개를 쟁반에 받쳐서 돌아왔다.

"당신이 이 집을 좋아했으면 좋겠어. 휴스턴은 그랬거든. 솔직히 휴스턴이 뭘 하든 별로 신경 쓰지 않았지만."

블레어가 어색해하는 것을 느낀 듯이 그는 그녀가 앉은 소파 끝에 걸터앉았다.

"마음에 들어요. 솔직히 실내 장식에 대해서 아는 게 없거든요. 그리고 언니가 저보다 그쪽 방면으로는 훨씬 낫고요. 결국에는 언니에게 실내 장식을 부탁했을 거예요. 물론 이제 언니는 태거트의 집을 손보겠지만요."

"두 사람이 솔직하게 이야기를 끝낸 거야?"

샴페인이 블레어의 긴장을 풀어주었고, 리앤더는 그녀의 잔에 다시 샴페인을 채워주었다.

"언니는 케인 태거트를 사랑한대요. 언니가 그렇게 시끄럽고 거만한 촌뜨기와 함께 사는 모습을 상상할 수 없어요. 왜 그 사람을 당신보다 좋아하는지……."

그녀는 당황한 표정을 지으며 말을 멈추었다. 리앤더는 그녀에게 짓궂게 미소를 지었다.

"그 말을 칭찬으로 받아들이지."

그는 휴스턴이 아침 일찍 꼼꼼하게 따서 올려준 블레어의 머리에서 빠져나온 머리카락을 갖고 장난을 치며, 천천히 머리핀을 하나씩 뽑았다.

"원래 서로 상반되는 점에 끌리기 마련이잖아. 당신과 날 보라고. 난 훌륭한 외과의사이고, 당신은 미래의 현모양처잖아. 내 양말의 짝을 맞추어 제자리에 놓고, 일하고 돌아온 남편을 위해 집을 편안하고 안락한 장소로 꾸미고……."

블레어는 하마터면 샴페인이 목에 걸릴 뻔했다.

"혹시 저에게 의학을 포기하고 당신의 귀가나 기다리라는 소리예요? 뭔가 오해를 해도 크게 하신 것 같네요. 세상에, 제가 들은 온갖 어리석은 말 중에서 이게 최악이에요."

너무 화가 나서 그녀는 탁자에 유리잔을 소리 나게 내려놓은 뒤 자리에서 벌떡 일어났다.

"언니에게 당신이 게이츠와 똑같은 사람이라고 여러 번 말했지만, 언니는 들은 척도 하지 않았어요. 오히려 절대 그런 사람이 아니라고 반박했죠. 좋아요, 이것 하나만 말하죠, 리앤더 웨스트필드. 만일 제가 의학을 포기할 거라고 생각해서 저와 결혼한 거라면, 지금 당장 이 결혼을 무효로 해야 할 거예요."

리앤더는 블레어가 분노를 토해내는 동안 가만히 의자에 앉아 있다가, 그녀의 말이 끝나자 천천히 자리에서 일어나 그녀의 앞에 섰다. 그리고 그녀의 흥분이 조금씩 가라앉는 모습을 지켜보며 미소를 지었다.

"아직 나란 사람에 대해서 더 많이 알 필요가 있겠어. 왜 나에 관한 일이면 무조건 나쁜 쪽으로 생각하는지 모르겠지만, 언젠가는 당신에게 내가 그렇게 나쁜 사람이 아니라는 사실을 증명하고 싶어. 평생 당신을 가르치며 살게 되겠군. 하지만 그건 내일 아침까지 미루기로 하지."

그는 팔을 뻗어 그녀를 자신의 품으로 끌어안았다. 그가 그녀의 입술을 살짝 건드리자, 그녀는 다시는 그의 품에서 벗어나기 싫다고 생각하며 그에게 매달렸다. 그녀는 문득 정말 그에 대해 아무것도 모른다는 생각이 들었다. 왜 그녀와 결혼하고 싶어했는지, 그녀와 함께 일했던 것이 단지 앨런과 내기했기 때문에 간신히 그녀를 참고 견뎠던 것인지, 아니면 그녀처럼 그도 정말 그 순간을 즐겼던 것인지…….

하지만 지금 당장은 아무것도 중요하지 않았다. 그녀가 생각할 수 있는 것은 오로지 그의 팔에 안겨 있고, 그의 몸에 바짝 붙어 있으며, 그에게 뿜어나오는 열기가 그녀를 매우 흥분시킨다는 사실뿐이었다.

"이 순간이 다시 오기를 얼마나 기다렸는지 몰라."

리앤더는 한 손으로 그녀의 머리카락을 쓰다듬고, 다른 손으로는 그녀의 목덜미와 뺨을 어루만지며 말했다.

"위층으로 올라가서 준비해. 오늘 밤만은 신사가 되어줄 테니까. 하지만 다음부터는 절대 그렇지 않을 거야. 그러니까 오늘만큼은 마음껏 즐기라고. 당신 언니가 분명 오늘 밤을 위해 적당한 잠옷을 준비해놓았을 테니까 가서 옷을 갈아입어. 10분 정도면 되겠지?"

블레어는 마지못해 그의 곁을 떠나, 좁고 구부러진 계단을 오르고 방으로 들어갔다. 위층에는 세 개의 침실이 있었는데, 부부침실과 손님용 침실에 아이 방이었다. 그녀의 옷은 이미 옷장에 차곡차곡 걸려 있고, 신발도 리앤더의 신발과 나란히 놓여 있었다. 나란히 놓여 있는 신발을 보자 문득 이제까지 느끼지 못했던 친밀감이 생겼다.

침대에는 소매와 치마 끝에 우아한 백조를 수놓은 아름다운 시폰 원피스와 하얀 공단 가운이 놓여 있었다. 블레어는 지나치게 화려한 옷에 고개를 흔들었지만, 곧 어서 입어보고 싶어졌다. 가끔 허울만 그럴 듯해 보이는 휴스턴의 삶에 짜증이 나기도 했지만, 이번 결혼을 계기로 언니를 다시 존경하게 되었다. 결혼식에는 군대의 대장처럼 엄청난 계획이 필요했는데, 휴스턴은 아주 작은 부분도 지나치지 않은 것 같았다. 심지어는 결혼식이 진행되는 동안 동생의 옷을 모두 동생이 살 신혼집으로 옮겨, 블레어가 리앤더와 함께 집으로 들어왔을 때 모든 것이 완벽하게 준비되어 있도록 세심하게 배려했다.

블레어가 미처 원피스를 다 입기도 전에 리앤더가 2층으로 올라왔다. 하지만 옷이 어깨 근처에 반쯤 걸려서 흐트러진 모습이 그의 눈에는 상관없는 것 같았다. 그는 재빨리 뛰어와서 순식간에 그녀를 끌어안았다. 그가 너무 열정적이어서, 블레어는 뒤로 주춤거리며 물러나다가 옷자락에 발이 걸려 비틀거리며 침대로 넘어지고 말았다. 리앤더가 그녀와 함께 폭신폭신한 침대로 쓰러지자, 백조를 수놓은 시폰 원피스의 옷자락이 펄럭였다.

두 사람은 동시에 웃음을 터트렸다. 리앤더는 몸을 굴려 블레어를 꼭 끌어안고 키스하면서 간지럼을 태워서, 그녀가 기쁨으로 비명을 지르게 만들었다. 사랑스러운 원피스가 벗겨지고 얇은 공단 가운만 남자, 리앤더는 그녀의 어깨를 가볍게 깨물면서 곰 같은 신음소리를 냈다. 그의 손이 그녀의 허벅지를 위아래로 쓰다듬자, 그녀는 미친 듯이 뛰는 심장을 달래며 부질없이 저항했다.

두 사람의 사랑이 점점 더 무르익어 갈 무렵 아래층에서 전화벨이 울렸다.

"저건 무슨 소리죠?"

블레어가 고개를 들며 물었다.

"난 아무 소리도 못 들었어."

그는 그녀의 목에 얼굴을 묻고 점점 더 아래쪽으로 내려가며 중얼거렸다.

"전화벨 소리잖아요, 리앤더. 받아보세요. 응급환자일 수도 있잖아요."

"결혼 첫날밤을 방해하는 사람은 죽어도 싸."

블레어는 그를 밀쳐냈다.

"설마 진심으로 하는 소리는 아니겠죠? 사람을 도우려고, 사람의 생명을 구하려고 의사가 된 게 아닌가요?"

"하지만 오늘 밤은 아니야. 더군다나 지금은 아니라고."

그는 그녀를 다시 품에 끌어안았지만, 그녀는 완강히 저항했고 전화는 계속 울려댔다.

"도대체 내가 왜 의사랑 결혼할 마음을 먹은 건지……."

리앤더는 그렇게 중얼거리며 옷을 고쳐 입다가, 블레어가 자신을 보며 키득거리자 험악한 표정을 지었다.

"움직이지 말고 그대로 있어. 금방 올 거니까."

아래층으로 내려가면서 그가 말했다.

"누구든지 전화를 건 사람을 재빨리 처리해버리겠어."

수화기를 들자 교환수의 목소리가 들렸다.

"하필이면 오늘 밤에 방해해서 너무 미안해요. 하지만 아버님께서 위급상황이라고 하셔서……."

"바꿔줘요."

곧 리드가 전화를 받았다.

"리앤더, 방해해서 미안하구나. 하지만 응급사태란다. 엘리야 스미스가 심장마비로 죽어가고 있으니 지금 당장 와달라는구나."

리앤더는 한숨을 쉬었다. 엘리야 스미스는 광산에 문제가 생겼음을 뜻하는 두 사람만의 암호였다. 가끔 리앤더가 병원에서 근무하는 동안 전화로 연락할 일이 생기면, 리드는 그런 식으로 전갈을 보냈다. 불쌍한 스미스 씨는 옻 중독에서부터 천연두까지 온갖 종류의 병에 걸리곤 했지만, 심장마비는 그 중에서 최악의 사태가 일어났음을 의미하는 암호였다. 그것은 폭동을 뜻했다.

리앤더는 신부가 기다리고 있을 위층을 올려다보았다.

"시간이 얼마나 있죠?"

"한 시간 전에 연락이 왔는데…… 리앤더, 가지 마라. 분명 다른 사람이 치료할 수 있을 거야."

"그래요? 누구요?"

리앤더는 치밀어 오르는 분노를 아버지에게 쏟아 붓듯이 다그쳤다. 광산 밖에 있으면 안에서 무슨 일이 벌어지는지 전혀 알 방도가 없었다. 그리고 리앤더는 광산에서 벌어지는 모든 폭동에 대해 책임을 느끼고 있었다. 조합원들을 끌어들인 사람이 바로 자신이었기 때문이다.

"어쨌든 최대한 빨리 가겠어요."

리앤더는 그렇게 말한 뒤 전화를 끊었다.

그는 계단을 올라가다가 바로 지금이 살면서 가장 끔찍한 순간이라고 생각했다. 그리고 블레어에게 집을 떠나야겠다고 말할 수 있을 만큼 그럴싸하게 둘러대야 한다는 사실을 깨달았다. 자신은 더 이상 누구의 간섭도 받지 않고 움직일 수 있는 홀가분한 독신이 아니었다. 이제 자신이 어디에 가는지 설명해야 할 아내가 생겼다. 순간 리앤더는 자신이 거짓말을 할 수도 없고 진실을 말할 수도 없는 상황에 처해 있음을 깨닫고 좌절했다. 블레어는 자기보호본능이 전혀 없으니, 진실을 듣는 순간 따라가겠다고 고집을 피울 것이 뻔했다. 하지만 그렇지 않아도 걱정거리가 많은데, 블레어까지 위험해지는 일은 원치 않았다.

최선의 방법은 재빨리 집을 빠져나가는 것이었다.

리앤더는 그 어느 때보다 신속하게 움직였다. 그는 몸의 은밀하고 섬세한 부분까지 비치는 얇은 헝겊만 걸치고 침대에 누워 있는 블레어를 보자 눈물이 핑 돌았다. 그녀는 그가 마땅히 받아야 하는 선물이었다. 리앤더는 그저 당장 가야 한다고, 최대한 빨리 돌아오겠다고 퉁명스럽게 말하고, 블레어가 반응하기 전에 재빨리 방을 나와 밖으로 도망쳤다.

아버지의 집에 도착할 때까지도 리앤더는 여전히 우울했다. 그리고 광산에서 일어났다는 폭동이 그를 더욱 우울하게 만들었다.

리드는 정보원 한 명이 경비원에게 꼬리를 밟혔다는 것과, 그 멍청한 작자가 리앤더의 도움 없이 혼자 섣부르게 광산으로 들어가려 했다고 말했다. 사내는 광산 뒤쪽의 작은 비밀통로로 들어가다가 경비원에게 발각되어 광산촌으로 도망쳤고, 지금 무장한 경비원들이 집집마다 돌아다니면서 무고한 사람들을 위협하고 있다는 것이다.

리앤더라면 쉽사리 광산촌으로 들어갈 수 있고, 경비원들보다 먼저 조합원을 찾아낼 가능성도 있었다. 그렇게만 되면 그 남자의 목숨을 구할 수 있을 뿐만 아니라, 조합원을 끌어들였다는 누명을 쓰고 죽게 될 무고한 광부들의 목숨까지 구할 수 있었다.

리앤더는 자신이 이 일을 할 수 있는 유일한 사람임을 깨닫고 재빨리 마차를 준비했다.

"만일 블레어가 와서 물어도 제가 간 곳은 절대 말하지 마세요. 제 상황에 대해 말하면 금방 제가 어디에 있는지 알아내고 절 돕겠다고 광산으로 쳐들어올 거예요. 절대 사실을 말하지 마세요. 그랬다간 블레어가 폭동 한가운데서 찢겨 죽을지도 모르고, 조합원과 블레어 둘 다 구하려다 저까지 위험해질 수도 있으니까요."

리드가 아들에게 어떻게 변명할지 물어 보기도 전에, 리앤더는 먼지를 일으키며 쏜살같이 사라져버렸다.

제19장

　블레어는 리앤더가 집을 나간 뒤 한참 동안 입을 다물 수 없었다. 분명 눈앞에 있었는데 순식간에 사라져버리다니…….

　처음에는 너무 화가 났지만, 그녀는 금세 미소를 지었다. 첫날밤인데도 불구하고 집을 나설 수밖에 없는 심각한 상황임이 분명했다. 그녀는 총알이 난무하고 무법자들이 설쳐대는 심각한 상황이 아니었다면, 그가 자신을 데려갔을 거라고 확신했다.

　블레어는 재빨리 이불을 걷고 서둘러 진료복으로 갈아입었다. 리앤더가 위험한 곳에 가고 있다면 분명 자신의 도움이 필요하리라는 생각이 들었다.

　그녀는 아래층으로 내려가서 수화기를 들었다. 밤에는 메리 캐서린이 교환수로 일하고 있었다.

　"메리, 리앤더가 어디로 갔죠?"

　"전 몰라요, 블레어-휴스턴. 그분의 아버지가 전화했어요. 그러자 리앤더는 곧 출발하겠다고 말했죠. 물론 몰래 엿듣지는 않았어요.

전 그런 짓은 안 해요."

"하지만 우연히 몇 마디 듣지 못했어요? 참, 그러고 보니 전 지미 텔보트의 어머니가 가장 아끼는 값비싼 유리 주전자를 깬 사람이 누구인지 아직 아무에게도 말하지 않았군요."

잠시 침묵이 흐르더니 메리 캐서린이 마지못해 대답했다.

"웨스트필드 씨는 제가 한 번도 만난 적 없는 남자에 대해 이야기했어요. 정말 불쌍한 사람이죠. 웨스트필드 씨와 리앤더 씨의 통화 내용을 들으니, 스미스 씨는 늘 온갖 질병으로 고생하는 불쌍한 사람인 것 같아요. 지난달만 해도 세 가지 병을 앓았죠. 낮에 근무하는 캐럴라인의 말에 의하면 스미스 씨는 지난달에만 두 차례나 아팠대요. 아마 오래 못 살 것 같아요. 뭐, 병에 걸려도 늘 금방 병세가 호전되는 것 같지만요. 하지만 첫날밤에도 나가다니 분명 스미스 씨가 리앤더 씨에게는 굉장히 중요한 사람인 게 분명해요. 아마 당신은 ……."

메리 캐서린은 잠시 무례하게 키득거렸다.

"지금쯤 리앤더 씨가 너무 그립겠지만요."

블레어는 메리 캐서린이 다른 사람들의 통화를 엿듣는 것에 대해 충고하고 싶었지만 그냥 입을 다물었다.

"고마워요."

블레어는 수화기를 내려놓고 절대 전화로는 사적인 대화를 나누지 않겠다고 맹세했다.

마구간에 가니 리앤더의 마차는 없고, 블레어가 한 번도 타보지 못한 데다 탈 마음도 안 생기는 커다랗고 야비해 보이는 말만 한 마리 있었다. 유일한 방법은 시아버지의 집까지 걸어가는 것이었다. 그녀는 차가운 산바람에 다시 생기를 느끼며 챈들러 시의 좁은 길목을 건너서 웨스트필드 저택으로 향했다.

문을 두드려 온 집안 사람들을 깨우자, 가정부가 성난 얼굴로 눈을 비비며 문을 열었다. 리드는 가정부의 뒤에 서 있었다.

"서재로 오너라."

리드는 백짓장처럼 질려서 이상한 표정으로 말했다. 그는 완벽하게 옷을 차려입었고, 보통 때보다 더 늙고 지쳐 보였다. 아마도 리앤더가 걱정되어 그런 것 같았다. 도대체 남편이 지금 무슨 일에 휘말린 것일까?

"그이는 지금 어디 있죠?"

블레어는 담배연기가 자욱한 서재로 들어서자마자 물었다. 하지만 리드는 불독을 연상시키는 표정으로 가만히 서 있었다.

"위험에 빠진 게 틀림없어요, 그렇죠? 그이를 잘 알아요. 만일 단순한 환자였다면 절 데려갔을 거예요. 하지만 이번에는 뭔가 잘못되었다는 느낌이 들어요."

여전히 리드는 아무 말도 없었다.

"전화 교환수가 그러는데 그이가 종종 스미스 씨라는 분을 진찰하러 갔다고 하더군요. 물론 혼자 힘으로도 그 사람이 어디에 사는지 찾아낼 수 있을 거예요. 아니면 집집마다 찾아다니면서 혹시 리앤더를 본 사람이 있냐고 물어볼 생각이에요. 제가 그이를 잘 알고 있다면, 분명 오늘도 리앤더는 정신없이 말을 몰았을 테니, 그이를 본 사람이 있을 게 확실해요."

블레어는 리드처럼 단호한 표정을 지었다.

"제 남편이 지금 위험한 상황에 놓여 있어요. 전에도 그랬던 것처럼 그이는 지금 총알이 빗발치는 지역에 발을 들여놓은 게 분명해요. 그것도 혼자서요. 저라면 그이를 도울 수 있어요. 분명 부상자가 많을 테고, 어쩌면 리앤더가 다쳤을지도 몰라요."

그녀는 떨리는 목소리로 간신히 말을 이었다.

"그를 도울 사람이 필요해요. 만일 아버님이 절 도와주시지 않으시면 다른 사람을 찾아볼 거예요."

그녀는 돌아서서 발걸음을 옮겼다.

리드는 한순간 곤혹스러움에 어찌할 바를 몰랐다. 블레어가 리앤더를 찾아낼 가능성은 전혀 없었지만, 큰 문제를 일으킬 수는 있었다. 그렇게 들쑤시고 다니다 보면, 사람들이 과연 첫날밤에 리앤더를 신방에서 끌어낼 만큼 중대한 문제가 무엇인지 궁금해할 것이 분명했다. 며칠 뒤면 사람들은 광산에서 일어난 폭동에 대한 소문을 들을 것이고, 그러다 보면 누가 리앤더와 광산 폭동을 결부시킬지도 모른다. 무언가 블레어를 잡아둘 만한 핑계거리가 필요했다. 핑계거리……. 리앤더를 찾겠다고 마을을 들쑤시는 대신 집으로 곧장 돌아가게 만들 방법이 필요했다. 빌어먹을, 왜 리앤더는 휴스턴과 결혼하지 않았을까? 그 애라면 오밤중에 시아버지를 찾아와 남편이 어디로 갔는지 묻는 일은 결코 없었을 텐데.

"다른 여자가 있다."

리드는 자신이 무엇을 하고 있는지도 모르고 불쑥 내뱉었다. 죽은 아내의 경우에 비춰볼 때, 블레어를 멈추게 하려면 남편의 사랑이 다른 곳으로 향해 있다고 거짓말을 하는 것이 최선의 방법일 것 같았다.

리드의 말에 블레어가 돌아서서 물었다.

"여자라뇨? 왜 그이가 다른 여자에게 갔다는 거죠? 그 여자가 아픈가요? 그럼 스미스 씨는 누구고, 그 사람은 왜 항상 아프죠? 제 남편은 지금 어디에 있어요?"

"그러니까…… 음…… 리앤더의 결혼소식을 듣고, 그 여자가…… 자살 기도를 했다."

리드는 그런 말을 입 밖으로 내며 이제 부자관계는 끝장이라고 생각했다. 아들이 이 이야기를 듣게 되면 살아 있는 한은 자신을 용서하지 않으리라.

블레어는 의자에 털썩 주저앉았다.

"그럴 수가……."

리드는 적어도 그녀의 머릿속에서 스미스라는 이름을 지울 수 있었다며 자위했다. 동시에 망할 전화 교환수에게 속으로 욕설을 퍼부었다.

"하지만 언니는요? 그이는 언니랑 약혼했잖아요. 그런데 어떻게 다른 사람을 사랑할 수 있죠?"

"리앤더는…… 그러니까…… 그 여자가 죽었다고 생각했단다."

리드는 책상에 놓인 신문으로 시선을 떨궜다. 신문 1면에는 덴버 지역에서 설치던 강도단이 지금 남쪽으로 이동 중이라는 기사가 실려 있었다. 또 그 강도단의 우두머리가 프랑스 여자라고 씌어 있었다.

"파리에서 만난 아가씨란다. 그 여자를 무척 사랑했지만 죽은 줄 알았지. 그런데 그 여자가 리앤더를 찾아 챈들러 시로 온 거야."

"언제요?"

"뭐가 말이냐?"

"언제 그 여자가 챈들러 시로 왔냐고요."

"몇 달 됐다. 나머지 이야기는 리앤더에게 듣는 게 어떻겠니? 이미 난 너무 많은 이야기를 한 것 같구나."

"하지만 만일 그 여자가 몇 달 전에 이곳에 찾아왔다면, 왜 리앤더는 언니와 파혼하지 않았죠?"

리드는 눈동자를 굴렸다. 그리고 다시 신문을 슬쩍 바라보았다.

"그 여자는…… 그러니까 리앤더가 사랑했던 여자는…… 그 애가 꺼려하는 일에 휘말려 있었다. 그래서 그 애는 자신의 마음을 분산시킬 게 필요했지."

"그러니까 언니가 바로 그런 존재였다는 거죠. 그리고 나중에는 제가 된 거고요. 리앤더는 그 여자를 사랑했는데, 그 여자가 죽었다고 생각하고 챈들러 시로 돌아와서 언니에게 청혼한 거군요. 그러다가 제가 나타났고, 쌍둥이의 장난으로 사건이 복잡해지자, 리앤더는 저에 대한 책임감 때문에 저와 결혼하기로 마음을 바꾸었군요. 이제 알겠어요. 어차피 그이가 진심으로 사랑하는 여자가 아니라면 누구와 결혼하든 그이는 상관없었던 거예요, 그렇죠?"

리드는 넥타이가 자신의 목을 조르는 것 같아서 옷깃 안으로 손가락을 집어넣었다.

"그렇게 설명이 되는구나. 하여간에 지금부터 난 아들이 돌아오면 그 애에게 무슨 말을 해야 할지 고민해야겠다."

블레어는 심란한 마음으로 밖으로 나와 힘없이 집으로 걷기 시작했다. 리드는 마구간지기에게 그녀를 집까지 태워주라고 말했지만, 블레어는 거절했다. 오늘은 그녀가 결혼한 날이었고, 당연히 인생에서 가장 행복한 순간이어야 했다. 하지만 남편이 자신을 버린 마당에 다른 사람이 자신의 곁에 있는 것은 더욱 싫었다. 가장 행복했던 순간이 가장 끔찍한 악몽으로 변하다니……

두 사람의 결혼 생활이 행복했으면 좋겠다고 블레어가 말했을 때 리앤더는 속으로 얼마나 비웃었을까. 그는 누구와 결혼하든 상관없었다. 휴스턴은 예쁘고 의사의 아내로 적당한 여자라서 자신과 결혼해달라고 청혼했지만, 그녀는 그에게 냉담했다. 그래서 블레어가 첫날밤도 되기 전에 침대로 뛰어들었을 때, 그는 블레어와 결혼하기로 결심했다. 이미 그의 마음을 다른 여자에게 주어버렸는데 누구와 결혼하든 무슨 상관이겠는가?

"저기 있다."

블레어의 뒤에서 누군가의 목소리가 들렸다.

희미한 불빛 사이로 작은 남자가 말 위에서 자신에게 손가락질 하는 모습이 보였다. 잠시 블레어는 자신이 벌써부터 거리에서 그냥 지나쳐도 의사라고 알아볼 만큼 유명한 존재가 되었다는 사실에 자부심을 느꼈다. 그녀는 걸음을 멈추고 작은 남자와 그 뒤에 서 있는 세 명의 사람들을 바라보았다.

"누가 다쳤나요? 지금 의료기구가 없어요. 하지만 잠시 집에 들를 시간을 주면 곧 챙겨서 따라가겠어요. 제가 아니라 남편이 필요 해도 저는 지금 그이가 어디에 있는지 잘 몰라요. 그러니까 어쩔 수 없이 절 데려가셔야 할 거예요."

"도대체 이 여자가 뭐라고 하는 거야, 칼?"

뒤쪽의 남자가 물었다. 그러자 칼이 손을 내밀었다.

"아뇨, 남편은 필요 없습니다. 당신이면 괜찮아요. 저와 함께 말을 타도 괜찮겠어요?"

블레어는 손을 잡고 그의 도움을 받아 그의 앞쪽에 앉았다.

"저희 집은……."

그녀가 다시 입을 열었지만, 칼이 재빨리 말을 가로챘다.

"댁의 집이 어디인지 잘 알고 있어, 오만하고 고귀한 챈들러 양. 아니, 이제는 태거트 부인이라고 불러야 하나?"

"무슨 일이죠? 전 언니가 아니……."

블레어가 깜짝 놀라서 물었지만, 목동이 그녀의 입을 틀어막는 바람에 더 이상 아무 말도 하지 못했다.

리앤더는 심하게 흔들리는 마차 좌석에 앉아, 허리의 통증을 완화하려고 손을 댔다. 어젯밤이야말로 신부를 품에 안고, 부드러운 침대에 누워 사랑을 나누고 함께 웃으며 서로를 탐색하는 시간을 보냈어야 했다. 대신 그는 힘겹게 산을 올라가 거의 정신을 잃은 남자를 등에 짊어지고 내려오는 신세가 되었다.

어젯밤 광산에 도착했을 때, 문은 굳게 잠겨 있고 경비원들의 모습은 보이지 않았다. 하지만 광산촌에서는 고함소리와 여자들의 비명에 성난 목소리까지 간간이 들렸다. 그는 말과 마차를 숲 속에 숨겨놓고, 산을 올라 가파른 계곡을 타고 광산촌으로 몰래 들어갔다. 그리고 어두운 지붕 그늘 사이에 몸을 숨기고, 위험을 무릅쓰면서 조합원을 숨겨줄 만한 광부의 집으로 몰래 들어갔다.

광부의 아내는 거의 발작 직전이었다. 조합원이 집 뒤쪽의 헛간에 몸을 숨긴 채 피를 흘리며 신음하고, 경비원들이 집집마다 돌아다니며 샅샅이 수색하고 있으니 충분히 그럴 만도 했다. 하지만 누구도 그에게 가볼 엄두를 내지 못했다. 조합원과 함께 있다가 발견되면 죽임을 당할 게 뻔했기 때문이다. 만일 경비원들이 수색을 마친 뒤에도 침입자의 흔적을 발견하지 못하면 광부들에게도 아무 해가 없겠지만, 혹시라도 발각된다면……. 여자는 두 손으로 얼굴을 감쌌다. 만일 조합원이 발각된다면, 남편은 죽임을 당하고 자기와 가족들은 집도 돈도 없이 내쫓기는 신세가 되리라.

리앤더는 그녀에게 몇 마디 위로의 말을 하고, 재빨리 헛간 뒤쪽의 숲 속으로 들어가 작고 다부진 체격의 남자를 어깨에 들쳐업고, 그를 빼내기 위한 힘겨운 임무를 시작했다. 유일한 탈출구는 그가 들어온 길을 따라 산을 타고 돌아가는 길밖에 없었다.

그는 몇 번이고 멈춰서 휴식을 취하면서 주위에 귀를 기울였다. 아무 소리도 들리지 않고 사방이 고요했다. 광산촌에는 술집이 몇 군데 있어서, 종종 광부들이 주급을 받아서 술을 먹는 데 탕진해버리는 수가 있었다. 지금도 리앤더는 자신의 집이 수색 당하고 있는지, 가족들이 겁에 질려 있는지도 모른 채 노래를 흥얼거리며, 집으로 비틀거리며 걸어가는 남자의 소리를 들었다.

리앤더는 산꼭대기에 올라 잠시 걸음을 멈추고, 희미한 달빛에 의지해 조합원의 상태를 살펴보았다. 탈출 과정에서 다시 피가 흐르고 있었다. 리앤더는 출혈을 막기 위해 힘껏 상처를 꼭 맨 뒤, 다시 산등성이를 따라 마차를 숨긴 장소로 내려갔다.

아무래도 마차 안의 비밀장소에 사내를 구겨 넣는 일은 불가능할 것 같았다. 할 수 없이 리앤더는 남자를 자신의 옆에 앉힌 뒤 조심스럽게 말을 몰았다.

그는 콜로라도 스프링스가 있는 북쪽으로 말머리를 돌렸다. 부상자를 데리고 챈들러 시로 들어갈 수는 없었다. 아무것도 모르는 사람들은 그가 누구인지, 어디서 다쳤는지 물어볼 텐데, 굳이 위험을 자초할 수는 없었다. 만일 의심을 받는다면 다시는 사람들을 돕지 못할 수도 있었다.

스프링스 외곽에는 꼬치꼬치 묻지 않고, 입이 무거운 의사가 살고 있었다. 리앤더는 다친 남자를 수술대에 올려놓고, 오솔길 근처에서 발견했다고 중얼거렸다. 늙은 의사는 그를 바라보며 말했다.

"어제 결혼한 사람이 첫날밤에 반쯤 죽어가는 사람을 찾아 어슬렁거리고 있었나? 아무 말 말게나. 별로 듣고 싶지도 않으니까. 우선 환자나 살펴보자고."

리앤더가 챈들러 시로 돌아온 때는 오후 2시였다. 그는 완전히 지쳐서 블레어의 얼굴을 보고, 먹고, 잠자는 것밖에는 더 이상 바랄 것이 없었다. 그는 돌아오는 내내 블레어에게 자신이 어디에 있었는지 변명할 핑계를 짜내느라 고심했다. 결국 은행강도 사이에 총격전이 있었고, 블레어가 따라 나섰다가 위험에 빠질까 봐 혼자 갔다고 말하기로 결정했다. 대충 그 정도 이야기면 사태를 무마할 수 있을 것 같았다. 그저 그녀가 왜 챈들러 시에 사는 다른 의사가 아니라 자신이 가야 했냐고 묻지 않기만 빌 뿐이었다. 또 신문에 총 격전에 대한 기사가 실리지 않은 이유도 묻지 않기를 바랐다.

최악의 사태가 벌어지면, 그녀가 자신을 믿지 않는다는 사실에 상처를 입은 것처럼 행동하며, 우리의 결혼 생활이 어긋나기를 바라냐고 우길 생각이었다.

집에 도착한 리앤더는 블레어가 없다는 사실에 안도했다. 너무 피곤해서 거짓말로 둘러댈 자신이 없었기 때문이다. 그는 두껍게 썬 빵 사이에 햄을 끼우고, 그것을 입 안에 밀어 넣으며 침실로 향했다. 침실은 그야말로 난장판이었다. 블레어의 옷은 여기저기에 흩어져 있고, 침대는 전혀 정리되지 않은 상태였다. 그는 흘끗 옷장 안을 바라봤다가 아내의 진료복이 없어진 것을 확인하고, 그녀가 병원으로 갔음을 깨달았다. 이미 병원 이사진에게 그녀가 그곳에서 일할 수 있도록 말을 해놓은 상태였다. 그녀가 수술실에서 일할 수 있도록 혼수상태가 될 정도로 병원 일에 매달렸지만, 그럴 만한 가 치가 있었다. 덕분에 그녀를 차지할 수 있었으니까.

그는 샌드위치를 반쯤 먹어치운 뒤, 침대로 기어올라가 헝클어진 블레어의 잠옷을 꼭 끌어안고 잠 속으로 빠져들었다.

다시 잠에서 깨어났을 때는 8시였고, 여전히 집이 텅 비어 있다는 사실을 깨닫자 그는 차츰 걱정되기 시작했다. 블레어는 어디에 있는 거지? 분명 지금쯤은 집에 돌아왔어야 하는데. 리앤더는 자리에서 일어나서 침대 구석에 놓인 샌드위치 조각을 입에 넣었다. 문 득 옷장 옆에 놓여 있는 블레어의 진료가방이 눈에 띄었다.

순간 그의 심장이 멈춰버렸다. 블레어가 저 가방을 집에 두고 나 갔다는 건 말이 되지 않았다. 아니, 결혼식 날 제단으로 걸어올 때 진료가방을 들고 오지 않은 것이 오히려 불가사의한 일이었다.

하지만 지금 가방은 분명 바닥에 놓여 있었다.

그는 샌드위치를 집어던지고 집이 떠나가라 그녀의 이름을 불렀다. 아무래도 그가 잠들어 있는 사이에 집으로 돌아온 것이 분명한데, 어디에도 그녀는 보이지 않았다. 잠시 후에 리앤더는 집 안팎의 어디에도 그녀가 없음을 확인했다.

그는 전화기를 들고 교환수에게 병원에 연결해달라고 부탁했다. 하지만 결혼식 이후로 블레어를 보았다는 사람은 아무도 없었다. 리앤더는 무례한 농담을 몇 마디 듣다가, 혹시 블레어가 자신의 실수를 깨닫고 도망쳤을지도 모른다고 생각하며 수화기를 내려놓았다.

즉시 다시 벨이 울렸다.

"리앤더, 메리 캐서린의 말이 어젯밤에 당신이 그 불쌍한 스미스 씨를 치료하러 간 뒤에, 블레어가 당신 아버님을 찾아갔다고 하더군요. 아마도 그분이라면 블레어가 어디에 있는지 아실 거예요."

전화는 낮에 근무하는 교환수인 캐럴라인에게 온 것이었다. 그는 이제 엿듣는 짓은 그만 좀 하라는 말이 목구멍까지 치밀어 올랐지만, 입술을 꽉 깨물었다. 이번에는 그녀에게 고마워해야 할 판이었다.

"알았어요."

그는 그렇게 중얼거리며 수화기를 내려놓은 뒤, 자신의 종마를 타고 최대한 빨리 아버지의 집으로 말을 몰았다.

"뭐라고 말했다고요?"

리앤더는 아버지에게 고함을 질렀다. 리드는 아들의 분노에 몸을 움찔했다.

"재빨리 거짓말을 해야 한다고 생각했다. 안 그러면 그 애가 널 따라나설 게 분명했거든. 다른 여자 핑계를 대지 않는 한 그 애의 관심을 돌릴 수 없을 것 같았어. 내가 화재와 전쟁, 조합원들의 폭동 같은 이야기를 하면 그 애는 울면서 쓰러졌을 거다."

"그래도 다른 이야기를 지어내셨어야죠. 진심으로 사랑하는 여자를 잃었기 때문에, 사랑하지도 않는 블레어와 결혼했다는 것말고요."

"좋아, 네가 그렇게 영리하면 광산에 가기 전에 블레어가 납득할 수 있는 이야기를 미리 내게 말해 주고 가지 그랬냐!"

리앤더는 입을 열다가 다시 다물어버렸다. 진짜로 리드가 그런 끔찍한 말을 했다면, 블레어가 자신을 따라나서지 않은 것도 당연했다. 그도 날아드는 총알이 블레어를 막을 수 없다는 사실을 잘 알고 있었다.

"그럼 이제 어떻게 하죠? 아내에게 우리 아버지는 거짓말쟁이고 다른 여자 따위는 없다고 말하라고요?"

"그렇다면 네 결혼 첫날밤에 어디에 있었다고 말할 거냐? 산등성이를 타고 광산으로 몰래 들어가서, 다친 조합원을 몰래 탈출시켰다고 말할 수는 없잖니? 그랬다간 다음에 또 전화가 왔을 때 네 아내가 무슨 짓을 할지 누가 알겠니?"

"분명 마차 속에 숨어 있다가 난장판 속에 끼어드는 어리석은 짓을 하겠죠. 그럼 이제 어떻게 하죠?"

"우선 그 애를 먼저 찾아야지. 최대한 아무도 모르게 빨리 찾도록 하자꾸나. 그 애가 갑자기 떠났다는 사실을 마을 사람들이 알면, 그야말로 소문에 휩싸이게 될 테니까."

"블레어는 도망친 게 아니에요. 블레어는……."

리앤더는 그렇게 말했지만 자신도 그녀가 어디에 있는지 몰랐다.

제20장

　리앤더와 그의 아버지는 밤새 블레어를 찾아다녔다. 그녀가 아버지의 말을 듣고 우울해하며 이리저리 거리를 배회하고 있을지도 모른다는 생각에 거리를 샅샅이 뒤졌지만, 그녀는 어디에서도 찾을 수 없었다.

　아침이 되자 그들은 블레어가 응급사태가 생겨 나간다는 쪽지만 남겨놓고 아무 말도 없이 사라져, 리앤더가 걱정하고 있다는 소문을 퍼트리기로 결정했다. 적어도 그런 사태라면 대놓고 사람들에게 그녀의 행방을 물어볼 수 있을 테니까.

　결혼 첫날에 아내를 잃어버렸다는 사실 때문에 리앤더는 사람들의 놀림감이 되었지만, 그래도 견딜 만했다. 그의 유일한 관심사는 블레어의 안전과 행방뿐이었으니까. 그녀는 너무 고집이 세고, 두 사람 사이에는 결혼을 지속할 공통 기반이 적었기 때문에, 혹시라도 그녀가 펜실베이니아로 돌아가서 영원히 돌아오지 않을까 봐, 리앤더는 너무 두려웠다. 그녀와 결혼하기 위해 온갖 고초를 이겨

냈는데, 그녀에게 함께 살자고 설득하기 위해 또다시 그 고생을 거듭할 수는 없는 일이었다.

밤이 되자 그는 너무 지쳐 헝클어진 침대에 쓰러지듯 누워 잠들었다. 내일 아침에는 헨리 블레어 박사에게 혹시라도 블레어가 그곳에 있다면 그녀를 꼭 붙잡아두라는 내용의 전보를 보낼 예정이었다.

누군가 그를 거칠게 흔드는 바람에 리앤더는 잠에서 깨어났다.

"웨스트필드, 일어나."

리앤더가 잠에 취해서 몸을 뒤척이다가, 엄청 화가 난 듯한 표정의 케인 태거트를 올려다보았다. 그는 종이 한 장을 들고 있었다.

"자네 부인은 지금 어디에 있지?"

리앤더는 침대에서 일어나 머리를 쓸어 넘겼다.

"아마도 날 떠난 것 같아."

리앤더는 이제 진실을 숨길 힘조차 남아 있지 않았다. 어차피 이제 곧 마을 전체가 알게 될 일이었다.

"내 생각이 맞았어. 이걸 보게."

그는 더러운 종잇조각을 리앤더의 손에게 건넸다. 종이에는 조잡하고 엉성한 글씨로 간단한 내용이 적혀 있었다.

'아내를 데리고 있다. 내일까지 티핑 바위에 50,000달러를 갖다 놓아라. 그렇지 않으면 네 아내를 죽이겠다.'

"휴스턴이? 당장 총을 가져오겠어. 함께 가자고. 누가 휴스턴을 잡아갔는지 알고 있어? 보안관에게는 미리 알린 거야?"

"잠깐만, 휴스턴은 괜찮아. 나와 휴스턴은 결혼식을 마치고 마을을 잠시 떠났거든. 오늘 아침에 함께 돌아왔는데, 내 책상에 다른 우편물과 함께 이게 있더군."

케인은 침대 모서리에 걸터앉아 말했다. 리앤더는 그 말에 번개에 맞은 것처럼 벌떡 일어났다.

"그렇다면 블레어가 잡혀 있다는 말이군. 당장 보안관에게 이 사실을 알려야겠어. 아니, 보안관이 블레어를 찾을 수 있을지 의심스럽군. 내가 직접 가서 놈들을……."

"잠깐 진정하고 먼저 생각 좀 해보자고. 오늘 아침에 내가 돌아왔을 때, 덴버에서 왔다는 남자가 날 만나러 왔어. 오는 길에 챈들러 시 외곽을 세력권으로 잡으려는 뜨내기 강도단을 만나 모든 걸 뺏겼다고 했지. 정말 흥분해서 서부인들은 죄다 범죄자라고 나불거리고, 심지어 놈들이 여자들까지 잡아들인다고 말했지. 아마도 놈들이 여자를 납치했다고 말하는 것을 들었나 봐. 어쩌면 그 여자가 바로 자네 아내일 수도 있지."

리앤더는 즉시 두꺼운 면 셔츠와 질긴 데님 바지 위에 가죽 바지를 덧입고, 허리띠에 권총을 밀어 넣었다. 흥분과 분노가 가라앉으면서 그는 서서히 이성을 되찾았다.

"그 남자가 어디에서 강도를 당했다고 했지? 거기부터 시작해야겠어."

케인이 일어서자, 리앤더는 그가 무장했음을 알 수 있었다.

"이건 내 일이기도 해. 놈들이 원하는 건 내 돈이고, 녀석들은 내 아내를 인질로 잡고 있다고 생각할 테니까. 이 쪽지를 보자마자 놈들이 잡고 있는 여자가 블레어라는 사실을 깨달았지. 하지만 블레어가 실종됐다면 벌써 마을이 발칵 뒤집혔을 텐데, 내가 아는 한 블레어가 없어진 사실을 아는 사람이 아무도 없더군. 그래서 자네가 이 사실을 숨겨야 할 이유가 있다고 추측했지."

리앤더는 단지 그녀의 친구들을 불안하게 하기 싫었을 뿐이라고 변명하고 싶었지만, 그렇게 하지 않았다.

"맞아. 이유가 있지."

리앤더는 케인의 반응을 기다렸지만, 그는 별 다른 말을 하지 않았다.

"총을 쏘는 법은 알고 있어? 말 타는 법도?"

그 말에 케인은 곰처럼 툴툴거렸다.

"휴스턴은 아직 날 그 정도로까지 샌님으로 만들지는 못했어. 그리고 자네가 태어나기 전부터 난 여기서 자랐다는 사실을 잊지 말라고. 이 지방에 대해서는 물론이고, 외곽에 숨을 만한 곳도 잘 알고 있어. 자네가 세세하게 살핀다고 하면서도 지나친 장소도 난 바로 알아볼 수 있다고."

리앤더는 잠시 주저했다. 이 남자에 대해서 잘 알지도 못했고, 그를 신뢰해야 할지 말아야 할지도 몰랐다. 지난 몇 년 동안, 그는 케인이 재산을 불리기 위해 온갖 불법적인 수단을 동원했다고 숱하게 이야기를 들었다. 돈을 위해서라면 무엇이든 할 수 있는 사람이 바로 케인 태거트였다. 하지만 지금 케인은 리앤더를 찾아와 도와주겠다고 말하면서, 리앤더가 비밀을 지킬 권리를 기꺼이 존중하겠다는 것이다.

리앤더는 총집을 허벅지에 단단히 조이며 말했다.

"총은 가지고 왔나?"

"밖에 묶어둔 말에 일개 소대가 사용해도 될 만큼 총을 싣고 왔지. 혹시 몰라서 50,000달러도 챙겨왔고. 블레어 주위에 총질을 해대느니 차라리 돈을 주는 편이 나을 테니까."

케인은 능청스럽게 미소를 지으며 농담을 했다.

"더구나 며칠 전만 해도 나와 결혼할 뻔한 아가씨잖아."

처음 리앤더는 그가 한 말의 의미를 몰라 어리둥절했지만, 곧 그

의미를 깨닫고 미소로 화답했다.

"결국 이렇게 일이 해결돼서 다행이군."

둘만 아는 농담이 마음이 드는 듯 케인은 턱을 쓰다듬었다.

"나 또한 마찬가지. 자네가 생각하는 것 이상이야."

15분 뒤에 두 사람은 안장을 올리고 음식을 준비한 뒤 마을을 벗어났다. 리앤더는 교환수를 불러 스미스 부인에게 큰일이 생겼다고 아버지에게 전해달라고 부탁했다. 그는 교환수가 혀를 차며 불쌍한 스미스 가족에게 애도의 말을 전하는 것을 건성으로 들으며 전화를 끊었다.

일단 마을 경계선에서 벗어나자 길은 더 가팔랐지만 리앤더의 말은 계속 질주했다. 케인이 끌고 온 말들은 거의 100킬로그램에 육박하는 남자를 태우고도 끄떡없어 보였다. 리앤더가 걱정하는 것은 오직 블레어뿐이었고, 그녀가 안전하고 무사하기만 빌었다.

블레어는 묵직한 참나무 의자에 묶여서, 온몸을 칭칭 감고 있는 밧줄을 풀기 위해 힘겨운 사투를 벌이고 있었다. 이미 몇 차례 탈출을 시도한 덕분에 그녀는 의자에 꽁꽁 묶이는 신세가 되었다. 게다가 어제는 아예 의자를 짊어진 채 문을 열고 도망치려다 붙잡히는 바람에, 의자를 바닥에 못질해서 고정해놓으라는 명령이 떨어졌다. 블레어는 몇 시간이고 그렇게 앉아 남자들에게 명령하는 여자를 빤히 노려보았다.

프랑수아라는 이름의 그 여자가 바로 이 범죄자들의 우두머리인 것 같았다. 예쁘장하고 날씬한 몸매에 검은 머리카락을 늘어뜨린 여자는 자신의 외모에 분명히 자신감이 있는 듯했고, 방에 있는 남자들을 모두 합친 것보다 훨씬 영리해 보였다.

순간 블레어는 바로 이 여자가 리앤더가 사랑했다는 그 여자라고 생각했다.

리드가 한 말이 모두 들어맞았다. 그녀는 가끔은 부하들조차 이
해하지 못하는 강한 프랑스 억양이 섞인 영어를 썼고, 리앤더가 절
대 허락하지 못할 불법적인 일에 개입되어 있었다. 블레어는 사랑
하는 여자가 부도덕한 일에 휘말려 있어서 그녀를 포기할 수밖에
없었던 리앤더의 심정이 이해되기도 했다.

블레어는 딱딱한 의자에 앉아서 적의가 그대로 드러나는 눈으로
그녀를 노려보았다. 그녀 때문에 블레어는 남편을 완벽하게 차지할
수 없었다. 아니, 리앤더가 블레어를 사랑하게 된다고 해도 과거까
지 지울 수는 없는 일이었다. 어쩌면 육감적인 악녀의 매력에 빠지
는 것이 남자들의 천성인지도 몰랐다. 어쩌면 리앤더는 평생 상처
입은 심장을 부여안고 살아가게 될지도 모르는 일이었다.

여자는 잠시 블레어 앞에 서서, 블레어의 눈을 가만히 처다보았
다. 그리고 낡은 책상에서 의자를 끌어서 그녀 앞에 놓고 앉았다.

"지미, 재갈을 벗겨 봐."

항상 자신의 옆을 따라다니는 경호원에게 그녀가 명령했다.

"지미, 그 입에 물린 천을 빼라고."

덩치 큰 남자가 재갈을 벗기자, 여자는 그에게 블레어와 단둘이
있을 수 있게 방에서 나가라고 명령했다.

"왜 그렇게 적대적인 눈으로 날 처다보는 거지? 남자들을 볼 때
는 그렇지 않잖아. 내가 여자라서 그래? 여자가 이런 수완을 갖고
있다는 게 못마땅해?"

"수완이라뇨? 무슨 말을 하는 거죠? 남자들이 너무 바보라 당신
같은 여자의 진면목을 알아보지 못할지도 모르지만, 전 달라요. 전
당신을 알아요."

"그렇다니 다행이군. 하지만 난 결코 남을 속이지는 않는데?"

"제게 거짓말할 필요 없어요. 전 이미 다 알고 있으니까. 전 리앤더의 아내예요."

블레어는 머리를 꼿꼿이 들고 자부심이 가득한 모습을 보여주려 애썼다. 순간 블레어는 이 여자가 훌륭한 배우라는 사실을 인정할 수밖에 없었다. 잠시 온갖 표정이 여자의 얼굴을 스치고 지나갔다. 당혹감과 의혹, 재미있다는 표정까지. 여자는 일어나서 블레어에게 등을 돌렸다.

"아, 리앤더. 사랑하는 나의 리앤더 말이군."

"그렇게 잘난 척하지 말아요. 비록 지금은 당신이 그이를 차지했다고 생각하고, 평생 그럴 수 있다고 착각하고 있을지 몰라도, 두 사람 사이에 무슨 일이 생겨서 그이가 당신을 잊어버릴 수도 있으니까요."

그녀는 블레어 쪽으로 다시 돌아서서 진지한 표정으로 말했다.

"어떻게 그이가 그걸 잊는다는 거지? 그 일을 잊고 살 수 있는 사람은 세상에 없어. 그런 일은 일생에 딱 한 번 일어나는 거야. 그래, 결국 그이가 당신과 결혼했군. 얼마나 됐지?"

"이틀이오. 당신도 알고 있겠죠. 우리가 결혼한 바로 그날, 당신이 그이를 빼앗아 갔으니까요. 정말 자살을 기도한 건 맞나요? 아주 건강해 보이는군요. 어쩌면 그것도 동정심을 구걸하기 위한 거짓이었겠죠. 다른 사람도 아닌 리앤더 같은 사람을 놓치는 게 아깝게 느껴졌겠죠."

"아니, 난 리앤더를 놓치는 게 아깝지 않아. 단지 그이가 다른 사람의 소유가 되는 것이 싫을 뿐이지. 왜 우리가 이루어질 수 없었는지 그이가 말하던가?"

"그이는 당신에 대해 한 마디도 하지 않았어요. 당신의 정체를 알고 난 뒤, 당신을 용서할 수 없었던 게 분명해요. 아버님도 그렇게 말씀하셨죠. 어쩌면 아버님을 뵙지 못했을지도 모르겠네요. 당신은 남자들이 가족에게 소개하고 싶은 부류의 여자는 아니니까요. 아버님 말씀에 의하면 리앤더는 당신이 죽었다고 생각하고 파리를 떠났다더군요. 그래서 챈들러 시로 돌아왔다고요."

블레어는 리앤더가 유럽에서 있었던 일을 이야기 해주던 때를 떠올렸다. 그는 그 이야기를 하면서 다른 여자가 있다는 암시조차 하지 않았다. 그에게는 그 이야기를 하는 것 자체가 고통스러웠을 것이다.

"전 기필코 그이를 차지하고 말겠어요. 그이는 제 남편이에요. 당신이 아니라 그 누구도 저에게 그이를 빼앗아가지 못해요. 그이는 절 찾으러 올 테고, 당신도 다시 그이를 볼 수 있는 기회가 생기겠죠. 하지만 이번이 그이를 볼 수 있는 마지막 기회라는 걸 명심해요."

"파리라고? 그랬군. 아마도 리앤더 태거트와 내가……."

"리앤더 태거트요? 리앤더의 성은 태거트가 아니에요. 언니가 태거트와……."

그녀는 입을 다물었다. 무언가 잘못된 것 같은데, 그게 무엇인지 감이 잡히지 않았다. 프랑수아는 가까이 와서 블레어의 얼굴을 유심히 쳐다보았다.

"이름이 뭐지?"

"전 의사 블레어 챈들러 웨스트필드예요."

블레어가 얼굴을 찌푸리며 대답했다. 그러자 여자는 돌아서서 오두막에서 나갔다.

블레어는 의자에 힘없이 기대고 앉았다. 거의 이틀이 넘게 잡혀 있으면서 제대로 자지도 먹지도 못해서, 더 이상 머리를 짜서 무엇을 이해하는 게 불가능했다.

블레어를 붙잡은 뒤, 놈들은 그녀의 눈을 가리고 재갈을 물린 채로 몇 시간 동안 끌고 다녔다. 말을 타고 움직이는 동안 그녀는 자신의 등 뒤에 탄 남자의 손길을 뿌리치느라 정신이 없었다. 남자는 계속 '너를 갖고 싶다.'라고 속삭였다. 살면서 이렇게 끔찍한 경험도 처음이고, 이렇게 징그러운 남자를 만난 것도 처음이었다.

블레어가 최대한 남자에게 떨어지려고 발버둥을 치자, 말이 화났는지 두 발을 들어올리며 날뛰기 시작했다. 그러자 다른 남자가 고삐를 움켜쥐고, 그녀는 프랭키의 몫이니 내버려두라고 명령했다.

순간 블레어는 등골이 오싹해지면서 몸을 떨었다. 도대체 프랭키는 누구고 자신에게 뭘 원하는 것일까? 아직도 그들에게 자신의 의술이 필요하리라는 일말의 기대를 품고 있었지만, 그들이 진료가방을 가져오라고 하지 않는 것도 의심스러웠다.

일당이 눈가리개를 풀어주자, 블레어의 앞에는 무너져가는 오두막이 서 있었다. 주변에는 남자 여섯 명이 서 있었는데, 모두 그녀를 잡아온 남자처럼 키가 작고 멍청해 보였다. 작은 우리도 보였고, 여기저기에 헛간이 있었다. 주위는 높고 가파른 절벽으로 둘러싸여 있고, 커다랗고 하얀 바위가 요새처럼 오두막을 가리고 있었다. 즉시 블레어는 협곡 안쪽으로 보이지 않는 입구가 있으며, 오두막이 바로 그 협곡을 가로막고 있다는 사실을 깨달았다.

무너져가는 현관에서 프랭키가 나타나자, 블레어는 주위에 대한 관심이 즉시 사라졌다. 프랭키는 바로 그녀에게 남편의 사랑을 빼앗아간 그 프랑스 여자였다. 미움과 분노, 질투가 뒤엉켜 블레어는 할 말을 잃고 숨을 헐떡였다.

누가 그녀를 오두막으로 밀어 넣었다. 더럽고 어두운 오두막에는 작은 방이 두 개 있었다. 오두막 한쪽에는 식탁과 망가진 의자가 있고, 다른 방에는 침대가 놓여 있었다. 커다란 의자 옆에는 생필품

265

이 쌓여 있었다.

마침내 일당은 블레어의 팔목에 묶여 있던 끈을 풀어주었다. 프랭키는 절벽 때문에 탈출할 수 없다고 생각했는지, 블레어에게 목숨을 연명할 만큼만 음식을 주라고 명령했다.

블레어는 자신이 제대로 생각하고 있는지 확신할 수 없었다. 오랫동안 제대로 먹지도 쉬지도 못한 데다, 자신을 잡아온 이 끔찍한 여자가 바로 남편의 애인이라는 충격에 빠져 있었다. 한쪽으로는 어쩌면 이게 다 리앤더가 꾸민 짓인지도 모른다는 생각이 들었고, 다른 한쪽으로는 리앤더를 다시 보고 싶어서 프랭키가 이런 일을 꾸몄을지도 모른다는 생각이 들었다. 만일 리앤더가 다시 프랭키를 만난다면, 과연 또다시 블레어를 선택할지, 아니면 리드가 말했던 진짜 사랑을 찾아 그녀와 함께 떠날지 의문이었다. 물론 이미 리앤더는 신혼 첫날밤 이 여자를 만나기 위해 그녀의 곁을 떠났었다. 이 여자는 그가 그렇게 하도록 만들 수 있는 힘이 있었다. 그러니 리앤더가 프랭키와 함께 있기 위해 오두막 어딘가에 숨어, 이 모든 사건을 배후에서 지휘하고 있을지도 몰랐다.

프랭키가 학교 선생처럼 블레어를 유괴했던 목동의 귀를 붙잡고 들어왔을 때, 블레어의 눈에는 눈물이 흐르고 있었다. 소년의 뺨에는 따귀를 맞은 자국이 빨갛고 선명하게 나 있었다. 프랭키는 소년에게 물었다.

"이 여자가 맞아? 분명히 그 남자를 잘 안다고 했잖아. 아니면 빚을 갚으려고 거짓말을 한 거냐?"

"틀림없다고요. 맹세해요. 이 여자의 남편이 저를 도랑에 집어던졌어요. 그 남자는 엄청난 부자라고요."

프랭키는 짜증난다는 듯이 소년을 옆으로 밀었다. 그리고 찢어진 신문지를 내밀었다.

"이런 애송이가 아니라 제대로 된 놈을 보냈어야 했는데……. 이게 보이니? 일란성 쌍둥이가 보이지? 한쪽은 부자와 결혼했고, 다른 쪽은……."

프랭키는 눈을 동그랗게 뜨고, 두 사람의 대화에 귀를 기울이고 있는 블레어를 흘끗 쳐다보았다.

"내가 사랑하는 리앤더의 아내가 되었다고."

블레어는 너무 화가 나고, 배도 고픈 데다, 지쳐서 비꼬는 듯한 프랭키의 말투에도 불구하고 들리는 대로 믿어버렸다.

"여기서 꺼져. 무슨 일이 일어난 건지 정리 좀 해야겠다."

프랑스 여자는 소년에게 고함을 질렀다. 만일 그 순간, 허리춤에 세 자루의 총을 꿰찬 남자가 바위 위에 납작 엎드려서 한 손에 장전된 총을 들고 기어오르고 있고, 다른 남자가 숨겨진 협곡의 입구에 서서 신호를 기다리고 있다는 사실을 알았더라면, 프랭키도 더 신속하게 생각했을 것이다.

제21장

　블레어는 살면서 이렇게까지 기가 꺾인 적이 없었다. 굶주림과 목마름, 두려움 등 온갖 감정이 뒤섞여서, 평생 자신을 진심으로 사랑해준 사람이 별로 없었다는 생각이 들었다. 의붓아버지는 항상 그녀를 미워했고, 학창 시절 유일하게 자신에게 관심을 보이던 남자는 자신을 차버렸다. 게다가 남편은 다른 여자를 사랑하고, 평생 그 여자만 사랑했다는 사실을 알았으니……. 그를 되찾을 수 있을지도 알 수 없었다. 되찾는다고? 아니, 한 번도 가진 적이 없는 남자였다.

　"밖으로 나가고 싶어요."

　새벽녘에 프랭키가 오두막으로 들어오자 블레어는 그녀에게 말했다. 지난번에 블레어가 화장실에 가고 싶다고 하자, 프랭키는 부하에게 블레어를 감시하게 했고, 그는 문틈으로 블레어를 훔쳐보았다. 그 사실을 안 블레어는 최대한 소변을 참고 있었다.

　"이번에는 내가 따라가지."

프랑스 여자는 블레어의 손목에서 끈을 풀어주며 말했다. 블레어는 의자에서 일어나자 어지럽고 발밑이 흔들리는 것 같았다. 혈액순환이 제대로 되지 않아서 몹시 추웠다.

"똑바로 걸어. 아까 벽을 기어오를 때는 이렇지 않았잖아."

그 여자가 비틀거리는 블레어의 팔을 붙잡고 말했다.

"그것 때문에 이렇게 지쳤나 봐요."

블레어는 여자에게 팔을 잡힌 채 질질 끌려서 오두막 밖으로 나왔다. 악취가 풍기는 장소 안에서 망을 보기라도 할 생각이었는지, 옥외 변소는 협곡 입구에 자리 잡고 있었다. 블레어가 안으로 들어가자, 프랑수아는 밖에 서서 라이플을 어깨에 메고 협곡 쪽을 응시했다.

바깥쪽에서 누가 입이 틀어막힌 채 비명을 지르는 소리가 들리자, 블레어는 재빨리 화장실 문을 잠갔다. 약간 호기심이 생겼지만, 무언가 끔찍한 일이 벌어지고 있다는 두려움에 휩싸여서 그녀는 문틈으로 밖을 내다보았다. 잠시 문이 덜컹거리더니, 문이 잠겼다는 것을 깨달은 듯 잠잠해졌다. 갑자기 핏줄이 불끈 드러날 정도로 꽉 움켜쥔 주먹이 바짝 마른 문을 뚫고 들어오자, 블레어는 화들짝 놀라 뒤로 물러섰다. 몸을 추스르고 재빨리 무기가 될 만한 것을 찾아 주위를 두리번거리는데 밖에서 총소리가 들렸다.

문을 뚫고 들어온 손은 문 안쪽을 더듬거려 빗장을 풀었다. 블레어는 자신을 붙잡으려고 들어오는 남자를 밀쳐내고 도망갈 자세를 취했다.

문이 열리자 그녀는 화장실 문을 꽉 채운 케인 태거트의 커다란 몸으로 펄쩍 뛰어올랐다.

"그만해. 따라오라고. 시간이 없어. 조금 있으면 당신이 사라진 것을 다른 사람들도 눈치챌 거야."

블레어는 입을 다물고, 밀가루 포대처럼 케인의 왼쪽 팔에 축 늘어져 있는 프랑수아를 흘끗 바라보았다.

"다쳤나요?"

"그냥 턱을 한 대 쳤어. 금방 깨어날 거야. 자, 뛰자고."

블레어는 사방에서 빗발치듯 날아드는 총알을 피해 가파른 협곡 사이를 정신없이 달렸다. 뒤에서 케인 태거트가 그녀를 보호하며 달리고 있었다. 그녀는 협곡에서 엄호 사격을 하는 사람이 누구인지 궁금했다. 그리고 그 사람이 휴스턴이 아니기를 빌었다.

케인은 프랑수아의 축 늘어진 몸을 자신의 안장에 올려놓았다.

"이 여자를 미처 계산에 넣지 못했어. 거기 타."

그는 블레어를 번쩍 들어 안장에 축 늘어져 있는 프랑스 여자 뒤에 앉혀주었다.

"리앤더에게 내가 잠시 여기에 있으면서 사람들을 아래쪽으로 유인할 거라고 전해 줘. 그동안 세 사람은 오두막으로 올라가. 내가 곧 그리로 합류할 테니까."

그가 종마의 엉덩이를 치자 블레어를 태운 말은 언덕 위로 힘차게 달리기 시작했다. 얼마 후에 리앤더가 나무에서 뛰어내려와 고삐를 움켜쥐었다. 그의 위협적인 얼굴 위로 짧게 미소가 스쳤다.

"건강해 보이는군."

그는 블레어의 허벅지에 손을 올려놓고 부드럽게 쓰다듬었다.

"저 여자도 마찬가지예요."

블레어는 한껏 오만한 표정을 지으며 케인의 말을 전했다.

"아무래도 당신이 이 여자까지 구해달라고 부탁했나 보군요."

리앤더는 신음하며 그제야 처음으로 그녀의 존재를 깨달았다는 듯 축 늘어진 여자를 바라보았다.

"이런 질문을 하기는 싫지만, 이 여자가 바로 당신을 유괴한 일당의 우두머리라는 그 프랑스 여자야?"

"그거야 당신이 더 잘 알 텐데요? 말해 봐요? 혹시 이 유괴극도 당신이 꾸민 것 아닌가요?"

리앤더는 자신의 말에 민첩하게 올라탔다.

"아니, 하지만 아버지를 위해 무시무시한 계획을 꾸미는 중이야. 더 이상의 시간낭비는 하지 말자고. 태거트가 산골짜기 사이에 오두막이 있다고 그랬어. 우리는 잠시 그곳에 숨어서 보안관이 와서 사태를 진정시킬 때까지 기다리는 거야. 자, 가자고. 그렇게 날 죽일 듯이 노려보지 마."

블레어는 리앤더를 따라 산맥을 오르는 동안 커다란 종마를 다루기 위해 남은 힘을 모두 쏟아 부었지만, 그것도 쉽지 않았다. 프랑수아가 의식을 되찾으며 신음했고, 그녀의 움직임에 말이 불편해하자, 리앤더는 말을 세우고 그녀를 돌아보았다. 리앤더는 화가 난 표정으로 블레어를 흘끗 쳐다보더니, 다시 시선을 돌렸다. 그리고 프랑스 여자를 자신의 앞에 태운 뒤, 그녀에게 입을 다물고 있는 편이 신상에 좋을 거라고 말했다. 블레어는 오만하게 고개를 치켜들고, 말을 몰아 두 사람 곁을 지나갔다.

멀리 가지 않아 케인은 말이 달릴 수 없는 가파른 지름길을 이용해 그들을 따라잡았다. 리앤더는 말에서 내려서 프랑수아를 태우고 있는 자신의 말 옆에 서며 케인에게 물었다.

"무슨 일이지?"

"놈들이 내 뒤를 쫓고 있어. 내 생각에 저 여자를 찾을 때까지 이 근처를 배회할 것 같아."

케인은 등을 꼿꼿이 펴고 말 등에 앉아 있는 여자를 바라보았다. "자네가 이 여자를 감시하는 게 좋겠어. 상당히 영리한 여자야."

"알았어. 내 생각에 놈들은 챈들러 시로 향하는 남쪽 길을 따라 우리를 추적할 거야. 그러니까 우리는 충분히 안전하다고. 하지만 자네는 혼자서 놈들을 유인해야 하니까 조금은 위험할 거야. 그런데 도대체 저 여자는 왜 데리고 온 거야? 물론 충분한 가치가 있지만 오히려 짐이 될지도 몰라."

케인은 어깨를 으쓱하며 대답했다.

"내가 이 여자의 뒤쪽에 있었거든. 처음에는 여기로 잡혀온 다른 여자일지도 모른다고 생각했지. 하지만 여자가 돌아서는 순간, 라이플을 들고 있는 게 보였고, 그래서 재빨리 턱으로 주먹을 날렸지. 그 순간 이 여자를 이용할 수 있겠다는 생각이 들었어."

"그 말도 일리가 있군. 하지만 자네가 돌아올 때까지 저 여자를 잘 감시하겠다고 장담은 못 하겠네. 차라리 남자 열댓 명이 낫지, 여자 둘이라니."

케인은 리앤더의 어깨에 손을 얹었다.

"나도 자네가 조금도 부럽지 않군. 몇 시간 후에 보자고, 웨스트필드. 행운을 비네."

그는 블레어를 말에서 내려주고, 그녀가 타고 있던 말을 타고 바람처럼 사라졌다.

"왜 우리는 같이 가지 않죠?"

블레어가 물었다.

"놈들이 당신을 어떻게 할지 모르니까. 그래서 우선 당신과 내가 산 속에 있는 오두막에 숨은 뒤, 태거트가 보안관을 데리러 가기로 결정했지."

리앤더는 눈을 반짝이며 블레어에게 한 발자국 다가왔다.

"그리고 우리 두 사람에게 개인적인 시간이 필요할지도 모른다고 생각했어. 오로지 우리 둘만의……."

리앤더가 고삐를 단단히 붙잡고 있었지만, 한순간 두 사람 모두 프랑수아의 존재를 까마득하게 잊고 있었다. 물론 주변 지형이 너무 가파르고 위험해서 탈출하는 것도 힘든 일이었다.

프랑스 여자는 말에서 내려와서 자석처럼 붙어 있는 두 사람 틈으로 비집고 들어왔다. 그리고 두 팔로 리앤더의 목을 감싸며 그에게 몸을 바짝 붙였다.

"오, 리앤더. 내 사랑. 이 여자에게 진실을 말해야 해요. 더 이상 서로에게 거짓말은 하지 말자고요. 이 여자에게 당신이 원하는 것은 오직 나뿐이라고 말해요. 그리고 모든 게 다 당신이 꾸며낸 일이라는 사실도요."

블레어는 재빨리 돌아서서 산 아래로 내려가기 시작했다. 리앤더는 자신을 휘감고 있는 검은 머리 여자의 품에서 벗어나는 동시에, 질투심에 가득 차서 자신들을 찾고 있는 범죄자들에게 달려가는 아내를 붙잡아야 하는 상황에 빠져서 어쩔 줄을 몰랐다. 그렇다고 프랑스 여자를 놓아줄 수는 없었다. 그래서 한 손으로는 프랑스 여자의 손목을 잡고, 다른 손에는 고삐를 쥔 채 블레어의 뒤를 쫓기 시작했다.

"자기, 당신은 지금 날 아프게 하고 있어요. 저 여자는 그냥 둬요. 저 여자는 당신에게 아무것도 아니잖아요. 저 여자도 진실을 알아야 한다고요."

프랑수아가 리앤더를 끌어안으며 말하자, 블레어는 거의 날 듯한 속도로 가파른 비탈을 타고 내려갔다. 리앤더는 재빨리 프랑수아를 쳐다보았다.

"여자를 때린 적은 한 번도 없지만, 당신은 지금 내 성질을 건드리고 있어."

그는 다시 블레어에게 소리를 질렀다.

"블레어! 그렇게 뛰지 마. 지금 총을 들고 우리를 찾고 있는 사람들이 사방에 바글바글하다고."

프랑수아는 산기슭의 딱딱한 암벽에 앉아 두 손에 얼굴을 묻고 울기 시작했다.

"어떻게 그렇게 말할 수 있어요? 어떻게 우리가 파리에서 보낸 그날 밤을 잊을 수 있죠? 베니스와 피렌체는요? 피렌체의 그 달빛이 기억나지 않나요?"

"난 피렌체는 한 번도 가본 적이 없어."

리앤더는 여자의 팔을 움켜쥐고 일으켜 세웠다. 하지만 그녀가 움직이려 하지 않자, 리앤더는 그녀를 들쳐업고 블레어의 뒤를 따라 산기슭을 달려서 블레어의 치맛자락을 움켜쥐었다. 솜씨 좋은 재봉사인 J. 켄트럴 씨와 그의 아들들 덕분에 다행히 치마는 멀쩡했다. 그는 반항하면서 뒤로 물러서는 블레어의 치맛자락을 잡고 험한 산기슭을 올라가 평평한 바위에 앉은 뒤, 그녀를 자신의 무릎 사이로 끌어당겼다.

순간 리앤더는 자신이 아주 우스꽝스러운 상황에 처해 있음을 깨달았다. 한 여자는 자신의 어깨에 들쳐업었고, 다른 여자는 무릎 사이에 끼어 있었다. 프랑수아가 몸을 뒤척이자 그는 그녀의 엉덩이를 한 대 후려쳤다.

"가만히 있어."

"당신이 그렇게 만지면, 나야 당신에게 복종할 수밖에요."

프랑수아는 프랑스 여자답게 목구멍을 울리는 소리로 대답했다. 다시 블레어가 벌떡 일어났지만 그는 그녀를 꼭 잡았다.

"블레어, 난 오늘 처음 이 여자를 만났어. 파리에서 이 여자를 만난 적도 없어. 당신이 아닌 다른 사람을 사랑한 적도 없고, 당신을 사랑하기 때문에 당신과 결혼한 거야."

"사랑이라고요? 전에는 한 번도 그런 말을 한 적이 없잖아요."

"했어. 당신이 절대 들으려 하지 않았지. 당신은 내가 휴스턴을 사랑한다는 말을 하느라 바빴잖아. 난 휴스턴을 사랑하지 않았어. 그리고 다른 사람을 사랑한 적도 없었고. 이런…… 이런……."

그는 자신의 어깨에 걸친 펑퍼짐한 엉덩이를 바라보았다. 여자를 떼어내고 싶었지만, 여자는 계속 그에게 달라붙으며 떨어지려 하지 않았다.

블레어는 앞으로 몸을 숙여 리앤더를 바라보았다. 아마도 그가 진실을 말하는 것인지도 몰랐다. 그리고 그를 믿고 싶은 마음이 간절했다.

"거짓말을 너무 잘하는군요, 리앤더. 당신이 그런 사람인 줄 몰랐어요. 하긴 그때 우리는 한 가지 방식으로만 서로를 알았으니까요. 뭔지 알겠죠?"

블레어는 프랑수아의 말을 듣고 리앤더의 무릎에서 벗어나기 위해 노력했지만, 그는 그녀를 단단히 붙잡고 놔주지 않았다. 아내의 얼굴을 바라본 그는 깊게 한숨을 쉰 뒤, 두 여자의 손목을 잡고 산을 오르기 시작했다.

블레어는 마지못해 그의 뒤를 따랐다. 힘들고 길기만 한 산행이었다. 그들은 쓰러진 나무를 넘어 험준한 산길을 쉬지 않고 올라갔다. 올라가면 갈수록 공기가 점점 더 희박해지며 격한 움직임에 필요한 산소마저 제대로 공급되지 않았다.

리앤더는 한 손으로 프랑수아를 움켜쥐고, 다른 손으로는 자신의 손을 계속 뿌리치는 블레어를 도우려고 노력했다. 가파른 협곡 사이에 있는 오두막은 두 번이나 지나쳤다가 돌아올 정도로 찾기 어렵고 은밀한 곳에 있었다. 그래서 갑자기 오두막이 나타나자 마술이라도 본 듯한 기분이었다. 비탈이 너무 가팔라서 오두막 앞의 공간은 그리 넓지 않았지만, 주변의 풍경은 숨이 막힐 만큼 아름다웠다. 발목까지 올라오는 무성한 풀숲에는 세 가지 색의 데이지 꽃과 야생 장미가 화려하게 피어 있었다. 아름다운 숲은 수백 년의 세월을 거슬러 올라간 것처럼 정적만 감돌았다.

리앤더는 블레어에게 프랑수아를 감시하라고 신호한 뒤, 살금살금 오두막으로 가서 내부가 비어 있음을 확인했다. 그리고 주위가 안전한지 확인한 뒤, 두 여자에게 안으로 들어가라고 명령했다.

오두막에는 침실 두 개와 작은 다락방이 있었고, 아주 평범했다. 수년간 들짐승과 무심한 남자들의 침입에 더러워졌지만, 그들이 바라는 대로 아늑하고 조용했다.

블레어는 리앤더가 프랑수아를 오두막 안의 기둥에 묶는 모습을 무심히 바라보았다. 리앤더는 그녀가 자유롭게 방 안을 돌아다닐 수 있도록 끈을 길게 묶은 데다, 재갈조차 물리지 않았다. 그는 손에 재갈로 사용할 수 있을 정도로 커다란 손수건을 들고 있었지만, 사용할 생각은 없어 보였다.

"당신 부하들은 여기 있는 우리를 찾지 못할 거야. 나는 밖에서 망을 보고 있다가, 집 안에서 무슨 소리가 들리면 곧장 이걸로 당신 입을 틀어막겠어."

"자기, 이런 속 보이는 연극을 계속할 생각은 아니겠죠? 저 여자는 이미 우리에 대해 모두 알고 있다고요. 저 여자가 모두 말해줬어요."

"그랬겠지. 그래서 당신이 이런 거짓말을 하는 거로군. 도대체 당신 머릿속엔 뭐가 든 거야?"

리앤더는 밧줄을 단단하게 묶으며 말했다. 프랑수아는 단지 그를 빤히 바라기만 했다. 블레어의 눈에는 그 모습이 두 사람이 서로의 눈동자를 똑바로 바라보고 있는 것처럼 보였다.

리앤더는 무슨 말을 할 것처럼 블레어를 돌아봤지만, 그녀의 표정을 보자 마음을 바꾼 것 같았다. 그는 라이플을 집어들었다.

"밖에 있을 테니까 내가 필요하면 불러. 안낭에 음식이 있어."

그는 그렇게 말한 뒤 여자를 남겨놓고 밖으로 나갔다.

블레어는 리앤더가 던져놓은 안낭에서 음식을 꺼내서, 프랑수아가 묶여 있는 기둥 옆에 있는 탁자에 올려놓았다. 오두막에는 벽난로가 있었지만, 마지막으로 굴뚝 청소를 한 게 언제인지도 몰랐고, 괜히 연기를 일으켜 자신이 어디에 있는지 알리기도 싫었다. 블레어가 햄과 치즈를 잘라 빵 사이에 끼워 먹는 동안, 프랑수아는 자신과 리앤더 사이에 있었던 사랑 고백과 애정 행각에 대해 끊임없이 떠들었다.

"당신도 알다시피 그이는 내게로 돌아올 거야. 그이는 항상 그랬어. 아무리 내 곁을 떠나려고 안간힘을 써도 결국은 다시 내게로 돌아왔으니까. 우리는 서로 사랑하고 함께⋯⋯."

블레어는 샌드위치와 수통을 들고 오두막 밖으로 나갔다.

277

제22장

리앤더는 오두막에서 약간 떨어진 곳에 완벽하게 몸을 숨기고 있었기 때문에, 블레어는 그가 자신의 이름을 부를 때까지 그를 찾을 수 없었다.

"무슨 일이지?"

그는 그녀에게서 샌드위치를 받아들면서 교묘하게 그녀의 팔목을 어루만졌다.

"절 만지지 말아요."

그가 자신을 해치려고 하는 한 것처럼 그녀는 재빨리 팔을 뿌리쳤다. 그러자 리앤더는 화가 나서 표정이 변했다.

"이미 할 말은 다했어. 한 번도 저 여자를 만난 적 없다는데 왜 믿지 않는 거야? 왜 당신은 남편인 내가 아니라 저 여자의 말을 믿냐고?"

"당신 아버님이 저 여자에 대해 말씀해 주셨으니까요. 아버님을 믿지 말아야 할 이유라도 있나요?"

"내가 그렇게 하라고 했기 때문에 아버지가 당신에게 거짓말을 한 거야."

"거짓말을 해요? 그렇게 하라고 했다고요? 그렇다면 도대체 무슨 일로 첫날밤에 집을 나갔죠? 응급환자가 있었다는 말은 하지 말아요. 그런 사람은 없었으니까. 또 정체불명의 스미스 씨가 실존 인물인지도 의심스럽네요. 도대체 어디에 있었어요?"

리앤더는 잠시 아무 말도 하지 않았다. 그는 멀리 숲 속을 바라보며 샌드위치를 먹었다. 비밀을 감추기 위해 또 다른 거짓말을 하고 싶지는 않았다.

"말할 수 없어."

"말할 생각이 없는 거겠죠."

그녀가 돌아서서 오두막으로 가려고 하자, 그는 그녀의 팔을 거칠게 붙잡았다. 그의 얼굴에는 부글부글 끓어오르는 분노가 적나라하게 드러났다.

"아니, 말할 수 없는 거야. 젠장, 블레어. 당신의 신용을 잃을 만한 짓은 하지 않았다고. 다른 여자와 함께 있었던 건 절대 아니야. 오, 염병할. 여자 하나도 제대로 다루지 못하는데, 둘이라니……. 결혼 첫날밤에 내가 사라져야 할 정도로 중요하고, 차마 말 못 할 일이 있었다고 생각해 주면 안 돼? 빌어먹을, 왜 나를 믿지 못하는 거야? 내 부탁으로 거짓말을 한 아버지의 말도 믿고, 목숨을 부지하려고 거짓말을 일삼는 저 여자의 말은 믿으면서 말이야."

그는 그녀의 팔을 놓아주었다.

"자, 가라고. 그냥 저 여자의 말이나 믿어. 저 여자가 원하는 게 그거니까. 우리가 서로의 목을 졸라 죽이는 꼴을 보고 싶어서 저러는 거야. 감시인이 두 명 있는 것보다는 한 명이, 아니 아예 없으면 탈출하기가 더 쉽겠지. 계속 그렇게 저 여자의 말을 믿다 보면, 앞으로 한두 시간 뒤에 저 여자와 나를 떼어놓으려고 당신이 저 여자를 몰래 탈출시킬지도 모르지."

블레어는 다리에서 힘이 풀려서 잔디에 주저앉았다.

"어느 말을 믿어야 할지 모르겠어요. 저 여자는 정말 당신에 대해 잘 알고 있는 것처럼 보였어요. 게다가 제가 어떻게 당신을 전적으로 신뢰할 수 있겠어요? 처음에 당신은 저와 결혼하고 싶어하지 않았잖아요. 전부 다 그 내기 때문이었잖아요."

리앤더는 블레어의 팔뚝을 잡고 그녀를 일으켜 세웠다.

"오두막으로 들어가."

리앤더는 악문 잇새로 그렇게 말하고 그녀에게 등을 돌렸다.

블레어는 모든 것이 혼란스러웠다. 그녀는 고개를 숙이고 다리를 끌며 오두막으로 돌아갔다. 불현듯 언젠가 플로 외숙모가 헨리 외삼촌에게 블레어는 너무 세상을 모른다고 불평했던 일이 떠올랐다.

"남자가 블레어 때문에 가슴이 찢어졌다고 말해도, 그 애는 의학 서적을 뒤져서 상처를 다시 봉합하는 법을 찾을 거예요. 하지만 의학이 인생의 전부는 아니라고요."

블레어는 걸음을 멈추고 리앤더를 돌아보았다.

"정말 피렌체에 간 적 없어요?"

그녀는 조용하게 물었지만 숲 속을 몰아치는 바람 때문에 그 소리가 크게 메아리쳤다. 그는 고개를 돌리고 잠시 그녀를 빤히 쳐다보다가, 단호한 목소리로 대답했다.

"절대 간 적 없어."

블레어는 조심스럽게 그가 있는 쪽으로 다가갔다.

"저 여자는 당신이 좋아하는 타입이 아니에요, 그렇죠? 제 말은…… 저 여자는 너무 마르고 멀대같이 키만 크지 볼품이 없다고요, 그렇죠?"

"그래, 내가 좋아하는 타입이 아니야."

블레어가 조심스럽게 자신에게 다가오는 데도 리앤더의 표정은 전혀 바뀌지 않았다.

"그리고 탈장과 두통이 어떻게 다른지도 모를 거고요. 그렇죠?"

그녀가 자신의 앞에 와서 섰는 데도 그는 그저 그녀를 가만히 바라보았다.

"만일 다른 사람을 사랑했다면, 마을 사람들 앞에서 바보짓을 해서 웃음거리가 되지는 않았을 거야."

"그래요, 그렇지 않았을 거예요."

그가 한 손에 총을 들고 팔을 내밀자, 그녀는 그의 품에 안겨 어깨에 머리를 묻었다. 그의 심장은 거칠게 뛰고 있었다.

"당신은 저에게 결혼 첫날밤을 빚졌다는 사실을 잊지 말아요."

그녀가 울먹이며 속삭였다. 그는 갑자기 그녀의 머리카락을 잡고 얼굴을 들어올린 뒤, 격렬하게 키스했다. 그의 혀가 미끄러지듯 그녀의 입 안으로 들어왔다. 블레어가 몸을 밀착시키며 그의 다리 사이에 자신의 무릎을 비비자, 그는 가까스로 그녀를 떼어낸 뒤 부드럽게 밀어냈다.

"안으로 들어가. 나는 망도 봐야 하고 혼자 생각할 문제도 있어. 하지만 당신이 옆에 있으면 제대로 생각할 수 없어."

그가 무뚝뚝하게 말하자 그녀는 마지못해 그에게 떨어졌다.

"블레어, 방금 계획이 떠올랐어. 성공할지는 모르지만 저 여자에게 자기가 한 거짓말이 들통 났다고 알리지 마. 저 여자의 말을 믿는 것처럼 행동하라고. 아무래도 당신의 분노를 이용할 수 있을 것 같아."

"제가 쓸모가 있다는 게 고맙네요."

그녀는 그렇게 중얼거린 뒤 돌아서서 오두막으로 돌아갔다.

질투는 블레어에게 낯선 감정이었다. 전에는 한 번도 그런 감정을 느껴보지 못했었다. 블레어는 더럽고 좁은 오두막에 가만히 앉아서, 프랑수아가 리앤더를 향한 자신의 열정에 대해 떠들어대는 말을 들었다. 그녀는 한편으로는 리앤더를 진심으로 믿고 싶었지만, 또 한편으로는 이 끔찍한 여자의 말이 진실일지도 모른다는 생각이 들었다. 블레어는 여자의 목을 조르지 않도록 두 손을 무릎에 얌전히 올려놓고 딴 생각을 하려고 애썼다.

"그리고 당신 언니는…… 이름이…… 샤를로테 휴스턴."

블레어는 다른 여자가 없었다면 과연 리앤더가 결혼식 날 밤에 어디에 갔는지 궁금해하며, 무심결에 프랑수아의 말에 대답했다.

"그래, 샤를로테. 지난 몇 달 동안 샤를로테와 엄청 싸워야 했지. 하지만 그 후에 샤를로테는 태거트와 결혼했고…… 리앤더는 의무감을 느끼고……."

"그이가 언니에 대해서 이야기를 무척 많이 했나 봐요."

블레어는 갑자기 경계하며 말했다.

"그이가 나를 떠난 건…… 솔직히 말하면 내가 이미 결혼했기 때문이었어. 우리는 남편이 절대 나를 놔주지 않을 거라고 생각했지. 하지만 남편이 날 놓아준 거야. 당신이 결혼한 날, 나는 자유의 몸이 되었지."

"그래서 그이는 제 곁을 떠나 당신에게 갔군요. 물론 이제 저는 자유의 몸이 되었고, 당신은 기둥에 묶이는 신세가 됐지만 말이에요. 진실은 저절로 밝혀지겠죠. 미안하지만 전 이제 나가서 바람 좀 쐬어야겠어요."

블레어는 오두막 밖으로 나가며 마음이 솜털처럼 가벼워졌다. 너무 행복하고 마음이 편했다. 리앤더가 무슨 말을 했든지, 그녀의 마음속에는 그와 프랑스 여자의 관계에 대한 의구심이 남아 있었다.

하지만 이제 블레어는 그가 사실을 말했다는 확신이 생겼다.

그녀는 문 앞에 서서 차갑고 신선한 공기를 깊이 들이마셨다. 무지갯빛 종달새가 그녀의 어깨에 달린 붉은 장식이 신기한 듯 가까이 다가왔다. 블레어는 숨을 죽이고 미소를 띠면서 가만히 서서, 붉은 장식이 먹이가 아니라는 사실을 알아채고 날아가는 종달새의 모습을 바라보았다. 그녀는 계속 미소를 지으며 리앤더가 숨어 있는 풀숲으로 걸어갔다.

그녀는 아무 말 없이 리앤더의 옆에 앉아 미루나무를 스쳐 지나가는 바람소리에 귀를 기울였다.

"저 여자는 언니의 이름도 제대로 몰라요."

마침내 그녀가 말했다. 그가 호기심 어린 눈으로 자신을 바라보자 그녀는 계속 말했다.

"전 당신을 제 인생의 일부로 생각해보지 않았어요. 하지만 언니는 그렇게 생각했죠. 당신을 아는 사람들 중에서 언니의 이름을 모르는 사람은 없을 거예요. 무엇보다도 언니는 어릴 때부터 당신에게 엄청나게 편지를 썼으니까요."

리앤더는 웃음을 터트리며 고개를 절레절레 흔들고 그녀를 끌어안았다.

"난 믿지 못하면서 저 여자의 말을 믿다니. 아무래도 내가 무슨 수를 써야겠다고 생각했어."

블레어는 그에게 몸을 기대고 앉아 바람소리에 귀를 기울였다. 그녀는 하마터면 이런 순간을 영원히 잃어버릴 뻔했다고 생각했다. 만약 고집대로 했더라면 지금쯤 앨런과 함께 펜실베이니아에 돌아갔을 것이다. 아직 너무 어리고 의사 면허도 없는 앨런은 리앤더처럼 좋은 배우자가 못 될 것이다. 총을 쓰는 방법도 모르니, 아내가 유괴되어도 찾으러 나서기는커녕, 보안관에게 그 사실을 알린 뒤 자신은 손을 놓고 기다릴지도 모를 일이었다.

"절 구해 줘서 고마워요."

하지만 그 말에는 단지 유괴범으로부터 구출해 줘서 고맙다는 것 이상의 의미가 담겨 있었다. 리앤더는 그녀를 자세히 보기 위해 몸을 돌리더니, 갑자기 그녀를 밀치고 떨리는 목소리로 말했다.

"저기 나무 근처에 가서 앉아 있어. 당신과 이야기하고 싶지만 이렇게 가까이 있으면 그럴 수 없어."

"월요일 밤에 제 곁을 떠난 걸 후회하고 있나 보죠?"

그녀는 그 말에 우쭐해져서 그에게 다가가 얼굴을 바짝 대고 말했다. 그러자 그는 그녀를 밀어내고 위협적인 목소리로 말했다.

"가라고. 나는 망을 보는 동시에 당신을 안을 수는 없단 말이야. 이제 저쪽에 가서 얌전히 있으라고."

블레어는 순순히 그의 말에 따랐지만, 짜릿한 쾌감이 등골을 타고 흘렀다. 몇 시간 후에 케인 태거트가 보안관과 함께 산에 올라와 범죄자들을 소탕하고 나면, 리앤더도 프랑수아를 넘겨줄 수 있을 테고, 그러면 리앤더와 단둘이 되는 것이다. 그녀는 예전에 함께 보냈던 밤을 떠올리며, 살며시 눈을 뜨고 그를 올려다보았다. 그러자 그의 거친 숨소리가 들렸다. 그가 재빨리 시선을 돌리자 그녀는 흡족한 기분이 들었다. 그는 건너편 숲을 바라보며 말했다.

"내가 그럴 듯한 계획을 짰어. 당신이 저 여자가 탈출하게 도와 줬으면 좋겠어. 나는 오늘 밤에 저 여자와 함께 도망칠 계획이었다는 식으로 말할게. 그러면 아마도 우리 두 사람 사이에 싸움이 벌어지겠지. 당신이 잘해낼 거라고 확신해."

리앤더는 다시 그녀를 쳐다보다가 깜짝 놀라서 말했다.

"이런!"

"스타킹이 헐거워요."

그녀는 매끄러운 다리 위로 치마를 들어올리고, 검은색 면 스타킹을 고정하며 순진하게 말했다.

'실크 스타킹을 신어야 했는데…….'

그녀는 속으로 그렇게 생각했다. 아마도 휴스턴의 옷장에는 실크 스타킹이 들어있을 것이다. 휴스턴은 신혼여행을 위해 하늘하늘한 실크로 만든 옷을 잔뜩 준비했을 것이 뻔했다.

"블레어, 당신은 지금 내 인내심을 시험하고 있어."

그녀는 치마를 내리며 말했다.

"으음, 무슨 싸움에 대해 이야기하고 있지 않았나요?"

리앤더는 고개를 돌렸지만, 블레어는 그의 손이 떨리는 모습이 보였다.

"방금 우리가 싸우는 척해야 한다고 했어. 그리고 나서 당신은 프랑수아가 눈치채도록 내 커피에 뭔가를 타는 거야. 그래서 나를 저 여자에게 보낼 바에는 차라리 잠재워 버리겠다는 걸 보여줘."

"설마 진짜로 그 여자에게 갈 생각은 아니죠? 그렇죠?"

"난 지금 나중을 위해 힘을 아끼는 중이야."

그가 눈을 내리깔고 자신을 바라보자, 블레어의 심장은 세차게 뛰었다. 리앤더는 숲으로 시선을 돌렸다.

"저 여자가 탈출하게 해야 해. 끈을 느슨하게 해서 저 여자를 도망치게 할 거야. 물론 탈출하려면 시간이 꽤 걸리겠지. 그동안 난 몇 가지 처리할 일이 있어."

"그냥 잠든 척하고 있어야 하는 것 아니에요?"

"지금까지의 상황으로 볼 때 저 여자는 꽤 교활해. 이제까지 살면서 무모한 일을 벌인 적이 별로 없었을 거야. 그래서 내가 약을 먹고 잠들고, 당신은 자신이 탈출하기를 오히려 바라고 있다고 생각하면 마음을 놓을 거야. 여기까지 올라오는 동안에도 저 여자는 한 번도 탈출하려고 하지 않았잖아."

"지형이 험해서 도망치지 못했을 거예요."

"당신은 사방이 막힌 분지에서도 탈출하려고 했잖아."

"그걸 당신이 어떻게 알아요?"

"대충 짐작했지. 당신의 무모함과 세상의 그 무엇도 자신을 해치지 못할 거라는 신념으로 미뤄볼 때 말이야. 자, 그렇게 할 거지? 당신이라면 제대로 연기할 수 있을 거야."

"저의 뛰어난 연기력 때문에 지금 우리가 이런 상황에 처해 있잖아요."

"자, 이제 돌아가. 그리고 프랑수아의 말을 잘 들어줘. 그 여자가 한 말을 완전히 믿는 척해. 당신이 날 죽일지도 모른다고 생각하게 만들라고."

블레어는 일어나서 그를 내려다보았다.

"첫날밤도 치르기 전에 당신에게 무슨 일이 일어나면 제가 가만있지 않을 거예요."

그녀는 그렇게 말하고 리앤더를 남겨둔 채, 그에게 잘 보이도록 치마를 높이 치켜들고 재빨리 오두막을 향해 뛰어갔다.

"좋아요. 그렇게 원하면 저 여자와 함께 있게 해주죠. 평생 저 여자와 함께 살라고요. 두 사람 모두 교수형이나 당하길 빌게요."

블레어는 리앤더에게 고함을 지르며 오두막에서 뛰쳐나갔다. 그리고 오두막이 보이지 않자 걸음을 멈췄다. 그녀는 나무 아래 몸을 숨기고 바닥에 털썩 주저앉아 호흡을 가다듬었다. 아래에서 자신을 찾고 있는 리앤더의 모습이 보였다.

블레어는 리앤더를 바라보며 미소를 지었다. 그는 그녀가 얼마나 훌륭한 배우인지 모르고, 그녀가 또다시 두 사람 사이를 오해해서 고함을 질렀다고 생각하는 게 분명했다. 정말 굉장한 싸움이었다. 굉장히 길고 거칠었고 엄청나게 화가 났다. 블레어는 첫날밤에 아들을 불러낸 시아버지와, 자신에게 사랑하는 앨런을 빼앗아간 시누이를 거침없이 비난했다. 그것이 직격탄이었다. 순간 그녀의 분노가 진짜라고 믿었는지, 멍하니 서서 황당한 표정을 짓던 리앤더의 얼굴은 정말 볼 만했다.

블레어는 숨을 고르고, 자신이 정말 화났다고 믿을 만큼 시간이 흐르기를 기다리며 오두막에서 멀리 떨어져 있었다. 그녀는 리앤더가 오늘 밤에 어디를 가는지 궁금해졌다. 이것도 비밀일까? 앞으로 평생 그가 사라질 때마다 궁금해하며 살아야 하는 걸까? 아내에게도 말할 수 없을 정도로 개인적이고 비밀스러운 일이 도대체 무엇일까?

오두막을 지켜보며, 리앤더가 자신을 찾고 있는 모습을 바라보았다. 그리고 자신도 모르는 여자가 자기보다 남편에 대해 더 잘 알고 있다고 생각하기 싫었다. 그녀는 그가 자신을 믿도록 최선을 다하리라 결심했다.

그녀는 멍하니 생각에 잠겨 있다가 등 뒤에서 뭔가 다가오는 소리를 들었다. 그 소리를 들은 순간, 그녀는 거의 얼어붙어서 마침내 프랑수아의 부하들이 자신을 찾아냈다고 생각했다. 그녀는 아주 천천히 언덕 위로 고개를 들었다.

자신을 공포로 떨게 만든 것의 정체를 확인하자 그녀는 기절할 뻔했다. 두 마리의 거대한 검은 곰이 그녀가 있는 쪽으로 내려오고 있었다.

블레어는 벌떡 일어나서 눈썹이 휘날리게 달렸다. 순식간에 오두막 근처에 도착해서 흘끗 뒤를 돌아보니, 더 이상 곰의 모습은 보이지 않았다. 그녀는 조심스럽게 언덕 위를 살펴보았다. 평소대로라면 안전한 장소로 도망쳤겠지만, 그녀는 아직 연기 중이니 지금 당장 리앤더의 품으로 뛰어들 수는 없었다. 그녀는 아주 천천히 언덕을 오르며, 계속 주변을 둘러보았다. 만일 곰들이 근처를 배회하고 있다면, 리앤더에게 알려주기 위해서라도 그 사실을 확인해야 했다.

그녀가 앉아 있던 곳에서 열 발자국도 떨어지지 않은 곳에 작은 동굴이 있고, 그 주변에 난 발자국이 동굴로 이어져 있었다. 분명 곰들이 수십 년 동안이나 겨울잠을 자는 장소로 이용한 것이 틀림없었다.

"그래서 오두막이 버려져 있었구나."

그녀는 그렇게 중얼거리며 언덕 아래로 내려왔다. 벌써 해가 저물고 있었다. 이제 리앤더에게 약을 먹여 재워야 할 시간이었다.

블레어는 일을 너무 멋지게 처리한 자신이 굉장히 대견스러웠다. 자신이 커피에 두통약을 넣는 모습을 리앤더가 봤는지는 모르지만, 프랑수아가 본 것은 분명했다. 블레어는 리앤더가 아무도 안 본다고 생각했는지 멍한 표정으로 프랑수아를 바라보는 모습을 본 순간, 그의 음료에 설사약을 넣고 싶었다.

리앤더는 커피를 마신 뒤, 오두막 구석에 피어놓은 모닥불 옆에 앉아서 연신 하품을 하더니, 곧 잠을 자야겠다고 말했다. 그는 몇 분 동안 블레어에게 어떻게 죄수를 감시하는지 설명한 뒤, 다른 방으로 갔다. 잠시 후 그가 더러운 간이침대에 눕는 소리가 들렸다.

프랑수아는 싸움을 걸 듯한 표정으로 블레어를 노려보았다. 블레어는 그녀의 손목을 풀어주고 결투를 신청하고 싶은 충동을 간신히 억누르고, 여자의 손을 묶은 매듭을 확인했다. 그리고 기둥에 묶여 있는 여자를 내려다보며 말했다.

"적어도 그이가 당신과 함께 밤을 보내는 일은 없겠군요. 저도 가서 자야겠어요."

"편히 쉬라고. 그나저나 혹시 내가 탈출이라도 하면? 그때는 그이에게 뭐라고 설명할 거지?"

"오히려 안심이죠. 당신이 자진해서 남편 곁을 떠나겠다는데, 제가 왜 신경 쓰겠어요? 게다가 저도 의과대학을 다녀서 매듭 묶는 법은 배웠다고요. 그리 쉽게 빠져나갈 수는 없을걸요."

블레어는 다른 방으로 들어가면서 리앤더가 옳았음을 인정했다. 프랑수아는 보통 조심스럽고 영리한 게 아니었다. 도대체 탈출하기 전에 허락을 구하는 대담한 죄수가 몇이나 될까?

블레어가 재빨리 침상을 확인하자, 리앤더는 이미 창문을 통해 오두막 밖으로 빠져나간 뒤였다. 그녀는 담요를 말아 사람처럼 보이게 한 뒤, 그를 쫓아 창문을 빠져나갔다.

몇 분을 걸어갔지만 아무 소리도 들리지 않았다. 그는 흔적도 없이 사라진 것 같았다. 그녀는 오두막을 등지고 리앤더가 갔을 것 같은 동쪽으로 방향을 잡았다. 물론 그가 자신의 계획을 털어놓지는 않겠지만, 그의 계획이 무엇이든지 그가 간 방향은 뻔했다. 등 뒤에서 소리가 나자 그녀는 재빨리 몸을 숨겼다.

"좋아, 거기서 나와."

리앤더의 목소리처럼 들렸지만 평소의 말투가 아니었다. 훨씬 딱딱하고 차가웠고, 총의 안전장치를 풀 때 나는 딸깍하는 소리까지 들렸다. 블레어는 수줍은 표정으로 숨어 있던 장소에서 나왔다.

리앤더는 욕설을 중얼거리며 총을 다시 총집에 밀어 넣었다.

"도대체 왜 오두막에서 나왔어? 저 여자를 감시하지 않을 거야?"

"당신이 어디로 가는지 알고 싶었어요."

"당신 생각처럼 다른 여자를 만나러 가는 건 아니야. 자, 오두막으로 돌아가. 난 아직 마무리할 일이 남아 있어서 가봐야 해. 당신과 이러고 있을 시간이 없어."

"다른 여자를 만나러 가는 게 아니면, 도대체 어딜 가는 거예요? 그냥 여기서 기다려야 하……."

"도대체 내가 어떻게 했으면 좋겠어? 당신도 묶어놓을까?"

"그럼 제 생각이 맞군요. 당신도 저 여자처럼 강도단에 연루되어 있는 거군요. 아니면 지금 어디에 가는지 왜 말을 못 해요? 오, 리앤더. 어떻게 당신이 제게 이럴 수 있어요?"

그녀가 등을 돌리자 리앤더는 재빨리 그녀의 팔을 잡아 자기 쪽으로 돌려 세웠다.

"좋아, 말할게. 여기서 2킬로미터 정도 떨어진 곳에 인익스프레스블 광산이 있어. 몰래 그 안으로 들어간 뒤 다이너마이트를 훔쳐서, 협곡 입구를 폭발시킬 거야. 놈들을 다 잡기는 힘들겠지만, 적어도 협곡에 가둘 수는 있겠지. 놈들의 여두목을 미끼로 쓰면 틀림없이 가능할 거라고."

"제가 당신과 함께 가면 시간을 단축할 수 있을 거예요. 제가 도울 수 있어요. 전 등산도 잘하고, 놈들이 절 가뒀던 협곡이 어떻게 생겼는지도 잘 알아요. 제발, 제발요, 리앤더."

그녀는 그의 팔을 붙잡고 그의 목과 얼굴에 키스를 퍼부었다.

"당신이 하라는 대로 할게요. 혹시 누가 다쳐도 제가 옆에서 당신을 도울 수 있잖아요."

리앤더는 이미 자신이 졌음을 알고 있었다.

"도대체 내가 왜 휴스턴처럼 순종적인 여자를 택하지 않았는지 정말 모르겠군."

그는 한숨을 쉬고 재빨리 걷기 시작했다.

블레어는 언니도 행상처럼 꾸미고 짐마차를 몰아 광산촌으로 몰래 들어간다고 말하려다가 그냥 입을 다물었다. 그 대신 그에게 달

콤한 미소를 지은 뒤, 광산으로 이어지는 어두운 숲을 헤치며 걷기
시작했다.

제23장

리앤더가 빠른 속도로 산비탈을 걸어가자 블레어는 그를 따라나선 일이 조금씩 후회하기 시작했다. 어둡고 가파른 절벽을 굴러 떨어지듯 내려가는 대신에 따스하고 안전한 오두막에서 잠을 잘 수도 있었을 텐데……. 그녀는 두 번이나 미끄러져 넘어진 뒤에야 간신히 넘어지기 전에 스스로를 추스르는 방법을 터득할 수 있었다. 리앤더는 자신을 따라온 그녀를 금방이라도 바보라고 놀리고 싶은 기색이었지만, 그녀의 표정 때문인지 아무 말도 하지 않았다.

마침내 험준한 산기슭의 맨 아래에 이르자 작은 광산촌이 흐릿하게 나타났다.

"여기서 기다리라고 말해도 소용없겠지?"

"당연하죠."

"좋아. 그럼 내게 가까이 붙어 있어. 두 발자국 이상 떨어지지 말라고. 그리고 내가 뛰라고 말하면 그냥 뛰는 거야. 아무것도 묻지 말고, 따지려 들지도 마. 그리고 최대한 조용히 움직여야 해."

블레어는 그의 경고에 얌전히 고개를 끄덕인 뒤 그를 따라 광산
촌으로 들어갔다.

늦은 밤이라 집은 대부분 불이 꺼져 있었다. 오직 몇 군데 있는
술집이 여전히 북적거렸다. 블레어는 리앤더를 따라 이 건물에서
저 건물로 몸을 숨기며 뛰어다녔다. 그녀의 심장은 흥분으로 세차
게 뛰었다.

"회사 상점에 먼저 들어가야 해. 창고의 쇠사슬과 자물쇠를 부수
려면 지렛대가 필요하니까."

그들은 마을 중간에 있는 커다란 건물 뒤쪽으로 잠입했다. 세 차
례나 지나가는 사람들을 피해 몸을 숨겨야 했다.

"블레어, 이 유리창을 깨고 들어가야 해. 당신이 큰소리로 웃어서
그 소리가 안 들리게 해줘. 창녀나 밤에 일하는 여자처럼 요란하게
웃으라고. 그런 소리에는 아무도 신경 쓰지 않을 테니 유리창 깨지
는 소리 정도는 안 들릴 거야."

"리앤더, 전 당신처럼 경험이 풍부하지 못해요. 그리고 밤에 일하
는 여자가 어떻게 웃는지도 모른다고요."

"도발적으로 웃으면 돼. 날 숲 속으로 끌고 가서 재미를 본다고
상상하면서 웃어보라고."

"그건 쉽겠네요."

블레어는 이죽거리듯 말했다. 리앤더는 손수건으로 주먹을 감싼
뒤, 문 위의 유리창을 깨뜨릴 준비를 했다.

"좋아. 지금이야."

블레어는 머리를 뒤로 젖히고 귀에 거슬리는 요란한 소리로 웃
었다. 리앤더가 고개를 돌려 존경하는 눈으로 그녀를 바라보았다.

"다음에 또 부탁할게."

그는 그렇게 말하며 문을 열고 안으로 들어갔다.

"거기에 서서 누가 우리를 발견하면 곧장 뛸 준비를 하라고."

블레어는 문가에 서서 리앤더가 지렛대를 꺼내려고 가게로 조심스럽게 들어가는 모습을 바라보았다. 그녀의 뒤쪽에는 통조림과 밀가루 포대, 비스킷 상자 등이 잔뜩 쌓여 있었다. 한쪽 선반에는 꿀통이 여섯 개 놓여 있었다. 블레어는 그것을 발견하고 자신을 놀라게 했던 곰 두 마리를 떠올리며 미소를 지었다.

그녀는 갑자기 확실한 계획도 없이 바닥을 뒤져서 등산용 배낭을 찾고는, 그 안에 꿀통 두 개를 넣고 어깨에 둘러맸다. 구석에 돌돌 말린 종이뭉치와 연필이 보이자, 그녀는 재빨리 귀퉁이를 찢어 쪽지를 남겼다.

"지금 뭐 하는 거야?"

"차용증을 남기는 거예요. 내일이면 사람들도 산이 폭파되었다고 알게 될 텐데, 그럼 우리가 어디서 다이너마이트를 훔쳤는지도 알려지잖아요. 계속 의사 노릇을 하려면 아무 말도 없이 물건을 훔치면 안 되잖아요, 그렇죠? 분명히 다른 사람들이 우리를 비난할 거라고요."

리앤더는 잠시 그녀를 바라보았다.

"좋은 생각이야. 내일이면 다 밝혀져도 상관없지만, 오늘 밤에는 잡히고 싶지 않아. 그러니까 가자고. 잠깐! 당신 등에 있는 건 또 뭐야?"

"꿀이에요."

그녀는 그에게 더 이상 물어볼 틈을 주지 않으려고 앞장서서 상점을 빠져나왔다. 그는 조심스럽게 문을 닫고, 일부러 문을 살펴보지 않는 한 깨진 유리를 발견하지 못하도록 주변을 재빠르게 정리했다.

리앤더는 그녀를 이끌고 능숙하게 광산촌을 가로질러 외곽으로 빠져나갔다. 블레어는 리앤더가 어떻게 이 지역을 자세히 아는지 궁금했다. 하지만 곧 그가 다친 광부들을 치료하려고 가끔 광산에 온다는 사실이 떠올랐다.

그들은 몸을 움츠리고 석탄이 우두둑 부서지는 소리를 들으며 앞으로 걸어갔다. 약하게 바람이 불자 눈 속에 석탄재가 들어갔다. 끝없이 뻗어 있는 철도 뒤로는 15미터 정도 되는 거대한 석탄재가 쌓여 있고, 줄지어 서 있는 가마에서는 석탄을 태우는 유황 연기가 뿜어 나왔다. 바로 옆에는 폭발물 창고가 있었다. 리앤더가 창고 문을 뜯고 들어가는 동안, 블레어는 어둠 속에 서서 눈을 비볐다. 그는 최대한 빨리 셔츠 속에 다이너마이트를 밀어 넣고 다시 문을 닫았다. 그리고 지나가는 사람이 문을 열고 안을 들여다보지 못하도록 최대한 단단히 문을 고정시켰다.

"가자고."

두 사람은 다시 가파른 산비탈을 따라 위로 올라갔다. 경사가 너무 심해서 몸을 뒤로 젖힌 채 산을 올라야 했다.

리앤더는 산 정상에서 그녀를 기다리다가, 그녀가 숨을 고를 시간도 주지 않고 서둘러 오두막으로 향했다.

"말에 안장을 올려서 오두막 앞에 매어 놓을게. 먹을 것을 찾으러 침실에서 나온 것처럼 행동해. 그리고 음식을 먹은 뒤 깜박한 것처럼 그 여자의 손이 닿는 곳에 칼을 두고 나오라고. 그러면 난 밖에서 기다리고 있다가 그 여자가 협곡으로 갈 때 뒤를 밟을게."

"저도 따라갈 거예요."

블레어의 표정에 리앤더는 아무 말 없이 한숨만 쉬었다.

"좋아. 하지만 지금은 안으로 들어가 날 기다려."

"하지만 먼저 볼일 좀 보고 올게요. 저기 덤불에서요."

그녀는 얼굴을 붉혔다. 하지만 그 이유가 거짓말을 했기 때문인지, 자신의 말이 함축한 의미 때문인지 알 수 없었다.

리앤더는 말에 안장을 올리며 그녀에게 눈길 한 번 주지 않았다. 블레어는 재빨리 곰이 사는 동굴이 있는 언덕으로 달려갔다. 그녀는 조심스럽게 뻥 뚫린 동굴 앞으로 다가갔다. 그때 어떤 소리가 들렸다. 그녀는 두려워서 숨을 죽이고 등에 지고 있던 배낭에서 꿀통 하나를 꺼내고, 돌멩이로 내리쳐서 구멍을 뚫었다. 그리고 다시 주위에 귀를 기울였다. 사방이 고요했다.

그녀는 통을 거꾸로 들어 바닥에 꿀을 흘리며 돌아서서 다시 오두막을 향해 산을 내려왔다. 풀숲과 나뭇잎 위로 꿀의 짙은 흔적이 남았다.

리앤더의 말은 안장을 싣고 준비를 마친 채 오두막 앞에 서 있었다. 블레어는 간신히 소리를 내지 않고 두 번째 꿀통의 코르크를 따서 안장 뒤에 묶었다. 그녀는 잠시 자신이 하는 일이 옳은지 고민했다. 혹시라도 프랑수아가 손목을 묶은 끈을 푸는 데 너무 오래 걸리거나, 곰이 먼저 꿀 냄새를 맡으면…… 말이 사람을 태우고 달리기도 전에 곰이 먼저 오두막을 공격할지도 몰랐다. 때가 잘 맞아야 되는데…….

블레어도 다시 오두막 창문을 넘었다. 어둠 속에서도 자신이 너무 시간을 끌었다고 눈살을 찌푸리고 있는 리앤더의 모습이 뚜렷이 보였다. 그녀는 지금 막 잠에서 깨어난 것처럼 보이려고 재빨리 진료복을 벗었다.

프랑수아는 마룻바닥에 누워 있었다. 밧줄을 풀려고 안간힘을 썼는지, 그녀의 손목은 빨갛게 부어 있었다. 순간 블레어는 마음이 무거워졌다. 사람의 고통을 덜어주겠다고 맹세했기 때문에 다른 사람을 아프게 하기 싫었다.

블레어가 다가가자 프랑수아가 눈을 떴다. 그녀는 탁자에 놓여 있는 치즈 덩어리를 잘게 자르면서 말했다.

"당신이 날 너무 굶겨서 이렇게 자꾸 배가 고픈가 봐요. 이제 금방 보안관이 올 거예요."

"보안관이 오려고 했으면 벌써 왔어. 리앤더와 함께 왔던 남자는 지금쯤 죽었을걸."

"오, 안됐군요. 그 사람이 바로 케인 태거트거든요. 그 백만장자요."

블레어는 태연하게 말하고 크게 하품한 뒤, 식탁에 칼을 내려놓고 잘라놓은 치즈를 집었다.

"다시 침대로 가야겠어요. 잘 자요."

블레어는 프랑수아의 시야에서 벗어나자마자 조용하게 옷을 입으며, 조심스럽게 프랑수아가 있는 곳을 훔쳐보았다. 달빛에 비친 여자의 그림자를 보니, 그녀는 지체 없이 칼을 집어 매듭을 풀고 있었다. 얼마 지나지 않아 그 여자는 조심스럽게 밖으로 나갔다.

"자, 우리도 가자고."

말발굽 소리가 들리자 리앤더가 말했다.

"또 걸어야 하는군요."

블레어는 벌써 힘이 빠진 듯 깊은 한숨을 쉬었다.

"오늘 밤만 넘기면 앞으로 일주일간 침대에서 빈둥거려도 돼. 나와 함께 말이야."

리앤더가 그녀의 귀에 속삭였다.

"정말 푹 쉴 수 있겠네요."

그녀가 비꼬듯이 말했다.

리앤더는 깎아지른 산 아래로 그녀를 끌고 내려갔다. 그녀는 낮에 이 산을 보았다면 산에 오르고 싶지도 않았을 거라고 생각했다. 사실 그녀에게는 선택의 여지가 없었다. 일단은 프랑수아를 쫓아 협곡으로 가야 했다.

리앤더가 갑자기 멈췄다. 그들의 발치 아래로 협곡이 펼쳐져 있었다. 작은 오두막 주변에는 어둠과 정적만 감돌았고, 오두막 안에 누가 있는지 확신할 수 없었다.

"그 여자를 기다리는 게 분명해. 그 여자의 명령 없이는 꼼짝도 안 할 거야."

"리앤더, 케인이 너무 오래 걸리는 거 아니에요? 괜찮을까요?"

"모르겠어. 한 사람이 상대하기에는 너무 수가 많아서."

그는 협곡의 입구로 가서 다이너마이트를 묻기 시작했다.

"우선 여기를 무너뜨린 뒤, 챈들러 시로 말을 타고 가서 도움을 청할 거야."

"말을 타요? 무슨 말요?"

"여기. 이걸 들어 봐."

그는 그녀에게 도화선을 건네주었다.

"나중에 보여줄게. 우선은 이걸 먼저 설치하고. 자, 이젠 범죄자 아가씨가 오기만 기다리자고."

두 사람은 잠시 침묵하며 가만히 앉아 있었다.

"지금쯤이면 도착해야 하는데. 길을 잃었나 봐."

"아니면 다른 곳으로 가버렸거나요. 리앤더, 당신에게 할 말이 있어요. 저, 벌꿀에 관한 건데요. 제가……."

"쉿! 무슨 소리를 들은 것 같아."

이미 날이 밝아왔고, 희미한 새벽빛 속에 말을 타고 달려오는 사람의 모습이 보였다. 말은 기수 마음에 안 드는지 까탈을 부렸고, 가녀린 여자는 말을 달래느라 애를 먹고 있었다.

"올라가, 지금!"

리앤더가 블레어에게 명령하자, 그녀는 높은 암벽 위의 안전한 곳으로 뛰어올라갔다.

다음 순간에 하늘이 무너질 듯한 소동이 일어났다. 프랑수아가 비명을 지르자, 협곡 아래에 있던 남자들이 모두 달려나와 영문도 모르고 총을 쏘기 시작했다. 커다란 종마를 다루기 위해 안간힘을 쓰는 프랑스 여자의 뒤쪽으로는 곰 두 마리가 바위와 흙을 핥으며 천천히 걸어오고 있었다.

블레어는 리앤더가 신호하는 소리를 들었다. 다음 순간에 한 손으로 그녀의 허리를 붙잡고, 도화선에 불을 붙였다. 그는 날카롭게 휘파람을 두 번 불었다.

"엎드려."

리앤더가 그녀를 난폭하게 미는 바람에 그녀의 팔꿈치가 바위에 스쳐 상처가 났다. 그녀는 앞으로 목을 빼고 협곡 아래에서 벌어지는 난장판을 구경했다. 곰 때문에 협곡 사이에 있는 말들은 미친 듯이 날뛰었고, 사람들은 곰에게 총을 쏘랴, 달아나는 말을 잡으랴, 혼란에서 벗어나려고 아우성이었다. 프랑수아는 한 손으로는 리앤더가 타고 온 말의 고삐를 잡고, 다른 손으로는 협곡 입구를 가리키며 남자들에게 무언가 명령하듯 계속 소리를 질러댔다.

갑자기 리앤더의 종마가 두 다리를 들고 일어서서 여자를 땅바닥에 떨어뜨리더니, 계곡 입구로 달리기 시작했다. 그곳에 있는 곰들은 안중에도 없는 듯했다.

"저러다간 폭발에 휩쓸리고 말 거야."

리앤더는 협곡 아래를 더 자세히 보기 위해 일어서며 말했다. 그의 목소리에는 애마를 잃어버리게 되었다는 아쉬움이 담겨 있었다.

말이 계속 달리자 곰들도 길에서 비켰다.

1분도 지나지 않아, 다이너마이트가 터지고 협곡의 입구가 막혀서 범죄자들은 그 안에 갇혔다. 폭발의 여파로 리앤더도 바닥에 쓰러졌다. 그는 재빨리 자리에서 일어나 아직 먼지도 가라앉지 않은 협곡 입구로 달려갔다. 반도 내려가지 못했을 때 그의 종마가 놀란 듯이 눈을 번득거리며 그에게 달려왔다. 리앤더는 말의 머리를 꼭 끌어안고 뭐라고 조용히 속삭였다.

"도대체 저 빌어먹을 곰들은 어디서 나타난 거야?"

리앤더가 자신을 따라 아래로 내려온 블레어에게 고함을 질렀다. 협곡에서는 아직도 비명과 욕설에 총소리까지 들렸고, 먼지도 사방으로 흩날렸다. 그러자 그녀도 그에게 질세라 고함을 질렀다.

"당신이 절 보호하려고 하는 것 같아서 아무 말 않았지만 너무 오래 걸렸잖아요. 케인이 산 아래로 내려간 뒤로 시간이 너무 많이 흘렀어요. 언제든 범죄자들이 우리를 발견할 수 있는데, 혹시라도 오두막에 갇혀서 놈들에게 포위되면 어떡해요. 게다가 지금도 협곡 위로 아주 쉽게 올라갈 수 있잖아요. 그래서 생각했죠. 혹시라도 때만 잘 맞추면 곰들이 시간을 벌어줄지도 모른다고요. 곰 때문에 사람들이 다치지는 않을 거예요. 곰들이 원하는 건 단지 벌꿀이니까요."

리앤더는 몇 번이고 무슨 말을 하려고 입을 뻐끔거렸지만, 결국은 아무 말도 하지 않았다.

"당신처럼 위험에 대한 기준이 남다른 사람도 없을 거야. 그러다가 당신이 다칠 수도 있는 건 몰라?"

"그거야 당신도 마찬가지죠."

그녀는 턱을 꼿꼿이 치켜들었다. 그러자 그는 그녀의 팔을 움켜쥐었다. 아직 그녀를 용서할 준비가 되지 않은 듯했다.

"당신을 여기에 남겨놓고 혼자 보안관을 데리러 가기가 두렵군."

하지만 바로 그때 보안관과 남자 여섯 명이 숨을 헐떡이며 산기슭 위로 나타났다.

"괜찮나, 의사 선생?"

보안관이 숨을 헐떡거리며 말했다. 그의 넓은 가슴은 들썩거렸다. 머리가 희끗희끗한 그는 제법 나이가 들어 보였지만, 건강만은 좋은 듯 협곡까지 재빨리 올라올 수 있었다. 케인 태거트가 협곡의 위치를 설명하자 그는 곧 그것이 어디에 있는지 파악한 듯했다. 그는 이 지역에 관해서는 마을의 그 누구보다도 잘 알고 있었다. 또한 그는 모든 일을 다 제 손으로 처리하길 바라는 리앤더의 성격도 잘 알고 있었다.

"케인 태거트가 자네가 위험에 처했다고 하더군."

그는 그렇게 말하고 협곡 아래를 내려다보더니 입이 쩍 벌어졌다. 입구를 찾아 달아나려고 아우성치는 범죄자들의 모습이 장난감 같아 보였다.

"자네가 이렇게 했나, 의사 선생?"

"저와 제 아내가 그랬죠."

일부러 장난스럽게 말하는 리앤더의 말투에 블레어는 웃음을 터트렸다. 바위 가장자리에서 구경하느라 정신이 없는 민병대에게 보안관이 명령했다.

"한 놈도 도망가게 하면 안 돼."

그는 그렇게 말한 뒤 다시 리앤더와 블레어를 바라보았다.

"짝을 아주 잘 만난 것 같군, 젊은이. 하지만 왜 내가 올 때까지 기다리지 못하는 거야? 왜 법의 힘을 빌리지 않고 일을 처리하냐고! 사람이 다칠 수도 있다는 걸 모르나? 저 아래에 있는 놈들은 사람을 죽이는 게 생활인 녀석들이야. 게다가 저 프랭키라는 두목은 뱀처럼 교활한 여자야. 내가 몇 년 전부터 이런 이야기를 했을 텐데. 자꾸 자선가인 체하다가는 상처 정도로 끝나지 않을 거야."

"보안관이 뭐라고 하는 거예요?"

블레어가 조심스럽게 속삭였다. 아주 어릴 때부터 보안관을 알고 있었지만, 항상 친절하고 부드러운 모습만 보았을 뿐 이렇게 불같이 화를 내는 모습은 처음이었다.

"왜 이렇게 오래 걸리신 겁니까? 태거트에게 무슨 일이 생겼나 걱정했다고요."

블레어의 질문과 보안관의 분노에도 아랑곳하지 않고 리앤더가 물었다.

"그 사람은 총알이 머리를 스쳐서 몇 시간 동안 혼수상태였어. 그래서 여기에 오는 데 이렇게 시간이 걸린 거야. 자네가 저 여자를 붙잡고 있다는 사실도 바로 몇 시간 전에 들었지. 하지만 우리가 너무 늦은 것 같군. 여자는 도망쳤나?"

"저 아래 있어요."

리앤더가 말했다.

"아닌데요. 지금 협곡 반대쪽으로 기어오르고 있네요."

민병대원 중 한 사람이 말했다. 블레어는 그 남자가 가리키는 쪽으로 고개를 돌렸다. 흐릿한 형체가 움직이는 것이 눈에 보였다. 보안관의 부하 중 한 명이 나무 아래에 몸을 숨기고 프랑수아에게 총을 겨누었다. 하지만 블레어는 아무리 나쁜 짓을 한 사람이라도 가만히 서서 그 사람이 죽는 모습을 보고 있을 수는 없었다. 블레어는 재빨리 몸을 던져서 남자를 끌어내린 뒤, 그의 다리를 치고 팔을 때렸다. 그러자 허공에 총이 발사되어 프랑수아의 머리 위로 날아갔다.

하지만 블레어는 미처 자신이 저지른 행동의 결과를 예측하지 못하고 절벽으로 미끄러졌다. 그녀는 간신히 바위 덩어리를 움켜쥐고 매달렸다.

보안관과 리앤더가 순식간에 몸을 던졌다. 두 사람은 배를 깔고 엎드려서 블레어의 손을 잡고 그녀를 안전하게 끌어올렸다.

"정말 자네에게 딱 맞는 여자구면. 정말 이 아가씨를 잘 보살펴서 다치지 않게 하라고."

"앞으로 블레어를 보호하기 위해 최선을 다하겠어요."

보안관이 못마땅한 듯이 툴툴대자 리앤더가 진지하게 맹세했다. 먼지를 뒤집어쓴 블레어는 두 남자의 발치에 주저앉아서 하마터면 떨어질 뻔했던 절벽 아래를 내려다보았다.

"좋았어, 제군들. 우리가 산 아래로 내려가서 지원병을 데려올 동안, 여기에 남아서 놈들을 지켜볼 자원자가 필요하네. 내가 돌아올 때까지 녀석들이 모두 살아 있어야 하니까."

"보안관님, 혹시 이 사건에서 저희의 이름을 빼주실 수 없을까요? 케인 태거트도 그렇고요. 그리고 인익스프레서블 광산의 상점으로 사람을 보내서 지렛대와 다이너마이트의 외상값 좀 갚아주세요."

리앤더는 잠시 말을 멈추고 묘한 미소를 지었다.

"그리고 영수증은 제 아버지에게 보내주세요. 제게 빚진 것이 있거든요."

그는 돌아서서 한 손으로 고삐를 잡고, 다른 손으로는 블레어의 손을 잡았다.

"지금 어디로 가는 건가?"

"신혼여행이오."

산을 내려가는 두 사람을 향해 보안관이 외치자, 리앤더가 돌아보며 대답했다.

"조심하게. 그 프랑스 여자가 도망쳤으니까. 게다가 그 여자는 자네들에게 전혀 애정이 없을 걸세."

리앤더는 보안관을 향해 손을 흔들며 블레어에게 속삭였다.

"사랑은 내 마음속에 가득하니까 괜찮아."

제24장

얼마 걷지도 않았는데 블레어는 지치기 시작했다. 굶주림과 수면 부족, 흥분으로 가득했던 모험 때문에 마침내 힘이 다 빠지고 만 것이다. 그녀가 비틀거리자, 리앤더는 그녀를 번쩍 들어 자신의 말에 태운 뒤 길을 따라 내려갔다. 그녀가 꾸벅꾸벅 졸다가 떨어지려고 할 때마다 리앤더가 붙잡아 제대로 앉혀주었다.

블레어는 며칠 동안이나 여행한 것처럼 느껴졌다. 앞으로 다시는 침대를 못 볼지도, 아니 다시는 잠을 못 잘지도 모른다는 생각이 들었다.

석양이 질 무렵에 리앤더는 말을 세우고 그녀를 말에서 안아서 내렸다. 그녀는 마지못해 눈을 뜨고 돌로 쌓은 축대 위에 세운 커다란 통나무집을 바라보았다.

"여기가 어디예요?"

그녀는 정말 알고 싶지도 않으면서 심드렁하게 물었다. 지금 원하는 것은 오직 잠뿐이었다.

"아버지의 사냥용 오두막이야. 며칠 동안 여기서 지내자고."

블레어가 고개를 끄덕이며 눈을 감자, 리앤더는 그녀를 오두막으로 데려갔다. 블레어는 리앤더가 자신을 안고 계단을 오르고 있다고 어렴풋이 느꼈지만, 너무 피곤해서 그것도 확실하지 않았다. 그가 그녀를 침대에 뉘였을 때, 그녀는 깊은 잠에 빠져 있었다.

창문 밖에서 이상한 소리가 들리는 바람에 그녀는 잠에서 깨어났다. 그리고 졸린 눈을 비비며 그 소리에 귀를 기울였다. 그녀는 이불을 차내다가 자신이 알몸이라는 사실을 깨닫고 숨을 들이마셨다. 소나무 침대의 발치에 남자 셔츠가 놓여 있자, 그녀는 재빨리 몸에 걸쳤다. 창 밖을 내다보니 넓은 초원에 소떼가 띄엄띄엄 서 있는 풍경이 보였고, 창문 바로 아래쪽에는 암소 한 마리와 송아지가 풀을 씹고 있었다. 그 소리 때문에 깨어난 것 같았다.

오두막은 약간 비탈진 언덕 위에 서 있었다. 사방은 온통 산이었고, 오두막에서 몇 미터 떨어진 곳에는 나무들이 쭉쭉 뻗어 있었다. 분지 안의 초원에는 이제 막 들장미가 봉오리를 맺고 있었다.

등 뒤에서 계단 오르는 소리가 들리자 그녀는 뒤를 돌아보았다. 리앤더가 쟁반을 들고 막 방으로 들어왔다. 그녀는 음식 냄새에 침이 가득 고였다.

"당신이 깼으리라 생각했지."

그는 미소를 지으며, 셔츠 아래로 드러난 그녀의 맨다리를 강렬한 눈빛으로 쳐다보았다. 그녀가 수줍어하며 다시 침대로 들어가자, 그는 그녀의 무릎에 쟁반을 올려놓았다.

"신선한 음식이 없어서 유감이지만, 그래도 통조림이나 절인 음식은 얼마든지 있어."

쟁반에는 햄과 베이컨, 치즈, 복숭아 통조림, 옥수수 머핀, 산딸기 등이 먹음직스럽게 놓여 있었다.

"이만하면 진수성찬인데요. 게다가 엄청 배가 고파요."

그녀는 게걸스럽게 음식을 먹기 시작했다. 리앤더는 침대 발치에 앉아 얼굴이 붉어질 만큼 강렬한 눈빛으로 그녀를 빤히 쳐다보았다. 그녀는 마침내 첫날밤을 가로막던 모든 장애물이 사라졌음을 깨달았다.

"제가 얼마나 잤죠?"

블레어는 입 안에 음식을 가득 물고 물었다. 리앤더가 주머니에서 천천히 시계를 꺼내자, 그녀는 먹다 말고 그를 쳐다보았다. 그는 시계를 들여다보더니, 더 이상 시계를 주머니에 넣을 필요가 없다는 듯 침대 옆의 탁자에 올려놓았다.

"열네 시간."

블레어는 옥수수 머핀을 급히 삼키다 숨이 막힐 뻔했다.

"여기가 아버님의 오두막이라고 했는데 당신도 자주 오나요?"

리앤더는 차분한 손놀림으로 셔츠의 단추를 푼 뒤, 천천히 바지에서 셔츠를 빼냈다.

"어릴 때부터 가끔씩."

강렬하고 진지한 눈동자가 그녀를 응시했다. 눈을 내리깔고 자신을 바라보는 그의 시선이 그녀를 불안하게 만들었다. 그녀는 더 빨리 먹기 시작했다.

"사슴 사냥을 하러 오나요?"

리앤더는 그녀에게 시선을 떼지 않고 바지의 단추를 풀었다. 블레어는 그가 속옷을 입고 있지 않다는 사실을 금방 알 수 있었다. 그러자 그녀의 손이 떨렸다. 그의 바지가 바닥으로 흘러내리자, 그녀는 베이컨을 들고서 멍하니 그의 눈동자를 바라보았다. 리앤더는 그녀에게 몸을 숙이더니 쟁반과 베이컨을 바닥에 내려놓았다.

"당신은 이제 휴스턴이 아니야."

잠시 블레어는 그가 두려웠다. 지난 몇 주 동안 매순간 그와 싸우며 지냈고, 항상 언니에 대해 죄책감을 느꼈기 때문에, 이제 그에게 마음을 주어도 괜찮다는 사실이 믿어지지 않았다.

리앤더가 그녀에게 몸을 숙이자, 그녀는 침대의 머리맡까지 뒤로 물러섰다. 마음 한구석에서는 달아나라고 말했지만, 다른 구석에서는 그와 떨어지느니 차라리 죽겠다고 말했다.

리앤더의 입술이 아주 부드럽게 그녀의 입술을 건드렸다. 그는 그녀를 억누르지도, 어루만지지도 않았다. 이 사랑스러운 남자는 멋진 알몸의 모습으로 그녀에게 몸을 숙이고 키스할 뿐이었다.

블레어는 침대로 미끄러져 들어갔다. 버터가 녹아내리는 것처럼 그렇게 늘어졌다는 표현이 더 정확하리라. 리앤더는 그녀를 따라 움직이며 한껏 몸을 숙이다가, 균형을 잃고 그녀의 위로 쓰러지고 말았다.

두 사람은 이미 자제력을 잃어버렸다. 블레어는 입을 열어 그의 키스를 받아들였고, 리앤더는 더욱 거칠게 그녀를 안았다. 그는 정열적으로 키스하면서, 손으로 그녀의 알몸 구석구석을 탐색하며, 그녀가 입고 있던 셔츠를 찢어버렸다. 블레어도 그의 열정에 전염되었다. 지난 몇 주 동안 그녀는 그를 절실하게 원했다. 그런데 이제 그가 그녀를 끌어안고 어루만지며, 너무 오랫동안 숨겨왔던 갈망과 아픔을 표출할 수 있도록 도와주고 있었다.

두 사람은 꼭 끌어안고 함께 침대에서 구르면서 서로의 알몸에 탐닉했다. 블레어는 항상 리앤더를 볼 때마다 머릿속으로 그를 어루만지는 상상을 했다. 그녀는 수술실에서 섬세하게 매듭을 짓던 그의 손길을 기억했고, 그 손이 자신을 어루만져 주기를 원했다. 그가 걸어가는 모습을 남몰래 바라보며, 그 우아한 몸이 자신의 몸을 감싸는 상상도 했다. 이제 그녀는 그의 등과 엉덩이를 두 손으로 어루만지고 있었다. 처음에는 작고 미약한 불씨였지만, 곧 그녀는 커다란 화염에 휩싸이고 말았다.

그녀가 준비되었다는 것을 감지한 듯, 리앤더가 그녀의 안으로 들어왔다. 그녀는 작게 비명을 질렀다. 리앤더의 입술이 그녀의 입술을 더듬자, 그녀는 굶주린 듯이 입을 열어 그를 받아들였다.

그의 움직임이 빨라지자 그녀는 그의 움직임에 온몸을 맡기며, 두 손과 다리로, 또 입으로 그에게 매달렸다. 그가 더욱 더 빠르고 거칠게 움직이자, 그녀는 바짝 긴장한 채 엉덩이를 들어올리며 그를 더 깊게 받아들였다.

절정의 순간이 오자 블레어는 다시 비명을 질렀고 리앤더가 그녀의 몸 위로 쓰러지는 것과 동시에 그녀도 열정에 몸을 떨었다. 잠시 후에 블레어는 몸이 나른해졌다. 리앤더를 꼭 끌어안고 있는 그녀의 몸은 여전히 떨리고 있었고, 그녀의 다리는 절대 그를 놔줄 수 없다는 듯이 그의 허리를 감싸고 있었다.

몇 분이 흐르자 블레어의 긴장이 풀렸다. 그녀는 리앤더를 꼭 껴안고 있던 온몸의 힘을 뺐다. 그녀는 그의 목덜미 근처에 있는 젖은 곱슬머리와 어깨 근육을 손가락으로 어루만지며 그의 피부를 음미했다. 항상 함께 있었음에도 어떤 면에서는 아직까지도 낯설었다. 그의 많은 부분을 아직 모르고 있고, 구석구석까지 모두 알고 싶었다.

그는 몸을 일으켜 한쪽 손으로 턱을 괴고 그녀를 바라보았다.

"아래층에 욕조가 있고 벽난로에서 물이 끓고 있어. 어때, 목욕하겠어?"

잠시 그녀는 그의 머리 뒤로 흘러 들어오는 빛에 의지해 그를 살펴보았다.

'이 사람이 진짜 이 세상에서 제일 잘생긴 남자인 걸까? 아니면

단지 나만의 착각일까?'

"그렇게 계속 나를 바라보고 있다간 다음주 화요일까지 목욕도 못하게 될걸."

블레어가 장난기 어린 미소를 짓자, 리앤더는 눈썹을 치켜뜨더니 그녀를 담요로 말아 번쩍 들어서 아래층으로 내려갔다. 오두막 한쪽 끝에는 커다란 유리창이 두 개 있고, 가운데에 거대한 석조 벽난로가 있었다. 반대쪽 끝 부엌에는 리앤더가 요리 실습을 하느라 남긴 잔재와 더러운 접시들이 잔뜩 쌓여 있었다. 대략 3미터 정도 되는 벽은 모두 돌이고, 나무로 된 천장에는 여기저기 유리창이 나 있었다.

벽난로 앞에 놓인, 한쪽이 약간 높은 양철 욕조에는 리앤더가 근처 개울에서 길어 왔다는 차가운 물이 가득 담겨 있었다. 블레어가 수줍어하며 가만히 서 있자, 리앤더는 뜨거운 물을 욕조에 붓고 그녀를 욕조 안으로 이끌었다. 이어서 그는 블레어의 담요를 벗기고 그녀를 욕조에 앉혔다.

물은 아주 따뜻했다. 그녀는 욕조 모서리에 등을 기대고 온몸의 긴장을 풀었다. 그녀는 리앤더가 자신을 내려다보고 있는 것을 의식하고 있었다. 바지만 걸친 그의 모습은 경이로웠다. 대부분 밖에서 생활한 탓에 탄력 있는 근육과 검게 그을린 피부가 그의 매력을 한층 더해 주었다.

"결국 이웃집 소년과 결혼했네요."

그녀가 미소를 지으며 중얼거렸다. 그러자 그가 욕조 옆에 무릎을 꿇었다.

"어릴 때 당신은 왜 그렇게 날 골탕 먹였던 거야?"

"전 그런 적 없어요."

그녀가 팔을 씻으며 말했다.

"그럼 왜 나를 놀리고 아무 데서나 눈덩이를 던진 거지? 메리 앨리스 펜더거스트에게 내가 그 애를 사랑한다고 말한 건 어떻고? 그 애 어머니가 우리 어머니에게 내가 썼다는 연애편지를 보여주셨단 말이야."

"왜냐하면 당신이 휴스턴을 차지했으니까요. 휴스턴은 제 쌍둥이 언니예요. 그런데 어느 날 갑자기 당신이 등장하자 언니는 저보다 당신을 더 소중하게 여기기 시작했죠."

리앤더가 아무 말도 하지 않자, 그녀는 눈을 들어 자신을 뚫어져라 바라보는 그를 마주 보았다. 그는 그녀의 말을 믿지 않는 것 같았다. 그녀는 어릴 때의 일은 생각조차 해보지 않았다. 그녀는 확실히 그를 미워했었다. 처음 본 순간부터 그가 미웠다. 하지만 왜 그랬지? 모두 그를 좋아하는 것 같았고, 언니는 그에게 미쳐 있었다. 하지만 블레어는 그의 곁에 서 있는 것조차 참을 수 없었다. 그래서 그가 방에 들어오면 늘 슬그머니 밖으로 나가곤 했다.

"어쩌면……"

그녀가 속삭였다.

"어쩌면 뭐?"

"어쩌면 전 당신과 친구가 되고 싶었는지도 몰라요."

"하지만 휴스턴이 이미 날 자기 거라고 선언했기 때문에 그렇게 못 했다는 건가?"

그는 욕조 안에서 그녀의 발을 들고 비누로 씻기 시작했다. 그의 손가락이 그녀의 다리를 따라 자꾸만 위로 올라왔다.

"당신과는 상관없는 일인 것처럼 말하는군요. 언니에게 청혼한 건 당신이잖아요. 언니를 사랑했던 게 분명해요."

블레어는 그의 손을 바라보며, 손길이 주는 감촉을 느꼈다. 리앤더는 그녀의 발가락에 비누거품을 묻혔다.

"분명 휴스턴에게 결혼해달라고 했던 것 같아. 하지만 가끔 내가 그런 말을 했는지 전혀 기억이 안 날 때가 있어. 그때는 그게 남자라면 당연히 해야 하는 말이라고 생각했거든. 챈들러 시의 모든 남자들이 휴스턴에게 청혼을 했으니까."

"정말 모든 남자들이오?"

블레어가 흥미를 보이며 말했다.

"언니는 그런 일에 대해서는 한 마디도 하지 않았어요. 제 경우에는 오직 앨런만 청혼했죠. 다른 남자들은 모두……."

"바보들이지."

그가 그녀의 발을 부드럽게 씻기며 재빨리 말했다.

"하지만 저는 다른 여자들과 너무 달랐어요. 저도 다른 여자들이나 휴스턴 언니처럼 부드럽고 상냥한 사람이 되려고 노력했죠. 하지만 전 의사가 되어버렸어요. 게다가 제가 남녀 학생을 통틀어 수석을 차지하자 저를 바라보는 남자들의 눈빛이 달라졌어요. 그리고……."

블레어는 필사적으로 참았지만 눈에 눈물이 고였다.

"그래도 봉합술은 별 볼일 없던데."

그녀의 왼쪽 다리를 내려놓고 오른쪽 다리를 들어올리며 그가 말했다.

"제가 무엇으로든 남자들을 이기면 남자들은……."

그녀의 눈이 동그래졌다.

"지금 뭐라 그랬어요?"

"당신의 봉합솜씨 말이야. 서두르면 바늘땀이 너무 커. 조금 더 연습할 필요가 있겠어."

블레어는 반박하려고 입을 열었다가 그냥 다물었다. 그녀는 자신의 바느질 솜씨가 완벽하다고 말하고 싶었지만, 지금은 그것이 중요하지 않다는 사실을 깨달았다. 그는 지금 그녀가 스스로를 초라하게 여기지 않도록 도와준 것이다. 그녀는 미소를 지으며 그를 바라보았다.

"그럼 어떻게 하는지 가르쳐줄래요?"

"뭐든지 가르쳐줄게. 그 남자들은 모두 바보야. 자신에 대한 확신이 있는 남자라면 여자를 두려워하지 않지. 단지 당신이 내게 오기까지 시간이 좀 걸렸을 뿐이야."

"제 언니의 약혼자인 당신에게로 말이죠."

그녀가 한숨을 쉬었다. 리앤더는 잠시 아무 말 없이 그녀의 손을 씻기고 비누칠을 한 뒤 그녀의 손가락을 주물렀다.

"만일 내게 형이 있는데, 모두 형만 좋아하고 날 좋아하지 않으면 나도 질투심을 느낄 거야."

"질투심이라고요! 그런 게 아니……."

전에는 한 번도 그런 식으로 생각한 적이 없었다. 하지만 정말 휴스턴을 질투했는지도 몰랐다.

"전 언제나 언니처럼 되고 싶었어요. 제가 의사가 된 건 선택이 아니라 운명이었죠. 전 항상 언니처럼 되고 싶었고, 언니처럼 늘 장갑을 깨끗이 쓰고 싶었어요. 언니에겐 친구들도 많고, 당신도 있었어요."

그는 그녀를 바라보지 않고 계속 그녀의 오른팔을 씻었다.

"아니, 난 휴스턴의 사람이었던 적이 없어."

블레어는 계속 말을 이었다.

"언니는 뭐든 다 잘했어요. 언니는 쉽게 친구를 만들었어요. 사람들은 언니를 좋아했죠. 만일 언니가 남북전쟁에서 남군을 지휘했다면 분명 남군이 이겼을 거예요. 세상에 언니처럼 능숙하게 모든 일을 처리할 수 있는 사람은 없으니까요."

"분명 당신까지 잘 처리한 것 같군. 날 당신 손에 떠넘겼으니."

"말도 안 돼요! 그건 자연스럽게 일어난 거예요. 모두 제가 저지른 일이라고요. 언니는 이 일과는 무관해요."

"블레어, 주지사 환영회가 있던 날 밤에 나는 휴스턴에게 파혼하자고 말할 생각이었어."

"파혼이오? 전에도 그런 말을 들은 것 같긴 하지만 정말 그럴 생각은 아니었잖아요."

그는 그녀를 씻기던 손을 놓았다.

"난 휴스턴에 대해 전혀 모르겠어. 아니, 한 번이라도 제대로 안적이 있는지 모르겠어. 하지만 당신을 보고 있으면 휴스턴에게도 이런 면이 있겠구나 하고 느껴. 휴스턴은 늘 자신의 생각을 그 빌어먹을 하얀 장갑으로 가리곤 했거든. 무슨 이유인지는 몰라도 휴스턴은 아주 어릴 때부터 나와 결혼하겠다고 결심했던 것 같아. 어쩌면 난 휴스턴에게 사람이 아니라 하나의 목표였을지도 모르지. 당신에게 의학이 그랬던 것처럼. 하지만 당신의 목표가 옳았던 거야. 내 생각에 휴스턴도 우리의 약혼이 잘못됐음을 알고 파혼할 방법을 찾고 있었을 거야."

"하지만 그날 게이츠가 언니에게 당신이 저와 결혼하기로 마음을 바꾸었다고 말했을 때, 언니의 표정을 못 봤잖아요."

"지난 수년 동안 의학 공부에 매진했는데, 이제 와서 당신이 피만 보면 기절한다는 사실을 알게 되면 기분이 어떻겠어? 아니면 소독약 냄새만 맡으면 두드러기가 난다면?"

"죽어…… 버렸을 거예요."

"내 생각에 휴스턴에게 난 그 소독약과 같은 존재였을 거야. 우리는 한 번도 제대로 접촉한 적이 없었어. 대화를 나누거나 함께 마음놓고 웃어본 일도 없었고. 내가 만지려고 하면 휴스턴은 늘 얼굴을 찡그렸지."

"믿을 수 없어요."

그녀가 진짜 놀라는 표정을 지으며 말했다. 그는 미소를 지으며 그녀의 가슴 위쪽을 씻기 시작했다. 그의 손이 천천히 그녀의 목덜미와 뺨을 타고 올라왔다.

"어쩌면 휴스턴도 마음 한구석으로는 내가 당신과 더 잘 어울린다고 느끼고 있었을지도 모르지. 그래서 당신을 나와 함께 파티에 보낸 거야."

"그건 단지 언니가 케인의 저택이 보고 싶어서 그런……."

"이런, 그건 말도 안 되는 얘기야. 세상 모든 남자들을 쳐다보지도 않던 우리의 사랑스러운 얼음 공주 휴스턴 챈들러 양이 생전 처음 보는 남자에게 한눈에 반했다고? 그것도 케인 태거트에게? 마을에서 그 남자를 만났던 날 기억나? 그 남자가 가던 길을 멈추고 추파를 보내던걸? 그때는 깨닫지 못했지만 난 분명 그때 그 남자를 질투했어야 했어. 만일 내가 휴스턴을 사랑했다면 당연히 그랬어야지. 하지만 난 질투심보다는 호기심이 앞섰지."

"케인 태거트라……. 그렇게 끔찍한 남자를 좋아하는 여자가 있다니…… 그것도 언니가…… 믿어지지 않아요."

"그래도 우리를 위해 자기 목숨까지 버릴 각오를 했던 남자야. 프랭키 일당은 당신을 휴스턴으로 착각했어. 그리고 50,000달러를 요구했어. 케인은 무장했을 뿐 아니라, 몸값까지 가지고 날 찾아왔더군."

그의 손이 그녀의 젖가슴을 어루만지자 블레어는 그의 말에 집중할 수 없었다. 그녀는 그를 끌어안으려고 손을 뻗었다가, 다시 욕조에 몸을 기대고 앉아 그의 손길이 주는 느낌을 즐겼다.

그가 자리에서 일어나 그녀를 들어올렸다. 그녀의 젖은 피부가 그에게 바짝 달라붙었다.

"오랫동안 이 순간을 기다려왔어."

리앤더는 옷을 벗는 데 탁월한 재주가 있는 것 같았다. 욕조에서 소파까지 세 발자국도 안 되는 거리를 지나는 동안, 그는 벌써 알몸이 되어 있었다. 첫 열정을 소비한 뒤라 그런지, 이번에는 그녀의 몸 구석구석까지 탐험하기를 원하는 것 같았다. 블레어는 고문당하는 기분이었다. 그녀가 그를 만지려고 손을 뻗을 때면, 그는 그녀의 손을 멀리 밀쳐내고, 단지 그의 손과 입술에 맞부딪치는 피부의 감촉이 주는 쾌락에 못 이겨 그녀가 욕망으로 정신을 놓아버릴 때까지 그녀를 괴롭혔다.

그가 몸 위로 올라오자, 그녀는 그를 꼭 끌어안았다. 하지만 그는 화가 날 정도로 천천히, 전혀 서두르지 않고 아주 공을 들여 느릿느릿 그녀의 안으로 들어왔다. 그가 빠르게 움직이기 시작할 때쯤, 그녀는 격앙되어 그를 기다리다 못해 폭발해버릴 것 같은 기분이 들었다.

마지막 절정의 순간이 다가오자, 그녀는 바로 그 순간 자신이 죽을지도 모른다고 생각했다. 그녀는 전율과 함께 몸을 꺾으며 리앤더를 꼭 끌어안았다. 그는 몸을 일으키며 미소를 지었다.

"우리가 아주 환상적인 팀이 될 걸 알고 있었지."

그러자 그녀가 심각하게 말했다.

"이것 때문에 저와 결혼하고 싶었던 거예요?"

그의 표정도 심각하게 변했다.

"이것과 당신의 봉합실력."

"당신 정말!"

그녀는 숨을 헐떡이며 주먹으로 그의 갈비뼈를 후려쳤다. 하지만 리앤더는 재빨리 그녀의 사정거리에서 도망쳤다.

"자, 일어나자고. 산책이나 하는 게 어때? 당신에게 보여주고 싶은 곳이 있어."

그녀는 리앤더의 알몸을 보는 게 너무 어색했다. 그녀가 봤던 유일한 남자의 알몸은 차가운 대리석 석판에 누워 있는 해부용 시체가 전부였다. 리앤더는 이제까지 봤던 그 어떤 사람보다 훨씬 더 생기 있고 활기가 넘쳤다.

"어, 그렇게 쳐다보지 말라고."

그가 웃음을 터트리며 그녀의 손을 잡아 소파에서 일으켰다.

"위층으로 올라가서 옷을 입어. 층계참에 있는 옷장에 낡은 옷이 몇 벌 있을 거야. 그걸 입어."

그는 계단을 올라가는 그녀의 탄탄한 엉덩이를 가볍게 때렸다. 블레어는 옷을 찾으려고 옷장 문을 열다가, 옷장에 달린 거울로 자신의 모습을 비춰보았다. 피부에는 윤기가 흐르고, 두 뺨은 장미처럼 붉었으며, 눈동자는 환하게 빛나고 있었다. 평소에는 깔끔하게 빗어 단단하게 틀어 올렸던 머리카락은 사자의 갈기처럼 사방으로 뻗쳐 있었다.

정말 리앤더가 그녀를 사랑할 수 있을까? 그녀를 동료로 생각한다는 것은 확실했다. 그는 그녀를 차지하기 위해 끔찍하게 노력해야 했다. 하지만 그가 원한 것이 단지 수술 파트너와 열정적인 잠자리 상대였다면?

"3분 남았어."

아래층에서 리앤더가 소리쳤다.

"지금 안 내려가면 무슨 벌을 줄 건데요?"

"금욕!"

블레어는 웃음을 터트리며 서둘러 두터운 모직바지에 면 셔츠를 꺼내서 입었다. 바지는 조금 짧았지만, 대강 종아리 중간까지 내려오는 게 그럴싸해 보였다. 하지만 엉덩이가 너무 커서 그녀는 바지가 흘러내리지 않도록 허리춤을 움켜쥐었다. 리앤더는 아래층에서 가방에 음식을 담고 있었다.

"허리띠 있어요?"

그가 그녀를 바라보자, 그녀는 장난스럽게 미소를 지으며 바지를 쥐고 있던 손을 놓았다. 그러자 바지가 바닥으로 흘러내렸다. 그는 그 모습을 보며 신음했다.

그는 목재더미로 걸어가서 긴 밧줄을 들고 그녀에게 다가왔다. 그리고 무릎을 꿇고 앉아 허리띠 고리에 밧줄을 밀어 넣었다. 그는 바지를 올리면서 블레어의 다리 구석구석에 키스를 퍼부었다.

리앤더는 문을 향해 걸어가며 말했다.

"이리 와, 나가자고."

이번에는 그가 장난스럽게 미소를 짓고 있었다. 블레어는 떨리는 무릎에 힘을 주며 그를 따라 밖으로 나갔다.

제25장

블레어는 커다란 떡갈나무 숲과 초원을 지나서, 사슴 발자국이 난 좁은 길을 따라 리앤더의 뒤를 따라갔다. 주위에는 사슴이 씹어 놓은 미루나무 껍질과 죽은 나무들이 널려 있고, 여름을 나기 위해 북쪽으로 간 짐승들이 싼 오물이 곳곳에 퍼져 있었다.

리앤더는 블레어에게 머리 위로 날아가는 매를 가리켰고, 군데군데 피어 있는 야생화의 이름을 알려주었다. 그는 자신이 빠르게 걷는다고 생각될 때마다 그녀와 보폭을 맞추기 위해 속도를 늦췄고, 그녀가 걸을 때 방해되지 않도록 잔가지를 걷어냈다.

양쪽으로 갈라진 좁은 능선 위로 깎아지른 듯이 솟은 산 정상에는 커다란 전나무들이 하늘을 향해 팔을 벌리고 서 있고, 그 아래로는 푸르고 생동감 넘치는 산의 경치가 융단을 깔아놓은 듯 멋지게 펼쳐져 있었다. 리앤더는 쓰러진 나무 등걸에 기대고 앉아서 그녀에게 팔을 뻗었다. 그녀는 기꺼이 그의 품에 안겨서 그의 손을 잡고 손가락으로 장난을 쳤다.

"우리가 잘 어울리는 한 쌍이라고 한 보안관 말이 무슨 의미인지 알아요?"

리앤더는 눈을 감고 얼굴로 내리쬐는 햇살을 음미했다.

"어릴 때에 몇 번 말썽을 부렸거든. 아무래도 그 일을 절대 용서하지 않을 건가 봐."

블레어가 자세를 고쳐 앉았다.

"당신이 말썽을 부려요? 당신은 언제나 어머니들이 부러워하는 아이의 표본이었잖아요."

그는 눈을 감은 채 미소를 지으며 그녀를 다시 끌어안았다.

"당신은 정말 나에 대해 아는 게 없어. 어떻게 그럴 수 있지? 난 당신이 생각하는 아이는 아니었어."

"그렇다면 무슨 말썽을 부렸는지, 어째서 제가 그 소문을 듣지 못했는지 설명해 봐요. 분명 챈들러 신문의 1면에 기사가 실렸을 텐데요. '모범생 리앤더! 결국 사고 치다'라고요."

리앤더는 유쾌하게 웃어댔다.

"아버지가 그 사실을 숨기셨으니까. 게다가 그 일은 콜로라도 스프링스에서 벌어진 일이었지. 그때 총을 두 방이나 맞았어."

"총에 맞아요? 하지만 흉터를 보지 못했어요."

"당신은 아직 날 자세히 보지 못했잖아. 내가 당신을 바짝 끌어안거나, 당신이 내게 달려들었으니까."

"전 그런 적 없……."

블레어는 그의 말이 사실임을 알기에 그냥 입을 다물었다.

"어떻게 총상을 입었어요?"

"아버지와 함께 콜로라도 스프링스에 갔을 때였어. 아마 열네 살 때였을 거야. 아버지는 당시 맡으신 사건 때문에 목격자와 이야기하려고 그 사람과 은행 북쪽에 있는 호텔에서 만나기로 약속하셨어. 막 저녁을 먹고 호텔을 나서는데 갑자기 총성이 들리더니, 누가 은행에 강도가 들었다고 고함을 지르더군. 밖을 내다보니까 커다란 수건으로 얼굴을 가린 사람들 대여섯 명이 말을 타고 우리 쪽으로 달려오는 거야.

난 미처 앞뒤 생각할 겨를도 없이 그냥 움직였어. 샛길에 사료를 가득 실은 4륜 짐마차가 서 있는 모습이 보였어. 그래서 재빨리 좌석으로 뛰어올라가서, 말들에게 고함을 지르면서 마차를 거리 한복판으로 몰고, 강도들이 도망가지 못하게 막았지."

"그리고 강도들이 당신을 쐈군요."

"내가 마차에서 뛰어내리지 못했거든. 말이 전속력으로 달리는 데다, 거리에는 사람이 한 명도 없었어."

"그래서 고삐를 쥐고 앉아 있었어요?"

"보안관이 은행 강도들을 체포할 때까지 난 그렇게 있었어."

"그리고 나서요?"

그는 미소를 지었다.

"그리고 나서 아버지는 날 마차에서 끌어내어 곧장 의사에게 데려갔지. 의사는 총알을 하나 빼냈고. 또 하나는 내 팔 위쪽을 깨끗하게 관통했거든. 그 의사는 나에게 술을 먹여서 취하게 만들었지. 그때 총상보다 더 끔찍한 건 바로 숙취라는 걸 깨달았어."

"하지만 당신 덕분에 강도들을 잡았잖아요."

"놈들은 몇 년간 감옥에 있어야 했지. 하지만 지금은 모두 출옥했어. 당신도 그 중 한 명을 만난 적이 있을걸."

"언제요?"

"주지사 환영회에 가던 날. 기억나? 리버 가에 있는 집에 갔던 거? 자살미수 사건 말이야. 그때 밖에서 기다리던 사람 기억해? 당신은 그를 별로 좋아하지 않았던 것 같은데……."

"그 도박사요?"

그녀는 자신을 바라보던 남자의 눈길을 떠올리며 물었다.

"레걸트는 콜로라도 스프링스 강도미수 사건으로 감옥에서 10년을 썩어야 했지."

"당신 때문이죠? 분명 당신을 미워할 거예요. 당신 때문에 잡혔잖아요."

"아마도."

리앤더는 별 관심이 없다는 듯 말했다. 그는 눈을 뜨고 그녀를 바라보았다.

"하지만 당신도 저를 미워했잖아."

"뭐, 미워한 것까지는……."

"참, 결혼 첫날밤에 어디 갔었죠?"

"내 총상 자국 보고 싶지 않아?"

블레어는 자신의 질문에 대답하지 않고 말을 돌리는 그의 태도를 지적하려다가 그냥 입을 다물어버렸다. 그는 그녀의 턱을 잡고 자기 쪽으로 끌어당겼다.

"신혼여행 중에는 화를 내거나 토라지면 안 되는 거야. 세 쌍둥이를 받아낸 이야기를 해줄게."

그녀는 아무 말도 하지 않았다.

"한 녀석은 거꾸로 나왔어."

여전히 아무 반응이 없었다.

"그리고 예정일보다 한 달이나 일찍 태어났지. 한 시간 간격으로 출산이 계속되었고 녀석들을 살리기 위해……."

잠시 침묵이 이어지자 블레어가 참지 못하고 물었다.

"어떻게 했는데요?"

"어, 아무것도 안 했어. 별로 대단한 일도 아닌데 뭐. 고작 잡지

세 군데에 기사가 났을 뿐이야. 아니, 네 군데였나? 뭐, 별로 중요한 것도 아니지."

"왜 기사가 났는데요?"

"왜냐하면 그 아기들을 살리기 위해 동원된 방법이…… 하지만 아마도 당신은 별 관심이 없을 거야."

그는 하품을 하며 통나무 등걸에 몸을 기대고 앉았다. 블레어는 그의 품에서 빠져나오며 두 주먹을 불끈 쥐었다.

"말해 줘요. 빨리 말해달라니까요."

리앤더는 웃음을 터트리며 그녀를 안고 잔디 위를 구르기 시작했다. 그리고 그녀가 바닥에 깔리자 멈추고 말했다.

"말할게. 대신 당신도 당신의 비밀을 말해야 해."

"전 비밀 같은 건 없어요."

블레어는 질문에 대답하지 않은 사람은 자신이 아니라는 사실을 상기하게 만들려는 듯, 그를 노려보며 대답했다.

"알았어, 알았다니까. 그럼 내 도시락에 뱀을 집어넣고, 필통에 메뚜기를 집어넣은 건 누구지?"

그녀는 잠시 눈을 깜박였다.

"잘 모르겠어요. 하지만 분명 당신 신발에 태피(설탕·버터·땅콩을 섞어서 만든 캔디)를 집어넣은 사람이나 당신 재킷 소매를 꿰맨 사람이 동일 인물인 것 같군요. 아, 그리고 당신의 샌드위치에 매운 겨자를 집어넣은 사람도……."

"우리 어머니의 가든 파티에서! 난 얌전하게 앉아서 샌드위치를 먹으면서 모두 매운데 참고 있다고 생각했어. 그래서 내가 맵다고 말하면 사람들이 겁쟁이라고 할까 봐 아무 말도 못 했지. 어떻게 그렇게 했지?"

"제가 수저를 떨어뜨릴 때 지미 서머가 진흙투성이 강아지를 풀어놓으면 1페니를 주기로 했죠. 그 강아지가 정원으로 달려가자, 당신은 강아지를 잡으러 달려갔어요. 모두 당신을 보고 있었기 때문에 당신 접시에 놓인 샌드위치에 장난치는 건 아주 쉬웠어요. 그날 전 웃겨 죽는 줄 알았다고요. 땀을 뻘뻘 흘리면서 그걸 다 먹어치우다니!"

그는 그녀를 똑바로 바라보더니 고개를 흔들었다.

"그럼 내가 좋아하는 낚시 모자에 소고기 파이를 넣은 것도?"

그녀는 고개를 끄덕였다.

"그리고 내 석판에 엘리슨의 그림을 그린 것도?"

그녀는 또다시 고개를 끄덕였다.

"당신이 그런 짓을 하는 걸 본 사람이 한 명도 없었던 거야?"

"딱 한 번 당신 아버지에게 들켰어요. 언니가 당신이 낚시하러 간다기에 전 당신 방으로 몰래 숨어들었죠. 그리고 당신이 잡아놓은 지렁이를 꺼낸 뒤 누룩뱀을 넣었어요. 그러다가 당신 아버지에게 들켰죠."

"아버지가 한마디 하셨겠군. 니나의 하찮은 농담에도 화를 내시는데……."

"저에게 절대 숙녀가 되지 못할 거라고 하셨어요."

"아버지가 옳았어. 당신은 절대 숙녀가 아니니까. 피와 살로 만들어진 여자지."

그는 씩 미소를 지었다.

"잠자리에서도 아주 끝내주고 말이야."

그녀의 눈이 휘둥그레졌다.

"저의 유일한 장점에 대해 그런 식으로 말할 거예요? 솔직하다는 게 제 장점이잖아요."

"당신이 이제까지 한 짓을 생각해보라고, 아가씨. 무슨 말을 해도 당신은 유죄야. 그러니 벌을 받아야 해."

"뭐라고요? 제 신발에 태피라도 집어넣을 건가요?"

"당신을 평생 동안 내 사랑의 노예로 만들면 어떨까 생각하는 중이야."

"태피에 대한 대가치고는 너무 가혹하지 않아요?"

"그건 매운 거자하고……."

그의 눈이 갑자기 둥그레졌다.

"혹시 내 과자에 후추를 넣은 것도 당신이었어? 그리고 아버지의 쌍안경을 학교에 가져가던 날 렌즈를 새까맣게 칠한 것도?"

그녀는 고개를 끄덕였다. 조금씩 그에게 했던 장난이 미안해지기 시작했다. 그는 놀란 표정으로 그녀를 바라보았다.

"당신이 가끔 장난치는 건 알았지만, 그래도 대부분 존 라흐너가 한 짓이라고 생각했어. 그거 알아? 4년 전에 뉴욕에서 녀석을 다시 만났거든. 문득 녀석이 했던 장난이 모두 떠오르더라고. 그래서 녀석에게 조금 심한 짓을 했는데……."

"설마 복수한 건 아니겠죠?"

"당연히 했지. 그것도 수백 가지 방법으로. 거의 매일매일 녀석과 싸우다시피 했다고. 그런데 녀석이 결백하다고? 하긴 당신이 그런 걸 알았어도 내가 뭘 할 수 있었겠어? 당신은 나보다 여섯 살이나 어렸는데……. 게다가 딱 한 번 당신을 때렸다가 아버지한테 맞았던 걸 생각하면…… 덕분에 난 여자를 때리는 일에 대해 다시 한 번 생각하게 되었지."

"그래서 지금 전 어릴 때 저지른 어리석은 행동에 대한 벌을 받아야 한다는 거죠? 삶이란 참 힘들군요."

그녀는 한껏 과장해서 한숨을 쉬었다.

"꼭 그렇지는 않아."

그는 능글맞게 웃었다.

"제가 의사인 덕분에 충격을 받고 기절하지 않아서 다행이에요."

"날 매혹시킨 건 당신의 의술이 아니야."

"오? 그래요? 그럼 제 어떤 매력이 당신을 끌어당겼죠?"

"내 관심을 끌려고 당신이 끈질기게 노력했기 때문이야. 이제까지 잘 버텼지만 더 이상은 견딜 수 없을 것 같아."

"굳이 그렇게 말하면……."

그녀가 피곤한 듯이 말했다.

"난 순종적인 여자를 좋아해."

리앤더는 블레어의 셔츠 안으로 손을 밀어 넣고 그녀의 갈비뼈를 어루만지며 중얼거렸다. 그의 손은 천천히 그녀의 가슴으로 올라갔다.

블레어는 불과 몇 시간 만에 다시 그를 원할 수 있다는 사실에 깜짝 놀랐다. 손끝으로 그를 어루만지자, 모두 처음처럼 느껴졌다. 블레어는 지금까지 지난 몇 년 동안 자신이 저질렀던 장난에 대해서는 까마득하게 잊고 있었다. 그때는 그가 너무 미웠다. 그가 휴스턴을 빼앗아갔다고 생각했기 때문이었다. 하지만 문득 혹시 그의 관심을 끌고 싶었던 것은 아니었나 하는 의구심이 들었다.

그가 고개를 들고 그녀가 입은 셔츠의 단추를 풀기 시작하자, 그녀는 두 손으로 그의 얼굴을 감쌌다.

"당신이 제게 어떤 의미인지 아직도 잘 모르겠어요."

리앤더는 그녀에게 따스하고 온화한 미소를 지었다.

"아직도 모르겠어? 그럼 계속 내 옆에 있어. 그럼 언젠가는 깨닫게 될 테니까. 이거 하나만 말할게, 블레어. 당신은 어떤 끔찍한 일과도 맞서서 이길 수 있는 여자야. 나와 싸웠던 것처럼 이제부터 나를 위해서 싸워줄 수 있겠어?"

"모르겠어요."

그녀는 혼란스러워서 그렇게 대답했다. 리앤더를 싫어한다고 생각했고, 가능한 모든 방법을 동원해서 그에게 저항했다. 그리고 모든 사람들이 그를 칭찬했지만, 언니가 그와 결혼하지 못하도록 온갖 노력을 다했다. 그런데…… 왜? 왜 그토록 미워하고 증오하던 남자와 잠자리를 했을까?

리앤더는 그녀의 손바닥에 키스했다.

"대답은 평생 같이 살면서 찾아 봐. 지금 우리는 시간을 낭비하고 있다고."

그는 그녀의 단추를 모두 풀었다. 그리고 그들은 천천히, 아주 부드럽게 사랑을 나누었다. 그는 그녀의 얼굴을 바라보며 계속 그녀의 반응을 확인했다. 그가 시간을 들여 그녀의 손끝 하나하나에 키스하자, 따뜻하고 촉촉한 입술의 감촉과 혀의 움직임이 그녀의 온몸을 타고 흘렀다. 그는 그녀의 육체로 손을 미끄러뜨리며 가슴으로 입술을 옮겼다. 그러자 부드럽고, 달콤하고, 충만한 느낌이 그녀를 가득 채웠다.

잠시 후에 그는 그녀를 꼭 끌어안고, 자신의 두 다리로 그녀의 다리를 감싸며, 두 사람의 몸이 하나로 느껴질 만큼 바짝 안았다.

블레어는 그의 품에 안겨 귀뚜라미 소리와 벌새의 청아한 노랫소리, 시원한 바람소리에 귀를 기울였다. 리앤더의 냄새와 느낌과 맛이 그녀를 가득 채웠다. 오래 전부터 얼마나 이 순간을 원했던지……. 블레어는 이 순간이 영원하기를 바랐다.

"집으로 돌아가면 내 양말을 빨아줄 사람을 고용해야겠어."

"뭘 한다고요?"

그녀는 그와 떨어지면 끝이라는 듯 그를 꼭 끌어안고 멍하니 물었다.

"내 양말과 셔츠랑 부츠가 항상 깨끗하게 준비되어 있었으면 좋겠어. 그리고 집도 깨끗해야 하고, 침대도 정리해야 하고, 우리 두 사람을 위해 음식을 만들어줄 사람도 필요해."

블레어는 잠시 멍하니 누워 그가 하는 말을 이해하기 위해 머리를 굴렸다. 어릴 때부터 그녀의 관심사는 오로지 의학뿐이었다. 그녀는 집안일에 대해서는 완전히 백치였다. 그녀는 크게 한숨을 쉬었다.

"우리와 함께 살 사람이 있을까요?"

"찾아 봐야지. 여자 죄수 하나를 만났는데……."

블레어가 그의 피부를 이로 살짝 물어뜯는 시늉을 하자 그는 입을 다물었다.

"리앤더, 전 …… 정말 집안일을 전혀 몰라요. 어머니는 저에게 몇 번이나 가르쳐주려고 하셨지만……."

"당신은 나무 위로 올라가 버렸지."

"아니면 도망쳤고요. 플로 외숙모도 몇 번이고 가르치려 하셨지만, 헨리 외삼촌은 그런 걸 배울 시간은 앞으로도 충분하다고 말씀하시면서, 늘 수술실과 병원으로 절 데려가셨어요. 그래서 결국 이렇게 되었죠. 원래 내년에 신부수업 과정을 등록할 계획이었어요. 앨런과 결혼하려고 했으니까……."

"신부수업이라고? 맙소사. 그러니까 화장실을 깨끗하게 청소하는 법이나 마루를 닦는 법을 가르치는 것 말이야?"

"그게 그렇게 끔찍해요?"

"최악이야."

그녀는 그의 어깨에 머리를 올려놓았다.

"그러니까 저와 결혼하지 말라고 했잖아요. 이제 왜 아무도 절 원하지 않았는지 알겠죠. 이런 건 언니가 저보다 훨씬 나아요. 언니를 붙잡아야 했어요."

"그랬을지도."

"그랬다면 아내가 내 외과용 메스를 빌려갈지도 모른다고 걱정할 필요는 없었겠지."

"내가 왜 당신 걸 빌려요? 저도 제 것이 있다고요."

"그렇지. 대신 휴스턴은 가정을 꾸리는 법을 알고 있고. 분명 휴스턴의 남편 양말은 항상 깨끗하고 잘 정리되어 있을 거야."

블레어는 그를 밀어냈다.

"만일 그게 당신이 원하는 거라면 언니한테 가요. 아니, 누구에게 가든 상관없어요. 제가 당신 속옷이나 정리하면서 평생 살 거라고 생각하면 오산이에요."

그녀는 자리에서 일어나 화가 난 듯이 옷을 입기 시작했다.

"양말 한 짝도 안 될까?"

그가 애원하는 듯한 목소리로 말했다. 블레어가 리앤더를 바라보자 그는 웃고 있었다.

"당신 정말!"

그녀가 웃으면서 그의 품으로 뛰어들자, 그는 그녀를 힘껏 끌어안았다.

"아직 세 쌍둥이에 대한 이야기를 다하지 않았어요."

"무슨 쌍둥이?"

"당신이 받았다는 세 쌍둥이 말예요. 신문에 네 군데나 기사가 실렸다면서요."

그는 무슨 소리를 하냐는 듯 그녀를 바라보았다.

"세 쌍둥이를 받아본 적은 한 번도 없어."

"하지만 당신이…… 오, 맙소사!"

그녀는 웃음을 터트렸다. 그는 그녀의 다리와 등을 손으로 어루만졌다.

"강가를 따라 잠시 산책하러 가는 건 어때? 그리고 나서 식사하자고."

"그리고 새 병원에 대해 이야기해요."

그녀가 일어나서 셔츠를 걸치며 말했다.

"장비는 언제쯤 도착할 것 같아요? 어떤 장비를 주문했는지 확실하게 말하지 않았잖아요. 리앤더, 만일 당신이 진료실에 매일 나올 수 없다면, 내 친구 루이즈 블리커를 부를까 생각 중이에요. 그 애는 꽤 실력이 있어요. 챈들러 시도 계속 커지고 있으니까 의사가 점점 더 많이 필요할 거예요."

"사실 크렙스 부인을 고용해서 병원 일을 돕게 할 생각이야."

"크렙스 부인이오? 그 여자가 어떤 사람인지 알고나 있어요? 며칠 전에 어린아이 목에 닭 뼈가 걸려서 병원에 온 적이 있었어요. 그랬더니 크렙스 부인이 뭐라고 했는지 알아요? 저에게 진짜 의사가 올 때까지 기다리라고 하더군요."

"그런데도 그 여자를 아직까지 살려뒀어?"

그가 눈을 크게 뜨고 말하자 그녀는 그를 노려보며 말했다.

"또 저를 놀리는군요."

"그렇게 노려보는 데 어떻게 감히 놀릴 수 있겠어?"

그는 블레어가 입은 셔츠의 배꼽 부분에 단추가 풀려 있자, 입을 쩍 벌리고 멍하니 바라보며 말했다.

"자, 가자고. 사업 이야기를 계속할 거면 걸어가면서 하자고."

제26장

리앤더와 블레어는 손을 꼭 붙잡고 오두막이 있는 언덕으로 달려 올라갔다. 그들은 가끔 걸음을 멈추고, 서로에게 키스하며, 옷을 잡아당기고, 단추를 풀었다. 덕분에 오두막 근처에 이르자, 그들의 옷은 허리까지 풀어 헤쳐져 있었다.

하지만 그런 즐거움도 오두막에 도착하자마자 끝나고 말았다. 리드 웨스트필드가 현관 앞에서 서성이고 있었기 때문이다.

그 즉시 표정이 굳어진 리앤더는 블레어를 자신의 몸으로 가리며 그녀가 입은 셔츠의 단추를 채우기 시작했다.

"내 말을 잘 들어. 아무래도 다시 가봐야겠어. 아버지가 여기까지 오신 걸 보니 아주 위급한 상황인 게 분명해."

"위급상황이오? 저도 함께……."

그의 눈빛을 보자 그녀는 입을 다물 수밖에 없었다. 그녀는 입술을 꽉 깨물었다.

"도대체 어떤 위급상황인가요? 또다시 저는 제외되는군요. 왜 절

신뢰하지 못하죠? 아니면 남자들끼리 비밀이라도 있어요?"

그는 그녀의 어깨에 두 손을 올려놓았다.

"블레어, 날 믿어. 할 수만 있었다면 당신에게 벌써 말했을 거야. 하지만 이건 모두 당신의 안전을……."

"오, 제 안전을 위해서 바보처럼 모른 척해야 한다고요? 아주 잘 알겠어요."

"당신은 아무것도 몰라. 지금으로서는 그저 날 믿어줘. 블레어, 만약 내가 말 수 있었다면 정말 당신에게 모든 걸 말했을 거야."

그는 그녀의 어깨를 단단하게 움켜쥐었다. 그러나 그녀는 그를 뿌리쳤다.

"완벽하게 이해했어요. 당신은 아버지와 똑같은 사람이에요. 여자들이 뭘 하고, 뭘 하지 말아야 하는지에 대해 엄격한 고정관념이 있어요. 그래서 당신이 은밀하게 사라질 때마다 무슨 일을 하는지 제게 말하기 싫겠죠. 이제 우리가 결혼했으니 말해 봐요. 제가 원하는 대로 하게 허락해 줄 거예요? 집을 정리하고 당신 침대를 따듯하게 데우는 일말고요. 진료는 계속할 수 있나요? 아니면 그 일을 하기에 제가 너무 무능한가요?"

리앤더는 도움을 구하는 것처럼 고개를 들어 하늘을 바라보았다.

"좋아, 좋아. 마음대로 해. 당신은 나를 괴물로 생각하는 것 같으니 그렇게 되어주지. 아버지는 아주 중요한 문제로 여기까지 날 찾아오셨어. 난 지금 당장 이곳을 떠나야 해. 내가 어디로 가는지, 무슨 일로 가는지는 당신에게 말할 수 없어. 지금 내가 당신에게 바라는 것은, 아버지를 따라 챈들러 시로 돌아가는 거야. 나도 되도록 빨리 집으로 돌아갈 테니까."

블레어는 아무 말 없이 오두막으로 향했다. 리드의 얼굴을 보는 것조차 힘들었다. 어릴 때 블레어가 그의 소중한 아들에게 장난을 치다 걸린 이후로 리드는 블레어를 좋아하지 않았다. 리앤더가 그녀와 결혼하겠다고 말했을 때, 리드는 게이츠를 거들어 그녀를 끔찍하게 몰아세웠다. 그런 뒤에도 리드는 노골적으로 리앤더와 프랑스 여자에 대한 거짓말을 꾸며내기도 했다.

그래서 블레어는 리드에게 따스한 인사나 의례적인 대화도 건넬 수 없었다. 그녀는 리드에게 차갑게 고개를 끄덕인 뒤 안으로 들어갔다.

블레어는 혼자 있어도 여전히 마음이 풀리지 않았다. 이렇게 무시를 당하다니, 뭘 기대했던 걸까? 리앤더는 그녀를 사랑한다고 했지만, 침대 위에서 열정적인 상대방에게 무슨 말을 못 하겠는가? 분명 그녀의 처녀성을 빼앗은 것 때문에 양심의 가책을 느끼고, 의무감으로 그녀와 결혼한 것이 틀림없었다.

블레어는 위층으로 올라가서 입고 있던 옷을 벗어버리고 다시 진료복으로 갈아입었다. 열린 창문 사이로 드문드문 두 사람의 목소리가 들렸다. 밖을 내다보자, 오두막에서 약간 떨어진 곳에서 리앤더와 그의 아버지가 이야기를 나누는 모습이 보였다. 두 사람의 태도로 보아 사태가 심각해서 서로에게 화가 난 듯했다.

리앤더는 자리에 쭈그리고 앉아 풀잎을 잘근잘근 씹고 있고, 리드는 육중한 몸을 위협적으로 숙이며 아들에게 말하고 있었다. 블레어의 눈에는 리드가 리앤더를 협박하고 있는 것처럼 보였다.

그녀는 자신도 모르게 창문 밖으로 몸을 내밀었다. 리드가 리앤더에게 손가락질을 하며 뭐라고 고함을 지르자, 바람을 타고 몇 마디 말이 들렸다.

"…… 위험한…… 네 생명이 위험해…… 핑커튼에서……."

그녀는 다시 뒤로 물러섰다.

"핑커튼?"

그녀는 진료복의 단추를 잠그며 혼잣말로 중얼거렸다. 도대체 리앤더가 핑커튼 탐정 사무소(미국의 전설적인 탐정 앨런 핑커튼이 1850년, 미국 시카고에 창설한 탐정 사무소. 현재까지 CIA 등과 협력하며 왕성한 활동을 벌이고 있다.)와 무슨 상관이지?

블레어는 한참 동안 침대에 가만히 앉아 있었다. 사실 블레어는 리앤더가 결혼 첫날밤 어디에 갔는지 심각하게 생각할 시간이 없었다. 그녀는 리드의 거짓말을 사실로 받아들였다. 리앤더가 다른 여자를 사랑하고 있다는 말도 의심하지 않았고, 범죄자들의 우두머리가 패혈증에 걸리자 리앤더가 그들의 소굴로 들어갔다고 했을 때도 믿었다. 하지만 리앤더가 다른 일에 연루되었다면? 그녀는 그가 무슨 일에 연루되었는지 생각하는 것조차 두려웠다. 그는 어쩌면 핑커튼의 탐정들을 돕고 있는지도 몰랐다. 하지만 리드가 아들을 대하는 태도로 보아 그건 아닌 것 같았다.

리앤더는 지금 불법적인 일을 하고 있는 것이 틀림없었다. 그녀는 알 수 있었다. 아니, 느낄 수 있었다. 그렇기 때문에 차마 그녀에게 말하지 못하는 것이었다. 리앤더는 그녀만은 모르게 하고 싶었던 것이다.

블레어는 무거운 발걸음으로 천천히 아래층으로 내려갔다. 밖으로 나가려는데, 리앤더가 안으로 들어와 그녀를 바라보고 말했다.

"지금 가야 해."

블레어는 그를 올려다보았다. 도대체 리앤더는 무슨 악행을 저지르고 있을까? 왜 그랬을까? 돈이 필요했을까? 그녀는 리앤더가 덴버에 주문했다는 의료장비가 떠올랐다. 분명 엄청난 돈을 지불해야 했을 텐데. 하지만 시골 의사가 돈을 잘 벌지 못하는 것은 모두 아는 사실이었다. 물론 리앤더는 어머니에게 물려받은 돈이 있지만, 그게 얼마인지 누가 알겠는가? 그는 병원을 열고 싶어서 모든 일을 꾸몄을까? 그렇게 해서 사람들을 도우려고?

"알아요."

그녀는 그의 팔에 손을 올리고 말했다. 한참 동안 그녀를 바라보던 그가 안도의 한숨을 쉬었다.

"이제 화가 풀렸어?"

"네, 그런 것 같아요."

리앤더는 블레어의 마음이 아플 만큼 부드럽게 키스했다.

"빨리 돌아올게. 아버지가 당신을 집에 데려다주실 거야."

블레어가 대답하기도 전에, 그는 자신의 종마에 올라타고 산 아래로 달리기 시작했다. 순식간에 그의 모습이 시야에서 사라졌다.

블레어는 리드가 끌고 온 말에 올랐고, 두 사람은 아무 말 없이 기나긴 산길을 따라 집으로 향했다. 울창한 소나무 사이를 지나고, 작은 개울을 건너 돌아오는 길 내내, 두 사람은 한 줄로 계속 나아갔다. 블레어는 리앤더가 사라져버린 것에 혼란스러워하며, 자신의 결론이 틀렸기를, 그가 위험에 처하지 않기를 기도했다.

챈들러 시에서 몇 킬로미터 떨어진 건조한 분지에 도착하자, 리드는 속도를 늦추어 블레어와 나란히 말을 몰았다.

"아무래도 너와 나는 첫 단추부터 잘못 끼웠던 것 같구나."

"네, 그런 것 같아요. 하지만 그때 저는 여덟 살이었으니 많이 어렸죠."

블레어가 솔직하게 말하자, 리드는 잠시 당황한 표정이었다.

"아, 그 장난 말이구나. 하지만 아내가 말해 주지 않았으면 난 절대 눈치채지 못했을 거다. 리앤더는 우리에게 한 마디도 안 했으니까. 헬렌은 그런 장난은 분명 여자아이의 소행이라고 하더구나. 남자아이들도 영리하지만 여자아이들처럼 영악하지 않다나. 네가 낚싯밥 대신 뱀을 집어넣는 것을 보고 헬렌에게 말했더니, 아주 재미

있다는 표정을 짓더구나. 그러면서 '블레어-챈들러. 그럴 거라고 생각했어요. 그 아이는 항상 리앤더에게 상당히 관심이 있었거든요.'라고 했지. 그때는 그게 무슨 뜻인지 몰랐지. 헬렌도 네가 장난친 이야기를 들을 때마다 엄청 웃었단다."

"리앤더가 말한 게 아니면 어떻게 어머님이 그 사실을 아셨죠?"

"가끔씩 니나가 말해 주었고, 리앤더의 선생님도 말해 주었지. 한번은 리앤더가 위가 아프다면서 학교를 조퇴했어. 헬렌은 그 애를 침대에 눕힌 뒤 부엌으로 돌아왔다가, 식탁에 놓아둔 리앤더의 도시락이 천천히 움직이는 모습을 보았단다. 헬렌은 그때 너무 겁이 나서, 그 안에 무엇이 들었는지 확인하기도 전에 까무러칠 뻔했다는 거야. 하여간에 그게 뿔두꺼비라는 것을 알고는 조심스럽게 화원에 풀어주었지."

"리앤더가 저와 결혼하겠다고 선언했을 때 아버님이 기뻐하시지 않은 이유를 이제야 알겠네요."

블레어의 말에 리드는 잠시 아무 말 없이 말을 몰았다.

"내가 너와 리앤더의 결혼에 대해 많이 걱정한 건 사실이지만, 그건 네가 친 장난과는 전혀 상관없는 일이다. 사실 내 아들은 너무 일이 많은 편이지. 어릴 때부터 한 번에 세 가지 일을 하곤 했으니까. 무슨 이유인지 몰라도 리앤더는 세상의 온갖 문제를 모두 자신의 책임이라고 생각하는 것 같아. 그 아이가 의사가 되겠다고 말했을 때 정말 그 아이가 자랑스러웠지만, 한편으로는 걱정도 되더구나. 전에도 그랬던 것처럼 병원에서도 너무 많은 일을 떠맡으면 어쩌나 싶었지. 지금도 마찬가지야. 그 애는 진료뿐 아니라 병원 대소사를 모두 처리하고 있으니까. 웹스터 선생이 행정을 맡고 있는데도 말이지. 그러면서 또 마을에서 일어나는 모든 사건에 끼어들지. 보통 일주일에 나흘 이상 야간 응급사태로 불려나가고, 쉬는 날이면 외딴 곳으로 왕진을 가고……."

"그래서 제가 리앤더에게 또 다른 짐이 될까 봐 걱정하셨군요."

"그래, 네 주변에서는 항상 떠들썩한 사건이 일어나잖니. 난 리앤더가 자기와 성격이 다른 아가씨와 결혼하기를 바랐다. 오펄을 닮은 휴스턴처럼 얌전하게 집안일 잘하고, 바느질도 잘하는 아가씨 말이야. 널 탓하거나 네가 싫은 게 아니란다. 단지 네가 챈들러 시로 돌아온 후 몇 주 동안 일어난 일을 생각하면……."

"무슨 말씀인지 알겠어요."

지난 몇 주 동안 연이어 일어났던 사건들이 주마등처럼 그녀의 머릿속을 스치고 지나갔다.

"그러고 보면 리앤더는 별로 쉬지 않아요, 그렇죠?"

"자신이 뛰어난 의사라는 것을 너에게 보여주려고 그 애는 죽기 일보 직전까지 자신을 혹사시켰다. 하지만 그런 모습을 보면서 그 애가 널 얼마나 원하는지 알게 되었지."

"네, 저도 그렇게 생각해요."

블레어는 그렇게 대답하면서도, 그가 지금 하고 있는 은밀한 일을 털어놓을 만큼 자신을 원하는지 궁금했다.

블레어와 리드는 아무 말 없이 챈들러 시로 돌아왔다. 그는 블레어를 신혼집으로 데려다준 뒤 자신의 집으로 말머리를 돌렸고, 블레어는 무서운 마음으로 집에 들어갔다. 혹시 이 집을 사면서 빚을 진 것은 아닐까?

그녀는 재빨리 목욕을 마치고 힘없이 텅 빈 침대로 기어 들어갔다. 이 집에서 밤을 보내면 반드시 독수공방하게 된다는 저주라도 받은 듯한 기분이었다.

다음날 아침 6시에 그녀는 전화벨 소리에 잠에서 깨어났다. 그녀는 비틀거리며 아래층으로 내려갔다. 전화를 받으니 교환수인 캐럴라인이 말했다.

"블레어-휴스턴, 덴버에서 화물마차 네 대가 금방 도착했어요. 마부들이 지금 아처 가의 낡은 창고 앞에서 리앤더를 기다리고 있어요."

"그이는 지금 갈 수 없으니 제가 갈게요. 15분만 기다려줘요."

"하지만 모두 의료장비라 리앤더가 직접 와서 어디에 놓아야 할지 봐줘야 할 텐데요."

"저도 졸업장을 받은 의사라고요!"

블레어가 차갑게 쏘아붙였다.

"별다른 뜻은 없었어요. 전 단지 전갈을 전하는 것뿐이에요. 그런데 리앤더는 왜 못 오죠?"

정말 귀찮은 여자군! 하지만 블레어는 그녀에게 리앤더의 의심스러운 행방불명에 대해 털어놓을 마음은 눈곱만큼도 없었다.

"왜냐하면 제가 그이의 힘을 다 빼놓았거든요."

전화를 끊으며 그녀는 만족스럽게 미소를 지었다. 이 정도면 금세 온 마을이 떠들썩해지겠지.

블레어는 몇 분 후 급히 집에서 나와 머리를 매만지며 거리를 걸었다. 아처 가 어귀에 도착하자, 짐을 잔뜩 실은 마차에 몸을 기대고 짜증스러운 표정으로 서 있는 남자들의 모습이 보였다.

"안녕하세요, 의사 웨스트필드예요."

무뚝뚝하게 생긴 남자가 담배를 입에 물고 잠시 그녀를 위아래로 훑어보는 동안, 다른 남자들은 마차에 기대서 그녀를 흘끗거렸다. 자연의 변덕으로 생겨난 진기한 돌연변이라도 보는 듯한 눈길이었다. 첫 번째 남자가 바닥에 침을 뱉으며 말했다.

"이 짐을 어디다 풀어놓으면 되겠소?"

"창고 안에요."

창고를 가리키며 그녀가 말했다.

그러자 또 다른 문제가 발생했다. 블레어에게는 열쇠가 없었고, 리앤더가 열쇠를 어디에 두었는지도 몰랐다. 남자들은 가만히 서서 '자신을 의사라고 주장하는 여자가 그럼 그렇지.' 하는 눈초리로 그녀를 바라보았다.

"안으로 들어갈 수 없다니 안타깝군요. 제 의붓아버지가 챈들러 양조장을 운영하시거든요. 여러분이 의료장비를 안으로 들여놓는 일을 도와주시면, 그분이 감사의 뜻으로 맥주를 한 통 주시겠다고 약속하셨는데. 하지만 이렇게……."

갑자기 유리가 부서지는 소리가 나자 그녀는 말을 멈췄다.

"미안합니다, 부인. 유리창에 너무 세게 기대고 있었나 봅니다. 하지만 덕분에 덩치가 작은 사람이 안으로 들어갈 수 있겠는데요."

한 남자의 말에 블레어는 창고로 들어가서 무거운 빗장을 열었다. 햇살이 들어오자 그녀는 건물 안을 자세히 볼 수 있었다. 여기저기 거미줄이 걸려 있고, 마룻바닥은 삐걱거리는 데다, 천장에는 적어도 세 군데 이상 금이 가 있었다.

"저쪽에 놓아주세요."

그녀는 깨끗하지는 않아도 최소한 바닥은 젖지 않은 구석자리를 멍하니 가리켰다. 남자들이 짐을 푸는 동안 그녀는 커다란 방 안을 걸어다니며 이곳을 어떻게 병원으로 꾸밀지 상상해보았다.

남자들이 떡갈나무 탁자와 작은 서랍이 달린 사물함, 유리문이 달린 장식장, 커다란 싱크대, 도구 상자, 붕대 뭉치와 솜 상자 등을 들고 들어왔다. 모두 병원을 여는 데 필수적인 물품들이었다.

"이 정도면 충분할 것 같아?"

어느 틈에 들어온 리앤더가 가구와 상자 사이에 서 있었다. 그는 얇은 시가를 입에 물고 눈을 가늘게 뜨면서 그녀를 바라보았다. 옷은 너무 더러웠고 매우 피곤해 보였다.

"그 이상이에요. 피곤해 보이는군요. 집으로 가서 눈 좀 붙여요. 전 여자들을 불러서 여기를 청소할게요."

그는 미소를 지으면서 그녀에게 열쇠를 건넸다.

"다음번엔 창문을 깨지 말고 이걸 쓰라고. 빨리 돌아와."

그는 그녀에게 윙크한 뒤 창고에서 나갔다.

잠시 후에 그녀의 눈에는 눈물이 고였다. 그가 무슨 일을 하든, 그는 다른 사람을 도우려고 그렇게 하는 것이다. 블레어는 확신했다. 장비를 사는 데 얼마가 들더라도, 리앤더는 그 돈을 지불하기 위해 무슨 일이든 기꺼이 할 것이다.

남자들은 짐을 다 내려놓고 블레어를 집까지 태워주었고, 블레어는 오펄에게 전화해서 맥주 한 통을 부탁했다. 오펄은 블레어가 마침내 제대로 된 남자를 만나고 결혼해서 게이츠 씨가 너무 기뻐하기 때문에, 맥주 한 통 정도는 기꺼이 내줄 거라고 장담했다.

블레어는 오펄과 전화한 뒤 휴스턴에게 전화해서, 창고를 깨끗하게 청소할 여자들을 모아달라고 부탁했다. 덕분에 10시쯤에 여자들은 머리에 수건을 쓰고, 빗자루와 대걸레, 물통을 들고 창고에 모였다.

11시경에 블레어는 챈들러 저택을 설계한 히치맨 씨와 이야기를 나누었고, 곧 그는 두 아들과 함께 리앤더의 계획대로 창고를 개조하는 일에 착수했다.

그리고 2시가 되어 리앤더가 창고로 돌아오자, 그녀는 먼지더미와 소음 속에서 자신이 해놓은 일을 설명했다. 그녀는 떠날 수 없다고 반대했지만, 리앤더는 그녀를 안고 마차에 태워서 에밀리 양의 찻집으로 데려갔다.

에밀리 양은 블레어를 보더니 뒤쪽의 욕실로 가서 온몸을 깨끗이 씻으라고 권했다. 블레어가 나오자, 리앤더는 치킨 샌드위치와 얼린 딸기를 얹은 케이크를 주문해놓고 그녀를 기다리고 있었다. 블레어는 갑자기 허기를 느끼고 음식을 허겁지겁 먹으며 말했다.

"…… 그리고 긴 장식장 중 하나와 납작한 싱크대는 수술실에 들여놓을까 생각 중이에요. 그리고 가장 큰 싱크대는……."

"진정하라고. 하루 만에 그 일을 다 끝낼 필요는 없어."

"하루 만에 끝나지도 않아요. 이 도시에는 여성들을 위한 병원이 절실하다고요. 몇 년 전에 어머니와 이곳의 산부인과 병원에 온 적이 있어요. 거기는 아직도 그렇게 끔찍해요?"

"당신이 생각하는 것 이상이야. 그러니 여기서 꾸물거리지 말고 어서 나가서 일하자고. 그건 그렇고 당신 언니에게 부탁해서 하녀 한 명과 가정부 한 명을 고용했어."

"두 명이나요? 두 명씩이나 고용할 여유가 있어요?"

그는 조금 당황한 표정으로 그녀를 바라보았다.

"당신이 이곳의 비싼 음식을 모두 먹어치우지만 않는다면."

그녀가 들고 있던 샌드위치를 재빨리 접시에 내려놓자 그는 깜짝 놀란 표정을 지었다.

"도대체 이게 무슨 일이야, 블레어? 비록 케인 태거트만큼 부자는 아니지만, 두어 명의 일꾼을 고용할 능력은 충분히 있어."

그녀는 자리에서 일어났다.

"그만 갈까요? 배관공을 오라고 했어요."

리앤더는 여전히 당혹스러운 표정으로, 찻집을 빠져나가는 블레어의 뒤를 황급히 따라갔다.

제27장

무겁고 투박한 유리잔을 탁자에 소리 나게 내려놓으며 프랑수아
는 혐오스럽다는 듯이 그것을 노려보았다.

"모든 게 다 그 여자 때문이야."

그녀가 중얼거렸다.

"또 그 여자를 비난하는군."

등 뒤에서 말소리가 나자 그녀는 하마터면 심장이 멎을 뻔했다.
그녀가 뒤돌아보자 검은 피부에 키가 크고 깡마른 체구의 레걸트가
음흉한 표정으로 서 있었다. 그는 소리를 내지 않고 방을 드나드는
버릇이 있었다. 그는 자신의 작은 수염을 어루만지며 히죽거렸다.

프랑수아는 그의 말에 대답할 마음이 없는 듯 방을 가로질러 창
문으로 갔다. 방 안은 어두웠고, 두꺼운 커튼으로 창문을 꼭꼭 틀어
막은 상태였다. 이런 곳에 숨어 있는 그녀를 찾을 수 있는 사람은
아무도 없었다. 벌써 일주일째 그녀는 방에 갇혀 지낸 셈이었다. 그
녀의 부하들은 모두 병원이나 감옥에 가 있었다. 블레어가 협곡에

풀어놓은 곰들 때문에 부하들과 말들이 모두 겁에 질려 난동을 부렸고 그 덕분에, 부하들 중 한 명은 말발굽에 차여 중상을 입었다. 두 사람이 총에 맞았고, 한 명은 화가 난 곰의 발톱에 심하게 긁혔다. 보안관의 부하들이 협곡 입구를 뚫었을 때, 부하들은 모두 도움을 청하며 울부짖고 있었다.

모든 게 다 그 여자 때문이었다.

"전부 그년 때문이야."

프랑수아가 화가 나서 고함쳤다. 무엇보다도 그녀는 자신이 웃음거리가 된 것이 가장 혐오스러웠다. 그녀를 따르는 멍청한 부하들은 바로 코앞에 있는 그녀를 찾아내지 못했다.

지난 한 주 동안 그녀는 그날 있었던 일을 꼼꼼히 되짚어보았고, 블레어가 어떻게 자신을 이용했는지 알아냈다. 이제야 비로소 그녀는 블레어가 자신의 멋진 남편에게 화를 내고, 그에게 약을 먹이고, 자신이 쉽게 탈출할 수 있도록 칼을 깜빡 잊고 잠을 자러 들어간 것 모두 연극이었다는 사실을 깨달았다.

"이 일에는 그 의사 놈도 한몫 거들었다는 사실을 잊은 것 같군. 그저 그 여자만 잘못했다는 거군, 안 그래?"

레걸트가 히죽거리며 미소를 지었다.

"다 그 여자가 부추긴 일이니까 그 여자가 대가를 치러야 해."

프랑수아는 어깨를 으쓱했다.

"그리고 난 리앤더 웨스트필드에게 갚아야 할 빚이 있지."

"그 의사가 당신에게 무슨 짓을 했는데?"

레걸트는 손목을 문질렀다. 그는 항상 조심스럽게 손목을 가리고 다녔다. 리앤더 때문에 감옥에 들어가서 손목에 수년간 차가운 강철 수갑을 차고 있었기 때문에, 그의 손목에는 지워지지 않는 흉터가 남아 있었다.

"그냥 그 자식이 내게 잘못한 게 있어서 놈에게 빚을 갚아야 한다는 것만 알아둬. 오늘 밤에 심부름꾼이 새 소식을 갖고 올 거야. 그자가 물건이 도착하는 날짜를 제대로 알고 있었으면 좋겠군."

"동감이야. 이 일이 끝나면 난 동부로 가겠어. 아니면 텍사스나."

프랑수아도 고개를 끄덕이며 말했다.

"오, 그럼 당신의 헌신적이고 사랑스러운 부하들을 떠나겠단 말이야?"

그가 비아냥거리듯 말했다.

"천치들. 그런 놈들은 감옥에서 몇 년씩 썩는 것도 괜찮을걸. 오늘 밤 일 말인데 내가 동행해도 괜찮겠어? 잠시라도 이 방을 나갈 수만 있다면 뭐든지 하겠어."

"뭐든지?"

"우리의 동업 관계를 해치지 않는 일이라면 뭐든지."

그녀는 미소를 지으며 말하면서도 속으로는 레걸트와 자느니 차라리 방울뱀 구덩이 속으로 걸어 들어가겠다고 생각했다.

"분명 한밤중일 테니까, 아무도 날 보지 못할 거야. 바람 좀 쐬고 싶어. 이렇게 여기에 처박혀 있으려니 미치겠다고."

"그렇게 해. 뭐, 안 될 것도 없지. 리앤더와 파멜라 광산 뒤쪽에 있는 작은 분지에서 만나기로 했어. 혹시 누가 당신을 알아봐도 내가 도와줄 거라고 생각하지 마. 아직까지는 얼굴이 알려지지 않았는데 당신 때문에 쫓기는 몸이 되기는 싫으니까."

"내 걱정은 하지 마. 어떻게 그 물건들을 챈들러 시 밖으로 빼낼지나 고민하라고. 나야 숨어 있는 입장이니까 당신이 다 처리해야 하잖아."

"그건 걱정하지 마. 묘안이 있으니까. 자정에 다시 오지."

몇 시간 후에 그들은 도시를 벗어나 집에서 새어나오는 불빛을

피해 말을 몰았다. 심지어는 지나가는 마차에서 새어나오는 불빛에
도 몸을 숨겼다. 프랑수아는 두꺼운 외투와 통이 큰 바지를 입어서
전혀 여자처럼 보이지 않았지만, 그래도 고개를 푹 숙이고 조심에
조심을 거듭했다.

그들은 심부름꾼을 만나 반가운 소식을 들을 수 있었다. 두 사람
은 회심의 미소를 교환한 뒤, 숨겨놓은 말을 찾아 산 아래로 내려
가기 시작했다.

"쉿! 조용히 해. 무슨 소리가 들렸어."

레걸트가 재빨리 근처 바위 뒤로 몸을 숨기며 말했다. 프랑수아
가 몸을 숨기자마자, 달빛을 받으며 나무 그림자 아래서 두 사람이
나타났다. 한 명은 키가 작고 다부진 체격에 약간 불안해 보였고,
다른 한 명은 키가 크고 마른 체격에 주위를 살펴보는 폼이 신중하
고 침착해 보였다. 그는 옆구리에 권총을 차고 있었다. 그는 키가
작은 남자가 잣나무 덤불 속에 교묘하게 숨겨둔 마차를 끌고 와서,
키 작은 남자가 마차에 탈 동안 가만히 서서 망을 보았다. 그는 여
전히 경계하며 성냥을 그어 시가에 불을 붙였다.

"웨스트필드잖아!"

프랑수아가 놀라서 중얼거리자 레걸트가 쉬 하는 소리를 내며
그녀를 조용히 시켰다.

그들은 리앤더가 마차를 몰고 떠나는 모습을 지켜보았다. 하지만
마차 안에는 다른 남자가 없었다.

"다른 남자는 어디로 갔지?"

마차가 사라지자 프랑수아가 바위 뒤에서 나오며 물었다.

"숨었겠지."

레걸트가 생각에 잠긴 목소리로 말했다.

"이런, 우리의 공명정대하고 선량한 의사 선생께서 한밤중에 사

람을 숨기고 돌아다니신다?"

"저 아래쪽에는 있는 건 탄광이잖아?"

"맞아, 하지만 무슨 일일까? 저 남자가 한밤중에 석탄 몇 자루를 훔치러 왔겠어?"

"저 남자와 그 계집년이 어디에서 다이너마이트를 훔쳐왔어. 아마도 탄광이었겠지. 저 남자는 탄광에 대해 지독하게 잘 알지."

"당신이야 밤새 여기에서 머리를 굴려도 상관없겠지만, 난 추워. 게다가 할 일도 산더미 같으니 여기서 시간 낭비하지 말자고."

레걸트는 아무 말 없이 그녀의 뒤를 따라 말에게 걸어가서 안장에 손을 올리며 물었다.

"웨스트필드가 결혼한 여자 말이야. 이름이 챈들러지? 아마?"

"맞아. 이 도시의 이름과 똑같아."

"바로 이 도시 이름이지. 이 도시에서 가장 명망 있고, 의심받지 않을 이름이지."

"무슨 생각을 하는 거야?"

"웨스트필드와 그 여자가 함께 있는 걸 봤다고 했지? 어때, 그 여자가 남편을 위해 뭐든지 할 것 같아?"

"무슨 소리야?"

프랑수아는 잠시 리앤더를 바라보던 블레어의 얼굴을 떠올려보았다. 블레어는 남편이 금방이라도 사라질까 봐 바지 자락이라도 붙잡을 것 같은 표정이었다.

"그 여자는 저 남자를 위해서라면 뭐든지 할 거야."

레걸트는 하얗고 고른 이를 환하게 드러내며 웃었다.

"오늘 밤 우리가 뭘 봤는지 모르지만 좀 알아봐야겠어. 그리고 이걸 이용할 수 있는지도 알아보지. 우린 어쨌든 물건들을 챈들러 시에서 빼내면 되니까."

"챈들러 시에서 챈들러 집안 사람을 이용하는 것보다 더 좋은 계략은 없겠지."

리앤더와 블레어는 일꾼들과 함께 3일을 꼬박 진료소에 매달려서 겨우 준비를 마쳤다. 3일째 되던 날에 리앤더는 사다리를 타고 올라가서 '웨스트필드 산부인과'라는 간판을 내걸었다. 그가 사다리에서 내려오자, 블레어는 난생처음 아이스크림을 맛본 어린아이 같은 표정으로 간판을 올려다보며 함박웃음을 짓고 있었다.

"안으로 들어가자고. 우리 둘만을 위해 작은 파티를 준비했어."

그렇게 말해도 블레어가 꼼짝도 하지 않자, 그는 그녀의 손을 잡고 건물로 들어갔다. 아연으로 도금된 싱크대 안에는 샴페인 두 병이 얼음통에 담겨 있었다. 그러자 블레어가 주춤거리며 뒤로 물러섰다.

"리앤더, 제가 샴페인을 마시면 어떻게 되는지 잘 알잖아요."

"내가 어떻게 그걸 잊겠어."

리앤더는 마개를 따고 크리스털 잔에 샴페인을 가득 채워 그녀에게 건넸다. 블레어는 조심스럽게 샴페인을 홀짝거린 뒤, 유리잔 너머로 그를 바라보며 다시 채워달라는 듯이 손을 내밀었다.

"세인트 조셉 병원 일 때문에 마음이 상한 건 아니지? 혹시 거기서 인턴 과정을 밟지 못해서 아쉽지 않아?"

그녀는 자신이 내민 유리잔에 술을 채우는 리앤더의 모습을 가만히 바라보았다.

"그렇다고 사랑하는 남자와 일할 수 있는 기회를 놓칠 순 없잖아요. 이봐요!"

리앤더가 잔이 넘치게 술을 따르자 그녀가 소리쳤다. 그녀는 뜨거운 눈으로 자신을 바라보는 그를 올려다보았다.

"그런 생각이 얼마나 갈까?"

블레어는 무관심하게 대답하려고 했지만, 생각지도 못한 말이 불쑥 튀어나왔다.

"평생 동안요. 처음 당신을 만난 순간부터 전 당신을 사랑했는지도 몰라요. 언니가 먼저 당신을 좋아한다고 했기 때문에 당신을 미워하기 위해 최선을 다했는지도 모르고요. 하지만 성공하지 못했죠. 제가 무슨 짓을 해도 당신은 끄떡없었으니까요."

리앤더는 그녀에게서 한 발자국 물러섰지만, 그의 눈 속에서 뿜어나오는 열기는 아까보다 더 뜨거웠다.

"그러니까 내가 당신의 시험을 통과한 건가? 헤라클레스가 자신의 임무를 모두 수행한 것처럼 말이야?"

"그 정도로 어렵진 않았어요."

"어렵지 않았다고? 아직도 사람들은 내게 호수로 뱃놀이를 가지 않겠냐고 묻는다고. 게다가 제단에서 신부가 바뀌었던 일 때문에, 모두 내게 쌍둥이 중 누구와 결혼했는지 아냐고 묻는단 말이야."

"하지만 더 이상 당신 도시락에 뱀이 들어가는 일은 없잖아요."

그녀가 진지하게 대답했다. 리앤더는 자신의 잔을 내려놓고 그녀의 잔도 싱크대에 내려놓은 뒤, 그녀에게 걸어왔다.

"당신은 내게 너무 끔찍한 짓을 저질렀어."

"그 대신 앞으로는 당신의 수술 도구를 항상 날카롭게 준비해놓을게요."

그녀가 뒤로 물러서며 말했다. 리앤더는 아무 말 없이 가만히 서서 그녀를 바라보았다. 밖이 점점 더 어두워지자 수술실에도 어둠이 깔리기 시작했다. 그는 그녀를 똑바로 바라보며 자신의 옷을 벗어서 햇볕에 그을린 건강한 피부를 드러냈다.

블레어는 못이 박힌 듯 서 있었다. 그녀의 눈동자는 최면에 걸린 듯이 단추를 풀고 있는 그의 손가락에 고정되었다. 두꺼운 허벅지와 근육질의 긴 다리와 강하고 단단해 보이는 종아리……. 그녀는 자신을 원하는 거친 욕망을 한껏 드러내며 알몸으로 자신의 앞에 서 있는 그를 바라보며, 호흡이 점점 더 가빠졌다.

그는 계속 그녀를 바라보며 의자로 걸어가서 다리를 벌리고 앉았다. 그는 그녀를 가질 준비가 모두 되어 있었다.

"이쪽으로 와."

가슴 깊은 곳에서 울려나오는 듯한 목소리로 그가 속삭였다. 블레어는 속옷의 끈만 풀고 그에게 걸어갔다. 그의 위에 올라타자 그녀의 풍성한 치마가 두 사람을 완전히 감싸주었고, 그녀는 아주 쉽게 그의 남성으로 미끄러져 들어갔다. 그녀는 따스한 두 다리로 그를 휘감고, 온몸으로 그를 느끼기 위해 그를 바짝 끌어안았다.

그녀는 몸을 위아래로 천천히 움직이며 그의 얼굴을 쳐다보았다. 처음에 그는 아무 표정도 없이 천사 같은 담담한 미소를 짓고 있었지만, 몸을 휘감은 쾌락이 그의 자제력을 천천히 흩어놓기 시작했다. 잠시 후, 그녀가 몸을 뒤로 젖히며 엉덩이를 들어올리자, 리앤더는 치마 안으로 손을 밀어 넣어 그녀의 허벅지를 어루만지며 그녀의 움직임을 도왔다.

그녀는 다시 뒤로 몸을 휘고 거칠고 끊어질 듯한 호흡을 쉬며, 그를 꼭 끌어안고 마지막으로 찾아온 절정에 얼어붙은 듯이 움직이지 않았다. 리앤더도 그녀를 꼭 끌어안고 밀려오는 열정과 쾌락에 몸을 떨었다.

잠시 블레어는 자신이 어디에 있는지 몰랐다. 그저 몸에서 힘이 빠져나가서 리앤더에게 매달려 있을 뿐이었다. 잠시 후에 그는 몸을 젖히며 그녀에게 미소를 지었다.

"이렇게 서로 동업할 수 있어서 좋군."

"아무도 없지?"

"당신 아버지예요."

블레어가 겁에 질린 듯 말했다. 리앤더는 황급히 그녀를 내려놓았다.

"내가 옷을 입을 동안 당신이 나가서 아버지를 붙들고 있어."

"하지만 제가 어떻게……."

블레어는 분명 시아버지가 자신의 얼굴만 봐도, 두 사람이 지금까지 무슨 일을 하고 있었는지 알아차릴 거라고 생각했다.

"가라니까."

리앤더는 그녀를 가볍게 문 쪽으로 밀었다.

"거기 있었구나."

리드가 그녀에게 반갑게 인사했다. 그러고는 블레어의 붉은 얼굴을 바라보고 빙그레 미소를 지었다.

"리앤더도 여기 있는 게 분명하구나."

"네, 그이도…… 흐음…… 금방 나올 거예요. 뭐, 마실 것 좀 드릴……."

그녀는 갈라진 목소리로 대답하다가, 마실 것이라고는 샴페인밖에 없다는 사실을 깨닫고 얼른 입을 다물었다. 리드는 눈을 반짝이며 말했다.

"밖으로 나가자꾸나. 네게 보여줄 물건이 있단다."

그녀는 어깨 너머로 리앤더가 아직 준비되지 않았다는 사실을 확인하고, 리드를 따라 밖으로 나갔다. 병원 앞에는 내부를 검은색으로 꾸미고, 검은 가죽으로 좌석을 댔으며, 뒤쪽에 물건을 실을 수 있는 상자가 달린 작고 예쁜 마차가 서 있었다. 블레어는 차양이 있는 마차의 난간을 신기한 듯 만지며 말했다.

"정말 예쁜 마차예요."

그녀는 시아버지가 자신에게 이런 마차를 사줬다는 사실이 이상하다고 생각했다.

"마차 앞을 보렴."

리드는 불독처럼 험상궂게 생긴 얼굴에 함박웃음을 머금고 말했다. 그녀는 문 밖으로 나오는 리앤더에게 시선을 돌렸다. 리앤더도 마차를 바라보며 당혹스러운 표정을 지었다.

블레어가 몸을 숙여서 좌석 아래쪽을 보자, '의사 블레어 챈들러 웨스트필드'라고 쓰인 명판이 달려 있었다. 순간 그녀는 할 말을 잃고 멍하니 쳐다보기만 했다.

"이게…… 이 마차가…… 제 거예요? 제게 주시는…… 거예요?"

"내 며느리가 챈들러 시를 맨발로 뛰어다니는 모습을 보고 싶지는 않다. 아들은 제가 애지중지하는 낡은 마차를 끼고 살 테고. 그래서 네게도 마차가 있는 게 좋겠다고 생각했지. 마음에 드니?"

블레어는 잠시 멍하니 서서 마차를 바라보았다. 이제 그녀가 진짜 의사가 되기 위한 준비가 모두 끝난 것 같았다. 그녀는 울음을 터트리며 대답했다.

"네, 정말 마음에 들어요."

블레어는 갑자기 리드의 품으로 뛰어들어 부끄러워하는 시아버지의 두 뺨에 키스한 뒤, 마차에 올라가서 마차 구석구석과 예쁜 차양까지 찬찬히 뜯어보았다. 그리고 마차 뒤편에 달린 상자도 열어보았다.

"당신 것만큼 크지는 않아요, 리앤더. 하지만 좀더 크게 늘리면 되죠. 싣고 다닐 물건이 무척 많을 테니까요."

"라이플이라도 싣고 다니겠다는 거야? 이봐, 당신이 그걸 몰고 혼자 이리저리 쏘다니도록 내가 내버려둘 거라고 생각하면 오산이야. 아버지, 제게 먼저 물어 보셨어야죠. 블레어에게 자유를 주는

건 폭풍 속으로 저 여자를 던져버리는 것과 같아요. 분명 이런저런
사건에 휘말리다가 결국 목숨을 잃고 말 거예요."

"어머! 당신이라고 뭐 다른 줄 알아요? 당신도 총알이 빗발치는
싸움터에 걸어 들어갔잖아요. 전 그런 줄도 모르고 따라갔고요."

블레어는 좌석에 앉아서 그를 내려다보며 발끈했다.

"그게 더 나빠! 누가 와서 의사가 필요하다고 하면 당신은 그냥
달려갈걸. 당신은 전혀 조심하지 않아. 이번 납치 사건을 생각해보
라고. 어디로 가는지 물어 보지도 않고 생전 처음 보는 남자의 말
위로 뛰어올랐잖아."

"잠깐만. 그것까지는 미처 생각하지 못했구나. 하지만 내가 너에
대해 알게 된 게 있다면, 네가 정말 원하는 일은 나도 막을 수 없다
는 거였다. 아마 블레어도 너랑 같을 거다."

두 사람의 대화를 듣던 리드는 웃음기 가득한 목소리로 말했다.

"하지만 블레어는 뭐가 안전한지 전혀 생각하지 않는다고요."

"그럼 넌 생각한다는 거냐?"

리앤더가 퉁명스럽게 말하자 리드는 아들을 뚫어질 듯이 바라보
며 말했다. 블레어는 두 사람을 바라보는 동안, 리앤더가 위험한 일
을 하고 있다고 더욱더 확신했다. 하지만 결국은 사람들을 돕기 위
한 일이 분명했다.

리드는 마차에 매어 있는 갈색 말을 바라보았다.

"네 말도 리앤더 같은 애팔루사 종으로 하려고 사람을 보냈는데
아직 도착하지 않았단다. 너도 리앤더처럼 사람들이 네 말을 보고
네가 어디에 있는지 알아보기를 바랄 거라고 생각했다."

"사람들은 제 옆에 있는 모습을 보고 블레어가 어디 있는지 알게
될 겁니다."

리앤더가 단호하게 말했다. 그녀는 아무 반박도 하지 않았다. 그

가 마차로 뛰어올라 자신을 끌어내리고 싶어할 거라고 생각하며, 한쪽 눈썹을 치켜올리고 그에게 미소를 지을 뿐이었다. 그녀는 리앤더가 그렇게 행동할까 봐 심기가 불편했다.

리드는 웃음을 터트리며 아들의 어깨를 거칠게 두드렸다.

"너 때문에 네 어머니하고 내가 널 쫓아다니느라 고생했던 것처럼, 블레어가 널 좀 고생시켰으면 좋겠구나. 그리고 나면 너도 내 심정을 조금은 이해할 날이 오겠지."

리드는 블레어가 마차에서 내리도록 도와주려고 손을 내밀었다.

"리앤더가 다락방에 놓아둔 쥐약을 모두 빵 부스러기로 바꿔놓았다고 말했던가? 덕분에 온 마을의 쥐가 모두 우리 집으로 몰려들었지."

"아뇨, 처음 듣는 이야기예요. 좀더 자세하게 말씀해 주세요."

블레어는 리드의 팔짱을 끼고 리앤더의 뒤를 따라 병원으로 들어갔다.

제28장

블레어와 리앤더가 결혼한 지 정확히 2주가 되는 날, 웨스트필드 병원이 공식적으로 문을 열었다. 물론 블레어가 인턴 과정을 모두 마치지는 않았지만, 그녀나 리앤더는 그것이 단지 형식에 불과함을 잘 알고 있었다. 블레어는 이미 수년간 실습한 경력이 있었다.

병원이 문을 열던 날, 블레어는 너무 흥분해서 식탁보에 커피를 엎지르고 식당 바닥에 빵을 떨어뜨렸다. 그녀는 죄를 지은 사람처럼 부엌문을 흘끗거리며 재빨리 빵을 주웠다.

리앤더는 그녀의 손에 자신의 손을 올렸다.

"부인이 당신을 잡아먹지는 않을 거야, 알잖아."

"아마도 당신은 잡아먹지 않겠죠. 하지만 저는 장담 못 해요."

며칠 전에 휴스턴이 고용한 요리사 겸 가정부가 그들의 집에 도착한 순간, 블레어는 그녀가 무시무시한 여자임을 직감했다. 왜소한 체격에 강철처럼 뻣뻣한 회색 머리카락, 단호한 검은 눈동자에 야무지게 다문 입술…… 샤이니스 부인은 키가 블레어의 어깨 정도 되는 작은 체구였지만, 그녀가 방으로 들어오면 블레어는 한껏 긴장했다. 이 작은 여자 때문에 블레어는 실수를 연발하며 자신감을 잃고 있었다. 첫날부터 가정부는 블레어의 작은 옷장을 습격하더니 단호하게 수선이나 세탁이 필요한 옷은 모두 내놓으라고 다그쳤다. 그녀는 몇 벌 되지 않는 블레어의 옷을 들고는 한숨을 쉬었다. 그리고 몇 시간 후에 옷을 세탁하는 비누 냄새가 온 집안을 가득 메웠다.

밤이 되어 블레어와 리앤더가 병원에서 돌아오자, 샤이니스 부인은 리앤더를 한쪽으로 끌고 가더니 소곤거렸다. 잠시 후 리앤더는 미소를 지으며 돌아와서 샤이니스 부인이 블레어의 옷장에 숙녀다운 옷이 하나도 없다고 생각한다며, 이미 그녀가 내일 휴스턴의 재단사와 약속을 잡아놓았다고 알려주었다.

블레어는 극구 저항했지만 리앤더는 듣지 않았다. 블레어는 리앤더에게 빚이 많다고 생각하고, 자신이 그 빚을 늘릴까 봐 지나치게 걱정했다. 그래서 다음날 재단사를 찾아가서 아주 기본적인 옷만 몇 벌 주문하려 했다. 하지만 이미 리앤더가 방문해서 블레어가 생각했던 것보다 두 배가 넘는 옷을 주문해놓고 간 뒤였다. 하지만 아름다운 옷을 보자 너무 기뻐서, 그녀는 재빨리 새로 받은 마차를 몰고 집으로 돌아왔다. 그녀는 자신이 생각하는 최선의 방법으로 남편에게 고마움을 표시해야겠다고 마음먹었다.

그녀가 응접실로 들어갔을 때, 리앤더는 편지를 읽고 있었다. 블레어가 들어오자, 리앤더는 편지를 구겨 재빨리 벽난로에 집어넣고 태워버렸다.

캐물어 봤자 '당신은 이해하지 못할 거야.' 따위의 말을 들을 것 같아서 그녀는 굳이 묻지 않았다. 하지만 새 옷을 마련한 기쁨은 이미 사라진 뒤였고, 그녀는 저녁 내내 리앤더의 행동을 이성적으로 설명할 길을 찾느라 골머리를 앓았다.

'그이는 다른 사람을 돕고 있는 거야. 그이는 돈이 필요해. 그래서 범죄를 저질렀어. 아니면 그이는 핑커튼 소속의 탐정이든가.'

그날 밤에 그들은 천천히 사랑을 나누었고, 블레어는 매달리듯 리앤더에게 파고들었다. 그녀는 그가 무엇을 하든 상관하지 않겠다고 다짐했다. 설령 그가 몰래 리버 가의 모든 도박장을 소유하고 있어도 그녀에게는 중요하지 않았다.

웨스트필드 병원이 문을 열던 날, 리앤더는 윈들러 광산의 터널 끝이 붕괴되었다며 도와달라는 요청을 받았다. 블레어도 함께 가고 싶어했지만, 리앤더는 병원으로 가서 그곳의 환자들을 진료하라고 그녀를 설득했다.

아침 8시에 병원 문을 열자, 간호사인 크렙스 부인이 세 명의 환자가 이미 그녀를 기다리고 있다고 전했다. 여느 때처럼 냉정한 표정의 크렙스 부인은 블레어에게 가볍게 고개를 끄덕이더니, 비품과 장비를 점검하기 위해 수술실로 들어가 버렸다.

"이쪽으로 오세요."

블레어는 첫 번째 환자를 진찰실로 안내했다.

"의사 선생님은 어디에 계시죠?"

누가 자신의 가방을 훔쳐갈까 겁이 나는 듯 가방을 가슴에 꼭 끌어안은 여자가 물었다.

"제가 의사예요. 자, 이제 자리에 앉아 어디가 어떻게 아픈지 말씀해보세요. 제가……."

"전 진짜 의사 선생님에게 진료받고 싶어요."

그렇게 말하며 여자는 문 쪽으로 뒷걸음질쳤다.

"저도 자격증을 가진 의사예요. 그냥 아픈 데만 말씀……."

"가겠어요. 전 이곳이 진짜 의사가 있는 병원인 줄 알았어요."

블레어가 미처 대답하기도 전에, 그녀는 문을 열고 서둘러 나가 버렸다. 블레어는 치솟아 오르는 분노를 가라앉히며 다음 환자를 불렀다.

두 번째 환자는 냉정한 목소리로 자신은 임신하지 않았기 때문에, 블레어가 자신의 병을 치료할 수 없다고 단호하게 말했다. 처음에 블레어는 그녀가 자신을 산파로 착각하고 있음을 깨닫지 못했기 때문에, 그 환자의 말을 이해할 수 없었다. 그녀도 블레어가 자신이 의사라고 설명하기도 전에 바람처럼 진료실을 나가 버렸다. 세 번째 여자도 자신을 치료할 의사가 지난여름 덴버에서 만났던 잘생긴 웨스트필드 선생이 아니라는 사실을 알고는 재빨리 떠나버렸다.

세 번째 환자가 간 뒤로 몇 시간이 지나도록 아무도 병원을 찾지 않았다. 지금쯤 따끈따끈한 이야깃거리로 마을의 전화선이 불이 날 정도로 뜨겁게 달궈지고 있으리라는 건 보지 않아도 눈에 선했다. 4시쯤 '여성 질환'의 특효약이라며 분홍색 물약을 파는 외판원이 병원에 들렀다. 블레어는 정중한 말투로 그 사람을 쫓아냈다. 그녀는 수건을 정리하려고 수술실에 들어갔지만, 이미 깨끗하게 정리되어 있었다.

"그 사람들이 원하는 건 남자예요. 모두 리앤더 선생님처럼 훈련받은 의사를 원한다고요."

"저도 훈련받은 의사예요."

크렙스 부인의 말에 블레어는 악문 잇새로 대답했다. 부인은 코웃음을 친 뒤 6시가 되자 칼같이 병원을 나가 버렸다.

블레어는 집에 돌아와서 리앤더에게 환자가 없었다고 말하지 않았다. 이미 병원을 개업하면서 문제도 많고, 지출도 많아서 골머리를 앓고 있을 테니, 자신까지 그의 마음을 심란하게 만들고 싶지 않았다. 이미 지금 상황만으로도 충분히 걱정거리가 많을 테니까.

그녀는 그를 위해 욕조에 뜨거운 물을 채우고, 그가 옷을 벗자 재빨리 나가려 했다.

"나가지 말고 나랑 이야기하자고."

그가 옷을 벗고 욕조로 들어가자 그녀는 약간 부끄러웠다. 이상하게도 사랑을 나눌 때보다 지금이 훨씬 더 친밀하게 느껴졌다.

리앤더는 뜨거운 물에 몸을 담그고 먼 곳을 바라보는 눈으로 그날 일어났던 일에 대해 이야기하기 시작했다. 무너진 동굴의 자갈 틈에서 두 구의 시체를 꺼냈고, 커다란 돌덩이에 끼어 짓이겨진 다리를 절단해야 했다는 것이다. 블레어는 마음속에 있는 감정을 풀어내고 있는 리앤더를 방해하고 싶지 않아서 조용히 귀를 기울였다. 짓눌릴 듯이 무거운 동굴 속의 압력, 산소 결핍, 칠흑 같은 어둠, 움직이기는커녕 설 공간조차 없던 갱도……

"어떻게 광부들이 그 상황을 견디는지 모르겠어. 어떻게 날마다 그 안을 걸어다닐 수 있는지. 언제 천장이 머리 위로 떨어질지 모르는데. 매일매일 광부들은 어떻게 죽을지도 모르고 일하는 거야."

그녀는 그의 다리를 물 밖으로 꺼내 닦기 시작했다.

"언니가 그러는데 조합이 생기지 않는 한 광부들은 절대 원하는 것을 얻지 못할 거래요."

"어떻게 휴스턴이 그런 일을 알지?"

리앤더가 그녀의 말을 가로챘다. 그러자 블레어는 깜짝 놀라서 대답했다.

"언니도 여기에 살잖아요. 언니도 소문을 들었어요. 언니 말에 따르면 이미 누가 광산으로 조합원을 끌어들였대요. 이제 머지않아 폭동이 일어나고……"

리앤더는 블레어가 들고 있는 수건을 낚아챘다.

"그런 소문 따위는 무시해버려. 광부든 광산주든 난동을 원하는

358

사람은 없어. 모든 일이 평화적으로 해결될 게 확실해.”

“저도 그랬으면 좋겠어요. 당신이 광산을 그렇게 생각하는지 몰랐어요.”

“당신도 내가 오늘 본 광경을 보았더라면 걱정됐을 거야.”

“저도 당신을 따라가고 싶어요. 아마도 다음에⋯⋯.”

리앤더는 앞으로 몸을 숙이고 그녀의 이마에 키스했다.

“당신의 말을 자를 생각은 아니었어. 난 당신이 그런 곳에 가는 게 싫어. 게다가 병원에도 치료를 기다리는 환자들이 많잖아. 그건 그렇고 우리의 위대한 가정부께서 오늘 저녁엔 무슨 요리를 준비했는지 궁금한데.”

블레어는 그에게 미소를 지었다.

“저에게 그걸 물어볼 용기가 있다고 생각해요? 샤이니스 부인의 부엌으로 들어가느니, 차라리 당신하고 광산에 들어가서 무너지는 천장을 받치고 있을래요.”

“무너지는 천장이라니까 생각났는데, 오늘 크렙스 부인과 어떻게 지냈어?”

블레어는 리앤더가 옷을 입는 동안 혼잣말로 투덜거렸다.

“크렙스 부인은 수술실에서는 천사일지 몰라도, 다른 곳에서는 마녀예요.”

아래층으로 내려갈 때가 되자, 리앤더는 다시 미소를 지으며, 크렙스 부인에게는 단점보다 장점이 더 많다고 블레어와 부드럽게 말다툼을 벌일 정도로 기분이 밝아졌다. 그날 밤에 두 사람은 서로를 꼭 끌어안고 잠들었다.

병원을 개업한 후 이틀째 되는 날의 상황은 더욱 끔찍했다. 환자는 한 명도 오지 않았다. 그리고 블레어가 집에 도착했을 때쯤, 리앤더는 또다시 은밀한 전화를 받고 나가서 자정이 되어도 돌아오지 않았다. 자정이 넘어 그는 더럽고 지친 몸으로 그녀가 누워 있는 침대 안으로 기어 들어왔고 그날 처음 블레어는 남자의 코 고는 소리를 들었다. 그녀는 부드럽게 그의 어깨를 두어 번 찔렀지만 별 효과가 없었다. 그래서 거칠게 그를 뒤집자 이내 잠잠해졌다.

사흘째 되는 날에 블레어는 너무 깨끗하게 정리된 책상 앞에 앉아 있다가, 현관의 종이 울리는 소리를 듣고 재빨리 대기실로 나갔다. 그러자 어릴 때부터 친구인 티아 맨킨이 마른기침이 계속 되어서 아프다며 호소했다.

블레어는 그녀의 통증을 기록하고, 가벼운 감기약을 조제해 주었다. 또 다른 친구가 병원을 찾자 그녀는 환한 미소를 지었다. 하루 종일 친구들이 막연한 통증을 호소하며 연달아 찾아오자, 그녀는 웃어야 할지 울어야 할지 갈피를 잡을 수 없었다. 자신을 여전히 친구라고 생각하고 찾아와주는 친구들이 너무 고마웠지만, 마음 한 구석으로는 진짜 환자가 없다는 사실에 좌절했다.

오후 늦게 휴스턴이 그녀의 예쁜 마차를 몰고 병원에 찾아와서, 블레어에게 임신한 것 같다고 털어놓으면서, 괜찮다면 자신을 진찰해달라고 말했다. 하지만 휴스턴은 임신이 아니었다. 진찰이 끝난 뒤 블레어는 언니에게 병원 구석구석을 보여주었다. 크랩스 부인은 이미 퇴근한 뒤여서 병원에는 두 사람밖에 없었다.

"블레어, 내가 널 얼마나 부러워했는지 모를 거야. 넌 정말 용감한 애야."

"내가? 아냐, 난 조금도 용감하지 않아."

"하지만 이것들을 좀 봐. 모두 네가 무엇을 원하는지 알고, 그것을 얻기 위해 어떻게 해야 하는지 알고 있었기 때문에 얻게 됐잖아. 넌 의사가 되길 원했고, 네 앞길을 가로막는 장애물을 넘어섰어. 하지만 난 내 꿈을 좇기에는 너무 겁쟁이였어."

"무슨 꿈? 리앤더말고 또 다른 꿈이 있었어?"

휴스턴은 손사래를 쳤다.

"나는 리앤더가 존경할 수 있는 사람이라서 선택했어. 어머니와 게이츠 씨는 진심으로 그이를 찬성하셨고, 덕분에 나도 그분들에게 허락을 받았어. 하지만 솔직히 마음 한구석으로는 네가 리앤더에게 친 장난을 얼마나 고소하게 여겼는지 몰라."

"언니도 그 일에 대해 알고 있었어?"

"거의 다. 나중에는 너의 장난을 기다리기까지 했는걸. 그리고 리앤더에게 그런 장난을 친 사람이 존 라흐너일지도 모른다는 식으로 말해서 너를 의심하지 못하게 했지."

"존은 항상 남들을 괴롭혔으니 그런 대접을 받아도 억울하지 않을 거야. 난 언니가 자신을 겁쟁이라고 생각하는지 정말 몰랐어. 오히려 난 언니처럼 완벽해지고 싶어서 얼마나 노력했는지 몰라."

"완벽하다고? 아냐, 난 단지 두려웠을 뿐이야. 어머니를 실망시킬까 봐, 게이츠 씨를 화나게 할까 봐, 챈들러 시 사람들이 기대하는 대로 행동하지 못할까 봐 겁이 났어."

"난 늘 사람들을 화나게 했지만 언니는 모두를 친구로 만들었잖아. 이 도시 사람들 모두 언니를 얼마나 좋아하는데."

"당연히 그렇겠지. 너도 내가 한 것처럼 똑같이 하면 틀림없이 사랑받을 거야. 누가 '사교 모임을 하나 만들어요.' 하고 제안하면, 사람들은 '블레어-휴스턴이 모두 알아서 할 거예요.' 하고 말하지. 난 너무 겁쟁이라서 싫다고 못 하는 거야. 심지어는 내가 참석하지도 않은 모임까지 주최했었어. 하지만 난 언제나 사람들에게 싫다고 말하고 싶었어. 나는 가끔씩 짐을 싸서 네 방 창문으로 멀리 도망치는 상상을 했어. 하지만 너무 겁이 많아서 그것조차 할 수 없지. 언젠가 넌 내가 쓸모없는 인생을 산다고 말했지. 그 말이 사실이야."

휴스턴이 조금 화난 목소리로 말하자 블레어가 속삭였다.

"난 질투했었어."

"질투? 분명 나는 아니었겠지."

"리앤더가 말해 주기 전까지 그 사실을 깨닫지 못했어. 나는 언제나 상을 받았고, 수석을 차지했고, 학교에서도 유명했지만, 늘 외로웠어. 게이츠도 항상 언니만 예뻐했잖아. 언니가 매일 밤 마을 남자들과 춤을 춘다고 편지에 썼을 때에도 마음이 아팠어. 나는 그때 다리를 절단하는 방법을 공부하고 있었는데, 그 와중에도 언니가 보낸 편지를 읽고 또 읽었어. 남자들은 절대 나 같은 여자를 좋아하지 않아. 언니 같은 여자를 좋아하지. 소독약 냄새를 풀풀 풍기는 대신에 향수 냄새를 풍기는 평범한 숙녀가 될 수 있다면, 의학도 포기하겠다고 가끔 생각했어."

"나는 항상 다음에 입을 옷 색깔을 고르는 일보다 더 중요한 일을 할 수 있기를 바랐어."

"리앤더도 그렇고 남자들이 나를 좋아하는 건 내가 온순하다고 생각하기 때문이야. 남자들은 자신들이 마음껏 호통칠 수 있는 여자를 원해. 나는 남자들에게, 신발을 물어오게 훈련받은 애완용 강아지 같은 존재야. 남자들은 나랑 결혼하면 무엇을 얻을지 알기 때문에 날 원하는 거야. '휴스턴 챈들러라면 마음을 놓을 수 있어.'라는 생각에서지."

"그럼 리앤더가 그래서 언니에게 청혼했다고 생각해?"

"솔직히 말하면 리앤더가 실제로 청혼했는지도 기억나지 않아. 리앤더가 챈들러 시로 돌아온 뒤 몇 번 만났고, 그러면서 그 사람이 청혼할지도 모른다고 기대했던 것 같아. 그래서 결혼이라는 말이 튀어나왔을 때, 나는 즉시 '네.'라고 대답했어. 그런데 다음날 아침 게이츠 씨가 이제 신문에 결혼 이야기를 내도 되지 않겠냐고 물으셨고, 나는 무심결에 고개를 끄덕였지. 그랬더니 금세 사람들이 집으로 찾아와서 평생 행복하게 잘살라고 말하는 거야."

"하긴, 챈들러 시 사람들의 호기심을 누가 말려. 하지만 언니는 리앤더를 항상 사랑했잖아."

"그랬다고 생각했어. 사실대로 말하면 우리는 제대로 이야기를 나눈 적도 별로 없었어. 리앤더는 너와 있으면 나와 있을 때보다 훨씬 더 말을 많이 하더라."

블레어는 한참 동안 침묵했다. 그렇게 오랫동안 언니를 부러워했는데, 언니도 자신을 부러워했다니 정말 아이러니한 일이었다.

"언니, 아까 이루고 싶은 꿈이 있었는데 겁이 나서 못 했다고 말했잖아. 그게 뭐야?"

"뭐, 그리 대단한 건 아니야. 의사가 되겠다는 너의 꿈처럼 절박한 것도 아니고……. 하지만 가끔 글을 쓰고 싶다고 생각했어. 소설이나 굉장한 대작이 아니라 여성용 잡지의 기사 같은 것 말이야. 이를테면 공단의 자수를 손질하는 법이나 미용에 좋은 진흙 팩을 만드는 법 같은 것 말이야."

"하지만 게이츠는 싫어했을 거야, 안 그래?"

"게이츠 씨는 글을 '여자들이 부정을 저지르고 남편에게 소박 맞은 여자'라고 말씀하셔. 그래서 먹고살기 위해 글을 쓴다고."

블레어의 눈이 휘둥그레졌다.

"설마 그렇게 말하지는 않았겠지, 그렇지?"

"사실이야. 지금까지 나는 그분의 괴롭힘을 참으며 살아왔어."

"혹시 케인 태거트가…… 언니를 괴롭히는 건 아니지? 언니가 그 남자를 사랑하는 건 알아. 하지만 그래도…… 내 말은, 결혼식이 끝난 뒤로 그 사람과 함께 사니까……."

휴스턴이 몇 번이나 그 남자를 사랑한다고 말했지만, 블레어는 믿을 수 없었다. 어제 블레어는 케인 태거트가 챈들러 시립 은행 앞에 서 있는 모습을 보았다. 키가 케인의 반밖에 안 되는 은행장이 그를 올려다보며 급하게 말하고 있었다. 하지만 케인은 아주 따분하다는 표정으로 은행장의 머리 너머로 거리 아래쪽을 구경하다가, 주머니에서 금시계를 꺼내 쳐다본 뒤, 다시 조그마한 은행장에게 시선을 돌리곤 했다.

"됐소."

그 말을 끝으로 케인은 가버렸다. 사람의 이야기를 참고 들어줄 예의나 생각이 없는 오만불손한 남자였다.

블레어는 그를 그렇게 평가하고 있었다.

'어떻게 언니는 그런 남자를 사랑할 수 있지?'

"하루하루 그이를 더 많이 사랑하게 돼. 너와 리앤더는 어때? 결혼식 날 리앤더가 널 사랑한다는 사실을 믿지 않는다고 했잖아."

블레어는 오늘 아침에 침대 밖으로 굴러 떨어질 정도로 격렬했던 정사를 떠올렸다. 결국 한참을 기다리던 샤이니스 부인은 아침 식사가 담긴 접시를 탁자에 쾅 소리가 나게 내려놓았다. 부인이 등을 돌리자, 리앤더는 눈을 굴리며 놀라는 척해서 블레어를 키득거리게 만들었다.

"괜찮아."

마침내 블레어가 대답하자 휴스턴은 미소를 지었다. 휴스턴은 다시 장갑을 끼며 말했다.

"모든 일이 잘되어간다니 정말 기뻐. 이제 가봐야겠어. 케인과 집안 사람들 모두 날 기다리고 있을 거야. 얼마나 멋진 일이니! 내게 의사 자격증은 없어도 다들 나를 필요로 하잖아."

"나도 언니가 필요해. 그런데 어머니나 언니가 내 환자로 친구들을 보냈어?"

휴스턴이 동그랗게 눈을 떴다.

"무슨 말인지 모르겠는데? 난 단지 임신한 게 아닌가 싶어서 왔을 뿐이야. 적어도 한 달에 한 번씩은 진찰을 받을 계획이야. 안 그러면 왠지 불안할 것 같아."

"그렇게 임신하고 싶으면 날 찾아오지 말고 남편을 쫓아다니지 그래?"

"네가 아침저녁으로 리앤더를 지치게 하는 것처럼?"

"뭐라고?"

문득 블레어는 전화기에 대고 허풍을 쳤던 일이 기억났다. 당연히 온 마을에 그 이야기가 퍼졌겠지.

"그건 그렇고 샤이니스 부인은 좀 어때?"

"말도 마. 날 전혀 좋아하지 않아."

"그런 말도 안 되는 소리는 하지도 마. 오히려 사람들에게 여의사에 대해 자랑하느라 바쁘던데…… 가야겠어. 내일 전화할게."

휴스턴은 블레어의 뺨에 키스했다.

제29장

다음날 아침에 블레어는 자신의 책상 앞에 서 있는 니나 웨스트필드, 아니 니나 헌터를 올려다보았다.

"안녕하세요?"

니나는 반쯤 애원의 빛이 담긴 눈동자로 블레어를 바라보며 조심스럽게 입을 열었다. 블레어가 자리에서 일어나자 니나가 서둘러 말했다.

"잠깐만요! 무슨 말을 하기 전에 제 말을 먼저 들어줘요. 기차에서 내리자마자 곧바로 여기로 왔어요. 아직 아버지나 오빠도 만나지 않았어요. 하지만 새언니가 절 보고 싶지 않다면, 다음 기차로 여길 떠나서 다시는 돌아오지 않을게요."

"그럼 평생 아가씨에게 고맙다고 말할 기회를 잃게 될 텐데요?"

"고맙다는……?"

니나는 블레어의 말을 알아듣고, 블레어를 끌어안고 그녀의 목에 얼굴을 묻은 채 울기 시작했다.

366

“오, 새언니. 전 너무 겁이 나서 그이와의 도피행각도 전혀 즐기지 못했어요. 앨런은 언니가 리앤더 오빠를 사랑한다고 말했지만, 전 잘 모르겠더라고요. 그이는 언니와 오빠가 자신보다 훨씬 잘 어울린다고 말했지만, 전 확신할 수 없었어요. 리앤더는 저에게 오빠라서 그런지, 오빠의 성격을 참고 살아갈 여자가 있다는 사실조차 믿을 수 없었거든요.”

블레어는 니나에게 미소를 지었다.

“차를 한 잔 대접하고 싶지만 안타깝게도 아무것도 없네요. 대구 간유(肝油 : 생선의 간에서 추출한 기름. 비타민 A, D가 많아 영양제로 쓰임.)라도 한잔 마실래요?”

니나는 그 말에 웃음을 터트리며 떡갈나무 의자에 깊숙이 몸을 묻었다.

“아마도 지금이 제 인생에서 가장 행복한 순간인 것 같아요. 전 언니가 저에게 화가 났을 거라고, 아니 마을 전체가 저를 욕하고 있을 거라고 생각했어요.”

“저와 앨런이 약혼했던 사실을 아는 사람은 아무도 없었어요 모두 제가 리앤더와 결혼할 거라고 믿었잖아요.”

“하지만 언니는 앨런을 원했잖아요. 언니가 그이를 원했다는 걸 알아요. 그리고 그이를 만나려고 기차역으로 갔다는 것도요.”

니나가 주저하며 말하자 블레어의 호기심이 극에 달했다.

“무슨 일이 있었는지 전부 털어놔 봐요.”

니나는 고개를 떨구고 말했다.

“정말 언니에게는 말하고 싶지 않아요.”

그녀는 눈물이 그렁그렁 맺힌 눈을 들어 블레어를 바라보았다.

“오, 언니. 전 정말 너무 앙큼하고 비겁했어요. 앨런을 차지하려고 수단을 가리지 않았으니까요. 제겐 기회가 전혀 없었어요.”

"혹시라도 제가 아가씨를 쏘게 된다면, 그땐 즉시 수술해 주겠다고 약속할게요."

"지금은 농담이 나오겠죠. 하지만 제 말을 다 듣고 나면 그럴 기분이 아닐 거예요. 전 앨런이 리앤더 오빠를 죽이려고 작정하고 찾아온 날 그이를 처음 만났어요."

"뭐라고요? 리앤더를요? 앨런이 리앤더를 죽이려고 했다고요?"

니나는 어깨를 으쓱했다.

"그이는 단지 화가 났던 거예요. 그 기분이 어떤지는 제가 제일 잘 알아요. 오빠는 너무 강압적인 사람이거든요. 어릴 때부터 오빠는 절 대신해서 뭐가 옳고 그른지 자기 마음대로 결정하곤 했어요. 그럴 땐 너무 화가 나서 저도 가끔 오빠의 목을 조르고 싶다고 생각했어요."

"무슨 느낌인지 알겠어요. 별로 바뀐 게 없거든요."

"앨런을 보았을 때 그이가 사람을 죽일 만한 사람이 아님을 한눈에 알 수 있었어요. 그이는 단지 그 생각을 즐기고 있을 뿐이었어요. 전 그이를 응접실로 안내했고, 그이는 제게 쉽게 무슨 일이 벌어지고 있는지 털어놨어요. 그이는 제게 언니와 사랑하는 사이라고 말했지만, 전 이미 오빠가 언니와 결혼하기로 결심한 사실을 알고 있었지요. 그것은 앨런에게 전혀 기회가 없다는 뜻이었어요. 결국은 오빠가 이길 테니까요."

"어떻게 그걸 알 수 있었죠?"

니나는 놀란 표정을 지었다.

"전 평생 오빠와 함께 살았어요. 당연히 오빠가 이겨요. 오빠가 야구 경기에서 이기기로 작정하면 반드시 오빠 팀이 이겼어요. 펜싱 시합에 참가해도 늘 우승했고요. 아버지는 가끔 오빠가 환자들에게도 무조건 살아남으라고 강요한다고 말씀하세요. 그러니까 오빠가 내기에 참여했다면 오빠가 이기는 게 당연해요. 어쨌든……."

니나는 잔뜩 놀란 블레어를 무시했다.

"앨런이 느끼는 감정을 이해할 수 있었어요. 그래서 우리는 앞다투어 오빠의 거만한 행동을 늘어놓으며 분노를 나눴어요. 잠시 후 아버지가 돌아오셨고, 전 앨런을 소개해드렸어요. 그리고 우리는 챈들러 시의 의술과 생활을 북동부 지방과 비교하면서 밤늦게까지 이야기를 나눴어요. 너무 즐거운 시간이었죠."

니나는 잠시 말을 멈추었다.

"그 후로 오빠가 사악한 짓을 할 때마다, 예를 들어 앨런을 수술실에서 내쫓거나 앨런이 불필요한 사람처럼 느끼게 만들거나 할 때면, 그이는 가끔 우리 집을 찾아오곤 했어요. 그이는 아주 좋은 의사가 될 거예요. 물론 아직은 실습 중이지만요."

블레어가 부드럽게 말했다.

"저도 그렇게 생각해요. 그렇게 해서 아가씨와 앨런이 사랑에 빠졌군요."

"그래요, 전 그이를 사랑하게 되었어요. 앨런도 그렇다고 생각해요. 하지만 그이는 그 사실을 깨닫지 못했어요. 그이를 무시하는 건 아니지만, 앨런은 여기서 언니를 다시 만나 조금 두려워했던 것 같아요. 그이는 종종 필라델피아에서는 두 사람 사이가 아주 긴밀했다고 말했어요. 서로 손을 잡고 공원을 거닐기도 하고, 함께 공부도 하고……. 하지만 그이가 여기에 온 뒤로……."

니나의 눈이 반짝였다.

"언니, 솔직하게 서커스를 하는 것처럼 말 등으로 뛰어오르거나, 수술대도 아닌 책상에 환자를 올려놓고 거침없이 창자를 끄집어내거나, 테니스에서 무참하게 남자를 짓밟아버렸으니 그이의 마음이 흔들린 것도 놀랍지 않아요."

블레어가 방어하듯 말했다.

"하지만 리앤더는 그렇지 않았어요."

"제가 하고 싶은 말이 그거예요. 언니와 오빠는 똑같은 사람들이
에요. 항상 무언가를 얻어야 하고, 이겨야 해요. 두 사람 모두 주위
사람들의 진을 빼놓아요. 어쨌든 전 앨런을 좋아하게 되었고, 그이
가 언니와 결혼하면 안 된다고 생각했어요. 언니와 기차역에서 만
나기로 약속한 뒤, 앨런은 저에게 와서 자신이 한 일을 이야기했어
요. 그 순간 저는 제가 그이를 사랑한다는 사실을 깨달았어요. 그리
고 언니가 그이를 사랑하지 않는다는 것도요. 하지만 언니는 너무
고집이 세서 그 사실을 인정하지 않았겠죠. 아니면 말도 안 되는
시시한 내기가 생각보다 큰 힘을 발휘했는지도 모르죠."

니나는 깊숙이 숨을 들이마셨다.

"그래서 저는 제 손으로 일을 마무리해야겠다고 생각했어요. 오
빠가 자신이 원하는 것을 얻기 위해 비겁한 수단을 썼듯이, 저도
그래야겠다고 생각했죠. 3시 30분에 막 앨런이 4시발 열차를 타려
고 떠나려는 순간, 저는 그이에게 잠시 부엌으로 가자고 했어요. 저
는 당밀 푸딩을 따뜻하게 데웠어요. 그동안 그이는 그 끔찍한 기차
표로 장난을 치며 앉아 있었죠. 다음에 저는 발이 걸려 넘어지는
척하며 푸딩을 쏟았어요. 아주 제대로 해냈죠. 머리부터 신발 속까
지 젖게 만들었으니까요."

잠시 블레어는 아무 말도 할 수 없었다.

"하지만 전 기차역에서 몇 시간이나 기다렸는데……."

"저는…… 음……. 언니, 만일 어머니가 아직 살아 계셨다면, 전
그분의 얼굴을 볼 면목이 없었을 거예요."

니나는 블레어를 돌아보더니, 예쁘장한 얼굴을 새빨갛게 붉히고
단숨에 말을 쏟아냈다.

"그이가 욕실에 가서 옷을 벗고 제게 벗은 옷을 건네주었지만 전 그이의 옷 속에 들어 있던 시계를 일부러 떨어뜨렸어요. 시계가 욕실 안으로 굴러가자, 전 시계를 따라 그 안으로 들어갔죠. 그 뒤에 문이 닫혔어요. 물론 열쇠는 욕실 밖에 놔뒀죠."

잠시 그 상황을 떠올린 블레어는 미소를 지었다.

"그러니까 일부러 벌거벗은 남자와 단둘이 욕실에 갇혔다고요?"

니나는 이를 악문 채 얼굴을 꼿꼿이 들고 고개를 끄덕였다. 블레어는 아무 말 없이 서랍장에서 위스키와 잔 두 개를 꺼냈다. 그녀는 각각의 잔에 술을 따른 뒤 니나에게 하나를 건넸다.

"우리들을 위해!"

그 말과 함께 블레어는 단숨에 위스키를 삼켰다. 니나 또한 활짝 웃으며 잔을 비웠다.

"정말 화 안 났죠? 리앤더 오빠와 결혼한 것에 불만 없죠?"

"그 정도쯤은 견딜 수 있을 것 같아요. 자, 이제 아가씨 계획이 무엇인지, 앨런은 어떻게 지내는지 말해 줘요. 앨런과 결혼해서 행복해요?"

일단 입을 열자 니나는 말을 멈추지 못했다. 니나는 필라델피아를 별로 좋아하지 않았고, 앨런이 인턴 과정을 마친 뒤 챈들러 시로 돌아가자고 설득 중이라고 말했다.

"솔직히 앨런이 언니나 오빠를 어떻게 생각할지 걱정되기는 했지만, 그이를 잘 설득할 수 있을 것 같았어요. 언니에게 용서를 빌고, 아버지와 오빠의 분노가 누그러졌는지 확인하러 왔어요."

"전 리앤더가 그렇게 화를 낼 것 같지……."

니나가 블레어의 말을 잘랐다.

"아니에요. 많이 화낼 거예요. 언니도 저만큼 오빠와 오래 살다 보면 오빠 성격을 알게 될 거예요. 오빠는 자기 기분이 좋을 때는 양처럼 순하지만, 자기 수중의 여자가 마음에 들지 않는 행동을 하면 완전히 괴물로 변해버려요. 그리고 언니! 광부들에게 전단지를 날라줄 사람이 필요해요."

블레어는 순간적으로 위험을 감지했다.

"전단지는 광부들에게 폭동이나 파업을 유도하는 문구가 적힌 종이를 말하나요?"

"단지 광부들에게 자신의 권리에 대해 알려주는 것뿐이에요. 광부들도 하나로 뭉치면 큰 성과를 얻을 수 있을 거예요. 휴스턴이나 다른 사람들이 행상마차의 야채 속에 전단지를 숨겨 운반하기는 하지만, 그래봤자 네 군데밖에 안 돼요. 여전히 열세 군데의 광산이 남아 있어요. 우리는 모든 광산에 쉽게 드나들 수 있는 사람이 필요해요."

"그 광산이 모두 폐쇄되어 있는 건 알아요? 심지어 리앤더의 마차도 검문을 받는다고요. 아가씨! 설마 리앤더에게 전단지를 배달해달라고 부탁하려는 건 아니죠?"

"절대 그럴 리 없어요! 만일 제가 광부들과 광산의 실태에 대해 아는 걸 오빠가 눈치채면, 오빠는 그날로 제 머리를 밀어버릴 거예요. 문득 이런 생각이 들었어요. 언니는 의사고 웨스트필드라는 이름을 갖고 있으니까, 광산촌의 여성들을 진찰할 수 있겠다고요."

"제가요?"

블레어는 숨을 몰아쉬며 자리에서 일어났다. 너무 엄청난 계획이었다. 마차 속에 숨겨둔 전단지가 발견되면 그 자리에서 총살이었다. 하지만 광산촌의 궁핍한 생활과 생활비 때문에 미국인으로서의 정당한 권리를 포기한 광산의 사람들을 떠올렸다.

"잘 모르겠어요."

블레어가 속삭이듯 말하자 니나가 다그쳤다.

"이건 너무 중요한 일이에요. 그리고 아주 심각한 문제예요. 언니, 언니는 이제 고향으로 돌아왔어요. 더 이상 대도시에 사는 무수한 사람들 중 하나가 아니에요. 다시 콜로라도 챈들러 시의 일원이 된 거예요."

니나는 자리에서 일어났다.

"그 사실을 생각해 봐요. 이제 집으로 가서 아버지를 만나야겠어요. 시간이 되면 언제 다같이 저녁이나 해요. 2주일 뒤엔 다시 앨런에게 돌아가야 해요. 언니에게 부탁하고 싶지 않았지만, 언니말고는 쉽게 광산으로 들어갈 만한 사람이 떠오르지 않았어요. 빨리 결정해 주세요."

"알았어요."

블레어는 멍하니 대답했다. 그녀는 선동적인 문구가 적힌 종이를 숨긴 채, 무장한 경비원들 틈을 뚫고 광산촌으로 들어가는 자신의 모습이 떠올랐다.

오후 내내 블레어는 환자가 없는 진찰실을 서성이다가 리앤더가 빌려준 의학 잡지를 읽으려 노력했지만, 자꾸 니나의 제안이 생각났다. 블레어에게 니나의 말은 충격이었다. 블레어는 자신을 챈들러 시의 일원이라고 생각하지 않았었다. 마을을 떠날 때 그녀는 너무 행복했고, 이상에 가득 차 있었다. 마을로 돌아올 계획은 조금도 없었다. 하지만 이제는 현실을 직면해야 했다. 그녀는 이제 챈들러 시라는 사회의 일부가 될지 안 될지를 결정해야 했다. 그냥 진찰실에 앉아 가끔씩 찾아오는 환자들을 치료하거나, 아니면 직접 뛰어들어 그 사람들이 다치는 일 자체를 막거나 해야 했다.

하지만 그러다가 오히려 죽임을 당하면? 그녀는 정신없이 생각에 빠져들었지만 쉽게 결론을 내릴 수 없었다.

그날 블레어는 리앤더와 리드, 니나와 함께 저녁을 먹었다. 그리고 니나가 자신을 구석으로 끌고 가서 물었을 때, 블레어는 아직 결정을 내리지 못했다고 대답했다. 니나는 미소를 지으며 이해한다고 말했지만, 그 말이 블레어를 더욱 비참하게 했다.

다음날 아침에 블레어는 머리가 깨질 듯이 아팠다. 텅 빈 진찰실에는 그녀의 발자국 소리만 공허하게 울려 퍼졌고, 크렙스 부인은 사야 할 물건이 있다면서 횡하니 나가 버렸다. 9시 정각에 문에 달린 종이 울리자 블레어는 드디어 환자를 보게 되었다고 생각하고 서둘러 현관으로 나갔다.

대략 여덟 살쯤 된 작은 여자아이와 여자가 문 앞에 서 있었다.

"어떻게 오셨습니까?"

"당신이 그 여의사인가요?"

"네, 제가 의사예요. 진찰실로 들어오시겠어요?"

"네, 그러죠."

그녀는 아이에게 자리에 앉아 기다리라고 말한 뒤, 블레어를 따라 진찰실로 들어갔다.

"어디가 아프시죠?"

"몸이 예전 같지 않아요. 그래서 이제는 병원에 수시로 들러야 하죠. 큰 병이 있는 건 아니지만요."

"그건 누구나 그렇죠. 어떻게 도와드릴까요?"

"그럼 솔직하게 말할게요. 제가 데리고 있는 아이들은……, 그러니까 리버 가에서 일하는 아이들 말이에요. 가끔 불순물이 섞인 아편을 사오거든요. 그래서 말인데 맥도 의사니까 샌프란시스코에서 최고급 아편을 구할 수 있지 않을까 해서요. 가짜를 사오지는 않을 테니까…… 최대한 아편을 많이 사다줘요. 제가 다 알아서 팔아 줄 테니까."

"여기서 나가주세요."

블레어가 냉정하고 조용하게 말하자 여자는 자리에서 일어났다.

"하긴, 댁이야 우리와 달라서 고매하고 깨끗한 사람이겠지. 하지만 마을 사람들 모두 댁을 비웃고 있는 것 알아? 물론 당신은 자신을 의사라고 생각하겠지만, 하는 일 없이 그저 텅 빈 사무실에 앉아 있는 것뿐이잖아? 아무도 오지 않는 병원을 지키면서 말이야. 앞으로 아무도 오지 않을 거라고."

블레어는 문으로 걸어가 아무 말 없이 문을 열었다. 여자는 고개를 바짝 치켜들고, 아이의 손을 잡고서, 쾅 소리가 나게 문을 닫으며 밖으로 나가 버렸다. 덕분에 문에 달려 있던 종이 시끄러운 소리를 내며 바닥에 떨어졌다.

블레어는 화를 누르려 애쓰며 의자에 앉아서 책상에 놓인 서류를 집었다. 그 서류는 오늘 아침 샤이니스 부인에게 받은 것으로, 그동안 쓴 경비를 기록한 가계부였다. 블레어는 물건들의 가격을 더해서 샤이니스 부인이 적은 총액이 맞는지 살펴보았다.

그러다가 그녀의 눈에 갑자기 눈물이 고였다. 그녀는 책상에 얼굴을 묻고 서럽게 흐느꼈다. 온몸을 가득 채우던 슬픔을 털어 낸 뒤, 그녀는 손수건을 찾으려고 고개를 들었다. 그러다가 순간 책상 맞은편 의자에 앉아 있는 케인 태거트를 보고 깜짝 놀랐다.

"남을 훔쳐보는 게 그렇게 즐거우세요?"

"글쎄, 많이 해보지 않아서 아직 잘 모르겠어."

그는 걱정스런 표정으로 그녀를 바라보며 대답했다.

블레어는 잠시 책상 서랍을 뒤적이다가 케인이 건네준 커다란 손수건을 낚아챘다.

"깨끗한 거야. 휴스턴이 준 거니까."

블레어는 그의 오만한 말투에는 신경 쓰지 않고 그냥 고개를 돌려 코를 풀었다. 그는 책상에 몸을 숙이고 가계부를 집어들더니, 그녀를 흘끗 쳐다보고 말했다.

"이것 때문에 울었어? 7센트 차이가 나는데? 그 7센트 때문에 운 거야?"

"꼭 이유를 알아야겠다면 기분이 상해서 그랬어요. 단지 그것뿐이라고요."

"왜 기분이 상했는지 말해 줄 수 있어?"

"왜요? 형부도 절 비웃으려고요? 전 형부 같은 부류의 남자들을 잘 알아요. 여의사에게는 절대 진찰을 안 받잖아요. 형부도 다른 사람들과 똑같아요. 여자가 자신의 몸에 칼을 대는 건 용납할 수 없겠죠?"

그의 얼굴이 심각하게 변했다.

"의사를 찾을 만큼 아팠던 적이 없어서 누구에게 수술을 받아야 할지 잘 모르겠어. 하지만 그런 부상을 당하면 날 치료해 줄 사람이 여자든 남자든 상관없어. 그래서 우는 거야? 아무도 여기에 오지 않아서?"

블레어는 책상에 손을 올렸다. 갑자기 온몸에서 모든 분노와 힘이 빠져나갔다.

"언젠가 리앤더는, 의사들은 모두 처음에는 이상에 휩쓸린다고 말했어요. 하지만 전 그 중에도 최악인가 봐요. 산부인과 병원이 생기면 마을 사람들 모두 굉장히 좋아할 거라고 생각했어요. 물론 그렇겠죠. 리앤더가 이 병원을 운영하면 말이죠. 모두 저에게 진짜 의사는 어디에 있냐고 물어요. 어머니는 자질구레한 병을 핑계로 지난 이틀 동안 세 번이나 병원에 오셨어요. 그리고 어릴 때부터 알고 지내던 친구들도 비슷한 증세로 찾아왔죠. 게다가 챈들러 병원 이사회에서 일거리가 없다며 저에게 더 이상 나오지 말래요."

케인은 가만히 앉아 그녀를 바라보았다. 그는 비록 처제에 대해 잘 몰랐지만, 평소에 그녀가 두 사람 몫의 활력을 가진 사람이라는 것쯤은 알고 있었다. 하지만 지금 눈앞에 앉아 있는 여자는 처량한 얼굴에 퀭한 눈으로 그를 바라보고 있었다.

"이건 휴스턴에게 비밀인데 말이야, 어제 윗통을 벗고 마구간에서 일하다가 벽에 스쳐 등에 상처가 났거든. 그런데 손이 닿지 않아. 심한 상처는 아니야. 단지 내 손으로 치료할 수 없어서 그래."

블레어는 미소를 지었다.

"좋아요. 수술실로 가요. 제가 한번 볼게요."

상처는 심하지도 않고 깊지도 않았지만, 블레어는 정성껏 치료했다. 케인은 간이침대에 배를 깔고 누워서 말했다.

"종은 왜 떨어졌어? 누가 처제에게 해코지라도 했어?"

그러자 블레어는 기다렸다는 듯이 한 여자가 아편을 대신 구해 달라고 했던 일과, 마을 사람들 모두 자신을 비웃는다고 했던 그 여자의 말을 모두 털어놓았다.

"이 병원을 열기 위해 리앤더는 아주 힘들게 일했어요. 이건 평생 그이의 꿈이었어요. 그런데 계속 광산에 일이 생겨서 제가 대신 진찰하고 있는데, 제가 그이의 꿈을 망쳐놓고 있어요."

"내 눈에는 병자들이 처제를 망쳐놓고 있는 것처럼 보이는데. 그래봤자 저 사람들 손해지만······."

블레어는 그를 바라보며 미소를 지었다.

"그런 말을 들으니까 기분은 좋네요. 하지만 아무 용건 없이 여기까지 왔을 리는 없고······ 여긴 왜 왔어요?"

"휴스턴이 내 사무실을 다시 꾸미겠대."

엄청난 재앙이 닥친 것 같은 케인의 말투에 블레어는 웃음을 터트렸다.

"웃을 일이 아니야. 분명 사방에 작고 우스꽝스러운 의자들을 놓을 거라고. 게다가 휴스턴은 레이스를 너무 좋아한단 말이야. 내가 돌아갔을 때 방 안이 분홍색으로 도배되어 있으면 그땐……."

"어쩌시려고요?"

"울어야지 뭐."

블레어는 그에게 미소를 지었다.

"언니가 정말 서재를 분홍으로 칠해놓으면 연락하세요. 내일 집으로 갈게요. 우리 둘이서 다시 칠하면 돼요. 어때요?"

"괜찮은 생각이군."

"다 됐어요."

그가 셔츠를 걸치고 외투를 입는 동안 그녀는 의료 기구를 소독했다. 그리고 돌아서서 그를 바라보았다.

"고마워요. 덕분에 기분이 많이 좋아졌어요. 그동안 형부에게 무례하게 굴었던 것 사과할게요."

케인은 커다란 어깨를 으쓱했다.

"처제와 휴스턴은 쌍둥이니까 서로 닮은 구석이 많겠지. 휴스턴이 집안일을 꾸려나가는 것만큼 처제가 의사 일을 잘하면, 분명 머지않아 최고가 될 수 있을 거야. 곧 상황이 좋아지겠지. 좀 있으면 여자들이 온갖 종류의 병 때문에 이 병원의 문을 두드릴걸. 두고 보라고. 꼼짝 말고 자리를 지키면서 이곳을 깨끗하게 정리해놓고 기다리라고. 내일은 분명 환자들이 올 테니까."

그녀는 자신도 모르게 환한 미소를 지었다.

"고마워요. 정말 위로가 되었어요."

그녀는 발꿈치를 들고 그의 뺨에 키스했다. 그러자 케인은 그녀에게 미소를 지었다.

"그거 알아? 조금 전의 처제는 휴스턴과 똑같아 보였어."

블레어도 웃음을 터트렸다.

"이제까지 들은 말 중에서 제일 좋은 칭찬이에요. 아직 할 일이 남았어요. 어깨가 계속 걸리면 내일 한번 더 나오세요."

"뼈가 부러지면 곧바로 달려오겠어, 웨스트필드 선생. 그리고 사무실 벽이 분홍색이면, 더 빨리 달려올게."

그는 그렇게 말하고 진료실에서 나갔다.

블레어는 휘파람을 불며 책상에 널려 있는 서류를 정리하기 시작했다. 문득 그녀는 가계부에서 7센트가 모자랐는지 남았는지 잊어버리고 있었음을 깨달았다. 그래서 결국 다시 계산해야 했다. 하지만 그날 내내 그녀의 기분은 그 어느 때보다 상쾌했다.

블레어는 문득 자신의 무례했던 태도에도 개의치 않고 자신을 위로하기 위해 노력하던 케인의 친절한 마음씨를 생각했다. 어쩌면 그래서 언니가 그를 사랑하는지도 몰랐다.

케인은 어두운 색으로 칠한 사무실로 돌아와서 자신의 조수인 에단 눌드를 불렀다.

"지난주에 내가 챈들러 국립 은행을 사들인 뒤로 나에게 서류 온 것 없어?"

"저기 잔뜩 쌓여 있잖아요."

에단은 고개도 들지 않고 한 구석을 가리켰고, 케인은 그 서류들을 훑어보기 시작했다.

"휴스턴은 어디 갔어?"

"의상실에 갔을걸요. 아마도."

"잘됐군. 그럼 오후 내내 충분한 시간이 있군. 어쩌면 이번 주 내내 말이야."

케인은 서류를 들고 사무실에서 나갔다. 에단은 호기심을 이기지 못하고 사무실에서 따라 나왔다가, 서재에 앉아 전화를 쓰고 있는 케인을 발견했다. 전화라고 해봤자 챈들러 시의 한 집과 연결되어 있고, 케인의 사업은 보통 다른 주와 관련되어 있기 때문에, 에단은 한 번도 케인이 전화를 쓰는 모습을 본 적이 없었다.

"내 말 잘 들으시오."

케인이 전화에 대고 말했다.

"당신 목장에 대한 저당은 다음주가 만기요. 그리고 난 차압할 권리가 있지. 하지만 댁의 부인이 내일 웨스트필드 병원에 가서 블레어 선생에게 진찰을 받으면 무이자로 90일을 연장해 주겠소. 부인이 곧 아기를 낳을 것 같다고? 잘됐군. 만일 부인이 내 처제의 무릎에 아기를 낳으면 180일을 연장해 주도록 하지. 좋아. 딸들을 보내도 돼. 좋아. 딸은 한 명당 30일씩 연장해 주겠어. 하지만 블레어가 이 이야기를 눈치채면 다 없었던 일이 되는 거야. 알겠어?"

케인은 수화기를 내려놓으며 에단에게 말했다.

"빌어먹을! 엄청난 손해를 보겠군. 그 서류를 살펴 봐. 그리고 상환 기한이 다 되었거나 대출을 원하는 사람이 누구인지 알아보라고. 또 챈들러 병원이 누구 소유인지, 팔 의향이 있는지도 알아보고. 그런 뒤에도 과연 병원 이사진 소유주인 사주의 처제를 감히 해고할 수 있는지 두고 보자고."

다음날 아침에 블레어는 좋았던 기분이 모두 사라져서 힘없이 병원으로 향했다. 또다시 할 일도 없는 기나긴 하루가 시작되었다고 생각하며, 자신의 새 마차를 몰지 않고 천천히 걸어갔다. 하지만 진료소에 도착하기 전에, 자신을 향해 달려오는 크랩스 부인과 마주쳤다.

"어디 갔다 오세요? 지금 병원에 환자들이 바글바글하다고요."

블레어는 잠시 멍청히 서 있다가 곧 병원으로 뛰어갔다. 대기실은 그야말로 아수라장이었다. 아이들은 비명을 지르고, 어머니들은 아이들을 달래느라 정신이 없었다. 구석에서는 한 여자가 진통으로 신음하고 있었다.

15분 후에 블레어는 막 태어난 아기의 탯줄을 끊었다.

"180. 그 아이의 이름은 메리앤더 180 스티븐슨으로 할래요."

산모가 이상한 말을 지껄였지만 다른 환자가 기다리고 있어서, 블레어는 아무것도 물을 수 없었다.

다음날 오후에 한 부인이 어린 소년을 안고 병원에 들어왔다. 여덟 살이라는 아이는 겨우 여섯 살 정도로 보였고, 이미 광산에서 2년 넘게 일했다고 했다. 탄광에서 사고를 당했다는 소년의 작고 약한 몸이 잠시 작게 떨리더니, 금세 블레어의 품에서 숨을 거두고 말았다.

블레어는 니나에게 전화를 걸어 짧게 한 마디 했다.

"그 일을 할게."

제30장

블레어는 인익스프레서블 광산을 뒤로하고 챈들러 시로 마차를 몰았다. 블레어의 마음이 바뀔까 걱정이었는지 니나는 서둘러 마차에 전단지를 실었다. 아침 일찍 블레어는 챈들러 병원에서 만난 적이 있는 위버 선생을 찾아가서, 광산에 응급환자가 생겼으니 잠시 병원을 봐줄 수 있는지 물어 보았다. 의사는 흔쾌히 그녀의 부탁을 들어주었다.

웨스트필드 저택에서 니나는 마차 뒤쪽의 짐칸에 임시로 널빤지를 깔고 그 아래에 전단지를 숨겼다. 니나의 지시사항들을 듣고 있자니, 블레어는 너무 겁이 나서 아무 말도 할 수 없었다.

광산 입구에 도착하자, 경비원들은 웨스트필드 선생이 지난번에 왔다간 후로 성별이 바뀌었다며 농담을 던졌지만, 별다른 조사 없이 블레어를 안으로 들여보냈다. 그녀는 석탄 먼지를 뒤집어쓴 아이들에게 아파서 누워 있는 여자의 집이 어디인지 물어 보았다. 꾀병으로 누워 있는 여자도 블레어만큼 겁에 질린 표정이었다. 여자는 블레어에게 전단지를 받아서 마룻바닥 아래에 숨겼고, 블레어는 서둘러 광산촌을 떠났다.

그녀가 불안해하자, 경비원들은 자신들의 존재가 그녀를 그렇게 만들었다고 생각하고, 더욱 걸쭉한 농담을 던지며 광산 문을 열어 주었다.

광산에서 1킬로미터도 가기 전에 블레어의 손이 떨렸고, 20여 분이 지나자 손에서 힘이 빠져서 고삐를 쥐기도 힘들었다. 그녀는 근처 바위 뒤에 마차를 숨기고, 마차에서 내려와 바닥에 엎드려서 어깨를 들먹이며 안도의 눈물을 흘렸다.

갑자기 뒤에서 커다란 두 손이 그녀의 어깨를 잡고 벌떡 일으켜 세웠다. 다음 순간 블레어의 눈은 분노로 가득한 리앤더의 눈과 마주쳤다.

"이 망할 여자 같으니!"

그는 그렇게 말하고 그녀를 으스러지게 꼭 끌어안았다. 블레어는 어떻게 자신이 한 일을 알았냐고 묻지 않았다. 그저 그가 그곳에 있어서 너무 반가웠다. 그녀는 그에게 꼭 매달렸다. 이미 그는 그녀의 갈비뼈가 부서질 정도로 세게 끌어안고 있었지만, 그녀는 그가 더욱 세게 끌어안아 주었으면 했다.

"너무 겁이 났어요. 너무 두려웠어요."

그녀는 발꿈치를 들고 그의 부드러운 목덜미에 얼굴을 묻었다. 눈물이 쏟아져 입 속까지 흘러들었다.

리앤더는 그저 그녀를 꼭 끌어안고, 그녀의 머리카락을 쓰다듬으며, 그녀가 우는 동안 잠자코 서 있었다.

블레어의 눈물이 멈추고 온몸의 떨림이 멈출 때까지 잠시 시간이 걸렸다. 그녀는 죽을 것만 같은 슬픔으로 리앤더를 끌어안고 있다가, 그를 놓아줄 용기가 생기자 뒤로 약간 물러나 주머니를 뒤져서 손수건을 찾았다. 그가 자신의 손수건을 건네자, 그녀는 코를 풀고 얼굴의 눈물 자국을 닦은 뒤, 그를 올려다보았다. 순간 그녀는 그의 표정에 주춤거리며 뒤로 물러섰다.

"리앤더, 저는……."

그녀는 바위에 부딪힐 때까지 계속 뒷걸음질했다. 그의 눈동자 속에는 불꽃이 이글거리고 있었다. 농담을 하고, 미소를 지으며, 언제나 인내심 많던 리앤더는 온데간데없고, 눈앞에는 분노의 오로라를 뿜어내는 낯선 남자가 서 있었다.

"한 마디도 듣기 싫어. 아무 말도 하지 마. 다시는 이런 일을 하지 않겠다고 약속해."

그는 악문 잇새로 말했다.

"하지만 전……."

"맹세해!"

그는 그녀에게 다가와서 그녀의 팔을 낚아채듯 잡았다.

"리앤더, 제발! 아파요. 어떻게 알았어요? 이건 비밀인데……."

그녀는 그를 진정시키고, 자신이 한 일이 꼭 필요한 것이었음을 이해시키고 싶었다.

"난 매일 광산에 와. 그래서 무슨 일이 일어나는지 다 들을 수 있다고. 제기랄, 블레어! 당신이 전단지를 배달했다고 들었을 때 난 내 귀를 의심했어."

리앤더는 그녀를 노려보며 대답했다. 그는 그녀가 꼭 움켜쥐고 있는 젖은 손수건을 바라보며 고개를 끄덕였다.

"적어도 얼마나 위험한 일에 발을 들여놓았는지는 깨달은 것 같군. 도대체 저놈들이 당신에게 어떤 짓을 할지 알기나 해? 차라리 죽여달라는 말이 절로 나올걸. 그리고 법도 저들 편이라고."

"알아요, 리앤더. 하지만 광부들에게도 원하는 대로 할 수 있는 법적인 권리가 있어요. 그래서 누가 광부들에게 그 권리에 대해 알려줘야 해요."

"하지만 당신은 안 돼!"

리앤더는 그녀의 얼굴에 대고 고함을 질렀다. 그녀는 깜짝 놀라서 눈을 깜박이며, 바위에 등을 기대고 몸을 뒤로 젖혔다.

"저라면 의심받지 않고 광산에 들어갈 수 있어요. 게다가 마차도 있고요. 제가 바로 적임자라고요."

리앤더는 당장이라도 폭발할 것처럼 새빨간 얼굴로, 그녀의 목을 조르려는 듯 부들부들 떨리는 두 손을 들었지만, 이내 뒤로 물러섰다. 그리고 그가 돌아서자 그녀는 호흡을 가다듬으며 그의 넓은 어깨를 바라보았다. 다시 그가 돌아섰을 때 자제력을 조금은 되찾은 것 같았다.

"자, 내 말 잘 들어. 아주 잘 들으라고. 당신이 좋은 뜻으로 이러는 것 알아. 그리고 광부들에게 그런 정보가 필요한 것도 알고. 난 자신의 목숨도 돌보지 않고 다른 사람들을 도우려는 당신의 행동을 아주 높이 평가해. 하지만 당신이 이런 일을 하라고 허락할 수 없어. 내 말 분명하게 알겠어?"

"제가 하지 않으면 누가 해요?"

"내가 알 게 뭐야?"

리앤더는 버럭 고함을 지르더니 또다시 심호흡을 했다.

"블레어, 내가 걱정하는 사람은 당신이야. 나에게 당신은 세상의 모든 광부들을 합친 것보다 훨씬 더 소중해. 다시는 이런 일을 하지 않겠다고 맹세해 줘."

블레어는 고개를 떨궜다. 살면서 오늘 아침처럼 두렵고 무서웠던 날도 없었다. 하지만 한편으로는 오늘 자신이 살아오면서 가장 중요한 일을 해냈다고 느꼈다.

"어제 꼬마 아이가 제 품에서 죽었어요. 그 애는 기차에서 떨어진 석탄 더미에 깔려서⋯⋯."

리앤더는 그녀의 어깨를 움켜잡았다.

"그런 말은 하지 않아도 돼. 내가 얼마나 많은 아이들이 죽는 걸 봤는지 알아? 이제까지 버팀목이나 바위에 깔려 다친 광부들의 팔다리를 얼마나 많이 절단했는지 아냐고? 당신은 광산에는 한 번도 들어가 본 적이 없을 거야. 거길 들어가 보면⋯⋯ 거긴 당신의 생각보다 더 처참해."

"그러니까 뭔가 해야 돼요."

그녀가 고집스럽게 대꾸했다. 리앤더는 그녀의 어깨에서 손을 떼고 무슨 말을 하려고 했지만, 그저 입만 뻐끔거렸다.

"좋아, 다른 방법을 써야겠군. 당신은 몇 분 전만 해도 겁에 질려서 울고 있었잖아. 당신은 이런 일을 감당할 수 있는 사람이 아니야. 당신은 사람들의 목숨을 구하는 일에는 용감하게 뛰어들 수 있지만, 전쟁이나 사람들의 목숨을 빼앗아야 하는 상황에서는 무너지고 말 거야."

"하지만 해야 하는 일이잖아요."

그녀가 애원했다.

"그래, 해야 하는 일이지. 하지만 당신보다 더 적당한 사람이 있을 거야. 게다가 당신 얼굴에는 쉽게 감정이 드러나잖아."

"하지만 누가 광부들에게 전단지를 전달하죠? 우리 두 사람보다 광산에 접근하기 쉬운 사람은 없잖아요."

"우리라니! 나뿐이야. 광산에 접근할 수 있는 건 우리가 아니라 나야. 경비원이 왜 당신에게 광산에 들어오라고 허락했는지는 모르지만, 난 당신이 이곳을 들락거리는 게 싫어. 지난해에는 목재가 떨어지는 바람에 나도 갱도에 여섯 시간이나 갇혀 있었다고. 그런 일이 당신에게 일어나는 건 죽어도 싫어. 절대 허락하지 않겠어."

"허락이오? 뭘 허락하지 않겠다는 거죠?"

"그런 식으로 말꼬리를 잡고 늘어져도 소용없어. 내가 할 수 있는 말은 단 하나뿐이니까. 당신은 절대 광산에 들어갈 수 없어."

"아! 알았어요. 당신은 기분 내키면 아무 때나 오밤중에 사라져버릴 수 있지만, 저같이 유순한 아내는 그저 집에 틀어박혀 있어야 한다는 거군요."

"말도 안 되는 억지 부리지 마. 그렇게 삐딱하게 말하지 말라고. 당신은 산부인과 병원을 원했고, 그래서 만들어줬잖아. 그러니까 병원에서 진료하면 되잖아."

"당신이 마음대로 광산을 돌아다닐 수 있게 말이죠? 그런 거예요? 제가 광산으로 못 들어갈 겁쟁이 같아요? 제가 어둠을 무서워할 여자로 보여요?"

리앤더는 잠시 아무 말도 못 했다. 한참 후 그는 모기보다 더 가는 목소리로 말했다.

"당신은 겁쟁이가 아니야, 블레어. 사실 겁쟁이는 나야. 당신은 자신에게 어떤 일이 닥쳐도 두렵지 않겠지만, 나는 당신을 잃어버릴까 봐 걱정이 돼서 견딜 수 없어. 그래서 다시는 그런 일을 하지 않기를 바라는 거야. 내가 말하는 게 당신 마음에 들지 않을 수 있지만, 결론은 똑같아. 당신은 절대 광산촌에 가면 안 돼."

블레어는 그동안 경험한 모든 감정이 자신을 휘몰아치는 것 같았다. 그녀는 리앤더의 고압적인 태도에 너무 화가 났다. 니나가 말한 대로 무조건 안 된다는 말만 하는 그가 너무 짜증스러웠다. 하지만 그녀는 자신이 이 일에 아무 쓸모도 없다는 리앤더의 말에 대해서도 생각해보았다. 휴스턴도 가끔 광산에 들어가지만, 그녀의 짐마차를 뒤져서 경비원들이 찾을 수 있는 것은 차와 어린아이용

신발 따위가 전부였다. 오늘 블레어가 전달한 것과는 전혀 달랐다. 리앤더가 말한 대로 그 전단지가 일으킬 심각한 문제와 반목에 대해서도 생각해야 했다. 그녀도 내용을 읽어보았지만, 전단은 지독한 증오와 선동적인 말로 가득했다.

그녀는 고개를 들어 자신을 빤히 바라보고 있는 리앤더를 마주 보았다.

"당신을 그렇게까지 두렵게 하려던 건 아니었어요. 저는……."

리앤더가 그녀에게 팔을 내밀자, 블레어는 더 이상 아무 말도 하지 않고 그의 품으로 뛰어들었다.

"그럼 약속한 거지?"

그녀의 머리카락에 얼굴을 묻고 그가 물었다.

블레어는 그렇게 쉽게 포기할 수 없다고 말하고 싶었지만, 문득 광산에 전단지를 전할 방법이 또 있을지도 모른다는 생각이 들었다. 좀더 교묘하게……. 다른 사람들이 절대 눈치채지 못할 방법을 써야 했다.

"노동조합의 전단지를 들고 광산촌으로 들어가지 않겠다고 약속 할게요."

그는 고개를 들고 그녀를 바라보았다.

"만일 광산에 심각한 사태가 발생했다고 전화가 왔는데, 당신이 전화를 받으면 어떻게 할 거야?"

"왜요? 리앤더, 그럴 경우에는……."

그는 그녀의 머리카락을 꽉 움켜쥐었다.

"분명히 알아둬. 난 이 도시를 정말 좋아해. 그래서 이사하고 싶은 마음은 조금도 없지만, 만에 하나 그럴 일이 생기면 귀찮고 힘들어도 여길 떠날 거야. 멀리 텍사스 동부 같은 곳으로 말이야. 이런저런 말도 없고, 내 아내가 문제를 일으키지 못하는 곳으로 말이야. 그리고 샤이니스 부인과 크랩스 부인에게도 같이 가자고 부탁할 거야."

"아주 잔인하고 비인간적인 보복이군요. 좋아요, 당신이 옆에 없으면 절대 광산에 가지 않겠어요. 하지만 언제든 당신에게 내 도움이 필요하면……."

그는 아무 말 없이 그녀에게 키스했다.

"나에게 당신이 필요할 때를 위해서라도 당신이 어디에 있는지 분명하게 알아야겠어. 항상, 매일매일, 매 시간. 알겠어?"

"하지만 전 당신이 어디에 있는지 모를 때가 많아요. 이건 공평하……."

그는 그녀에게 다시 키스했다.

"내가 병원을 떠날 때 막 부상당한 목동들을 실은 마차가 병원으로 들어오고 있었어. 소한테 밟힌 것 같던데. 그러니 우리가 지금 당장……."

그녀는 그를 힘껏 밀쳐냈다.

"우리가 여기서 뭘 하고 있는 거예요? 당장 출발해요."

"맞아, 그래야 내 아내지."

그는 그녀의 뒤를 따라 그녀의 마차와 자신의 말이 있는 곳으로 걸어갔다.

"문 열어요!"

파멜라 펜튼은 오만한 표정으로 말 등에 앉아서 리틀 파멜라 광산 입구에 서 있는 두 명의 경비원들을 노려보았다.

경비원들은 그녀를 빤히 쳐다보았다. 180센티미터나 되는 장신의 여자가 철로 만든 말발굽을 드러내며 의기양양하게 걷는 3미터짜리 검은 종마를 타고 있으니 꽤 위협적이었다. 비록 경비원과 종마

사이에는 두꺼운 나무문으로 가로막혀 있었지만, 말이 머리를 흔들며 몸을 돌릴 때마다 남자들은 주춤거리며 뒤로 물러섰다.

"제 말 들리지 않아요? 문 열라니까요."

"이봐요, 당신이 뭔데⋯⋯."

경비원 중 하나가 입을 열자, 다른 경비원이 그의 갈비뼈를 세게 찔렀다.

"네, 물론 그렇게 하죠, 펜튼 양."

경비원은 문을 열어준 뒤 불쑥 밀고 들어오는 종마를 피해 재빨리 옆으로 비켜섰다.

"광산주의 딸이란 말이야."

파멜라는 등 뒤에서 경비원들끼리 속삭이는 소리를 들었다. 그녀는 곧장 광산 사무실로 말을 달렸다. 달리는 종마의 말굽 아래에서는 석탄 먼지가 구름처럼 피어올랐다.

"레이프 태거트를 만나러 왔어요. 그 사람은 어디 있죠?"

그녀는 눈을 사방으로 희번덕거리는 종마의 고삐를 세게 움켜쥐고 말했다.

"지금 일하는 중입니다. 6번 갱도에서요."

누가 말했다.

"그렇다면 데려와요. 그 사람을 만나고 싶어요."

조금 나이가 많은 남자가 신경질적인 말 앞으로 나왔다.

"안녕하세요, 펜튼 양. 레이프는 지금 일하는 중입니다. 하지만 아가씨가 원하신다면 사람을 보내서 불러오죠."

"그렇게 해요."

파멜라는 덩치 큰 동물에게 누가 주인인지 분명하게 보여주기 위해 고삐를 세게 잡아당겼다. 그리고 입을 찡그리며 더럽고 누추한 석탄 광산을 둘러보았다. 어릴 때 아버지와 이곳에 한 번 온 적이 있었다. 그때 아버지는 펜튼 집안의 부가 어디에서 나오는지 분명하게 보여주었다.

"너무 더러워요."

그녀는 그때 주위를 둘러보고 나서 그렇게 말했다. 그리고 이 광산은 여전히 그녀에게 혐오스러웠다.

"그 남자가 탈 말을 한 마리 더 준비해 줘요. 그리고 피셔맨 계곡에서 기다리고 있겠다고 전해요. 만일 이 일 때문에 그 사람의 임금을 한 푼이라도 삭감했다가는…… 알아서 하세요."

그녀는 그렇게 말하고 다시 말을 돌려 광산촌을 질주했다. 그녀의 등 뒤로 석탄먼지가 하늘을 뒤덮었다.

레이프는 곧 도착했다. 비록 펜튼이라는 이름이 일부 사람들에 악마의 이름처럼 사악하게 들릴지 몰라도, 펜튼의 광산이나 철광소에서 일하는 사람들은 펜튼 집안 사람들의 말에 꼼짝도 못 했다.

레이프는 커다란 덩치에 비해 너무 왜소하고 더러운 말을 타고 있었다. 그의 얼굴과 옷은 석탄 연기 때문에 새까맸지만, 그와 대조적으로 하얗게 빛나는 눈동자에는 분노가 가득했다.

"뭐든지 원하는 건 당장 얻어야 직성이 풀리지. 안 그래, 펜튼 공주님? 명령한 건 당장 대령시켜야지."

그는 말에서 내려와 그녀를 똑바로 쳐다보았다.

"전 그곳을 좋아하지 않아요."

"모두 다 그래. 하지만 우리처럼 입에 풀칠하기 힘든 사람들에게는 어쩔 수 없어."

"당신과 싸우려고 여기 온 게 아니에요. 중요한 말이 있어요. 자, 이거나 받아요."

그녀는 그에게 비누와 때수건을 건네주었다.

"그렇게 놀란 표정 짓지 말아요. 전에도 석탄 먼지를 많이 봤으니까."

그는 그녀를 다시 한 번 노려보더니, 비누와 때수건을 받아들고 계곡 물가에 앉아 얼굴과 손을 씻기 시작했다.

"좋아, 무슨 일로 나를 찾아왔는지 말해 봐."

파멜라는 근처의 평평한 바위에 앉아 자신의 긴 다리를 레이프 쪽으로 쭉 뻗었다. 길고 빳빳한 검은 모자 때문에 키가 실제보다 훨씬 커 보였지만, 검은 베일 때문에 그녀의 얼굴은 신비롭고 여성스러워 보였다.

"제가 일곱 살 때 아버지는 책상 서랍 열쇠의 복사본을 잃어버리셨죠. 전 그걸 찾아내서 제 보물 상자에 넣었어요. 그리고 열두 살 때 무슨 열쇠인지를 알아냈어요."

"그 이후로 죽 염탐했단 말이군."

"전 단지 알고 싶었을 뿐이에요."

그가 얼굴을 깨끗하게 씻자 그녀는 수건을 건네주었다.

"그래, 무엇을 알아냈지?"

"몇 달 전에 아버지가 핑커튼 탐정 사무소의 탐정들을 고용하셨어요. 석탄 광산에 노동조합원들을 끌어들인 사람이 누구인지 알아내려고요."

레이프는 천천히 손을 닦았다. 수년 간 곡괭이질을 해서 그의 온몸은 근육질이었다.

"그래서 당신이 고용한 핑커튼 탐정이 뭘 알아냈는데?"

"제가 아니라 아버지가 고용했어요. 우선, 챈들러 시의 젊은 숙녀 네 명이 늙은 노파로 분장하고 광산촌에 불법적인 물건을 운반하고 있다는 사실을 알아냈죠. 여기서 불법이라는 것은 아버지가 돈을 버는 데 방해가 되는 물건을 모두 말하는 거예요. 그리고 그 여자들 중에는 당신의 새 조카며느리도 끼어 있어요."

"휴스턴이? 그 작고 연약한……. 케인도 알고 있나?"

"아닐걸요. 그거야 내가 알 바 아니죠. 안 그래요?"

그녀는 그를 뚫어져라 쳐다보았다. 그녀와 케인 태거트가 철부지였던 시절에 두 사람은 사랑에 빠졌다. 두 사람은 자신들의 사랑이 비밀이라고 생각했지만, 사실 그 사건은 온 마을을 뒤흔들어 놓았다. 몇 주 전에 쌍둥이의 결혼식에서 케인의 삼촌인 레이프를 처음 만났을 때, 그녀는 그가 자신이 좋아했던 케인의 장점을 모두 갖춘 것처럼 보였다. 또 레이프는 젊은 시절의 케인과 달리 부드럽고 사려 깊었다. 결혼식 후 며칠 동안 파멜라는 그가 자신에게 전화를 걸거나 쪽지를 보내기를 남몰래 빌었다. 하지만 그는 그녀에게 전혀 연락하지 않았다. 그 잘난 태거트의 자존심! 그녀는 속으로 욕설을 퍼부었다. 한편으로는 왜 레이프 같은 남자가 탄광에서 일하는지 궁금했다.

'분명 무슨 이유가 있을 텐데…… 결혼도 안 했으니 부양할 식구도 없을 텐데…….'

"왜 여기에 살아요? 왜 이런 생활을 참고 견디는 거죠?"

파멜라는 광산으로 향하는 길을 바라보며 말했다. 레이프는 작은 자갈을 공중으로 던졌다 받으면서 개울 너머를 바라보았다.

"내 형제들이 이곳에 있으니까. 그리고 셔윈 형이 병들어 죽어가고 있으니까. 형에겐 먹여 살릴 아내와 딸이 있었지만, 나는 물론이고 누구의 도움도 받으려하지 않았거든."

"태거트 집안 사람들의 자존심이란……."

"난 당신 아버지에게 내 봉급을 셔윈에게 준다면 광산에서 일하겠다고 말했지. 당신 아버지는 태거트 집안 사람들이 돈 때문에 비굴해지는 모습을 보고 무척이나 좋아하더군."

그녀는 그의 마지막 말을 무시해버렸다.

"그런 식으로 셔윈은 자존심을 지키고 당신은 형을 도울 수 있었 군요. 구부러진 등 빼고 2미터도 안 되는 갱도에서 뭘 얻었죠?"

"단지 몇 년만 참으면 돼. 벌써 형과 조카딸은 케인 부부와 함께 살고 있잖아."

"하지만 당신은 아직도 여기에 있잖아요."

레이프는 그 말에 대답하지 않고 다시 개울가로 고개를 돌렸다.

"핑커튼의 보고서에 따르면 노동조합원들을 불러들인 용의자는 세 명으로 줄었어요. 첫 번째는 제프리 스미스라는 광부고, 두 번째 는 바로 리앤더 웨스트필드 선생님이에요. 마지막 용의자는 바로 당신이고요."

레이프는 고개를 돌리고 아무 말도 하지 않았다. 그저 돌을 쥐고 손을 오므렸다 폈다 할 뿐이었다.

"할 말 없어요?"

"그 탐정들은 광부로 위장하고 있나?"

"제복이라도 입고 있겠죠."

그녀가 빈정거리듯 말했다.

"할 말 다했다면 이제 일하러 가야겠어. 당신은 누가 핑커튼 쪽 사람들인지 모르지?"

"몰라요. 아버지도 모르세요."

"레이프, 계속 이렇게 하면 안 돼요. 당신은 여기에 머물 필요가 없다고요. 당신이 원하면 제가 더 나은 직업을 구해 줄게요. 무엇이 든요."

그는 눈을 가늘게 뜨고 그녀를 바라보았다.

"태거트 가의 자존심을 또 건드리는군."

그는 그렇게 말하고 자신이 타고 온 말에게 걸어갔다. 그러자 파 멜라가 그의 팔을 잡고 매달렸다.

"레이프 전 그런 의미로 한 말이……."

그녀는 더 이상 말을 잇지 못하고 손을 떨궜다.

"전 단지 당신에게 주의를 주고 싶었어요. 아마 당신은 제 행동이 마음에 들지 않을 테죠. 제 아버지의 이름을 듣는 것조차 싫을지도 몰라요. 하지만 어떻게든 당신에게 기회를 주고 싶었어요. 아버지는 원하는 게 있으면 무척 잔혹해지는 분이니까요."

레이프는 아무 말도 하지 않았다. 하지만 파멜라가 그를 올려다보자 그는 심장이 튀어나올 것처럼 뜨거운 눈빛으로 그녀를 내려다보았다. 그녀는 자신도 모르게 그의 품으로 뛰어들었다.

그의 키스는 느리고 부드러웠다. 그녀는 마침내 평생 동안 기다려온 남자를 만난 것 같은 기분이었다.

"오늘 밤 여기서 만나. 자정에. 벗기기 쉬운 옷을 입고 오라고."

그는 그렇게 말한 뒤 자신의 말을 타고 가버렸다.

제31장

무시무시했던 아침이 지나고 일곱 시간 동안 소에게 밟힌 젊은 목동들을 치료하고 나자, 블레어는 완전히 지쳐버렸다. 너무 피곤해서 리앤더가 또다시 은밀한 전화를 받고 사라졌을 때에도 화가 나지 않았다.

황혼 무렵에 그녀는 마차를 몰고 집으로 가면서 잠시 전신국에 들러, 친구인 루이즈 블리커 선생에게 전갈을 보냈다.

네가 필요해. 나 혼자 감당하기에 일이 너무 많아. 당장 와줘, 제발. 블레어

블레어는 8시경 집에 도착하자마자 샤이니스 부인의 잔소리를 무시하고, 저녁도 안 먹고, 옷도 갈아입지 않은 채 침대에 쓰러졌다. 그리고 누가 침실 문을 두드리는 소리를 듣고 잠에서 깨어났다.

"리앤더?"

하지만 아무 대답도 들리지 않았다. 그녀는 일어나서 문을 열었다. 리앤더가 흙투성이로 피가 잔뜩 묻고 찢어진 셔츠를 입은 채 문가에 기대고 있었다.

"무슨 일이에요? 누가 다쳤어요?"

"내가 다쳤어."

그녀는 떨리는 목소리로 다급하게 물었다. 리앤더는 쉰 목소리로 대답하고 비틀거리며 방으로 들어왔다. 블레어는 너무 놀라서 잠시 멍하니 서서 남편이 비틀거리며 걷는 모습을 바라보았다.

"나를 좀 도와줘. 상처가 심하지는 않은데 피를 많이 흘렸어."

블레어는 퍼뜩 정신을 차리고 벽장에서 진료가방을 가져와서 가위를 꺼내고 리앤더의 셔츠를 잘랐다. 그리고 그의 팔을 자신의 어깨에 걸치고 상처를 살펴보았다. 오른쪽 옆구리에 긴 상처가 두 개 있고, 하나는 너무 심해서 피부가 갈라지고 갈비뼈가 드러났다. 피를 워낙 많이 흘렸기 때문에 감염되지 않았을 것 같았다.

블레어는 입 안이 바짝 말라서 말도 제대로 나오지 않았다.

"먼저 피를 닦아야겠어요."

그녀는 상처를 소독했다. 그러나 그녀의 두 손이 심하게 떨렸다. 그가 큰 고통을 참아내고 있음을 알 수 있는 유일한 신호는 그의 거친 숨소리뿐이었다.

"블레어, 이것보다 더 급한 일이 있어. 나를 쏜 사람들이 내 얼굴을 봤을지도 몰라. 어쩌면 여기 와서 날 체포할지도 모르지."

블레어는 그의 상처를 치료하는데 집중해서 그가 하는 말을 제대로 이해할 수 없었다. 사랑하는 사람을 치료하게 되는 일은 생전 처음이었다. 그녀는 앞으로 다시는 이런 일이 생기지 않기를 빌고 또 빌었다. 땀방울이 흐르고 앞머리가 이마에 달라붙었다.

"내 말 듣고 있어? 몇 분 후면 사람들이 들이닥칠 거야. 내가 밤새 집안에 있었다고 생각하게 해야 돼. 총에 맞은 사람이 나라는 사실도 들키면 안 된다고."

"그것도 제대로요"

그녀는 초조한 목소리로 말한 뒤 상처의 소독을 끝내고 붕대를 감았다.

"그 사람들이 누구죠?"

"……말하지 않는 편이 좋겠어."

블레어는 그가 다쳐서 너무 두렵고 걱정스러웠지만, 한편으로는 그가 무엇을 도와달라고 말하지도 않고 무조건 도와달라고 해서 화가 났다.

"핑커튼의 탐정들인가요? 제가 아무것도 모른다고 생각하는지 몰라도, 전 당신이 생각하는 것보다 더 많이 알고 있어요. 심하게 움직이면 다시 출혈이 시작될 거예요."

리앤더가 깜짝 놀란 표정을 짓자 블레어는 조금 고소했다. 그녀는 붕대를 갈비뼈 위에 고정하고 옷장에서 첫날밤에 입었던 잠옷과 가운을 꺼냈다. 그리고 서둘러 그 옷으로 갈아입었다. 리앤더는 그녀가 지금 무엇을 하려는지 전혀 이해하지 못하고 가만히 침대에 앉아 있었다.

"시간이 얼마나 있어요? 혼자서 옷을 입을 수 있죠? 저는 잠시 고개를 젖히고 있어야겠어요."

블레어는 그렇게 말하며 리앤더에게 깨끗한 셔츠를 건넸다. 그는 너무 아프고 그녀의 말에 충격까지 받아서, 아무것도 묻지 않고 다친 몸으로 억지로 셔츠를 갈아입었다. 그동안 블레어는 침대에 누워 침대 바깥으로 고개를 떨궜다.

요란하게 현관문을 두드리는 소리가 나자 두 사람은 모두 얼어붙은 듯이 꼼짝도 안 했다. 먼저 블레어가 일어났다.

"천천히 해요. 최대한 시간을 끌어볼게요."

그녀는 재빨리 거울을 보며 머리를 헝클어뜨렸다.

"이만하면 괜찮죠?"

그녀는 돌아서서 침실을 나갔다. 고개를 뒤로 젖히고 있어서 얼굴은 발갛게 달아올랐고, 어깨를 덮은 머리카락은 산발이었다.

블레어는 자신도 놀랄 만큼 침착하게 현관문의 손잡이를 돌렸다. 문을 열자 밖에서 기다리고 있던 덩치 큰 세 남자가 야비한 표정으로 서둘러 집으로 들어왔다.

"그 남자는 어디 있소?"

그 중 한 명이 물었다.

"제가 가겠어요. 금방 가방을 가져올게요."

블레어가 재빨리 대답했다.

"당신이 아니오. 우린 의사 선생을 만나고 싶소."

다른 남자가 말했다. 블레어는 남자들과 눈높이를 맞추려고 2층으로 향하는 계단에 올라섰다.

"지금 여기에 의사가 있잖아요. 저도 이 마을의 의사예요. 당신들이 믿든 말든 저도 제 남편과 마찬가지로 의사 면허가 있다고요. 정말 급한 상황이라면 제가 진료하러 가겠어요. 리앤더는 지금 너무 지쳐서 휴식이 필요해요. 또 저도 그 사람만큼 상처를 능숙하게 봉합할 수 있다고 보장해요. 자, 결정됐으니 가방을 가져오겠어요."

"잠깐만, 부인. 우리는 지금 진료해달라고 온 게 아니오. 당신 남편을 체포하러 왔소."

"무슨 죄로요?"

"가지 말아야 할 곳에 갔던 죄요."

"언제요?"

"한 시간쯤 전이오."

블레어는 갑자기 엄청난 연기력을 발휘하여 천천히 헝클어진 머리카락을 정리하기 시작했다. 평소에는 자신의 외모가 다른 사람들에게 어떻게 보이든 별 관심이 없었지만, 지금 이 순간만은 최대한 요염하게 보이고 싶었다. 그녀는 가운을 약간 걷어올리며 남자들에게 미소를 지었다.

"아, 한 시간 전이라면 남편은 저와 함께 있었는데요?"

"그걸 증명할 수 있소?"

그들 중 한 명이 물었다. 다른 두 사람은 입을 벌리고 그녀의 모습을 뻔히 쳐다보고 있었다. 그녀는 우아하게 미소를 머금었다.

"증거야 없죠. 하지만 챈들러라는 이름을 마을에 남기신 제 아버지를 걸고 맹세할 수 있어요. 제 말에 이의가 있으시다면⋯⋯."

그녀는 순진한 표정으로 남자들을 바라보며 눈을 깜박였다.

"그럴 리 없을 거야, 여보."

그녀의 등 뒤에서 리앤더가 말했다. 붉게 상기된 그의 얼굴은 몹시 피곤해 보였지만, 한편으로는 방금 전 아내와 거친 사랑을 나눈 남자처럼 느긋해 보였다.

"듣자 하니 내가 한 시간 전에 다른 곳에 있었다고 말하는 것 같던데⋯⋯."

그는 블레어에게 다가왔다. 아래층에 서 있는 남자들의 눈에는 그녀가 그에게 등을 기대고 있는 것처럼 보였지만, 사실은 그녀가 그를 지탱하고 있었다.

어둡고 작은 집에 잠시 기묘한 침묵이 흘렀다. 남자들은 가만히 서 있고, 블레어와 리앤더는 숨을 죽이고 그들을 노려보았다. 마침내 우두머리처럼 보이는 남자가 한숨을 쉬었다.

"우리를 속였다고 생각하겠지만 그렇지 않소, 웨스트필드. 지금 당신을 붙잡지는 않겠소."

그는 블레어를 바라보았다.

"남편이 살아 있기를 바라면 집에 안전하게 붙잡아놓으시오."

남자들이 쾅 소리를 내며 현관문을 닫고 집을 떠날 때까지 블레어와 리앤더는 한 마디도 하지 않았다. 블레어는 서둘러 계단을 내려가서 문을 잠근 뒤, 점점 더 창백해지는 리앤더를 바라보았다. 그리고 다시 계단을 올라와 리앤더를 침대까지 부축했다.

블레어는 더 이상 잘 수 없었다. 리앤더를 침대에 눕힌 뒤 밤새 그의 옆에 앉아서, 그를 보호하지 않으면 그의 숨이 멈출 것처럼 그가 숨쉬는 모습을 지켜보았다. 그녀는 심장 근처를 스친 총알을 생각할 때마다 자꾸 몸이 떨려서 그의 손을 더욱 꼭 잡았다.

밤새 리앤더는 선잠을 잤다. 그는 가끔 눈을 뜨고 그녀에게 미소를 지은 뒤 다시 잠에 빠져들었다. 하마터면 리앤더가 죽을 뻔했다는 공포심이 감정을 자극하자, 블레어는 자신이 얼마나 그를 사랑하는지 인정하게 되었고, 그가 하는 일 때문에 그가 죽을 수도 있다는 생각이 들자 너무 화가 났다.

동 틀 무렵 리앤더는 마침내 눈을 뜨고 일어나 앉으려 했다. 블레어는 커튼을 열어 젖혔다.

"기분은 어때요?"

"온몸이 뻐근하고, 쑤시고, 힘이 하나도 없는 데다, 배도 고파."

그녀는 그에게 미소를 짓고 싶었지만 입술이 제대로 움직이지 않았다. 지난밤 뻣뻣한 자세로 앉아 밤을 지샌 덕분에 온몸의 근육이 쑤셨다.

"아침 식사를 가져올게요."

그녀는 피 묻은 헝겊과 리앤더의 셔츠를 들고 아래층으로 내려갔다. 의사의 집이라서 좋은 점은 피 묻은 헝겊이 돌아다녀도 아무도 의심하지 않는다는 것이었다.

샤이니스 부인을 부르기에는 시간이 너무 이른 것 같아서, 블레어는 두 사람 몫으로 계란 프라이 여섯 개를 만든 뒤, 빵을 두툼하게 썰고, 커다란 머그컵 두 개에 우유를 가득 따랐다. 그리고 쟁반에 받쳐들고 2층으로 올라가자, 리앤더는 이미 침대에서 나와 옷을 입고 있었다. 그녀는 아무 말 없이 침대 옆에 있는 작은 탁자에 쟁반을 올려놓았다.

리앤더는 고통스러운 듯 어색한 자세로 의자에 앉아 음식을 먹었지만, 블레어는 그의 맞은편에 앉아 접시에 놓인 음식을 그저 이리저리 뒤적거렸다.

"좋아. 무슨 생각을 하는지 말해 봐."

블레어는 우유를 한 모금 마셨다.

"무슨 말을 하는지 모르겠네요."

그는 그녀의 손을 잡았다.

"당신을 보라고. 어제 저녁부터 계속 심하게 떨고 있잖아."

블레어는 그의 손을 뿌리쳤다.

"오늘도 병원에 나갈 계획이겠죠?"

"나는 사람들 앞에 나타나야 돼. 아무 일도 없었던 것처럼 행동해야 할 거야. 사람들에게 어젯밤에 내가 어디에 있었는지 알리면 절대 안 되니까."

그녀는 주먹을 불끈 쥐고 탁자를 내리치며 벌떡 일어났다.

"저를 포함해서 말이죠. 당신 상태를 보라고요. 수술실에서 하루 종일 일하기는커녕 지금 제대로 앉아 있지도 못하잖아요. 환자들은 어떻게 진찰할 건가요? 수술도구를 제대로 잡을 수나 있겠어요? 도대체 어떤 일이기에 목숨을 걸 만큼 중요해요?"

"그건 말할 수 없어. 그러고 싶지만 그럴 수 없어."

"당신은 어제 제가 목숨을 잃을지도 모르는 위험한 일을 했다고 화를 냈어요. 그리고 그런 위험한 일은 하지 말라고 명령했어요. 이제 상황이 바뀌었어요. 하지만 제게는 똑같은 권리가 없겠죠, 그렇죠? 심지어는 남편을 잃어도 알 권리가 없어요. 그저 집에 남아서 얌전하게 기다리면 되죠. 그러다가 남편이 피를 흘리며 집으로 돌아오면 상처나 치료해 주면 되고요. 오밤중에 핑커튼 탐정들과 시시덕거릴 수는 있어도 왜 그래야 하는지 이유도 몰라요. 말해 봐요, 리앤더. 어디서 강도질이라도 하다가 총에 맞았어요? 사람을 죽였거나 죽을 뻔했어요? 당신이 치료한 사람 수만큼 사람들을 죽였나요?"

리앤더는 머리를 숙이고 묵묵히 먹기만 했다.

"블레어, 당신에게 할 수 있는 말은 다했어. 나를 믿어야만 해."

잠시 블레어는 고개를 돌리고 눈물을 참기 위해 안간힘을 썼다.

"그래요, 착하고 순종적인 아내는 그래야겠죠, 안 그래요? 집에 앉아서 아무것도 묻지 말고 남편을 기다려야겠죠. 하지만 전 그런 착한 소녀가 아니에요. 전 언제나 도전적이고, 진취적이었어요. 전 단 한 번도 수동적인 방관자가 아니었어요. 지금 당장 전 제가 무슨 일에 말려들었는지 알아야겠어요."

"제기랄, 블레어."

리앤더는 버럭 고함을 지르다가 옆구리에 통증을 느끼고 눈을 질끈 감았다.

"가끔은 방관자가 되어야 할 때도 있는 법이야. 당신에게 할 수 있는 말은 다했어. 그리고 당신이 이 일에 더 이상 말려드는 것도 싫고."

"그러니까 아무것도 모르고 있어야 한다고요? 그래서 당신이 재판을 받아도 전 아무것도 몰랐다고 정직하게 대답할 수 있게요? 남편이 총알을 두 발이나 맞고 집에 들어와도 아무것도 몰라야 되는군요."

"그럴 만한 가치가 있는 일이야. 날 사랑한다고 말했지. 오래 전부터 날 사랑했는지도 모른다고……. 그럼 이것도 하나의 시험이라고 생각해. 나를 사랑하면 나를 믿어줘. 단 한 번만이라도 당신의 도전심과 진취성을 포기하라고. 지금 내가 필요한 사람은 동료나 친구가 아니라 아내야."

블레어는 한참 동안 리앤더를 바라보았다. 그리고 낮고 부드러운 목소리로 말했다.

"당신이 옳은 것 같군요, 리앤더. 지금까지 저는 아내가 어떤 역할을 해야 하는지 모르고 있었어요. 하지만 지금부터 배우려고 노력하겠어요. 당신을 믿고 다시는 당신의 행방에 대해 묻지 않을게요. 당신이 말할 때는 언제나 듣겠어요."

그러자 리앤더의 얼굴에서 고통이 사라졌다. 그는 왼손으로 탁자를 짚고 간신히 일어났다. 블레어는 그를 부축했다.

"리앤더, 오늘은 병원에 가지 그래요? 심각한 수술도 없고 크렙스 부인도 당신을 도와줄 거예요. 일도 더 쉽고요. 게다가 탐정들도 병원으로 당신을 조사하러 올 거예요."

리앤더는 그녀의 이마에 입을 맞추며 말했다.

"좋은 생각이야. 이런 게 바로 내가 바라던 대화야."

"단지 좋은 아내가 되기 위해 노력할 뿐이에요. 옷 입는 것을 도와줄게요."

"당신은? 당신도 옷을 갈아입어야 되잖아?"

"솔직히 말해서 오늘은 조금 피곤해요. 어제 아침의 끔찍한 사건부터 어제 저녁 일까지……. 오늘 아침의 말다툼은 그렇다고 쳐도 말이죠. 그냥 집에 남아서 푹 쉬고 싶어요."

"알았어. 그렇게 해."

리앤더는 선선히 대답하면서도 뭔가 이상하다고 생각했다. 블레어의 말에 틀린 점은 하나도 없었지만, 리앤더는 한 번도 블레어의 나약한 말을 들어본 적이 없었다.

"그럼 집에서 쉬어. 병원 일은 내가 잘 처리할 테니까."

그녀는 눈을 내리깔고 미소를 지었다.

"당신은 정말 세상에서 가장 자상한 남편이에요."

리앤더가 집을 떠나고 몇 분이 지난 뒤, 블레어는 언니에게 전화했다.

"언니, 목욕용 소금은 어디서 사? 매니큐어랑 초콜릿은? 뜨개질용 비단실은? 비웃지 마. 오늘 저녁만큼은 완벽한 아내가 될 생각이니까. 내 사랑하는 남편이 원하는 대로 해줄 생각이야. 자, 이제 웃지 말고 대답 좀 해."

제32장

6시 무렵 리앤더가 집에 도착했을 때, 블레어는 거실의 푹신한 소파에 길게 누워 있고, 바닥에는 잡지 몇 권과 초콜릿 상자가 놓여 있었다. 블레어는 그가 들어온 것도 눈치채지 못한 듯, 사탕을 빨면서 심각한 표정으로 소설을 읽고 있었다. 리앤더가 그녀에게 다가가서 보자 책표지에는 『유혹』이라고 적혀 있었다.

"못 보던 책인데?"

그녀에게 미소를 지으며 리앤더가 말했다. 그녀는 입가에 미소를 머금고 천천히 고개를 돌려서 그를 올려다보았다.

"잘 다녀왔어요, 여보? 오늘도 즐거웠나요?"

"조금 전까지만 해도 그렇지 않았지."

그는 눈을 반짝이며 그녀에게 고개를 숙였다. 하지만 그녀가 그의 입술을 피해 고개를 돌리자, 그는 그녀의 뺨에 키스했다.

"미안하지만 레모네이드 좀 갖다줄래요? 그 사이에 전 이번 장을 다 읽어야겠어요. 그리고 옷을 갈아입으세요. 샤이니스 부인과 제가 당신을 위해 특별식을 준비했어요.”

“도대체 언제부터 가정부와 함께 일할 정도로 친해진 거야?”

“부인과 대화하는 법을 익히고 나니 참 좋은 여자더군요. 자, 리앤더, 이제 가요. 목이 말라서 죽겠어요. 설마 숙녀를 기다리게 하지는 않겠죠?”

그는 혼란스러운 표정으로 뒤로 물러섰다.

“그럼 지금 당장 가져올게.”

리앤더가 가버리자 블레어는 물고 있던 사탕을 깨물어 삼킨 뒤 묘한 미소를 지으며 다시 책을 읽기 시작했다. 그녀는 여주인공이 제발 독불장군인 남자 주인공의 머리로 의자를 집어던지며 강물에나 빠져 죽으라고 말하기를 진심으로 바랐다.

리앤더가 레모네이드를 들고 나타나자 블레어가 말했다.

“어머, 리앤더. 왜 아직까지 옷을 갈아입지 않았죠?”

“당신이 목말라 죽지 말라고 레모네이드를 가져왔잖아.”

그는 날카로운 목소리로 대답했다. 즉시 그녀의 두 눈에 눈물이 그렁그렁 맺혔다. 그녀는 레이스로 장식한 손수건을 꺼내서 눈가를 꼭꼭 눌렀다.

“당신에게 강요할 생각은 아니었는데……. 정말 미안해요, 리앤더. 단지 당신이 이층으로 올라가는 것 같아서 저는……. 오, 리앤더. 오늘 너무 힘들게 일해서…….”

그는 몸을 움찔 하더니, 주변에 널려 있는 잡지를 옆으로 치우고 그녀 옆에 무릎을 꿇고 그녀의 손을 잡았다.

“내가 지나쳤다면 미안해. 하지만 그렇게 울 일은 아니잖아.”

블레어는 일부러 코를 훌쩍거렸다.

“요즘 제가 왜 이러는지 모르겠어요. 모든 게 다…… 짜증이 날 뿐이에요.”

리앤더는 그녀의 손에 키스하며 다독거렸다.

"별일 아닐 거야. 여자들은 가끔 그럴 때가 있는 법이니까."

리앤더는 머리를 숙이고 있느라 블레어의 두 눈에 불꽃이 번쩍이는 모습을 미처 보지 못했다.

"당신 말이 맞을 거예요. 여자들이 흔히 겪는 문제겠죠. 우울증 같은 거요."

"그래, 그럴 거야. 옷을 갈아입고 오는 동안에 잠시 쉬고 있어. 맛있는 저녁을 먹고 나면 기분이 훨씬 좋아질 테니까."

"당신은 정말 현명해요. 아무래도 전 세상에서 가장 현명한 남자를 남편으로 맞은 것 같군요."

그는 일어서서 그녀에게 미소를 지으며 윙크한 뒤, 2층으로 올라갔다.

블레어는 남편이 위로 올라가는 소리를 들으며 소파에서 벌떡 일어나 벽난로에 등을 기댔다. 그리고 허리에 양손을 올리고 침실이 있는 방향을 노려보았다.

"거만한 허영심 덩어리 같으니라고! 뭐? 여자들은 모두 그럴 때가 있는 법이라고? 생각보다 더 끔찍한 인간이네. 여자들의 문제가 무엇인지 톡톡히 가르쳐드리죠. 당신이 꿈꾸던 것보다 더 심한 여자가 되어드리죠."

리앤더가 목욕을 하고 옷을 갈아입는 동안 블레어는 간신히 침착해져서, 아래층으로 내려온 남편에게 다시 사랑스러운 미소를 지을 수 있었다. 리앤더는 진심으로 그녀가 걱정되었는지 의자를 빼주고 고기를 썰어주는 등 온갖 시중을 들었다. 블레어는 얌전하고 침착한 모습으로 앉아서, 별로 말도 하지 않고 새침하게 미소를 지으며 고기를 잘게 썰었다.

"오늘 병원에 아주 흥미로운 환자가 왔어. 그 여자는 자신이 임신했다고 생각했지만, 내 생각에는 방광에 혹이 생긴 것 같아. 내일 당신도 병원에 나와서 그 환자를 진찰해 봐."

"리앤더, 안 돼요. 이미 언니와 재단사를 만나러 가기로 약속했어요. 그 후에는 니나 아가씨와 점심 약속이 있어요. 오후에는 집에 돌아와서 집안일을 돌봐야 해요. 그러니 전혀 시간이 없어요."

"오, 그렇다면 그 환자의 수술은 며칠 뒤로 미뤄야겠군. 그럼 내일도 병원에 나오지 않을 거야?"

그녀는 눈을 내리깔고 남편을 슬쩍 훔쳐보았다.

"아무래도 그럴 것 같아요. 아내가 되는 일은 생각보다 시간이 많이 걸리더군요. 할 일이 너무 많아요. 게다가 다시 챈들러 시의 일원이 되었으니 자선 사업에도 참가해야죠. 우선 마음에 두고 있는 단체는 여성 구호단체와 기독교 선교단체, 또……."

"웨스트필드 산부인과 병원. 이 도시를 돕는 데 그보다 더 효과적인 방법이 어디 있겠어?"

"뭐, 물론 그렇죠. 당신이 그렇게 고집하면 내일 병원에 나갈게요. 재단사와 한 약속은 취소할게요. 자선 사업도 제가 없어도 다들 알아서 잘하겠죠. 모두 당신이 제가 밖에서 일했으면 하는 걸 이해해 줄 거예요. 생활비를 벌기 위해 일해야 한다면 친구들도 이해할 거예요."

"생활비라고! 내가 언제 당신에게 생활비를 벌어오라고 했어? 내가 당신을 먹여살리는 의무에 소홀했냐고! 내일은 물론이고 평생 병원에 나오지 않아도 괜찮아. 난 당신이 일했으면 하고 생각했을 뿐이야."

리앤더가 버럭 고함을 지르자 블레어는 또 눈물을 글썽거렸다.

"그랬죠. 지금도 그래요. 하지만 좋은 아내가 되는 일은 생각보다 시간이 많이 걸리는걸요. 오늘도 식단을 다시 짰어요. 게다가 새로

온 하녀는 완전히 구제불능이더군요. 새 드레스에 장식할 리본을 주문했는데, 글쎄 완전히 다른 색이 배달된 거예요. 당신에게 최상의 모습을 보여주고 싶었는데…… 당신을 위해 집을 아늑하게 꾸미고 세상에서 가장 예쁜 아내가 되고 싶어요. 당신이 절 자랑스러워했으면 좋겠어요. 하지만 그러려면 진료소에서 나갈 여유가 없어요. 정말 이렇게……"

리앤더는 식탁에 냅킨을 집어던지며 그녀의 말을 잘랐다.

"알았어. 당신에게 고함을 치려던 게 아니었어. 단지 당신의 말을 제대로 이해하지 못했을 뿐이야. 원하면 앞으로도 계속 병원에 나올 필요 없어."

그는 블레어의 손을 잡고 손가락 끝을 애무하기 시작했다. 그녀는 그에게 살며시 손을 뺀 뒤 얌전히 냅킨을 접었다.

"아침에 존 실버맨 씨에게 전화가 왔는데, 오늘 밤 중요한 모임이 있다고 전해달래요. 무슨 일인지는 설명하지 않았지만 저도 굳이 묻지 않았어요."

"무슨 일인지는 알아. 하지만 내가 없어도 괜찮을 거야. 그것보다 당신과 의논하고 싶은 환자가 있어. 오늘 어떤 남자가 손에 염증이 생겨서 병원에 왔거든. 당신도 진찰하고 싶을 거라고 생각했어. 꽤 특이한 상처거든."

"저와 의논한다고요? 아부하지 말아요, 리앤더. 전 아직 인턴 과정도 다 마치지 못했어요. 그런데 어떻게 의견을 낼 수 있겠어요? 당신은 경험이 많으니까 이미 다 알잖아요."

"하지만 예전에는……"

"예전에는 다른 사람의 아내가 아니었잖아요. 이제까지 전 아내의 진정한 의무가 무엇인지 몰랐어요. 리앤더, 아무리 생각해도 당신이 그 모임에 꼭 참석해야 할 것 같아요. 저 때문에 당신 친구들과 소원해지면 얼마나 끔찍한 일이겠어요. 게다가 전 이 책을 마저 읽어야 하고요."

"그래. 아무래도 그래야겠어."

"그래요, 여보. 그래야죠. 제가 당신을 마음대로 휘두른다는 말은 듣고 싶지 않아요. 좋은 아내는 남편이 무슨 일을 하든 든든한 내조자가 되어야지 장애물이 되면 안 되죠."

리앤더는 의자를 뒤로 밀고 자리에서 일어났다. 옆구리의 상처도 아프고, 집에서 신문이나 읽으면서 쉬고 싶었지만, 결혼한 후로 한 번도 모임에 가지 않은 것도 사실이었다. 어쩌면 블레어의 말이 옳을지도 몰랐다. 그곳에서도 집에서처럼 편안히 앉아서 쉴 수 있고, 어쩌면 어젯밤 광산에서 벌어진 총격전에 관해 소문을 들을지도 몰랐다.

"좋아, 그럼 나가지. 하지만 오래 있지는 않을 거야. 이따가 다시 이야기하자고."

블레어는 미소를 지으며 말했다.

"아내의 의무 중 하나가 남편의 말에 귀를 기울이는 거예요. 자, 어서 출발하세요, 여보. 전 아직 바느질거리가 남았어요. 그 뒤에 일찍 자야겠어요. 그럼 내일 아침에 봐요."

블레어는 그의 이마에 키스하고 재빨리 돌아서서 그가 무슨 말을 꺼내기도 전에 방을 빠져나왔다. 그리고 위층으로 올라가서 손님방 창문 너머로 그를 바라보았다. 그는 어색한 동작으로 걷고 있었다. 그의 옆구리가 꽤 아플 거라고 생각했지만 그를 집에서 내쫓는 것에 별로 죄책감이 들지 않았다. 당연히 그는 그녀에게 가르침을 받아야 마땅했다.

마차가 시야에서 사라지자 블레어는 아래층으로 내려가 니나에게 전화를 걸었다.

"내일 함께 말을 타러 가요. 안 그러면 운동 부족으로 미쳐버릴 거예요. 내일 병원에 들러 잠시 환자들을 살펴보고 싶은데 혹시 아버님이 절 태워주실 수 있을까요? 비밀로요? 제가 거기에 있는 걸 사람들이 모르게요."

니나는 잠시 침묵하다가 대답했다.

"그럴 수 있을 거예요. 언니, 집으로 돌아와서 좋겠네요."

"네, 집에 있어서 좋아요. 내일 9시에 티제라스 강 분기점에서 만나요."

블레어는 니나가 수화기를 내려놓자마자 날카롭게 쏘아붙였다.

"그리고 메리 캐서린, 만일 이 말이 밖으로 새어나가면 당신의 소행인 줄 알겠어요."

"무척 기분이 나쁘네요, 블레어-휴스턴. 제가 언제 엿들었다고……."

교환수는 말을 하다 말고 자신의 실수를 깨달았는지 재빨리 전화를 끊었다.

블레어는 부엌으로 가서 샌드위치를 만들었다. 저녁 식사 때 숙녀처럼 행동하느라 제대로 먹지도 못해 굶어죽을 지경이었다.

리앤더가 돌아올 무렵, 그녀는 미리 침대에 누워 잠든 척했다. 그리고 리앤더가 엉덩이를 어루만지며 잠옷을 벗기려고 하자 그녀는 피곤하고 머리가 깨질 듯 아프다고 호소했다. 하지만 그가 손을 떼고 등을 돌리자, 블레어는 자신의 행동을 다시 한 번 생각해보았다. 과연 지금 누가 더 상처받고 있는지…….

"골수염이에요."

블레어는 조심스럽게 환자의 손을 내려놓으며 리드에게 말했다. 그리고 환자에게도 충고했다.

"다음에 다른 사람의 입을 때릴 때는 양치질 잘하는 사람을 골라요."

"그래, 리앤더도 그렇게 생각하는 것 같더라. 하지만 다른 의견이 필요하다고 생각하더구나."

그녀는 진료가방을 닫고 문으로 걸어갔다.

"안 그래도 제게 자문을 구한다며 추켜세우더군요. 제가 여기에 왔다고 그이에게 말씀하지 않으실 거죠?"

리드가 얼굴을 찌푸리자 그의 험상궂은 얼굴 여기저기에 깊은 주름이 생겼다.

"그래, 그렇게 하마. 하지만 기분이 영 꺼림칙하구나."

"하지만 리앤더가 총상을 입고 집에 돌아와도 도와주시잖아요."

"리앤더가 총을 맞아?"

리드가 놀라며 되물었다.

"왼쪽으로 몇 센티미터만 더 들어갔으면 총알이 심장을 관통했을 거예요."

"난 전혀 모르고 있었다. 그 애는 아무 말도……."

"아무래도 그이는 다른 사람들에게 자신에 대해 잘 말하지 않는 것 같군요. 도대체 어디를 돌아다니기에 피를 흘리는 거예요?"

리드는 며느리의 얼굴을 가만히 바라보았다. 블레어의 두 눈에 불꽃이 활활 타오르는 것을 보자, 그는 리앤더가 광산과 관련된 일을 하고 있다고 말할 수 없었다. 단지 아들의 부탁을 존중해서일 뿐만 아니라, 세상을 구하겠다고 여기저기 뛰어드는 블레어의 성격을 잘 알기 때문이었다. 그녀에게 털어놓으면 지금 리앤더가 하는 것처럼 그녀도 어리석은 행동을 할 것이 뻔했다.

"나로서도 말해 줄 수 없구나."

블레어는 리드의 말에 고개를 끄덕이고 방을 나갔다. 그녀는 병원 밖으로 나가서 말을 타고, 니나와 만나기로 한 티제라스 강의 남쪽 분기점으로 거칠게 말을 몰았다.

니나는 블레어를 한참 쳐다본 뒤 땀을 흘리며 숨을 헐떡이는 말을 살펴보았다.

"우리 오빠 때문에 그래요?"

"그이는 세상에서 가장 짜증나고, 과묵하고, 비밀이 많은 데다 구제불능인 인간이에요."

"그 말에 동의해요. 하지만 오빠가 특별히 무슨 나쁜 짓이라도 했어요?"

블레어는 안장을 내려 불쌍한 말이 휴식을 취하도록 풀어주었다.

"아버님에게 전화가 오면, 그이는 때와 장소를 가리지 않고 몇 시간씩 사라지는 것 알아요? 그러면서도 어디에 갔었는지는 말하지 않아요. 이틀 전에는 옆구리에 총을 맞고 집으로 돌아왔는데, 탐정들이 그이를 쫓아 집까지 찾아왔어요. 그이가 그 사람들이 쏜 총에 맞았대요. 도대체 무슨 일을 하고 다니는지!"

블레어는 안장을 바닥에 내동댕이치며 소리를 질렀다. 그러자 니나의 두 눈이 휘둥그레졌다.

"전혀 몰랐어요. 언제부터 그렇게 됐죠?"

"저도 몰라요. 그이는 저를 아무것도 모르는 멍청이로 생각해요. 그저 상처나 꿰매고 어디에 갔었는지는 묻지 말라고 하더군요. 도대체 제가 어떻게 해야 하죠? 그이가 올지 안 올지 모르는데 그냥 보고만 있을 수는 없어요."

"탐정들이 오빠를 쫓았다고요? 그러면 오빠가 뭔가……."

"불법 행위를 하고 있냐고요? 적어도 법하고는 거리가 멀겠죠. 솔직히 한편으로는 그런 건 아무 상관없다는 생각도 들어요. 제게 중요한 건 리앤더의 안전뿐이에요. 혹시라도 그이가 취미로 은행을 털고 다녀도 중요하지 않아요."

니나는 근처에 있는 바위에 힘없이 주저앉았다.

"은행을 털어요? 언니, 오빠가 뭘 하고 다니는지 정말 모르겠어요. 아버지와 오빠는 항상 저에게 불쾌한 이야기는 숨기셨어요. 그리고 어머니와 저도 그랬고요. 어머니와 제가 우리만 비밀이 있다고 생각하고, 남자들에게는 비밀이 없다고 생각했나 봐요."

블레어는 한숨을 쉬며 니나 옆에 앉았다.

"광산으로 전단지를 갖고 들어가다가 리앤더에게 들켰어요."

"언니가 목숨을 부지하고 있는 게 다행이에요. 그럼 처음으로 오빠의 성질을 봤겠네요."

"그게 마지막이 되기를 빌어요. 그이가 없어졌을 때 저도 그이만큼 화가 나고 걱정이 된다는 사실을 이해시키려고 했지만, 들은 척도 하지 않았어요."

니나가 체념한 듯 말했다.

"오빠의 머리는 대리석처럼 단단하다니까요. 그럼 이제 어떻게 하죠? 오빠에게 쉽게 들킨다면 아무도 광산으로 들어가지 않을 거예요. 그렇다고 휴스턴이나 다른 사람의 짐마차에 전단지를 실어 나르는 건 너무 위험하고……."

"어제 잠시 생각해봤는데, 며칠 전에 휴스턴 언니가 좋은 이야기를 했거든요. 언니는 항상 여성지에 글을 쓰고 싶다고 말했어요. 그래서 말인데 우리가 잡지를 만들어보면 어떨까요? 그 잡지를 광산에 사는 여자들에게 전해 주는 거예요. 미리 견본을 만들어 광산 사무실의 승인을 받으면 그 사람들도 굳이 반대하지 않을 거예요. 훑어봤자 아무 해가 안 되는 기사일 테니까요."

블레어의 말을 듣자 니나가 눈을 반짝이며 말했다.

"최근 유행하는 머리 모양 같은 것 말이죠? 여성들의 모자를 장식하려고 남미의 희귀한 벌새들을 도살하는 일을 막아야 한다는 주장이 가장 강경한 내용이 되겠죠. 그럼 노동조합에 관한 내용은 한마디도 실리지 않고요."

"그럼요. 눈으로 보기에는 없는 거죠."

블레어의 말에 니나가 미소를 지었다.

"흐음. 마음에 들어요. 오, 앨런이 빨리 학업을 끝내고 돌아와야 하는데. 그럼 어떻게 정보를 전달하죠?"

"암호를 쓰면 돼요. 미국 혁명 당시에도 암호를 사용했다는 글을 읽었어요. 문자와 숫자를 이용해 특정한 책의 특정한 쪽을 지시하는 거예요. 약간 셈을 해서 숫자를 문자로 바꾸고 암호를 해독하는 거죠. 집집마다 성경책은 있잖아요."

니나는 흥분해서 두 손을 꽉 쥐고 벌떡 일어났다.

"잡지 첫 장에 시편을 실어요. 그리고…… 그럼 숫자는 어떻게 신죠? 여자들이 보는 잡지에 숫자가 가득 나오면 광산 측에서도 의심을 품지 않을까요? 그리고 여자들은 산수에도 약한데."

블레어는 니나를 바라보며 교활하게 미소를 지었다.

"뜨개질 도안이 있잖아요. 뜨개질 도안과 숫자가 잔뜩 적힌 페이지를 싣는 거예요. 가끔 '왼쪽 소매를 만들려면……' 같은 문구를 넣겠지만 전체적으로 보면 모두 암호인 셈이죠. 그렇게 해서 광부들에게 전국의 노동조합이 지금 어떻게 움직이는지 전할 수 있을 거예요."

니나는 머리를 뒤로 젖히고 눈을 감았다.

"정말 기발한 생각이에요, 언니. 틀림없이 가능할 거예요. 언니는 하루종일 병원에서 진찰해야 하니까, 제가 도서관에 가서 연구해볼게요. 그리고……."

"앞으로 며칠간은 병원에 나가지 않을 거예요."

블레어는 얼굴이 굳어서 말했다.

"하지만 사람들에게 들으니 환자가 많다면서요? 분명 언니를 애 타게 기다릴 거예요."

블레어는 멍하니 강물을 바라보았다.

"그래요."

블레어는 부드러운 목소리로 대답하다가 갑자기 벌떡 일어났다.

"가끔은 리앤더의 목을 비틀어버리고 싶어요. 그이가 잘못하고 있다고 가르쳐주고 싶지만, 그이는 너무 고집이 세요. 제 아버지인 것처럼 행동하죠. 저에게 산부인과 병원을 선물로 주었다고 하더군 요. 게다가 제게 명령하고 제가 하는 일은 모두 감독해요. 그러면서 제가 그이의 일을 물어 보기라도 하면, 체면이 깎인 것처럼 마구 화를 내죠. 어린아이가 아버지에게 돈을 얼마나 버냐고 묻기라도 한 것처럼요. 저는 리앤더에 대해 잘 몰라요. 그이는 자기 이야기는 한 마디도 안 하니까요. 하지만 전 그이에게 말하지 않고는 집 밖 으로 한 발자국도 나갈 수 없어요. 전 아버지를 원하지 않아요. 아 버지는 한 분으로 충분하다고요 어떻게 하면 그이에게 제가 더 이 상 어린애가 아니라고 가르칠 수 있을까요?"

"거기에 관해서는 저도 별로 해줄 말이 없어요. 저희 아버지가 더 이상 제 생일날 인형을 선물하지 않는 것도 기적이니까요. 그러 니까 오빠를 가르쳐서 바꿔놓겠다는 거죠. 어떻게요?"

"그러니까…… 그이는 계속 제게 정숙한 아내가 되라고 말했어 요. 그래서 그런 여자가 되려고요."

블레어의 말을 듣고 니나는 잠시 생각에 잠겼다.

"그러니까 거품 목욕을 하고, 깨진 접시 때문에 눈물을 찔끔거리 는 무력한 여자가 되겠다고요?"

블레어는 짓궂게 웃었다.

"거기다가 돈을 물 쓰듯 쓰고, 초콜릿을 먹고, 밤에는 두통을 호소하고요."

니나가 웃음을 터트렸다.

"미리 충고하겠지만, 오빠가 자기 잘못을 깨닫고 태도를 바꾸려면 몇 년이 걸릴지 몰라요. 그러니까 무엇이든 과장해서 행동해요. 언니가 거미를 보고 기절하지 못해서 안타까워요."

블레어가 한숨을 쉬었다.

"지금까지 리앤더는 두통을 빼고는 다 좋아했어요. 제가 하루종일 집에 틀어박혀서 샤이니스 부인에게 지시만 해도 개의치 않을 거예요."

"하지만 언니는 미쳐버릴 것 같죠"

블레어는 미소를 지었다.

"더 이상은 아니에요. 오후부터 노동조합의 자료에 쓸 암호를 만들 거예요. 적어도 이제 할 일이 생겼잖아요. 제가 계속 집에만 있으면, 어머니가 통조림을 만들라며 딸기를 보내실지도 몰라요."

"제가 자두를 조리는 비법을 아는데……."

"둘이 먹다 하나가 죽어도 모를 정도로 맛있게 만드는 법 말이죠? 그건 벌써 들었어요. 아직 요리법을 모아야 할 정도로 절박하지 않아요. 하지만 뜨개질 도안을 들여다보면 정말 기절할지도 모르죠. 내일 전화해서 어떻게 도안을 암호로 이용할지 말해 줄게요. 잡지를 만들고 사람들에게 알리기 전에 암호를 완성하고 싶어요. 먼저 견본을 만들어서 사람들에게 보여주기로 해요. 그런데 언제 필라델피아에로 돌아가요?"

"열흘 후요. 앨런이 학교를 마치기만 기다리려니 영원히 끝나지 않을 것 같은 느낌이에요."

"필라델피아에 계시는 제 외삼촌을 만나보세요. 주소를 알려줄게요. 외삼촌에게 아가씨 이야기를 해놓을게요. 그곳에는 친구들도 있으니까 그리 외롭지는 않을 거예요."

"고마워요. 아마도 그 사람들을 사귀면 시간이 빨리 지나가겠죠. 오빠의 일도 행운을 빌어요."

그들은 그렇게 대화를 마치고 헤어졌다.

제33장

완벽한 숙녀 행세를 시작한 지 4일이 되자, 블레어는 이 상황을
더 견딜 수 있을지 자신이 없어졌다. 그저 소소한 집안일을 처리하
며 하루를 보내는 것은 너무 지루하고 힘들었다. 최악의 일은 자신
이 가르쳐야 하는 학생이 지금 자신이 학교에 있다는 사실도 모른
다는 것이었다. 지난 4일 동안 리앤더는 블레어를 무기력한 환자
대하듯 했다. 물론 성관계도 없었다. 그는 그저 '신혼 생활도 이제
끝났군.' 하고 중얼거릴 뿐이었다.

그날 블레어는 단어를 세고, 쪽지를 만들고, 니나의 전단지를 단
어와 숫자의 기이한 조합으로 변역하는 등 눈이 침침해질 정도로
열심히 일했다.

5일 때 되던 날 아침에 그녀는 더 이상 이렇게 지낼 수 없음을
깨달았다. 그녀는 리앤더에게 보여줄 사소한 물건을 구입할 생각으
로 집을 나섰지만, 결국 펜더거스트 씨의 서점에 들어가 의학에 관
한 서적이 있는지 뒤적였다.

그녀는 다른 사람이 자신에게 말을 걸 때까지 옆에 누가 있는지도 의식하지 못했다.

"남편에게 이번 주 목요일 밤까지 물건을 배달하라고 전해 줘."

블레어가 고개를 돌리자, 자신의 옆에 리앤더가 레걸트라고 불렀던 남자가 서 있었다. 두려워서 온몸이 덜덜 떨리자 그녀는 안 그런 척하려고 애썼다. 만일 그가 피를 흘리며 침대에 누워 있었다면 그를 만지는 일도 두렵지 않았다. 하지만 이렇게 건강하게 살아 있다면…… 가까이 서 있는 것조차 견딜 수 없었다. 그녀는 쌀쌀맞은 표정으로 가볍게 목례하고 재빨리 도망갔다.

블레어는 H. 라이더 해거드가 지은 『그녀』라는 책을 살펴보다가 문득 고개를 들었다. 방금 그가 무슨 말을 했지? 그녀는 가게 안을 둘러보다가 막 밖으로 나가려는 그의 모습을 보게 됐다.

"이봐요! 조금 전 찾던 책이 여기 있어요."

블레어가 남자를 부르자, 가게 주인과 그녀의 등 뒤에 서 있던 여자 두 명이 호기심으로 그녀를 쳐다보았다.

"고마워요"

레걸트는 그녀에게 미소를 지으며 큰소리로 말한 뒤, 그녀 쪽으로 걸어왔다.

블레어는 지금부터 그 어느 때보다 재빨리 머리를 굴려야 했다. 그녀는 이 남자가 하는 말을 자신이 전혀 모른다고 알리기 싫었다. 동시에 이 남자에게 최대한 많은 정보를 캐내야 했다.

"그럼 그이가 지난번과 같은 장소로 물건을 옮기면 되나요?"

"맞아. 별 문제는 없겠지, 안 그렇소?"

"그럼요. 하지만 이번에는 제가 배달하겠어요."

레걸트는 흥미롭다는 듯이 책을 살피다가 다시 책꽂이에 집어넣고 큰소리로 말했다.

"아무래도 내가 찾는 책이 아닌 것 같군. 그럼 좋은 하루 되시오, 부인."

그는 예의바르게 인사하고 가게에서 나갔다.

블레어는 서점에서 서성이다가 남자의 뒤를 쫓았다. 챈들러 쌍둥이에 관한 일은 모두 소문거리가 되기 때문에, 그녀가 가게를 떠나자 사람들의 시선이 그녀의 등 뒤에 꽂혔다. 그녀는 느긋하게 장갑을 끼면서, 곁눈질로 레걸트가 세컨드 가 동쪽으로 내려가서 파커의 의상실로 향하는 것을 훔쳐보았다. 블레어는 북쪽으로 가서 덴버 호텔을 돌아, 리드 거리를 건너서, 라스킨 빌딩의 뒤쪽으로 해서 다시 세컨드 가로 돌아왔다. 그 정도면 펜더거스트 서점 유리창으로 훔쳐보는 사람들의 시선을 따돌리기에 충분했다.

레걸트는 팔에 지팡이를 끼고 느긋하게 길을 따라 걸으며, 근심 걱정은 하나도 없는 사람처럼 가게 진열대를 구경하고 있었다. 블레어는 길을 건너서 그의 옆에 선 뒤, 파커의 의상실 유리창 안을 들여다보았다. 블레어는 시간을 끌지 않고 단도직입적으로 말했다.

"전 모든 걸 알고 있어요."

"그럴 거라고 생각했지. 안 그랬으면 애초에 서점에서 그런 말을 꺼내지도 않았을 거요. 하지만 여자가 할 만한 일이 아니오."

"남자가 할 만한 일도 아닌 것 같더군요."

"아닌 것 같다니? 다 알고 있다고 생각했는데?"

"다 알아요. 그리고 이번 일을 끝으로 남편은 더 이상 이 일에 관여하지 않을 거예요. 아직 남편이 지난번 부상에서 회복되지 않았으니, 이번에는 반드시 제가 하겠어요. 그 뒤로는 원하는 게 있으면 댁이 직접 해요. 우리 두 사람 모두 다시는 이 일에 끼어들지 않을 테니까."

그는 잠시 그녀의 말을 곰곰이 생각하는 것 같았다.

"그럼 좋소. 목요일 밤 10시요. 늘 만나던 장소에서 봅시다."

"마차는 어디에 둬야 하죠? 다른 사람들 눈에 띄기 싫은데……."

"일이 제대로 될지 걱정되기 시작하는군. 정말 이 일을 해낼 수 있소? 도대체 당신이 무슨 일에 연관되어 있는지 아오?"

블레어는 차라리 입을 다물고 있는 것이 낫겠다고 생각하고 고개를 끄덕였다.

"당신 마차가 필요해. 그러니까 그걸 벨 가의 아즈텍 살롱 뒤에 세워둬요. 그곳에서 기다리면 누가 당신에게 트렁크를 줄 거요. 날 실망시키지 마쇼. 당신이 나타나지 않으면 당신 남편이 대가를 치르게 될 테니까."

"알겠어요."

목요일이 될 때까지 이틀 동안 블레어는 완전히 제정신이 아니었다. 집안일도 손에 잡히지 않고, 목요일 밤에 할 일만 계속 떠올랐다. 그날 밤이면 남편이 은밀하게 하는 일이 무엇인지 알게 될 것이다. 그녀는 니나에게 리앤더가 범죄에 연루되어 있어도 상관없다고 말했고, 그 정도로 남편을 사랑했다. 하지만 이제 곧 진실이 밝혀지게 되리라. 비록 그 일이 불법이라도 블레어는 리앤더를 보호하기 위해서 기꺼이 그 일을 할 작정이었다. 또 리앤더도 그녀가 끼어들었다는 사실을 알고 그 일을 그만두기를 바랄 뿐이었다.

목요일 밤에 블레어는 진료복으로 갈아입었다. 리앤더는 병원의 호출을 받고 뉴멕시코 국경 근처에서 총상을 입고 체포당한 악당 세 명을 치료하기 위해 나간 터라, 집에는 블레어 혼자였다. 블레어는 계단을 내려와 자신의 마차가 있는 마구간으로 향하면서, 너무 무섭고 불안해서 금방이라도 주저앉고 싶었다.

그녀는 전에도 한 번 지금 레걸트가 기다리고 있는 그 거리에 가본 적이 있었다. 그때 그녀는 리앤더와 함께 자살을 기도한 창녀를 구하기 위해 말을 달렸다. 여자 혼자서 그 구역을 지나가자 여기저기서 휘파람 소리가 들렸지만, 블레어는 무시하고 아즈텍 살롱 뒤에 마차를 세우고 기다렸다.

케인 태거트는 뭔가 잘못됐다고 느끼고 천천히 잠에서 깨어났다. 침대가 몹시 흔들렸고 한기가 느껴졌다. 그는 깜짝 놀라서 휴스턴에게 고개를 돌렸다. 휴스턴은 이불 아래에 몸을 웅크리고 누워서 심하게 떨고 있었고, 온몸이 너무 차가웠다. 그는 아내를 품에 끌어안았지만 여전히 그녀는 깊은 잠에서 헤어나지 못했다.

"휴스턴, 일어나! 응? 일어나라고!"

케인은 급한 마음을 억누르며 최대한 부드럽게 말했다. 잠시 후 휴스턴은 잠에서 깨어났다. 하지만 케인이 꼭 끌어안고 있어도 그녀는 계속 몸을 떨었다.

"동생이 위험에 처했어요. 내 동생이…… 위험에 처했어요."

그녀는 계속 같은 말만 반복했다.

"알았어. 그냥 여기 가만히 있어. 내가 처제 집에 전화해서 무슨 일인지 알아볼게."

케인은 한달음에 서재로 달려갔다. 블레어의 집에 전화를 걸었지만 아무도 받지 않았다. 교환수는 리앤더가 근교에서 벌어진 총싸움 때문에 병원으로 불려갔다고 말했다. 케인이 곧장 병원으로 전화하자 간호사는 마지못해 리앤더에게 전화가 왔다고 전하겠다고 대답했다.

"웨스트필드가 지금 무얼 하고 있든 상관없어. 진짜 중요한 일이야. 지금 자기 아내가 위험하다고 전해."

몇 분 후에 리앤더가 전화를 받았다.

"블레어는 어디 있지?"

"나도 몰라. 휴스턴이 위층에서 심하게 떨고 있어. 침대가 무너질 지경이야. 게다가 몸이 시체처럼 차가워. 계속 블레어가 위험에 처했다는 말만 되풀이하고 있어. 그 외에는 모르겠지만 무언가 큰일이 일어난 것 같아. 블레어가 그 프랑스 여자에게 납치되었을 때도 휴스턴은 이렇지 않았다고. 그러니까 이번에는 정말 위험에 빠졌나 봐."

"내가 찾아보지."

리앤더는 그렇게 말하고 전화를 끊은 뒤 다시 수화기를 들고 교환수에게 말했다.

"메리 캐서린. 당신이 내 아내를 찾아줘요. 사람들에게 전화를 걸어서 최대한 빨리 아내를 찾아줘요. 하지만 사람들에게 당신이 아내를 찾고 있다는 말은 하지 말아요."

"하지만 왜 내가 그래야 하는지 모르겠네요. 블레어는 저에게 남의 말을 엿듣는다고 비난했다고요."

"블레어를 찾아요, 메리 캐서린. 그러면 아내에게 당신이 낳을 아이들은 모두 무료로 진찰하라고 할 테니까. 물론 당신 식구들도 전부요. 덤으로 당신 오른손에 난 티눈까지 없애줄게요."

"한 시간만 줘요."

교환수는 그렇게 말하고 전화를 끊었다.

리앤더에게 그 시간은 그의 인생에서 가장 길게 느껴졌다. 수술실로 돌아오자 크렙스 부인이 환자의 상처를 봉합해놓아서 일단 한시름을 놓았다. 그녀는 잔소리를 몇 마디 하고 수술실을 나갔지만, 그는 그녀의 말이 귀에 들어오지 않았다. 그저 일단 블레어를 찾아서 그녀의 예쁜 목을 꽉 졸라서 죽여버리겠다는 생각뿐이었다. 최근 그녀가 유순하게 굴었던 이유는 뻔했다. 또 위험한 일을 꾸미고 있었겠지.

그는 전화기가 있는 대기실로 돌아갔다. 계속 담배를 피워대자 간호사들이 불평을 늘어놓았다. 하지만 리앤더가 잡아먹을 듯이 으르렁거리자 간호사들은 깜짝 놀라서 도망쳤다. 그는 전화기 근처를 계속 맴돌다가, 아버지가 된 남자가 친지들에게 자랑하기 위해 수화기를 들려고 하자, 수화기를 건드리면 그와 그의 자손들까지 위험할 거라고 으름장을 놓았다. 또 몇 분마다 메리 캐서린에게 전화해서 새로운 소식이 없는지 물었다. 그가 다섯 번이나 전화하자, 메리 캐서린은 자꾸 전화해서 자신의 시간을 뺏으면 아무것도 알아낼 수 없다고 투덜거렸다. 리앤더가 5분쯤 초조하게 기다리다가 더 이상 참지 못하고 수화기에 손을 뻗는 순간 전화벨이 울렸다.

"블레어는 어디 있죠?"

"그 사람의 평판을 고려해서 누구라고 밝힐 수는 없지만, 블레어가 철도를 따라 마차를 몰고 아즈텍 살롱 뒤쪽으로 들어가는 모습을 봤대요. 저야 확실히 거기에 가보지는 못했지만 거기가 어떤 곳인지는 아는데, 블레어가 가면 안 되는……."

"메리 캐서린, 정말 고마워요."

리앤더는 수화기를 접수대에 내동댕이치고 밖으로 달려갔다.

그의 애팔루사는 빨리 뛰도록 훈련받았고, 마을 사람들도 무조건 리앤더의 마차에 길을 양보하는 일에 익숙했다. 하지만 오늘 밤 리앤더는 땅이 무너질 정도로 빨리 달려서 티제라스 다리를 건너고, 블레어가 가면 안 되는 지역으로 말을 달렸다. 속으로는 누가 집으로 찾아와 도움을 청하자 블레어가 멍청하게 그 사람을 따라나섰을 뿐이라고 연신 되뇌었지만, 리앤더는 지금 블레어가 치료하러 간 것이 아니라 심각한 일에 휘말렸다고 확신했다.

리앤더는 아즈텍 살롱에 도착해서 말을 세우고, 고삐도 묶지 않고 서둘러 안으로 들어갔다. 의사라는 직업의 장점은 마을 어디에

든 잘 알려져 있고 누구에게 부탁해도 거절당하지 않는다는 것이었다.

"물어볼 게 있는데……."

리앤더는 바 뒤에 서 있는 덩치 큰 남자에게 말했다. 그 남자는 손님이 맥주를 더 달라는 데도 무시하고, 바 뒤쪽으로 걸어가며 리앤더에게 따라오라고 손짓했다.

"잠깐 기다려!"

성급하게 허리띠를 풀던 목동이 고함을 질렀다. 지저분한 침대에는 더러운 옷을 입은 여자가 따분한 표정으로 누워 있었다.

"나가. 너도 나가, 베스."

바텐더가 명령하자 여자는 나른하게 자리에서 일어나 문으로 걸어갔다.

"날 찾아온 줄 알았는데……. 좋다가 말았잖아."

그녀는 리앤더에게 미소를 지으며 손가락으로 그의 턱을 건드린 뒤 방에서 나갔다. 리앤더는 바텐더와 단둘이 남자 그를 바라보며 말했다.

"내 아내가 오늘 밤 여기에 왔다고 들었어. 자네라면 이유를 알 것 같은데……."

남자는 사흘은 깎지 않은 것 같은 수염을 매만지며 이리저리 꼬았다.

"난 이 문제에 휘말리기 싫어. 레걸트와 그 남자의 애인이……."

"도대체 그 쓰레기 같은 놈이 이 일과 무슨 관계야?"

"당신 부인이 기다리던 사람이 그 남자였으니까."

리앤더는 잠시 고개를 숙였다. 그는 자신의 예감이 틀렸기를, 단지 블레어가 다른 사람을 치료하는 중이기를 빌었다. 하지만 그녀가 레걸트를 만나고 있었다면…….

"당신에게는 선택의 여지가 없어."

리앤더는 바텐더에게 말했다.

"난 당신을 협박하고 싶지도 않고, 보안관을 끌어들이고 싶지도 않아. 하지만 아내를 찾을 수만 있다면, 모든 방법을 다 동원할 생각이야."

"보안관은 이미 이곳에 와 있어. 지금 레걸트와 그 여자를 쫓고 있지. 하지만 레걸트 일당에게 티끌 하나 찾아내지 못할 거야. 왜냐하면 당신의 세상 물정 모르는 예쁘장한 마누라가 온갖 더러운 일을 다 처리할 테니까."

리앤더는 그에게 몸을 숙이고 말했다.

"당장 알고 있는 걸 모두 털어놓는 게 좋을 거야."

"그자들이 뭘 하든 나와 상관없는 일이야. 난 단지 위스키나 팔고 내 사업에만 신경 쓰면 되니까. 좋아, 알겠어. 그렇게 짜증 내지 말라고. 다 말할 테니까. 레걸트가 어떤 여자를 숨기려고 여기서 방을 하나 빌렸지. 난 그 여자가 누구인지도 모르고, 딱 한 번 만났지만 말하는 게 웃기더군. 외국인이었어."

"프랑스인?"

"그래, 그럴 거야. 어쨌든 꽤 예쁘장한 얼굴이었어."

"그러니까 레걸트가 프랭키와 함께 무슨 일을 꾸미고 있군."

리앤더가 생각에 잠겨 중얼거렸다. 남자는 계속 말했다.

"오다가다 몇 마디 엿듣기는 했는데 마을 밖으로 무슨 물건을 빼돌리자고 하더군. 그리고 의심받지 않고 그 일을 할 수 있는 사람을 찾고 있었어. 상당히 오랫동안 고심하는 눈치였지."

리앤더는 벽에 주먹을 날렸다. 고통이 온몸을 파고들자 다시 이성이 돌아왔다.

"그러니까 멍청하게 자신들의 꼬임에 넘어갈 사람을 찾고 있었다는 말이군. 지금 그자들은 어디로 갔지? 그리고 그자들이 빼돌린 다는 물건은 뭐야?"

"나도 모르지. 뭐, 원하면 레걸트에게 직접 물어 보든가. 지금 건 너편 술집에 있을 거야. 솔직히 말해서 숙녀를 여기까지 끌어들이 다니, 보나마나 문제를 일으킬 게 뻔한데…… 그래서 당장 내 눈앞 에서 꺼지라고 말했지."

리앤더는 아무 말 없이 방을 나와서 재빨리 길을 건넜다. 술집을 세 군데나 뒤진 후에야 겨우 레걸트를 찾아냈다. 리앤더는 그에게 곧장 다가가서 셔츠를 움켜쥐고 의자에서 일으켜 세웠다.

"평화롭게 해결하겠나, 아니면 꼭 피를 봐야겠나?"

레걸트는 들고 있던 카드를 떨어뜨리고 두 발을 버둥거렸다. 리앤더가 뒷문으로 떠밀자 그는 리앤더에게 재빨리 고개를 끄덕였다. 아무도 그들을 따라 골목으로 나오지 않았다. 그들에게 관심이 없는 것인지, 아니면 의사 선생의 신경을 건드리기 싫은 것인지는 분명하지 않았다.

리앤더는 너무 화가 나서 말도 제대로 나오지 않았다.

"블레어는 어디 있지?"

"이미 늦었어. 오려면 한두 시간 일찍 왔어야지."

리앤더는 레걸트의 멱살을 잡고 술집 뒷벽에 있는 힘껏 밀어붙 였다.

"난 평생 누구를 죽인 적이 없어. 생명을 구하기로 맹세했으니까. 그러니까 네놈도 내가 그 맹세를 지킬 수 있도록 도와줘. 당장 사실대로 말하지 않으면 네놈의 앙상한 목을 부러뜨리겠어."

"지금쯤 자네 마누라는 보안관의 수중에 있을 거야. 백만 달러 상당의 금품을 훔친 현행범으로……"

리앤더는 깜짝 놀라 자기도 모르게 셔츠를 놓고 뒤로 물러섰다.

"어디서? 어떻게?"

그는 간신히 숨을 몰아쉬었다.

"당신 때문에 감옥에서 썩었던 세월을 복수하겠다고 했지? 꽤 쉬웠지. 그 여자는 그게 당신의 목숨을 구하는 일이라고 생각하더군. 하지만 그건 훔친 돈을 마을 밖으로 운반하는 일이었고, 누가 보안관에게 그 여자의 행동을 밀고했지. 분명 그 여자는 지금쯤이면 보안관의 보살핌을 받고 있겠지. 어떤 꼴로 감옥에 갇혀 있을지 기대하라고."

리앤더가 교활하게 미소를 짓고 있는 레걸트에게 한방 먹이려고 주먹을 쳐들자, 레걸트가 그를 협박했다.

"내가 당신이라면 그런 행동은 하지 않을 거야. 지금 내 총이 당신 배를 노리고 있잖아. 자, 이제 순진한 애송이답게 어서 빨리 독방으로 아내를 찾아가시지? 사람들이 밀려들기 시작하면 제대로 만날 시간도 없을걸."

리앤더는 레걸트와 더 이상 시간을 낭비하고 싶지 않았다. 또 이 남자는 총을 쏠 용기도 없을 거라고 생각하고, 뒷걸음질로 골목을 빠져나왔다. 리앤더는 그 남자가 자신의 등을 조준하게 만들고 싶지 않았다. 리앤더는 자신의 마차를 세워둔 거리로 뛰어갔다. 그러다 생각을 바꾸어 말뚝에 매여 있는 검은색 거세마를 빌려 타고, 마을 남동쪽으로 내달렸다. 백만 달러 상당의 금품을 옮길 수 있는 유일한 방법은 기차뿐이었다.

달빛이 비치는 들판을 달리던 리앤더는 오른쪽에서 마차가 달려오는 모습을 보았다. 왼쪽에서는 민병대가 달려오고 있었다. 즉 블레어는 지금 자신을 체포하기 위해 출동한 사람들 쪽으로 말을 몰고 있는 상황이었다. 그리고 리앤더는 양편으로 800미터 떨어진 곳에 서 있었다.

제34장

리앤더는 말에 박차를 가하고 고함을 질렀다. 그리고 허공에 권총을 발사하는 동시에 안장에 매어놓았던 라이플을 움켜쥐고 발포하기 시작했다. 불쌍한 말은 주인도 아닌 낯선 남자가 내는 온갖 소음과 화약 냄새에 놀라 앞발을 들고 일어서더니, 다리가 부러질 듯한 속도로 달빛이 비치는 평원을 달리기 시작했다. 리앤더는 민병대의 관심을 자신에게 쏠리게 해서, 그들이 아내에게 신경 쓰지 못하게 하려고 했다. 그리고 그는 성공했다.

무작정 쏘아댄 총알 중 몇 발이 선두로 달려오던 말 근처에 떨어지자, 민병대 모두 재빨리 멈추고 놀란 말을 진정시키고 애썼다. 덕분에 리앤더는 그들보다 앞서서 블레어에게 갈 수 있는 귀중한 시간을 벌 수 있었다. 하지만 리앤더와 민병대는 거의 동시에 블레어에게 도착했다. 보안관의 진지한 얼굴을 흘끗 본 순간, 리앤더는 레걸트의 말이 사실임을 깨달았다. 민병대는 챈들러 집안의 여자가 진짜로 강도 사건에 연루되었는지 조사하러 온 것이었다.

"이런 골칫덩어리 같으니라고!"

리앤더는 블레어에게 고함을 지른 후 말에서 내렸다. 그리고 말 엉덩이를 살짝 쳐서 불빛이 반짝이는 도시로 달려가게 풀어주었다.

"도대체 잠시라도 내 눈에서 벗어나면 꼭 무슨 짓을 저지르니 안심할 수 없잖아."

그는 마차에 올라서 고삐를 낚아채고 보안관을 바라보았다.

"이 여자가 자기 마차를 갖고 나서 얼마나 많은 사건에 연루되었는지 말할 필요도 없겠죠. 그 중에서도 이번은 최악이에요. 다른 사람들을 걱정하느라 언제나 자신의 안전은 뒷전이에요."

보안관은 한참 동안 리앤더를 쳐다보았다. 침묵의 시간이 길어질수록 리앤더는 입 안이 바짝바짝 마르고 식은땀이 났다.

"젊은이, 아내를 제대로 돌봤어야지. 아니면 다른 사람이 대신 할 수밖에 없네."

마침내 보안관이 진지한 말투로 입을 열었다.

"네, 보안관님. 이 문제는 아침까지 제가 해결하겠습니다."

리앤더가 재빨리 대답했다.

"여섯 시간이네, 리앤더. 자네에게 여섯 시간을 주겠어. 그 시간이 지나면 나로서도 어쩔 수 없네."

"네."

리앤더는 너무 고마워서 울고 싶은 심정이었다.

"그렇게 오래 걸리지 않을 겁니다."

그는 마차를 몰고 다시 화물 운송 사무실로 달리기 시작했다. 일단 마차가 움직이자 블레어가 기다렸다는 듯이 말했다.

"결국엔 왔군요 그런데 어떻게 화물을 운송하는 걸 알았죠?"

리앤더는 그녀를 쳐다보지도 않고 말했다.

"입 닥치고 있는 게 좋을 거야. 엉덩이에 피멍이 들도록 두드려

맞은 뒤 일생 동안 집에 갇혀 지내고 싶지 않으면…….”

“저 말인가요? 저를요? 전 그저 당신을 대신했을 뿐이에요. 내가 당신을 대신해서 이런 일에 뛰어들면, 당신이 이런 일을 할 때마다 내 기분이 어떤지 당신도 느끼게 될 것 같아서요.”

“날 대신했다고?”

리앤더의 두 눈동자는 분노로 번뜩였다.

“그럼 내가 남의 물건이나 훔치고 다닌다고 생각했어? 내가 레걸트와 동업이라도 하는 줄 알았냐고!”

“그럼 뭐가 달라요? 당신은 의사면서 돈도 벌지 않고, 의료기구와 집세, 병원 건설비에 생활비까지 다 대잖아요. 게다가 총상을 입고 집에 돌아오지 않나…….”

리앤더가 어두컴컴한 운송 사무실 앞에 마차를 세우자 블레어는 입을 다물었다. 그는 마차에서 뛰어내리며 말했다.

“내려와서 레걸트가 당신에게 시킨 일이 무엇인지 똑똑히 확인해 봐.”

블레어가 내려오는 동안, 리앤더는 마차 뒤에 있는 짐칸을 열고 작은 나무 상자를 꺼내 뚜껑을 열었다. 그 안에는 화려한 문양이 인쇄된 커다란 종이가 잔뜩 들어 있었다. 그는 마차의 전등 근처에서 종이 한 장을 들어올렸다.

“당신은 지금 태거트와 챈들러 시립 은행의 소유물을 훔쳤어. 당신 때문에 마을 사람들 반이 파산할 뻔했어.”

블레어는 순간 그의 말뜻을 깨닫고 충격을 받아 마차 발판에 털썩 주저앉았다.

“오, 리앤더. 전 몰랐어요. 전 단지…….”

그는 블레어의 어깨를 움켜쥐고 그녀를 일으켜 세웠다.

“이러고 있을 시간이 없어. 안으로 들어가서 레걸트가 무슨 짓을 했는지 확인해야 해. 빨리 가방을 들어."

그는 마차에 매달린 전등을 빼서 손에 쥐고 달렸다. 블레어도 자신의 진료가방을 들고 그의 뒤를 따랐다. 건물 안에 있는 커다란 금고는 문이 열린 채 텅 비어 있고, 그 앞에 사람이 쓰러져 있었다. 아직 전화나 전기가 도시 외곽까지 연결되지 않았기 때문에, 두 사람은 전등 불빛에 의지할 수밖에 없었다.

리앤더는 먼저 누워 있는 남자를 살펴보았다.

"테드 힌켈이야. 아직 살아 있어. 하지만 머리를 심하게 얻어맞은 것 같아."

블레어는 가방에서 각성제를 꺼냈다.

"레걸트와 함께 일하지 않았다면 당신은 어디에 갔던 거죠?"

리앤더는 크게 한숨을 쉬며 각성제를 받았다.

"당신을 보호할 수 있다고 생각했는데 아무래도 아닌 것 같아. 당신이 이런 바보 같은 짓을 할까 봐 걱정이 되어서, 내가 하는 일을 당신에게 말하지 않았어. 사실대로 말하면 난 광산으로 조합원들을 잠입시키는 일을 하고 있었어."

"조합원들을요? 하지만 레걸트는……."

"어떻게 내가 그런 범죄자와 연관되었다고 생각했지? 당신 입으로도 그자가 날 미워한다고 말했잖아. 그자가 어쩌다가 노동조합에 대한 일을 알아냈겠지. 그리고 내가 그 일을 당신에게 말하지 않았다는 사실도 알아냈을 테고. 그걸 이용해 자기 대신 당신이 이 일을 하게 만든 거야. 당신이 마을의 경계망을 뚫고 짐을 가지고 나온다면 잘된 거고, 실패하면 더 잘된 일이었겠지. 그렇게 되면 내가 그자를 감옥에 보냈던 일에 대해 톡톡히 앙갚음을 하는 셈이니까."

"그럼 돈은……."

블레어는 테드의 머리로 전등을 바짝 비추며 말했다. 그녀는 아

434

직도 리앤더의 말을 제대로 이해하지 못하고 있었다. 리앤더는 치료 중인 젊은 경비원의 맥박이 점점 떨어지자 인상을 찌푸렸다.

"어떻게 내가 당신 같은 여자를 사랑하게 됐는지 모르겠어. 난 돈이나 사업은 오로지 남자들의 전유물이라고 믿으며 자랐어. 내 어머니는 꽤 부유한 집안 출신이야. 케인 태거트처럼 미국에서 손꼽히는 갑부는 아니지만 꽤 돈이 많았지. 예전에 말했잖아."

"하지만 병원을 열려면 돈이 많이 들잖아요."

리앤더는 이를 갈면서 테드를 똑바로 눕혔다.

"이 일을 마무리하고 나서 당신에게 내 장부를 보여주겠어. 나는 병원을 스무 개도 열 수 있어."

블레어는 테드의 머리에 난 상처를 닦을 헝겊과 소독약을 꺼내 리앤더에게 건네며 말했다.

"아! 그러니까 저는 단지 도둑질을 했을 뿐이라는 거죠? 제가 얼마나 훔쳤어요?"

"백만 달러."

블레어가 그 말을 듣고 소독약 병을 들고 있다가 떨어뜨렸지만, 리앤더가 간신히 받았다.

"그걸 어떻게 알아냈죠? 그리고 왜 보안관이 찾아왔어요? 또……여섯 시간은 무슨 소리예요?"

"휴스턴이 당신이 위험에 처한 것을 감지했어. 그리고 메리 캐서린이 당신이 마지막으로 목격된 곳을 알아냈고, 레걸트가 당신을 보안관에게 밀고했어. 보안관은 오늘 밤 강도 사건이 있었다는 사실이 알려지기 전에 물건을 돌려놓을 시간을 준 거야. 그게 여섯 시간이야. 테드, 일어나 봐."

"오, 리앤더. 제가 모든 일을 엉망으로 만들었어요."

"내 말이 그 말이야."

"제가 감옥에 가게 될까요?"

"아니, 우리가 그 문서들과 돈을 제자리에 돌려놓을 수만 있다면 괜찮을 거야."

"하지만 어떻게요? '테드, 이것들을 집 밖에서 찾아냈어요.' 하고 말하면서요?"

"아니, 내가……."

테드의 눈꺼풀이 흔들렸다.

"의식이 깨어나고 있어. 당신 속옷을 벗어줘."

"리앤더! 지금은 그럴 시간이……."

"내게 밧줄이 있으니까 당신 속옷을 투석기처럼 이용해서 상자를 굴뚝 아래로 내려보낼게. 테드가 자신이 물건들을 지켰다고, 악당들이 물건을 들고 도망치지 못했다고 믿게 해야 해."

블레어는 재빨리 속옷을 벗어 리앤더에게 준 다음, 리앤더가 밖으로 나가는 동안 테드의 머리를 자신의 무릎에 올려놓았다.

"테드, 무슨 일이 있었어요?"

블레어는 그의 코밑에 각성제 병을 흔들며 말했다.

"역이 습격당했어요. 지금 당장 신고를……."

테드는 머리에 손을 올리고 일어나며 말했다.

"잠시 앉아 있어요. 먼저 머리에 난 상처를 살펴봐야겠어요."

그녀는 일어나려는 테드를 부축해서 옆에 있는 의자에 억지로 앉혔다.

"하지만 먼저 신고를……."

"잠깐만요! 무슨 일이 있었는지 말해 봐요."

블레어가 소독약을 상처에 바르자, 경비원은 고통으로 신음을 내뱉으며 힘없이 의자에 기댔다.

"두 사람이 안으로 들어와서 제 머리에 총을 겨눴어요. 한 사람은 키가 상당히 작은 편이었는데, 금고 번호를 알고 있었어요."

블레어는 벽난로 안으로 흰색 물체가 내려오는 모습을 곁눈질로 보았다.

"이쪽으로 고개를 돌려봐요. 그래서 어떻게 되었죠?"

"작은 남자가 금고를 열고 상자를 꺼내는 동안 저는 꼼짝도 할 수 없었어요. 그 안에 있는 게 뭔지도 몰랐으니까요. 그리고 나서 누가 제 머리를 쳤어요. 그 다음에 기억나는 건, 막 정신을 차려보니 당신이 여기에 있었어요. 블레어-휴스턴, 지금 당장 신고……."

"그게 전부일 리가 없어요. 엄청난 몸싸움을 한 게 틀림없어요."

"하지만 그럴 기회조차 없었어요. 전……."

"테드, 잠시 마룻바닥에 누워요. 상처가 걱정되네요. 피를 너무 많이 흘렸어요. 네, 그렇게요. 사물함 뒤에 몸을 쭉 펴고 누워요. 전 의료기구를 소독해야겠어요."

블레어는 난로가로 가서 상자를 묶은 흰 속옷과 밧줄을 잘라내고 진료가방에 쑤셔 넣었다.

"이제 곧 괜찮아질 거예요, 테드. 자, 이쪽으로 와서 총을 받아요. 보안관 사무실까지 데려다줄까요?"

테드는 한 손으로 머리를 짚고 휘청거리면서 사물함을 빙 돌아 다가오다가, 믿을 수 없다는 듯 걸음을 멈췄다.

"그거예요."

"무슨 소리예요?"

"놈들이 훔쳐간 상자요. 저기, 저거요. 언제부터 여기에 있었죠?"

"제가 처음 사무실에 들어왔을 때부터 저기 있었죠. 그럼 강도들이 아무것도 가져가지 않았다는 말인가요? 맙소사, 싸우지 않았다고 해서 정말 그런 줄 알았는데, 정말 겸손하시군요. 강도들이 상자를 훔치지 못하게 하려고 했나요?"

"전…… 전…… 잘 모르겠어요. 제 생각엔……."

"증거가 있잖아요. 분명 당신이 이걸 지켜낸 게 틀림없어요. 테드, 당신은 영웅이에요."

"잘 모르겠어요. 그런 것 같기도 하고……."

"머리에 난 상처 때문에 혼란스러운 거예요. 하지만 바로 우리 눈앞에 증거가 있잖아요. 어서 상자를 다시 금고에 집어넣고, 마차를 타고 전화가 있는 곳으로 가서 보안관에게 연락하세요. 그리고 신문사에도요. 분명 모든 사람들이 이 사건의 상세한 전말을 알고 싶어할 거예요."

"저도…… 그렇게 생각해요. 맞아요, 왜 아니겠어요?"

그는 어깨를 활짝 폈다.

블레어는 다시 상자를 금고에 집어넣고 문을 잠근 뒤, 테드를 의자에 앉히고 재빨리 밖으로 뛰어나왔다. 그러자 리앤더가 달려와 그녀의 손을 잡았고 두 사람은 서둘러 마차로 달려갔다. 전화는 2킬로미터 밖에 있었다. 리앤더는 보안관이 전화를 기다릴 거라고 짐작했다. 리앤더는 바텐더에게 전화를 빌려줘서 고맙다고 인사한 뒤, 블레어가 기다리고 있는 마차로 돌아왔다.

"이제 정말 다 끝났나요?"

그녀가 마차에 등을 기대며 물었다.

"보안관이 그러는데 레걸트와 체구가 작은 남자가 한 시간 전에 덴버행 기차를 탔대. 내 생각에 그 남자가 아무래도 프랑수아 같아. 이제 한참 동안은 두 사람을 볼 수 없겠지."

"그럼 남은 건 이제 노동조합과 관련된 일뿐이네요. 이건 어때요, 리앤더? 광산에 잠입한 조합원들에게 정보를 전달한 근사한 방법이 있어요. 우리 두 사람이 함께……."

"차라리 날 죽이고 그렇게 해."

리앤더가 고삐를 낚아채며 말했다.

"그럼 제가 무슨 일을 하라는 거예요? 집에 틀어박혀서 당신 양말이나 꿰매라고요?"

"누가 당신더러 양말이나 꿰매래? 단지 난 당신이 어디에서 뭘 하는지 정확히 알고 싶을 뿐이야."

"지난 몇 주처럼 말이죠."

"그래. 아내란 자고로……."

"제가 먼저 말할게요, 웨스트필드 선생님. 제가 또다시 눈웃음이나 치는 여주인공이 나오는 책을 읽거나, 저녁 메뉴를 정할 거라고 생각하면, 천만의 말씀이에요. 토요일 아침부터 저는 병원으로 출근해서 환자들을 돌볼 테니까요."

"토요일? 그럼 오늘은? 곧장 병원으로 가서 당신을 내려주면 당장 일을 시작할 수 있잖아."

"오늘 하루는 남편과 침대에서 보낼 생각이니까요. 낭비한 시간을 보충해야겠어요."

리앤더는 깜짝 놀란 표정으로 그녀를 쳐다보더니 씩 웃었다.

"이랴!"

그는 말에게 고함을 질렀다.

"수업이 끝나니까 선생님이 놀고 싶어하는군."

이번에는 블레어가 깜짝 놀랄 차례였다.

"알고 있었군요."

리앤더는 그저 씩 웃으며 그녀에게 윙크했다.

열정 Twin of Fire

주드 데브루 지음 | 조지현 옮김

초판 1쇄 인쇄일 | 2005년 1월 20일
초판 1쇄 발행일 | 2005년 1월 27일

발행처 현대문화센타 | 발행인 양장목 | 출판등록 1992년 11월 19일 | 등록번호 제3-448호
주소 서울특별시 은평구 대조동 191-1 (122-842) | 전화번호 384-0690~1 | 팩시밀리 384-0692
이메일 hdpub@chol.com | 홈페이지 http://www.hdbook.co.kr | ISBN 89-7428-262-3 03840

• 잘못 만들어진 책은 구입하신 서점에서 교환하여 드립니다.